山就是我的生命。没有山，我什么也不是。

——蓝迪·摩根森

一个将生命、灵魂与激情融入山野的故事

山中最后一季

[美] 埃里克·布雷姆 著
Eric Blehm

赖盈满 何雨珈 译

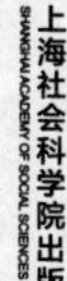

上海社会科学院出版社
SHANGHAI ACADEMY OF SOCIAL SCIENCES PRESS

献给国家公园署的无名英雄们

以及帕蒂·蓝伯特

本书从主人公蓝迪失踪前的最后巡逻开始叙述，搜救寻找的过程与蓝迪的个人经历彼此穿插，从而展现出一个地区、一个家庭的历史与发展。作者的详尽研究令人印象深刻，他努力在大量背景信息与叙述节奏之间保持平衡，为读者描绘出一个醉心于山野的人如何为自己的选择付出代价。

——《出版人周刊》（*Publisher Weekly*）

《山中最后一季》读来既像侦探小说，又像细腻传记，不时穿插野外巡逻的工作细节，深入探究蓝迪失踪的来龙去脉……作家布雷姆将自己对山野的热爱和记者的专业素质严谨巧妙地结合在一起，完成了一部深入浅出、层次丰富、调查详尽、情节精彩的作品。

——《旧金山纪事报》（*San Francisco Chronicle*）

本书不仅以感人的手法描绘了一位了不起的人物，更用壮阔群山来衬托他。作者寻访熟悉山林一草一木的人，透过他们的目光来看群山的魔力，信手拈来皆是创作元素，兼容乔恩·克拉考尔的《荒野生存》（*Into the Wild*）和诺曼·麦克林恩的《年轻人与森林大火》（*Young Men and Fire*）的优点……谱写出一部迷人的作品，刻画出一位传奇人物和他熟知热爱的荒野世界，让人沉迷其中，难以忘怀。

——《康特拉科斯达时报》（*Contra Costa Times*）

《山中最后一季》仿佛顶尖作家大展身手，蓝迪·摩根森更是值得一书的人物。蓝迪热诚捍卫山野，在巨杉和国王峡谷度过二十八个寒暑，是高山搜救高手……然而这样的说法却为他的失踪涂上了谜一样的色彩。搜寻行动结束五年后，国家公园的偏僻角落终于浮现出蛛丝马迹，不过就像作者布雷姆所言，蓝迪为何失踪“永远让人猜不透”。

——《户外》(*Outside*)

蓝迪一生奉献给野外，而本书作者布雷姆既是滑板运动员，又是记者，一支生花妙笔将蓝迪的人生经历和搜寻蓝迪的过程交织成书，读来令人兴味盎然。

——《国家地理探险》(*National Geographic Adventure*)

蓝迪是许多同事公认的顶尖巡山员，却在一九九六年夏天巡山时失踪。朋友们先是震惊，随即起疑……作者布雷姆揭开了巡山员的生活面貌，透露出他们常年捍卫土地，协助受困的登山客却始终不受国家公园管理署重视的困境。

——《华盛顿邮报图书世界》(*Washington Post Book World*)

行云流水、扣人心弦，埃里克·布鲁姆将蓝迪和他对大自然纯粹的爱连接在一起。

——《卡尔斯顿邮报速递》(*Charleston Post & Courier*)

作者描写原始荒野……和一群用生命捍卫这片土地的人，还有他们苦乐参半的寂寞生活，让人仿佛身临其境……真实的报道极为出色，犹如书中描绘的荒野，在宁静大地闪闪发光。

——《芝加哥论坛报》(*Chicago Tribune*)

随着搜寻蓝迪的行动，故事也渐渐进入高潮，情节有如畅销惊悚小说，令人极度着迷。

——《奥杜邦》（*Audubon*）编辑选书

布雷姆笔力不凡，巧妙地将巡山员的一生和搜救行动编织在一起。各种细节生动详实，不难看出作者对所写对象的极大尊重。

——美联社（Associated Press）

文字优美……布雷姆将内华达山脉摄人心魄的风光和蓝迪的亲人至交的故事融合在一起，讲述了一个男人的一生——他作为巡山员的经历，以及他对山野的深爱。

——《环保杂志》（*E/The Environmental Magazine*）

必读……埃里克·布雷姆写了一本非常重要的书。通过书写蓝迪·摩根森的一生和他神秘的失踪，布雷姆成功地向读者介绍了山野、巡山员和国家公园管理的重要问题。

——《巡山员》（*Ranger*）

蓝迪失踪时，有人怀疑他自杀或逃出了山野。然而，他的巡山员同事们……仍然勇敢地搜寻他的尸体。那些参与搜救蓝迪的人的想法可能是本书最棒的部分，但这个故事真正令人难忘之处则是蓝迪的人生经历。

——《盐湖城论坛报》（*Salt Lake City Tribune*）

调查全面详实……和所有优秀的悬疑故事一样，就算很多人知道故事的结局，布雷姆还是会让他们如饥似渴地读下去。

——《佛斯卢蜂报》（*Fresno Bee*）

户外爱好者绝对不可以错过……太出色了……如果你喜欢乔恩·克拉考尔的《荒野生存》或《进入空气稀薄地带》(*Into Thin Air*)，也一定会喜欢《山中最后一季》。就像所有真实发生的神秘事件一样，本书同样会紧紧抓住你，让你欲罢不能。

——《代顿每日新闻》(*Dayton Daily News*)

绝对会让你脊背发麻……山野爱好者必读……布雷姆对国家公园展开的大规模的搜救行动进行了引人入胜的描写。

——《资本时代》(*Capital Times*)

一首蓝迪深爱的高山颂歌。

——《威奇塔鹰报》(*Wichita Eagle*)

堪称“警世恒言”……一个复杂男人的故事。多少个夏天，他就那样孤独地走过。他多数时间都活在自己的世界里，但付出了一切去保护山野。

——《奥林匹亚》(*The Olympia*)

作者进行了一丝不苟的调查研究，饱蘸感情写下了这本书。《山中最后一季》里主人公的激情与苦痛，令人手不释卷。

——詹妮弗·乔丹(Jennifer Jordan)

《野蛮之峰》(*Savage Summit*)作者

这是关于山野的传奇，首次为外人所知。蓝迪是高山真正的良心与门徒。

——阿伦·拉尔斯顿(Aron Ralston)

《进退两难》(*Between a Rock and a Hard Place*)作者

一本扣人心弦的书……令我手不释卷。

——乔丹·费舍尔·史密斯

《大自然的轮盘赌》(*Nature Noir*)作者

一流的悬疑故事。对山野的热爱则更加深入人心，让我们深深地进入到书中的世界，获得更为高级的体验。

——比尔·麦克吉宾(Bill Mckibben)

《自然的终结》(*The End of Nature*)作者

真是个好故事。讲述了迷失的灵魂、人性的弱点和真切的悲伤，同时也以独家视角深入窥视了美国亚文化里一块鲜少有人涉足的领域——巡山员们的独特世界。

——丹尼尔·杜安(Daniel Duane)

《酋长岩》(*El Capitan*)作者

一个远见卓识、痴心不改的自然之子的故事。布雷姆深入而准确地捕捉到他的灵魂，让其发声。而这声音，我们都应该仔细聆听。

——裴吉·斯泰格纳(Page Stegner)

《伊甸园前哨》(*Outposts of Eden*)作者

引人入胜、苦甜交织的野外悬疑故事。

——格雷格·柴尔德(Greg Child)

《大山边缘》(*Over the Edge*)作者

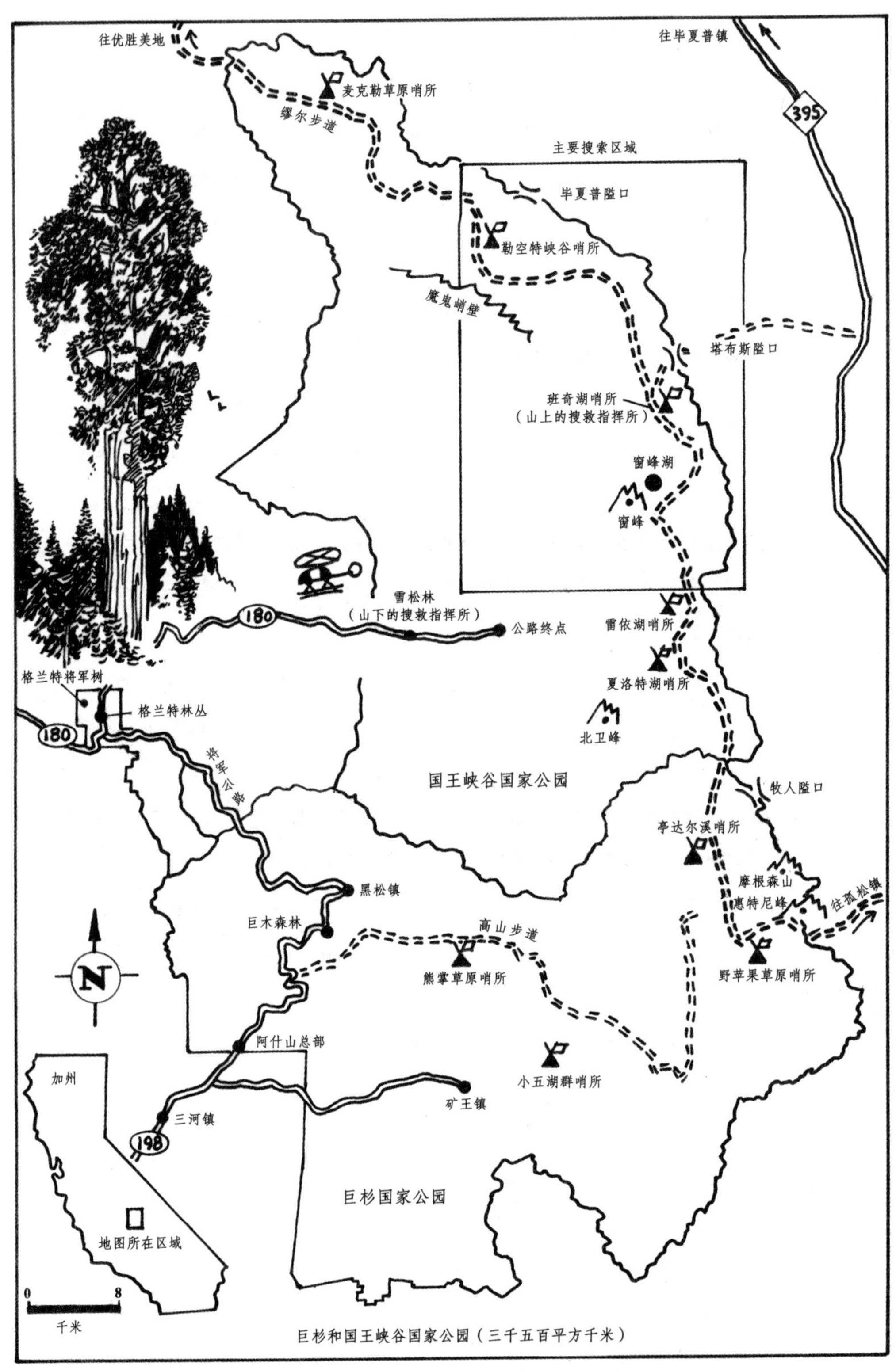

巨杉和国王峡谷国家公园（三千五百平方千米）

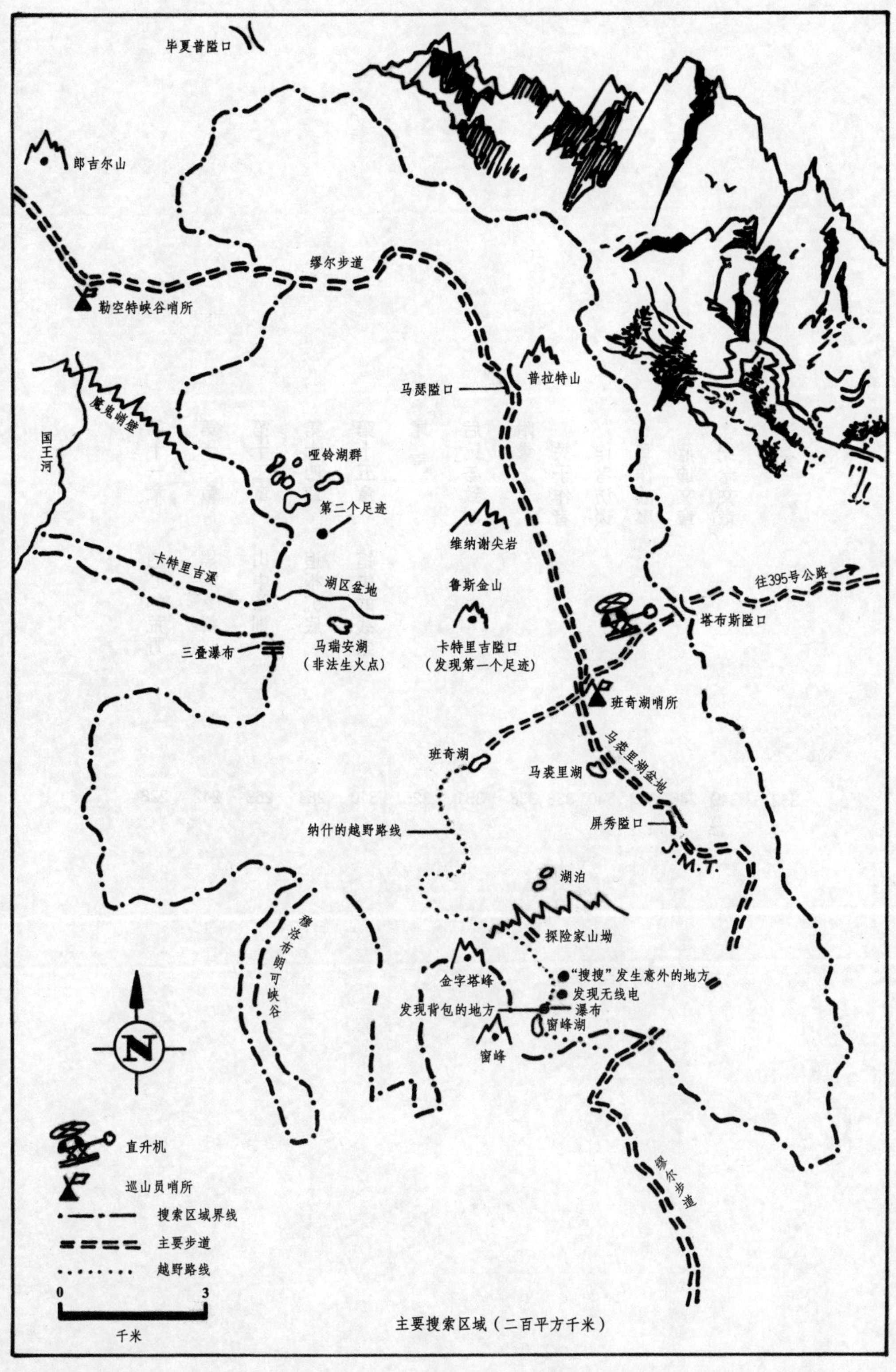

主要搜索区域（二百平方千米）

目录

就算是一群蚊子，蓝迪也能让它们变成世上最浪漫的事物。

——茱蒂，蓝迪妻子

蓝迪当巡山员没话说，我没看过比他更好的。

——纳什，蓝迪上司

在我们这群巡山员里，蓝迪的双眼最锐利，对山野的信念最纯粹，他以前就是山野的良心，对我来说现在也是。

——德奇，蓝迪同事

用“爱”还不足以形容蓝迪对内华达山脉的情感，他的灵魂早已深深扎根在晶莹的花岗岩里。

——桑格，蓝迪同事

是蓝迪教会我要欣赏山里的一切。

——格拉邦，蓝迪同事

他总是能提醒我，珍惜生命，享受生活，欣赏自然世界的神迹。

——伊文思，蓝迪同事

蓝迪就是我的内华达山脉，他对身边的点点滴滴总是观察入微……所有小东西都让他欣喜异常，无论是松鸡草原的一株稀有植物，还是秋天湖上的鸭子，对于内华达山脉的一切，蓝迪都敬重有加。

——莱尼斯，蓝迪同事

他给了我那一天需要的勇气，不是该往哪里走的勇气，而是追寻梦想、成为巡山员的勇气。

——薇丝曼，蓝迪同事

当我们需要你的时候，真高兴你就在身边。

——游客

他的确让这个山谷更加安全和美好。

——登山客

序曲

广袤的美国内华达山脉荒野中，远近闻名的优胜美地峡谷之南，有一处更为壮阔的峡谷，坐落在国王河南支流畔，俯瞰是一望无际的矮树丛和巨杉森林，仰望更有群峰山影，这里有最陡峭的山谷和白雪皑皑的层峦叠嶂。

——约翰·缪尔，一八九一年

我们希望巨杉和国王峡谷国家公园再也不要出现另一个一九九六年夏天。那一年发生了不少事情，最大的一件就是寻找我们的同事和朋友——蓝迪·摩根森。

——辛迪·珀塞尔，一九九六年

要是中国北疆也有一座像内华达山脉南段般的天然屏障，秦始皇根本不需要兴建长城。

内华达山脉的山峰由花岗岩构成，气势慑人，几乎终年积雪，山脉由北向南绵延超过六百四十千米，与太平洋岸平行。山脉南段最高最陡，犹如城堡内外墙般的双脊峰看来难以翻越，让人退避三舍，唯有力大无穷的克恩河（Kern River）穿梭在层层相叠的群山之间。河水冰凉湍急，蜿蜒往南，在宛如迷宫的稍矮山峦和偏僻峡谷里左弯右拐，最后成为灌溉加州圣华金河谷（San Joaquin Valley）作物和果园的甘泉。

数百年来，原本几不可见的羊肠小道慢慢变成可走的步道，而大部分人都会等到雪融再翻越内华达山脉，只有少数顽固之士会选择寒冬强渡关山。小路最早是兽径，后来因为当地居民往来海岸、内陆山谷和沙漠之间而越走越宽。之后，小路成为放牧羊群的通道，直到大萧条期间，公共资源保护队[1]才将路面炸宽，一凿一铲修缓铺平以供游憩之用。

内华达山脉有几条东西向的横贯柏油路，唯独不见南北向的道路，优胜美地国家公园（Yosemite National Park）以南更有长达三百二十多千米的区域完全不见柏油路。这一片化外之地主要位于巨杉和国王峡谷国家公园（Sequoia and Kings Canyon National Parks）之内，两座公园比邻而居，总面积达三千四百八十平方千米。根据政府文件记载，巨杉国家公园成立于一八九〇年九月二十五日，仅次于黄石公园（Yellowstone），是全美第二座国家公园。同年十月一日，格兰特将军国家公园成立，是全美第三座国家公园，并于一九四〇年三月四日改名为国王峡谷国家公园。巨杉国家公园占地一千六百三十平方千米，百分之七十是荒野保留区；国王峡谷公园面积一千八百七十平方千米，将近百分之九十八是荒野。所谓荒野就是没有道路的原始土地，光是两座公园就有近三千五百平方千米的天然环境。

这片高山荒野上最热门的就是约翰·缪尔[2]步道（John Muir Trail），许多人戏称它为"高速公路"，但其实路宽只够两名登山客并肩同行。缪尔步道由探险家西奥多·索罗门斯[3]规划完成，他在一八八四年便希望修筑一条纵行于内华达峻岭之上的僻静小路。步道于一八九二年动工，一九三八年完成，从海拔一千二百多米的优胜美地山谷出发，往南绵延三百四十千米，穿越十处高山隘口，最后抵达标高四千四百二十米的惠特尼峰（Mount Whitney）山顶，是太平洋山脊步道（Pacific Crest Trail）的一段。太平洋山脊步道起自加拿大边界，迄于墨西哥，全长四千二百四十千米，其中以缪尔步道最偏远，地势最高，也最难走。

穿梭在高山之间的步道总长超过一千二百八十千米，东西两侧共有三十多个登山口，西侧登山口的坡度比东侧缓和，两者的差别就像电动扶梯和升降电梯。几乎所有步道都通向缪尔步道。据估计，百分之九十九造访荒野的游客都只沿步道走动，而步道只占山区的百分之一。换句话说，这里百分之九十九的土地都是货真价实的原始荒地，放眼望去几乎全是贫瘠陡峭的花岗岩高原和奇形怪状的岩石，偶尔出现崎岖棱线和冰碛穹丘，或许是最后一次冰河时期的遗迹，也可能是上年冬天的杰作。宝蓝色的湖泊气势惊人，缎带般的支流好像小蛇，蜿蜒在酷似北极的寒带草原上，滋育着生气勃勃如毛刷般的草丛和树林。火山和冰碛地形色泽深灰，只有几簇青草宛如绿洲点缀其间，柔和了陡峭刚硬的景色，也诱使不少生物来到这片不毛之地定居。

这里没有全年在此活动的动物，起码没有两脚行走的动物。唯一的建筑物是巡山员哨所，到了冬天多半化身为降雪观测站，另外几处捕兽人的老旧小屋和矿坑则慢慢被荒野收了回去。哨所分布在主要步道上，相互间隔大约三十千米，每年六到十月有巡山员驻守，常年在这里静静捍卫着美国的自然资产和往来的游客。巡山员有男有女，自成一族，是万中选一的精英，热诚、无惧、坚毅。他们虽然为了不同目的前来，纵横山林各有特色，但都渴望离群索居，追求荒野的灿烂。

在这里，生活只剩下最基本所需：食物、水和住所。人在这里很可能迷失自己，身体或心灵皆然。人在这里也很容易就能摆脱一切人与事，甩开文明，几乎毫不费力。

然而，清澈的高山湖泊映照着一位巡山高手的倒影，提醒我们：人能摆脱一切，却无法甩开自己。

第一章　失 踪

我将踏上最后的荒野之旅，前往我所熟知深爱的地方，不再归来。

——埃弗里特·鲁斯，一九三一年

山里不缺我一具尸体。

——蓝迪·摩根森，麦克勒草原，一九九四年

一九九六年七月二十一日清晨时分，蓝迪·摩根森（Randy Morgenson）从睡梦中醒来，国王峡谷国家公园班奇湖（Bench Lake）巡山员哨所依然阴暗。不久后，阳光洒上内华达山脉盆地周围的陡峭花岗岩棱线，一只隐士夜鸫划破四周寂静，让原本在深夜里沉默的小溪重拾生气。

蓝迪看了看装满泉水的镀锌铁桶，这是他的临时温度计。桶里的水告诉他，昨晚气温没有降到零度以下。不过在海拔将近三千三百米的高山上还是很冷，让他不得不凑在烹煮早餐咖啡的双口炉边。按照蓝迪的作风，他前晚应该摊开睡袋，露宿在离哨所几步之外的黑曜石砾地。木造山屋美其名曰是巡山员哨所，其实非常简陋，三夹板平台只够搭一顶三点六乘四点六米的帆布帐篷，外加几个防熊用的置物钢盒和一张野餐桌，就这样。这就是蓝迪的基地，供他巡逻附近方圆一百三十平方千米的高山荒原。

隐士夜鸫表演前后，蓝迪按照平日作息，做了厚片荞麦松饼，涂上奶油和枫糖浆，吃了一顿丰盛的“大胃餐”，接着依照往例开始打包他的Dana Design背包，准备踏上漫长的巡逻行程。他按部就班将睡袋塞在最底下，接着是底部熏黑、有点凹痕的小锅子，锅里放了轻型登山炉，并用海绵包住防止滑动。再来是急难用露宿袋、六百克重燃料罐、塞得满满的急救包、头灯和食物。所有东西在蓝迪的背包里都有固定好的位置。

他将宝贝摄影器材、六本书和日记装进钢制的置物盒里锁好，这样

“就连老鼠也咬不坏”，蓝迪曾经这么对人说。他和外界唯一的联系是一台新的摩托罗拉 MT1000 型无线电，电池也是全新的，收在方便取用的顶层小袋里。这是他在那年夏天领到的第二台无线电，第一台只撑了八天，七月八日就发生故障了。七月十日，蓝迪越过屏秀隘口（Pinchot Pass），走到国王河白支流的步道工程分站。他之前和上级讲好，无线电故障就来这里更换。巡山员里克·桑格（Rick Sanger）在工程站等蓝迪，给了他这台新的摩托罗拉无线电。

蓝迪背包里最不常用的东西，就是巨杉和国王峡谷国家公园的地图。据认识他的人说，蓝迪只有遇到迷路搞不清楚方向的登山客或执行搜救任务时，才会将地图拿出来。已经退休的内华达山脊巡山小队长奥尔登·纳什（Alden Nash）是蓝迪的顶头上司，也是多年好友，他说：“在山上问蓝迪比看地图还有用。”

近三十年来，巨杉和国王峡谷国家公园只要有人失踪，起码会发一通无线电联络蓝迪，因为他是园里最值得信赖的高山通。

“山上有什么风吹草动，蓝迪立刻就会知道，”纳什说，“他只要瞧一眼地图，看失踪者最后出现的位置，回想那里的地形‘是怎么拐人的’，每回判断都准得吓人。

“有一回，一名男童军和同伴走散了，直到傍晚都还找不到人。蓝迪看了几分钟地图，拇指沿着几条路线滑动，然后用手指敲敲一块草原。‘明天早上找直升机降落在这片草原，’他说，‘那孩子应该会在那里。’

“果然，隔天直升机才刚降落在草原上，男孩就从森林里跑出来。他在步道岔路转错弯，快到天黑才发现自己走错路，却已经看不出来之前是怎么走的了。男孩独自在山里过夜，非常害怕，但一切都还好。”

“蓝迪，”纳什说，“光看地图就知道了。他用无线电告诉我该怎么走，就连缪尔也没有这样的本领。不过，缪尔花在内华达山上的时间没有蓝迪多就是了。”

纳什说得很夸张，但是他说得没错。五十四岁的蓝迪大半辈子都待在内华达山脉，包括二十八个夏天担任巡山员、十多个冬季担任高山越野滑雪巡山员、降雪观测员和冬季荒野巡山员，如果加上他在优胜美地山谷成长的童年时光，他似乎生来就注定成为传奇的巡山员。

背包里装好一切必需品之后，他还要做几件事，其中一件就是往胸前的口袋里塞一个笔记本、一支铅笔和父亲曾经用过的一支手持放大镜。

出发之前，蓝迪从活页笔记本上撕下一页，写了几行字："六月二十一日，巡山员外出值勤三到四天，帐篷内没有无线电，本人随身带着。请勿擅入帐篷，本人需要靠帐篷内的物资度过夏天，没有二次补给。谢谢！"

他将字条绑在充当哨所大门的帆布帘上，系紧脚上九号迈乐登山鞋的鞋带，在灰色制服衬衫上别好国家公园巡山员的徽章和名牌，拿着旧滑雪杖当登山杖，然后就出发了。

那天下午山区雷声隆隆，偌大的雨滴落在哨所周围的砾石地上，冲走蓝迪的鞋印，也抹去他行踪的所有线索。

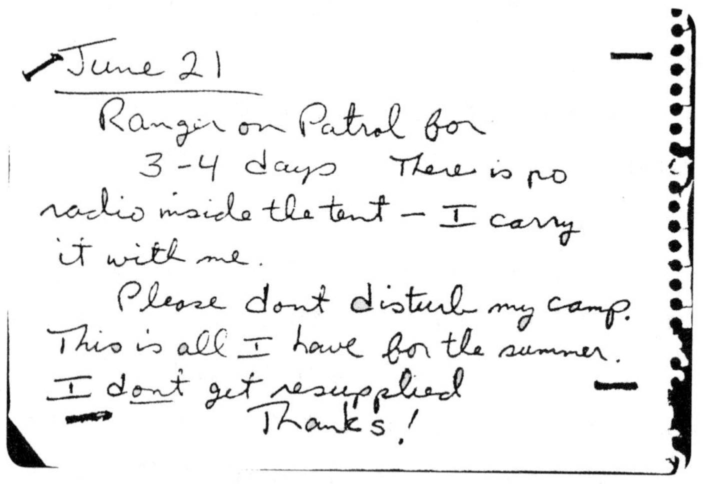
June 21
Ranger on Patrol for
3-4 days There is no
radio inside the tent — I carry
it with me.
Please dont disturb my camp.
This is all I have for the summer.
I dont get resupplied
Thanks!

▲ 蓝迪最后的手迹复印件，取自园区意外事故记录。巨杉和国王峡谷国家公园警察局提供

去年夏天，蓝迪等着直升机带他飞进山区，就像圣诞夜的小孩一样兴奋。然而，今年夏天天气不佳，园里最好的直升机整整一周无法起飞，巡山员只能枯等，蓝迪说他好像“活在炼狱”。

这炼狱看起来活像快递的货物月台，而不太像停机坪。放眼望去，几十个纸箱随意散置，堆得与腰部齐高，等待空运到山区最偏远的角落。每堆纸箱代表一位巡山员，里面是他买来度过整个夏天三个半月的存粮和设备。箱子用黑色马克笔写上重量、巡山员姓名和驻守的哨所位置。许多老手会反复使用纸箱，因此箱子上的名字和重量涂了又写、写了又涂，就像飞机常客行李箱上的破烂名牌一样，诉说着四处游历的故事。

每堆纸箱旁边靠着一只背包、一两个帆布袋和一箱蔬果，例如橘子、苹果、一球莴苣和几颗酪梨等。蔬果是巡山员在高山值勤期间最先吃掉也最想念的食物。

巡山员男男女女，有的穿登山鞋，有的穿球鞋，还有人穿不成对的运动凉鞋（穿着袜子）四处闲晃。他们身上套着羊毛夹克、扎染T恤或防水风衣、绿短裤（有时是卡其色），里面则穿着长袖衬衣，无论上衣或裤子都穿了很多年，到处可见银色胶带和缝补的痕迹。有人戴无边帽，有人戴垂帽，还有一两个人戴森林绿的棒球帽，只不过帽子上绣了国家公园署（National Park Service）的徽章，暴露了他们的身份。

普通游客看到这幅景象，可能以为他们是一群乌合之众，是准备攀上惠特尼峰的攻顶队、叛逆的登山客和老嬉皮。然而各位可别搞错了，他们是美国最精锐的巡山员、荒野特种部队，只是打扮成怪胎的模样而已。不过，他们对别人称自己为怪胎倒是不以为意。

提起美国国家公园巡山员，一般人会想到骑士帽，但这群人没有一个戴这样的帽子。他们不喜欢从头到脚一身制服，灰衣绿裤，一副官样，有很多人其实连佩戴徽章和拿枪都觉得不自在。这群人不是荒野警察，他们在深山生活、工作，与开着吉普车或警车在路上巡逻的“平地”巡山员完全不同。

这群人有的是森林、地理、信息、哲学或艺术史硕士，有些是老师、摄影师、作家、滑雪教练、冬季向导、纪录片导演或学者，还有人是和平主义者、退伍军人或冒险专家。无论如何，他们都不约而同受到荒野吸引而来。

这群人是荒野医师、执法人员和搜救专家，二十四小时在荒野待命。他们是荒野的主人，是地理学家、自然学家、植物学家、野生动物观察人员和历史学家，替荒野发声。需要寻找失踪的登山客、照顾失温的游客、赶熊或救人性命的时候，他们是人人仰赖的英雄，然而捡拾垃圾、取缔非法营火或开罚单的时候，他们又变成人见人厌的狗熊。不过话说回来，这份工作最辛苦的还是有时必须寻找尸体。

国家公园署的长官称他们是“台柱”，但每年都有人来来去去，没有工作保障。他们没有退休金，家人也没有医疗优惠。他们不能申诉，因为当初进来就知道情况。他们必须自费接受执法和急救训练，而且只在游客如织的夏天工作，是一群临时工。二十世纪三十年代有个绰号称呼他们，叫“九十天奇人”。

在一般人印象中，巡山员不是大学生就是大学刚毕业的年轻人，在做“正经事”之前来玩票的。他们在山野闲晃几年之后，不是重返社会，就是开始想办法在国家公园署或内政部谋得一官半职。然而，巨杉和国王峡谷国家公园却如漩涡般吸引巡山员，一九九六年的值勤巡山员当中，服务十年的人超过一半，很多待了二十年。蓝迪是老手中的老手，在巨杉和国王峡谷值勤将近三十年。

巡山员之中有十四位是带薪的，蓝迪是其中之一，他负责的荒野面积有罗德岛那么大。有两名巡山员骑马巡逻，剩下十二名徒步值勤。

全美只有这两座国家公园还会派遣夏季巡山员驻守荒野，也是少数“临时”员工做得比“永久”雇员还久的国家公园。国家公园署有些长官戏称这群巡山员是“一票疯子”，不过大部分巡山员都不以为意。他们什么都不在乎，只要天气赶快放晴，让直升机能在蔬果烂掉之前把他们的家当运进深山就好。

当时蓝迪就是这样漫无目的地乱转，等着天气放晴。对于他当时的状况，大家的看法不太一样。大多数同事觉得他“闷闷不乐”“不大对劲”，对接下来的工作兴味索然。资深科学顾问戴维·葛瑞伯（David Graber）向来认为蓝迪是最热情、最投入的巡山员，对“荒野的一切”深深着迷，但他当时在阿什山（Ash Mountain）园区总部看到蓝迪，却觉得少了什么。“我大老远就看到他满脸络腮胡。”他说。葛瑞伯在园区主持生态研究十五年，只要工作内容和荒野有关，他一定会借重蓝迪的知识。

他们两人握手寒暄，葛瑞伯兴冲冲讲起他们搜集多年的野生动物资料和目前的研究，因为蓝迪经常像老人一样气急败坏地抱怨国家公园署没有认真保护荒野。葛瑞伯说园区有霉菌蔓延，很多白松感染死亡，但蓝迪看起来一点兴趣都没有。“那又怎样？”他听完只是耸耸肩，这么对葛瑞伯说。

起先葛瑞伯认为，蓝迪反应冷淡很可能是因为对国家公园署不满，这一点大家都知道。蓝迪之前就说过，他觉得上级一点也不体谅荒野巡山员的辛劳；他们就像荒野一样，越来越不受人重视。“看不见就不存在。”这是资深巡山员不时挂在嘴边的话。他们常说自己会心甘情愿待在国家公园署当二等公民，还不是因为钱太多。这是巡山员之间的老笑话，大家都知道巡山员其实一贫如洗，只有“夕阳日落领得最多”。他们付完家里的账单，买好装备、食物和汽油，开着生锈的大众厢型车或丰田旧卡车（巡山员的“豪华轿车”）到园区总部，在山里窝到十月，如果到时还没油尽灯枯，或许银行账户里会多出几毛存款……这群人当然不是为钱而来的。

不过老实说，巡山员还是有福利的。蓝迪和其他有权执法的巡山员同事可以加入“公共安全公职人员福利计划”。美国国会于一九七六年通过这项计划，目的在于“确保从事公共安全的公职人员安心工作，凸显美国社会极为重视这群置身危险环境为民众服务的公仆”。实施办法表示，对于“因公伤重殉职之公共安全公职人员的亲属”，政府将提供“抚恤金”。一九七六年，抚恤金的金额是五万美元，一九八八年增加到十万美元。

蓝迪在国家公园署工作了二十八年，就只有这项员工福利。不过，他还得先因公殉职才行。因此，虽然他在巨杉和国王峡谷担任夏季巡山员将近三十年，地位和待遇却仍和刚进来的菜鸟一样，甚至连表彰他成就的徽章都没有。徽章只有国家公园署的永久职雇员才有资格拿到。

葛瑞伯很清楚这一点，因此多年来不忘写信大力感谢巡山员协助他的研究。他经常对巡山员说，这份工作的成就感"只可能来自你们心里，最好别冀望国家公园署"。

葛瑞伯又和蓝迪谈了一会儿，他开始觉得蓝迪无动于衷是因为沮丧。"他的眼神很空洞，"葛瑞伯说，"但我知道怎么让他开口。他只要讲到草原就停不下来，要他讲一辈子都行。他很希望管制草原，我没看过对一块踩烂的草地这么认真的人。还有野花，他简直是野花的活百科全书，说起野花也是没完没了，所以我就跟他聊花，我说：'山上天气不错，而且够潮湿，对花很好。'结果他竟然说：'我对花已经没兴趣了。'"

蓝迪就算再讨厌国家公园署也不会这么说，因此一定有别的事情烦着他，不过葛瑞伯没有多问。"他不是到处向别人倒垃圾的人。"葛瑞伯说。蓝迪离开之前，他拍拍蓝迪的背说："祝你有个愉快的夏天。"

"老葛，你知道吗，"蓝迪说，"我干巡山员这么多年，感觉好像在浪费生命。"

"听他这么说，"葛瑞伯说，"真是把我吓坏了。"

如果你想知道正值巅峰的巡山员长什么模样，来找桑格就对了。他三十六岁，身高一百八十厘米，孩子气的脸庞有酒窝，经常笑容可掬。桑格在一九九二年结束一段惊涛骇浪的恋情，辞去计算机工程师的职务，来到山里疗伤。他先在南加州的圣吉辛托山（Mount San Jacinto）当了三年巡山员，一九九五年获得巨杉和国王峡谷国家公园聘用。桑格小时候当过男童军，当时就迷上这地方了。

一九九六年，桑格第二年在国王峡谷值勤。七月二十三日傍晚，桑格戴好头灯，背包上肩，离开雷依湖(Rae Lake)哨所，走进寒冷的夕暮中。蓝迪的驻扎地点在缪尔步道上往北三十二千米，他已经三天没有发讯对外联络，桑格奉命前去打探情况。他沿步道走了一千五百米，步伐慢慢稳健下来，双脚像活塞一样规律前进。伍兹溪（ Woods Creek ）在他左侧潺潺奔流，花岗岩山峰高如尖塔，映着满天星斗。桑格不敢相信竟然有人付钱让他来这里爬山，他简直爱死这份工作了。

桑格和蓝迪是完全不同类型的人。桑格年轻热情，胡子刮得干干净净，一副肾上腺素分泌过剩的样子；蓝迪睿智、历尽沧桑、满脸胡须，是高山荒野的智者，处理过太多山难者的尸体，对于搜救行动早就失去兴奋之情。蓝迪对荒野怀抱着绝不妥协的理想，是桑格心目中的导师，但要赢得蓝迪的尊敬可不容易。去年受训的时候，蓝迪刻意不理他，就算他展现出高超的登山技能，雪坡求生训练时不但靠冰斧停止坠落，还用背躺式上攀，蓝迪依然无动于衷，起码表情没有任何变化。

▶ 一九九七年，桑格刚结束伤员后撤任务，在值勤的雷依湖哨所附近留影。桑格家族提供

受训结束之后几个月，他们参加搜救行动分配在同一组，不得不在陡峭的山沟挤小帐篷过夜。他们在山里找人找了一整天，但直到傍晚之前，不管桑格说什么，蓝迪只是简单回答是或不是。面对两人的沉默，蓝迪显然乐在其中，桑格却生气了，他觉得蓝迪很没礼貌。夜幕低垂，桑格找了树枝准备生个小火。这时，蓝迪总算打破沉默，讲出一句完整的话："你最好学着尊敬一点。"

桑格搞糊涂了，心里又气又恼。他一整天不停试着和蓝迪说话，这就是他回报的方式？

"我哪里没尊敬你了？"他反问蓝迪，"我一整天都试着与你合作、向你学习，我猜你一定不晓得我有多敬重你、崇拜你对高山的知识。"

"不是，桑格，"蓝迪说，"我说的是生火。"

蓝迪将小登山炉挪到桑格坐的位置附近，在他身边蹲下，开始解释为什么不该生火。虽然桑格拿的是枯木，虽然他们是执法人员有权生火，虽然岩石和沙地上的灰烬很快就会被雨水冲洗干净，问题是人类有什么资格干扰自然？而巡山员又怎么能够例外？

桑格乖乖地将树枝四散扔开，就这样赢得了蓝迪的敬重，也赢得他的友谊，一段荒野的师徒之情就此展开。那天晚上，蓝迪畅所欲言，让桑格得以一窥这位荒野隐士的内心世界。

之后，两人时有接触，交情也越来越深。桑格知道蓝迪的生活遇到不少问题，与父亲的心结始终没有解开，婚姻也出现状况，但他也晓得荒野拥有神奇的抚慰效果。蓝迪曾对桑格说过："在荒野待上一个夏天，再大的难题也能解决。"

这天晚上，桑格朝蓝迪的哨所前进，心想待会儿又能像往常一样烧一壶热水，和蓝迪喝茶聊天。他两周前才和蓝迪在白支流步道工程站碰面，拿了新的无线电给他。其他巡山员说蓝迪心情低落，不过桑格觉得他好像等不及要回到山里，脸上看不出丝毫沮丧。

两人在工程站碰面的时候，蓝迪正在读西特 - 穆恩[4]的小说《蓝色公路》。作者讲述自己的人生遭逢挫折，婚姻出了问题，促使他踏上一段长达一万七千千米的旅程。小说的引言是这么说的：

翻开旧版的美国公路地图，主要道路是红色，次要道路是蓝色，现在全都变了。但在日出前和日落后的短暂片刻，古老道路依然映着天空的颜色。的确，在这既非白天、也非黑夜的暧昧时分，马路带着一抹神秘的蓝，蓝色公路的魔力达到顶点，看不见尽头的道路呼唤着我们，召唤我们前往陌生之地，一个可能失去自我的地方。

之前在山下的时候，蓝迪还很乐观，现在却半开玩笑对桑格说想找点新鲜事来做，“或许去当河流向导或赛车选手什么的”。桑格和另一位巡山员还因此给他起了个绰号叫“车神蓝迪”。然而，桑格完全无法想象蓝迪会辞去巡山员的工作。他这么想或许是出于私心，希望蓝迪再待久一点。

蓝迪一直是个低调的人，就算承受了生活的重担，桑格和其他巡山员也始终不曾从他嘴里听说。蓝迪带着妻子寄给他的离婚协议书回到山里，只差签个字，二十年的婚姻就将宣告结束。

蓝迪在工程站的时候，心里说不定想的就是这件事，因此才会对桑格说：“很少有人到我这个年纪还这么自由。”又说：“只有天空是我的界限。”但他从头到尾都没有把离婚协议书拿出来。“蓝迪他好像，”桑格说，“好像在思考未来该怎么办，和我说话也只是自问自答。”

西特 - 穆恩这样描述自己心里浮现流浪的念头：“什么都搞砸的人起码可以选择离开……试着跳脱生命的道路，抛开常轨，听天由命，随波逐流。这是起码的尊严。”这话听起来很浪漫，对西特 - 穆恩来说却是痛苦的选择。他提到自己在夜里翻来覆去，“怀疑抛开一切是不是太过疯狂，明天一早是不是真的会出发”。

蓝迪失踪前两个星期在读《蓝色公路》，言谈间又似乎有意想展开新生活，这两件事真的只是巧合吗？

七月二十四日早上，桑格沿着之字形上坡大步走到标高三千六百八十八米的屏秀隘口。他“使出吃奶的力气”才在十一点半爬到山顶，赶上园区总部的通讯回报时间。屏秀隘口棱线以南是他的巡逻区域，往北是蓝迪的责任区，这块崎岖的花岗岩高地就像一座信号塔，让桑格可以毫无阻碍地和蓝迪的班奇湖哨所联络。哨所位于隘口北方六点五千米的马裘里湖盆地（Marjorie Lake Basin），群山环抱，海拔比此地低了将近六百一十米。桑格推想，蓝迪可能无法和远在西南边的总部联系上，但发讯联络应该没问题，而桑格在隘口上，任何人的讯号都能收得清清楚楚。

桑格勉强赶上通报时间，立刻发讯呼叫蓝迪，蓝迪当时的无线电代号是一一四。

“一一四，这里是一一五呼叫……一一四，这里是一一五……嘿，蓝迪，你在吗？”

没有反应，但桑格不放弃，继续试完园区内所有的通讯频道。最后他确定没有人在这附近，便联络园区的调度主任，对方说蓝迪依然毫无音讯。

蓝迪上次回报是在四天前，七月二十日星期六，他在缪尔步道哨所以北十点五千米的马瑟隘口（Mather Pass）。那天早上，格兰特林丛（Grant Grove）巡山小队长埃里克·莫瑞（Eric Morey）做了晨间报告，他事后回想，蓝迪的“讯号很弱”，似乎听到“蓝迪说他无线电的电池快不行了”。

问题是，园方为什么隔了四天才派巡山员到蓝迪的责任区？这表示除了讯号不良，园区内的通讯联络系统显然还有其他弊病。园区管理政策清楚地声明：

> 巡山员必须深入山区……为确保人员安全……巡山员必须每日发讯回报……时间是十一点三十分，失联者一律登记在册。人

员失联超过二十四小时……必须立即呈报上级，派遣额外人力协寻失联人员。

话虽如此，但要是上级——蓝迪的直属长官是内华达山脊巡山小队长辛迪 · 珀塞尔（Cindy Purcell）——正好休假呢？管理政策里没有明文规定，于是日志就这样连续三天记载蓝迪“无回报”，却没有任何人警觉。最后是不时会做晨间报告的小队秘书克里斯 · 皮尔森（Chris Pearson）发现蓝迪已经失联三天，认为“应该通报”，这才通知珀塞尔的直属长官，也就是起草管理政策的巡山分队长蓝迪·寇夫曼（Randy Coffman）。

寇夫曼当机立断，当天（七月二十三日）下午随即趁巡山员例行开机测试时联络桑格，桑格就是在这时接到命令，出发前往班奇湖进行官方所谓的“状况检查”。

不过对桑格来说，这一点都不麻烦。天气那么好，在高山巡逻是非常享受的事，查核同事状况可说是令人开心的事，更何况他要找的人是蓝迪，他一点都不觉得会出什么问题。再说，分队长寇夫曼是园区搜救的第一把交椅，他大可出动直升机，不用三十分钟就能送一位巡山员到班奇湖，却指派桑格在山里走三十千米，明知道他隔天才能抵达蓝迪的哨所，这表示情况应该不是非常严重。

“我一点也不担心蓝迪，那就像前女友的猫溜出去过夜，我也不会担心，”那天，桑格心里这么想，“不是因为我不喜欢猫，而是凭直觉认为猫能照顾自己。”

不只如此，桑格还趁地势之便，用无线电打电话给父亲，你就知道他有多不担心了。那台无线电是他自己改装的，可以当电话使用。他对父亲说了生日快乐，这才离开隘口往下切。

不过，他一踏进蓝迪的责任区，刚训练好的执法雷达就开始转动了。虽然他很乐观，觉得不会有事，心里还是不排除发生意外的可能。要是有暴力分子在园区里蠢蠢欲动，桑格心想，那么最好不要穿着制服接近哨所。于是他换上便服，继续朝哨所前进，希望自己的谨慎是多余的。

桑格走到马裘里湖，面对碧蓝的湖水，脚步不觉慢了下来。四周一片寂静，只有星鸦在雄踞陡坡的黑松之间迅速飞行穿梭，一边发出愉快的叫声。这一天真是美极了。

步道慢慢变缓，眼前出现一片高山草原，溪水从旁奔流了二百米远，和塔布斯隘口（Taboose Pass）交会。隘口由岩石组成，可以俯瞰小溪。往前走几米，砾石地上插了一块金属广告牌，写着“巡山员哨所”，周围有几棵黑松，林间隐约可见一排鞋印，桑格步伐轻松地往哨所帐篷走去。

“哈啰，有人在家吗？”他从远处大喊。

没有声音。

走到哨所门口，桑格看完蓝迪四天前留下的字条，心里开始盘算。如果没出事，蓝迪应该随时会回营地。他向寇夫曼报告，提议等到傍晚再开始找人。他很确定蓝迪会出现，因此不大敢走进蓝迪的私人空间，感觉很不自在，但他还是进去了，因为寇夫曼要他进去看看有没有巡逻计划之类的线索，可以推断失联巡山员的下落。

桑格告诉寇夫曼，帐篷内整齐有序，他没有发现巡逻计划，哨所日志也没有注明。

寇夫曼的脑袋里立刻响起警报。他询问内华达山脊小队的代理小队长戴夫·阿什（Dave Ashe），他是蓝迪去年的直属长官。阿什说蓝迪就像磁铁一样，经常拿到坏无线电。

“我认为不用紧张，”阿什说，“我想我们还没开始找蓝迪，他就会自动出现了。我觉得最好先过完这一天再说。”

不过，桑格和阿什的直觉并未说服寇夫曼，他立刻发讯给五五二（直升机小队的代号），看直升机能否出勤。几分钟后，他已拟好计划，准备亲自率领五六名巡山员到班奇湖哨所和桑格会合。

寇夫曼收拾好装备后便启程前往直升机基地，调度主任则开始联络三名巡山员乔治·德奇（George Durkee）、洛·莱尼斯（Lo Lyness）和桑迪·格拉邦（Sandy Graban）。这三人不是随便挑选的，寇夫曼知道他们都是蓝迪的多年好友，对班奇湖一带也很熟悉。园区还另外通知五六名巡山员待命。

命令很简短：备妥三日用背包，前往最近停机坪，搜救行动，目标一一四。

巡山员德奇接到通知时并不在勒空特峡谷（LeConte Canyon）哨所，他沿着步道上攀到很远的高处，正在移除路上倾倒的树木。德奇身高一百八十八厘米，红胡子，长跑选手的体格，大伙儿都喊他“指挥官”，因为他在训练期间老是穿着搜救连身衣，而且说话很节制，总是像外交官一样面带微笑。他形容自己是“上了年纪的嬉皮，动作却像猎豹一样迅速优雅”。

德奇天生充满幽默感，最近还特地印制了名片，注明服务单位是“巨杉国王峡谷，国家公园署”。名片上印了金色的国家公园署徽章，非常显眼，名字和头衔（巡山员）在正中央，下面还加了一行字：男人的工作，男人的表现。

德奇虽然喜欢搞笑，其实是非常资深的老手。二十世纪七十年代初期，他开始在优胜美地担任巡山员，当时就已经在“囤积搜救装备”。所谓“搜救装备”主要是方便取用的紧急医疗用品，例如背板、绳索、担架……还有尸袋。一九七二到一九七七年，德奇协助寻获了二十五具尸体。他就是在这段沉迷搜救工作的日子里遇见蓝迪的。蓝迪大他十岁，当时是高山雪地巡山员，驻扎在优胜美地贝杰隘口（Badger Pass）附近。他们都热爱荒野，又喜欢冷嘲热讽，因此很快就成了朋友。

二十年过去，德奇四十四岁了，虽然还是喜欢冒险刺激，不过瘾头已经淡了，只有特别大的意外能让他兴奋一点。他和蓝迪的友谊也是如此，变得“有点紧张”。

德奇接到命令的时候，回哨所得走上四十分钟。他立刻放下手边的事，只花二十分钟就赶回哨所，将三天份粮食装进背包，吻了担任志愿巡山员的老婆佩奇·迈耶（Paige Meier），接着便朝指定地点奔去，不到一小时就抵达停机坪。德奇很担心他的老友，他知道蓝迪最近被一些私事困扰着。就在他等待直升机的时间，脑中不断浮现三段不寻常的往事。

第一件事发生在一九九四年八月二十日，他和蓝迪到达尔文山（Mount Darwin）搭救两名登山客，差点双双死在军用直升机的水平旋翼底下。当时一个登山客困在岩架上，另一个坠入四十多米深的陡峭雪坡身受重伤。那一带非常危险，稍有失足就会丧命，而且风势强劲，直升机很难找到降落地点。他和蓝迪爬到达尔文山北坡的一个凹处，两人凑在担架旁边，正准备帮助受伤的登山客登上直升机，突然一阵强风扫过机尾，主旋翼一偏，从附近花岗岩上方切过，惊险万分。光是想到那件事，德奇便忍不住把头一缩。

搭救任务顺利完成，然而德奇沿着深谷往下切时，却不慎踩落一块足球大小的岩石。他马上大喊："落石！"但石块已经砸中蓝迪的头部，让他当场昏了过去。要不是蓝迪戴了头盔，可能早就魂归西天了。

这次救援行动让他们得到上级奖励。蓝迪为国家公园署效命这么多年，只得到两枚奖章，这是第二次。蓝迪在救援报告中对德奇踩落岩石的事情只字未提，他不想让别人对德奇留下不好的印象。

救援结束后，他们走到达尔文山脚下，由直升机载他们返回麦克勒草原（McClure Meadow）。两人选了一个平坦舒服的地方躺下来仰望天上的浮云，感觉肾上腺素依然在血液里奔流。德奇说天气这么好，活着真是太棒了，蓝迪回了一句："噢，不晓得。"接着便坐起身，环视草原和围抱着进化盆地（Evolution Basin）的壮阔山峦。这里有达尔文山、赫胥黎山（Mount Huxley）和其他的山，用的都是进化论大师的名字。蓝迪语气平静地说："山里不缺我一具尸体。"德奇当时并不认为蓝迪有轻生念头，只觉得他有点感伤。但现在蓝迪真的在山里失去踪影，身为蓝迪的好友，他很难不想起这句话。

▲ 蓝迪外出巡逻通常不会携带佩枪，但几乎都带着相机。吉恩•罗斯提供

第二段往事是去年（一九九五年六月）训练期间，他和蓝迪吵了一架。两人原本只是闲聊琐事，没想到德奇越讲越激动，最后忍不住把心里憋了一年的愤怒全爆发出来，痛斥蓝迪搞婚外情。

“不管他是中年危机、心灵空虚，还是私底下有另外一面没让我知道，他这么做就是伤了他太太茱蒂，而他太太也是我朋友，”德奇说，“蓝迪让我的处境很尴尬，我很瞧不起他，我当时就是这么跟他说的。”

蓝迪破口大骂，说德奇胡乱批评。德奇出言反驳，说自己只是看不惯蓝迪让茱蒂这么痛苦。“难道你以为我不晓得茱蒂很痛苦吗？”蓝迪发飙了，“我只差这么一点……”他用拇指和食指比了一厘米左右的距离，“今年夏天就回不来了。”

说完蓝迪一屁股坐在地上，将脸埋在手中开始哭泣。不过他很快就振作起来，承认他的外遇被茱蒂发现之后，他曾经想过要自我了断。“没那么严重，”他向德奇强调，“可是我确实有过类似的念头。”

第三件事是一九九六年七月二十日，也就是蓝迪出发“巡逻”前一天晚上，他呼叫德奇和迈耶，问了一些无关痛痒的问题。德奇觉得“蓝迪只是想找人讲话”。他们没聊几句，蓝迪突然说：“我不会再打扰你们两个了。”说完便切断讯号。德奇和迈耶互看一眼，心里想着：“他没有打扰我们啊。”两人耸耸肩，没有多想什么。

现在蓝迪在荒野失踪了，他之前说的话突然变得充满玄机。德奇恨不得马上赶到班奇湖寻找他的朋友，更想检查一下蓝迪是否带着园区今年配发的点三五手枪出门。

这块九百克的金属外加弹药，是巡山员的标准配备。但德奇知道，蓝迪巡逻的时候向来把枪锁在哨所里，因为他觉得佩枪会破坏原本让人乐于亲近的巡山员形象，再说他也怀疑自己真有本事朝人开枪，就算自卫也很难下手。德奇担心如果枪不在哨所，可能就是蓝迪拿去结束自己的生命了。

莱尼斯是夏洛特湖（Charlotte Lake）的巡山员，过去几年和蓝迪过从甚密。虽然他们不愿这段情谊曝光，但国家公园就和其他工作场所一样，少不了流言蜚语，因此大部分同事都知道他们的恋情。两人前阵子刚分手，可是莱尼斯依然对蓝迪难以忘情。

尽管两人恋情短暂，却非常亲密。或许正因为如此，莱尼斯才会在搜寻行动开始前两天就出现莫名的焦虑。那天，莱尼斯在司芬克斯溪（Sphinx Creek）上游附近巡逻，她听到园区发讯通知蓝迪已经失联几天，心里就有个声音告诉她“大事不妙”。

莱尼斯身高一百七十八厘米，金发白皮肤。在她眼中，这片高山拥有神奇的魔力，你只要独自待上两周，一切都会缓慢下来，而所有巡山员都有相同的经验。蓝迪说这叫“减压”，是从忙碌扰攘的文明社会进入荒野的必经过程。只要走进荒野，感官就会平静下来，变得格外敏锐，犹如禅悟一般；就连不信邪的巡山员也都承认，只要独自在山里待久了，心境自然会空灵起来。蓝迪认为这种过程像是一种宗教，“一种在其他地方都找不到的神学体系”。这是蓝迪一九六六年在夏洛特湖巡山日志里的一句话，当时他极力想要解释“高山上的神奇经历……只有静默……被荒野包围、感受荒野的时候才能体验得到”。

一九七三年，蓝迪驻扎在麦克勒草原，这是他最钟爱的一片草原，他对于类似经验又有更多着墨。他形容自己的感觉：“某种伟大没有边际的东西，将我吸纳进去、包围着我，我只能微微感觉到它，却无法理解它是什么。”

“说不定，”他沉思着，“只要留在这里够久，全神贯注去感觉，我就会知道。”

莱尼斯接到命令时，心灵就是有这么强的感应。虽然她知道巡山员连续失联几天没什么稀奇，却无法否认当时心里就是特别“紧张、不自在”。

七月二十四日，桑格快到屏秀隘口的时候，莱尼斯离开哨所去巡逻。几小时后到了晨间报告时间，她的无线电却坏了。她继续走到维岱特草原（Vidette Meadow）去检查营地，执行最无聊、最容易腰酸的清理工作，扫除违法和过大的营地，靠体力劳动甩脱心里的担忧。她搬动石块，满身灰渣忙到下午，弄得筋疲力尽才打道返回哨所。途中，她遇见骑马巡逻的巡山总队长黛比 · 伯德（Debbie Bird），急着想知道蓝迪回报了没，便问伯德是否知道。但伯德正在休假，只是陪家人到园区玩，根本不晓得蓝迪已经失联几天了。乌云聚集，一道闪电让两人的对话匆匆结束。不过，伯德虽然只和莱尼斯谈了几分钟，还是发现对方“显然很担心蓝迪”。伯德正好要离开园区，便将自己的无线电交给莱尼斯，目送身形纤细的她大步攀向林木线，沿着之字形步道走向雄踞在陡坡之上、四周草原环抱的哨所。

伯德并未对莱尼斯提及任何事，但她心里有个风雨欲来的不祥预感。“天气可能要变了，雷声在远处低鸣，空气中却有种奇怪的感觉。”她说。

莱尼斯和总队长分开后十五分钟，新拿到的无线电也坏了。没多久她听见直升机的声音；对巡山员来说，直升机出现就表示有麻烦了。

从草原通往夏洛特湖的步道岔路口是一段之字形陡坡，垂直高度将近三百米。莱尼斯走在路上，发现园区直升机在她哨所上空绕着大圈，显然在找她。标准程序是立刻打开专用频道与直升机联络，但无线电是坏的。莱尼斯咒骂几句，开始在陡坡上拔腿飞奔，等她赶到山顶，五五二正好从她头上飞走。她虽然精疲力竭，还是从哨所直冲到湖对面的营地，用营地管理组长的无线电呼叫直升机回头。她刚收好背包，直升机就到了，载着她往北飞向班奇湖哨所。

巡山员分别从南、西、北方飞抵蓝迪的责任区，展开“初步”空中寻人任务。所有人打开园区专用一号频道，随意呼叫蓝迪，同时俯瞰底下的花岗岩峰、草原和森林。如果蓝迪意识清醒，只是受了伤、走不到可以收到无线电讯号的地方，他只要打开无线电便能与直升机联络。

“一一四、一一四，蓝迪，我们在找你，请回哨所或到开阔处，让我们看得到你。”

“一一四、一一四，蓝迪，我们在找你。”所有直升机都在反复传送类似的讯号。

没有回应。

巡山员在班奇湖哨所降落之后，所有人都觉得少了什么。德奇说他们几个聚在一起不是完整的队伍，“完整的搜救队应该包括蓝迪才对”。

他们没有寒暄，只是握个手、彼此拥抱，接着开始搜寻任务。

五十岁的格拉邦是最年长的女巡山员，在园区服务了十九年。她轻松地站在蓝迪平常吃饭的野餐桌边，根据她后来的说法，她认为大家都“太大惊小怪了”。

“蓝迪不是失踪，”她说，“只是没有联络，他之前很多次都是这样。”

格拉邦常年背负重装，身材高大结实，四十岁才去上巡山执法训练课程，和一群二十多岁的小毛头混在一起。不过她虽然年纪大别人一截，毕业时的体能成绩却是全班最高的。

在同事眼中，格拉邦为人体贴，很有“灵性”，做什么事都不疾不徐，爬起山来却健步如飞，让大部分同事望尘莫及。桑格观察力敏锐，总是随身携带笔记本，虽然才转来园区不久，便已经发现大家谈话的时候，格拉邦经常坐在角落，但“所有人最后都会征询她的意见，表示她一定很有能力和经验”。格拉邦在山里混迹多年，和蓝迪又是老朋友，可是她一点都不担心。她环顾花岗岩峰，没有感觉到任何“坏兆头”。之前训练的时候，她确实发觉“蓝迪的心情好像有点沉重”，不过她和桑格一样，相信“蓝迪会照顾好自己”。

所有人都半带着希望，心想蓝迪会自己冒出来，满脸络腮胡像山里的野人一样，露出洁白的牙齿，笑着说：“你们在这里办派对啊？”他会一脸不屑，嘀咕着将无线电扔在餐桌上，卸下比出发前还重的背包，里面装满登山客的“纪念品”。这是蓝迪发明的名词，用来指称铝箔、糖果纸、啤酒罐之类的垃圾。“帮大人擦屁股，”蓝迪曾经说过，“真是一辈子都忙不完。”

然而随着时间一分一秒流逝，蓝迪自己会出现的想法也越来越不可能。

分队长寇夫曼在桌前坐下，所有人围了上来，全神贯注看着他。

“寇夫曼永远是人群里的老大，”德奇说，“就算你踏进他山下办公室的时候没有感觉，他背后那张大灰熊照片也会提醒你这一点。”寇夫曼是登山高手，攀过的高山遍及安第斯山脉、阿拉斯加和非洲。他身高一百七十五厘米，浑身肌肉，参加过一九九四年美国和挪威国际登山队，曾登上海拔八〇三四米的世界第十三高峰——巴基斯坦的嘉许布朗二号峰（Gasherbrum II）。

寇夫曼是搜救课程讲师，也是巨杉和国王峡谷公认的驻园搜救专家。在官僚体系里，像他这样资历显赫的巡山员肯定能够步步高升，在华盛顿的国家公园署总部谋得一官半职。然而，尽管他的搜救技巧高超，同事却形容他“自大、独裁、很难共事”。

有巡山员说：“寇夫曼只要在场五分钟，所有人都会被他气疯。”

但那是在山下，到了山里，寇夫曼完全变了一个人。面对危难，他既专注又放松，掌控全局却不忘寻求和聆听其他人的意见。就算同事对他的处事态度再有意见，也想不出比他更有能力和资格担任领队的人。

所有人都同意寇夫曼是搜救大师，从他搜救蓝迪的过程中就能清楚看出这一点。这不只是他参与过最辛苦的一次搜救行动，也是最困难的，因为他和其他同事一样，把蓝迪当成好朋友。但他依然冷静领导搜救行动，充满自信。

寇夫曼不久便从属下那里得知，蓝迪正面临人生的十字路口，他在地图上看到红线标示的岔路，不再只是从班奇湖哨所离开的四条道路，也是生命的抉择。

塔布斯隘口步道过了小溪，沿着小溪东岸继续往东北走，是离开山区最快、最直接的路，只要走三十七千米便能接上三九五号公路。而隘口步道过了小溪到西岸就变成班奇湖步道，可以走到湖的西边，将近四千米长，但之后就没路了，只剩无数条蓝迪钟爱的荒野小径，通向他最珍惜的高山盆地——他的遁世天堂。哨所往南则是热门的缪尔步道，终点为惠特尼峰，步道长九十五千米，而往北二百四十五千米是优胜美地山谷，是蓝迪的童年故乡，也是故事真正开始的地方。

第二章　花岗岩摇篮

搬到优胜美地山谷，住进分配的宿舍，面对着半圆丘和朝阳。我们觉得生命里好像每天都充满了阳光。

——埃斯特·摩根森，一九四四年

花朵是大地的笑容。

——拉尔夫·沃尔多·爱默生

《哈玛崔亚》（“Hamatreya”）

一九五〇年，优胜美地国家公园戴纳峰（Mount Dana）一带的陡峭高山还没有步道通入。一般人放眼望去可能以为山上没有生物，只见到两个尘埃般的黑点，沿着西坡的山沟和砾石缓缓往上。

其中一个黑点是八岁的蓝迪，他只差几百米就要攀到山顶。这是他爬的第一座四千米的高山。空气稀薄，蓝迪的脚步像蜗牛一样缓慢，无法像在他家附近的优胜美地山谷一样健步如飞，这让他有点沮丧。蓝迪的父亲戴纳·摩根森（Dana Morgenson）跟在后头，离他几步之远，正在解释高度对人体的影响，其实心里庆幸能够放慢脚步。他看到细瘦结实的儿子气喘吁吁，便要蓝迪趁机好好享受风景，同时留意四周看似不起眼的丰富生命，像是花岗岩板上爬满了红色、橘色和金色的地衣。他们走出黑松林和草原之后，已经有几小时没见到其他生物了。

父子俩休息片刻，父亲向疲惫的登山少年保证，到了岩峰可以看到稀奇的美景，于是少年再度打起精神。

只剩下不到一百五十米了，小蓝迪缓缓往上爬，一边研究突出的岩石和裂隙。他在阴暗的洞穴里发现一小簇金色花朵开在沙地上，兴奋得大声欢呼，要父亲来看，并问是什么花。戴纳在儿子身旁弯下腰来，将相机对准这一天的第一份大奖：高山金菊（alpine gold）。接着，他掏出永远收在衬衫口袋里的放大镜，让儿子领略放大镜下神奇的自然世界。

终于到了山顶，蓝迪趴在地上，深吸一口戴纳峰最珍贵特别的香气，它来自浅蓝色的花葱。

戴纳对儿子说，花葱的俗名叫“飞行员”，因为只有在最高的山顶上才看得到。“所谓飞行员，”戴纳说，“就是带人们到天上的人。”蓝迪兴奋得瞪大眼睛，伸手想摘几朵花送给母亲，但戴纳制止了他，对他说花葱非常脆弱，经过长久的奋斗，好不容易才在这么严苛的环境里生存下来。接着戴纳问蓝迪：“让它们在这里开花不是很好吗？”他用八岁小孩听得懂的话说，要是之前爬山的人把这么美的花摘走了，他们现在就欣赏不到了。

父子俩回到优胜美地山谷的木屋，蓝迪跑进厨房，母亲埃斯特（Esther Morgenson）正在准备晚餐。“妈妈，妈妈！”蓝迪大喊，“我找到花兰了！”父母马上纠正他，说他把花名讲错了，但他还是不晓得为什么他们俩一直笑。蓝迪发现“花兰”的故事，从此成为摩根森家茶余饭后的笑谈。

想了解蓝迪是什么样的人，还有他为什么会变成这样的人，只要看他父亲就晓得了。

戴纳是美国中西部人，童年时举家搬到加州大中央山谷的艾斯卡隆镇（Escalon）。他很快就注意到神秘高耸的内华达山脉，即使他于一九二九年从斯坦福大学英文专业毕业，高山对他的吸引力依然不减当年。

大萧条期间，戴纳很高兴能在艾斯卡隆镇他父亲工作的同一家银行找到工作。一九三〇年第一次休年假，他终于下定决心和一位朋友去内华达山脉探险，在优胜美地国家公园的土伦草原（Tuolumne Meadow）露营。他带了一根钓竿上山，因为他觉得“在山上就是要钓鱼”。后来又临时起意带了一台布朗尼相机。爬山不到一天，钓竿已经被他抛在脑后，接下来一路都忙着用相机记录山里的经历。他和朋友钓鱼、健行、爬山，也很凑巧爬了戴纳峰。戴纳下山之后查资料，发现这座山是一八六三年加州地质

◀ 一九四一年，埃斯特和戴纳在加州艾斯卡隆镇自宅。摩根森家族提供

调查所（California Geological Survey）以当时顶尖的地理学家戴纳[5]的名字来命名的。而对戴纳·摩根森来说，戴纳峰永远是世界最高峰。

回到艾斯卡隆镇，戴纳发现他用简单相机拍的照片质量很差，让他相当失望，于是跑去买了摄影教学书，心里一直希望能够添购更好的器材。只不过大萧条期间生活吃紧，实在挤不出闲钱。

戴纳在银行工作的时候，注意到一位名叫埃斯特的女孩。他们小时候就认识，但埃斯特念完中学就搬家了，直到最近才因为在附近大学攻读艺术而搬了回来。两人很快陷入热恋。

一九三三年九月九日，戴纳和埃斯特二十四岁，两人在朋友家的花园里举行简单的结婚仪式，成为终身伴侣。“这是我一生中最美好的一天，”戴纳在日记中写道，“埃斯特美极了，我高兴得不得了。”

他们沿着加州海岸露营了十二天，当作是蜜月旅行。回到镇上，戴纳每天加班，埃斯特继续攻读学位。只要休假，两人不是爬山就是去沙漠，而且都会提前记录在月历上头。戴纳午休时间会在银行二层楼的楼梯跑上跑下维持体力，偶尔星期六不用上班，他和埃斯特就会跑到内华达山脉露营。

戴纳很喜欢写日记，也喜欢读日志。他最喜欢的一本书是第二版《优胜美地山谷导览》(*Guide to the Yosemite Valley*)，一八七〇年出版，内容主要是加州地质调查报告，附有详尽的地图和木刻画。戴纳越读心里就越渴望野外生活，幻想有一天能在荒野建立家庭和谋生。他不止一次对妻子说："要是住在一个星期日下午能到森林散步的地方，不知道有多好。"先生的渴望打动了埃斯特，也成为她的梦想。

然而，当时是二十世纪三十年代，没有人会抛下一份好差事去追求浪漫的梦想。

一九三八年四月十二日，他们的长子赖瑞[6](Larry)诞生。一九四二

▶ 生而自然。一九四三年，蓝迪坐在装满莫塞德河水的木桶里洗澡。戴纳摄

年五月二十一日，蓝迪呱呱坠地，当时美国刚对日本宣战不久，正式投入第二次世界大战。蓝迪还不到一岁，父母就用木桶装满莫塞德河（Merced River）的河水，隔着营火加热，帮他洗澡，让他“受洗”成为优胜美地露营一族。

二十世纪四十年代初，优胜美地是美国生活的缩影。园区里开了一片“胜利公园”，美国陆军和海军士兵进驻山谷附近的半永久营区，就连欧瓦尼旅馆[7]也成了负伤军人的疗养院。一九四四年，诺曼底登陆显示“二战”即将进入尾声，国家公园署和园区特许商家预期天然气不须再依赖配给，游客会大量增加，戴纳因此获得优胜美地公园柯里公司（Yosemite Park and Curry Company）聘用，担任经理。他隔天就向银行递出辞呈。

同年八月，摩根森一家人搬进优胜美地山谷泰克亚路一〇二号，柯里公司的员工宿舍。房子是隔板双拼建筑的一半，格局虽小，但很舒服，在摩根森夫妇眼中是一栋浪漫的野外小屋。戴纳在两家银行闷了十年，私底下想找新工作很多年，最后终于实现梦想，能在山里工作和生活，尽管还是得坐办公桌，他却一点儿也无所谓。从一〇二号的客厅和餐厅窗户看出去，可以俯瞰欧瓦尼草原（Ahwahnee Meadow）绿草翻腾，草原上一排如墙的大树，后面矗立着令人敬畏的花岗岩巨岩，包括皇家射手岩(Royal Archers)、华盛顿石柱（Washington Column）等，以及横踞于地平线、举世闻名的半圆丘（Half Dome）。推开后门，眼前又是另一座壮阔的花岗岩墙，高耸在常绿森林之上，三面环抱他们的家。莫塞德河流水潺潺和傍晚引发怀旧气氛的松木营火，更增添了野外天堂的气氛。来访的亲朋好友都说，戴纳就住在明信片里。

全家安顿好之后，戴纳只要有空就往山里跑。“追寻自然的奥秘。”他经常在日记里这么写道。野花成了戴纳的最爱，他热切阅读当地自然学家特里西德[8]和沙史密斯[9]的作品，并与他们成为知交。两位学者发现这个任职会计部门的人竟然如此喜爱野外，便和他分享园区里关于自然的种种奥秘。

戴纳就这样成为山谷区的野花权威，也让他得以从柯里公司的会计部门脱身。每年春天开始有人找他鉴定花朵，或担任园区员工和游客的向导，与他人分享这些年来亲自走过、并用日记和相机细心记录的高山步道。戴纳的两个儿子经常陪在他身边，他不时教导他们野花和树木的学名，还有步道和山峰的名字。每回出去探险，这两个孩子总会从父亲口中听到无数的名人话语，例如缪尔、爱因斯坦、梭罗[10]、惠特曼[11]和纳什[12]。这几位作家的书陈列在家中墙上，而这些藏书更是山谷住户当中最丰富的。

戴纳最喜欢惠特曼的一句话："日日夜夜、分分秒秒，于我都是无法言喻的完美奇迹。"他对这片土地和生活充满赞美之情，也深深地影响着两个孩子，让他们对大自然怀抱敬畏，尤其喜欢沿着湍急的莫塞德河畔漫步。"积雪山脉孕育千万条河流，欢欣低语犹如诗人，"戴纳引用缪尔的词句，"但唯有莫塞德河能够如此吟唱。"

摩根森家的两兄弟从父亲身上学到一件事：大自然就是神的教堂。他们经常参加主日礼拜，然而戴纳宁可抛下教堂的座椅，到泥泞的山顶草原寻找"如梦似幻"的白色高山玉凤兰，并在日记里写下"玉凤兰，白穗植物的变种"。

戴纳还会和林中的动物说话，好像问候邻居一样。经过步道旁的松鼠窝，他会说："早啊，松鼠太太，宝宝们都好吗？"他对园区的双足动物一样尊敬，遇到巡山员一定扶帽问好。蓝迪显然深受影响，因为他年少时最喜欢的一首诗就是《巡山员的喜悦》("Ranger's Delight")。这首诗是游戏之作，内容很幽默，是他在父亲书架上的一本书里读到的，书名是《喔，巡山员》(*Oh Ranger*)，一九二八年出版。戴纳特地塞了一张小纸条夹在诗的那一页，写上"蓝迪的最爱"。

夏天结束，他们下山，
离开哨所，回到城里，
又脏又野，又跛又累，

▲ 蓝迪在优胜美地山谷玩假营火。戴纳摄

▼ 蓝迪童年的后花园：优胜美地山谷和半圆丘。戴纳摄

亲近自然还真疲惫。
他们上山，国家出钱，
城里人说他们“啥都没干”。
实则不然，各位看官，
他们的足迹有时穿越——
森林、高山、沙漠和树丛，
总是不辞辛劳，匆匆忙忙。
夜里在高山草原扎营，
只靠“巡山员之乐”罐头果腹，
他们修筑木屋、围篱和电话线路，
驱赶占地者，守护矿藏。
电话来了，有火要灭，
巡山员总是日夜辛劳。
喔，这样的生活充满乐趣，
他们是一群善良、快乐、无忧无虑的孩子，
整天奔跑，浑身顽垢，
生活富足，一周只要一餐就够。

这首诗是于一九二八年左右在埃尔多拉多国家森林（El Dorado National Forest）一间巡山员小屋里被人发现的，作者不详，只晓得绰号叫“罐头西红柿”。随着年纪增长，蓝迪的文学品位也越来越高，很快就脱离了“罐头西红柿”的阶段，开始阅读父亲经常引述的名家著作。不久，他也开口闭口就是梭罗和缪尔的词句。亲朋好友都觉得理所当然，毕竟有其父必有其子。

优胜美地的居民经常称自己住的山谷为“花岗岩摇篮”，这里没有城市的麻烦事，家家户户从不锁门，钥匙可以插在汽车钥匙孔或遮阳板上，后院也没有围篱，小孩可以自由玩耍。蓝迪小时候有个玩伴叫蓝迪·拉斯特（Randy Rust），是邮局主任的儿子。拉斯特记得童年经常拿着弓箭、空气手枪和鱼竿，但“只会射罐子”。他说：“从前巡山员看到我们一定会停下来和我们握手，检查我们手上的武器，像大人一样跟我们说话，之后才会扶帽告别。现在不一样了，他们只要看到山谷里的小孩拿着空气手枪，一定马上没收。”

拉斯特说：“我们十几岁的时候经常跑到莫塞德河，坐着旧轮胎顺流而下，在河边钓鱼。高中的时候，山谷里才开始有电视，可是信号非常差。我们有时会轮流到朋友家听唱片，蓝迪家是少数有留声机的。摩根森太太偶尔会在前院刷油漆，偶尔帮我们做柠檬汁，装在水瓶里，用托盘拿给我们，附上几个杯子。摩根森家的人都非常讲究规矩。”

蓝迪家离学校大约四百米，他总是走路或骑脚踏车上学。学校只有两间教室，通往学校的路曲折迂回，蓝迪下课后经常“迷路”，赶不上晚餐的火腿和肉块。然而家里要是有客人，大人会在饭前喝一两杯调酒（冬天会在炉火前，春夏就在前院，欣赏山影慢慢爬上半圆丘），蓝迪就会准时回家。他非常喜欢听大人谈天，只要听说爸妈有朋友要来，例如著名摄影家安塞尔·亚当斯[13]夫妇或其他住在优胜美地的名人，他就不会晚归。大人经常请蓝迪挑选傍晚的音乐，他总是开心地按照天气或心情挑一张古典音乐唱片。山谷里大多数青少年天天都听猫王高唱《别太无情》（*Don't Be Cruel*），蓝迪却独钟古典音乐，鲁宾斯坦[14]弹奏的格里格A小调钢琴协奏曲就是他常听的曲目之一。

不管家里有没有重要客人，摩根森一家的晚饭时间一定要好好坐下来享用。埃斯特和她母亲一样，永远将餐桌摆置得非常完美。一家之主负责切肉，牛奶装在瓶里，桌上不准戴帽，手肘也不准碰触。

晚餐后的余兴节目通常是聊天，一家人不是围坐在炉火前，就是到山谷里的活动中心，聆听来访学者、作家、艺术家或摄影师演讲、放幻灯片或播放纪录片。兄弟俩再大一点，哥哥赖瑞上了高中之后开始往外头跑，

▲ 一九四八年，蓝迪（右二）、赖瑞（右一）在优胜美地玩耍。摩根森家族提供

参加派对。而蓝迪除非有好书在手，否则依然黏在父母身边，不过他更常选择待在家里看顾壁炉，等爸妈外出回来。蓝迪从小就喜欢躲在被窝里打着手电筒读书。早晨醒来，家里的手电筒经常在他床上，电池耗尽，因为他前一晚读了太多页。后来电视信号改善了，但摩根森家抗拒潮流，依然将广播、唱片和报纸当成家里主要的新闻和娱乐来源，《旧金山纪事报》和赫布·凯恩[15]在该报的专栏，更是他们全家的最爱。

冬天，蓝迪会到柯里村的池塘玩滑雪板，也去优胜美地贝杰隘口滑雪。赖瑞在那里担任滑雪教练兼卖热狗，蓝迪以哥哥为榜样，一心想跟上他的步伐。

五十年代中期，赖瑞被征召入伍，派驻到局势紧张的朝韩边界。蓝迪和他最要好的童年玩伴比尔·泰勒（Bill Taylor）越玩越觉得贝杰隘口“没什么意思”，戏称那里是“贝杰便口”。于是，荒野森林和陡坡成了他们的新乐园。

据说想在国家公园署谋得理想职位，没有一点人情关系是办不到的，一九五八年也不例外。那一年，十六岁的蓝迪在柯里村申请工作，担任人人称羡的脚踏车亭管理员。这是他的第一份工作，时薪一点三五美元，一周工作二十八小时，负责出租和修理脚踏车、为游客指点方向，以及回答关于园区的各项问题。来年夏天，蓝迪又申请到同一份工作，薪水照旧，但已经够让他存下二百美元，买了生平第一辆车，是一九三二年的福特古董五门轿车。那年夏末，蓝迪将旧引擎拆掉，换上凯迪拉克的引擎。据他的老友拉斯特说，车子“声音又轻又柔”。车子让蓝迪沉迷了一段时间。“他不是在森林里，”拉斯特说，“就是在看书，或在家里车道上，躺在引擎盖底下。”

一九六〇年六月，蓝迪满十八岁，他在园区唯一的加油站找到工作，负责维修车辆、更换轮胎和卖电池，同时充当导游。优胜美地的游客络绎不绝，对于这个地方总是有问不完的问题。戴纳是优胜美地的活百科全书，蓝迪从父亲身上得知许多故事，他总是热情回答游客的问题，大伙儿都没想到，这位裤子后口袋塞着破油布的年轻人竟然对园区了如指掌。

如果有游客在六月初问他雪溪瀑布（Snow Creek Falls）怎么走，他会匆匆说明几句，然后建议游客改去镜湖（Mirror Lake）步道：“路上记得睁大眼睛，在阴暗地面寻找心形叶子的植物，用手指搓揉叶子闻一闻，你一定会感到惊喜。”那“惊喜”便是野姜。

蓝迪高三那年，优胜美地兴起一股攀岩热。一九五七年，户外探险家罗耶尔·罗宾斯（Royal Robbins）率先从半圆丘西北坡上攀六百一十米，创下攀登大岩壁的新纪录。不久之后，沃伦·哈丁（Warren Harding）成功攀登酋长岩（El Capitan）九百一十五米高状似鼻子的岩壁。蓝迪和山谷里的许多青少年一样，偶尔会到四号营地闲晃。优胜美地这一段的山势垂直陡峭，后来成为攀岩者的圣地，但对蓝迪来说，这里只不过是可以扎营的后院。

不过，戴纳和埃斯特有点担心。蓝迪对野外活动得心应手，像专业运动员一样难度越玩越高。他起先只在溜冰场玩，后来觉得偏僻的湖泊更能让他冒险飙速度，就像他之前只滑开凿好的滑雪道，后来转而到野地滑雪那样。像优胜美地的其他孩子一样，蓝迪也喜欢攀爬巨砾，沿着谷底边缘爬上雄伟的花岗页岩。摩根森夫妇知道他们迟早会拿着望远镜、屏住呼吸，看儿子像苍蝇一样攀在花岗岩壁上。这些岩壁曾经给他们抚慰，赐予他们步调缓慢的生活，可是蓝迪与梦想闯荡大城市的小镇孩子不同，他只想往荒野里走得更深、更远。一天来回的远足不再能满足他，取而代之的是在野外过夜，如果找不到同伴，蓝迪一点也不介意独自旅行。

他也开始迷上登山故事，他不再希望在后院成为攀岩高手，而是梦想去异国深山探险。蓝迪有时会离家寻找特别偏僻的地方，完全不受打扰地读完一本书或最新一期的《国家地理杂志》(*National Geographic*)。他读过不少让人热血沸腾的文章，其中一篇是关于著名的夏尔巴人，他们数百年来居住在全球海拔最高的地区，体能出众，就算空气稀薄依然行动自如，因而成为登山队伍最爱的挑夫和向导。蓝迪幻想有朝一日能够造访夏尔巴人的世界，但在此之前，他必须先用内华达山脉来锻炼自己。

一九六一年六月，蓝迪从马利波沙郡立中学毕业。家里到学校搭校车需要一个小时。全校有四十五名毕业生，蓝迪是第十五名，他的英文和体育成绩非常出色，连续三年都是 A 等，数学、历史和自然则是 B 等。他在美式足球和篮球项目上都赢得优秀运动员的荣誉，但最出色的表现还是当选三年级班长，朋友都说他为人亲切、能言善道。拉斯特记得蓝迪是天生的演讲高手，“无论和谁说话、谈什么主题都轻松自在”。

蓝迪收到亚利桑那州立大学（一九六六年改名北亚利桑那大学）的入学许可，摩根森夫妇非常开心，也很骄傲。他主修休闲土地管理，在当时是很新的学科。不过，蓝迪在大学只念了一年半，就决定春天休学一学期，到国家公园署做第一份正式工作，也就是他后来说的“吃力不讨好的苦力”。那一年，他二十一岁。

从小到大，摩根森夫妇头一回对蓝迪的决定感到不高兴。赖瑞已经退伍回家和父母同住，大部分时间泡在酒吧里，常常喝到烂醉如泥。有一回他失踪了几天，突然带了一个年轻女子回家，说是他老婆。他们两人在酒吧相遇，一时天雷勾动地火，当下就决定开车到拉斯维加斯注册结婚了。

有一个沉迷于酒精的儿子已经够糟了，现在他们寄予厚望的聪明儿子竟然选择拿着锄头和铲子，帮园区维护清洁。

那年秋天，蓝迪回学校上课，让爸妈松了一口气。他说他需要时间沉淀想法，其实心里已经不想再花父母的钱和上他没有兴趣的课，因为他的心思早就飘到山上去了。蓝迪很清楚，一份像他父亲那样“周末能在森林散步”的工作并不能满足他。

一九六三年夏天，蓝迪和朋友泰勒到南边的巨杉和国王峡谷国家公园，打算走一段内华达山脉步道，从东往西穿越山脉。旅程最后一天，泰勒提醒蓝迪，当天晚上蓝迪必须赶回优胜美地剧院工作。当时已经接近中午，他们离车子还有好几千米，但蓝迪还是挑了一处风景特别优美的地方停了下来，赞叹眼前的景致，一待就是将近一个小时。蓝迪不疾不徐，不时检视步道旁的花丛，拿起相机拍下从糖松球果滴下的松脂结晶。

蓝迪这么不慌不忙让泰勒非常紧张，不断提醒蓝迪会来不及。最后，蓝迪终于赶上他，平静地对他说：“你一直看表，错过了很多好东西。你要么把表丢到悬崖下，要么就别再跟我说要迟到了。”

“蓝迪经常这样，”泰勒说，“他常提醒我要搞清楚到底什么事情比较重要。”

果然，蓝迪悠悠走进戏院的时候，观众才正要开始进场。

为了存钱，蓝迪于六月到九月又接了两份工作，除了帮柯里公司送款和收款，还兼任放映师，播放员工训练影片，一个月赚三百美元。

那年秋天，蓝迪回亚利桑那州立大学念书。他大一和大二的课业乏善可陈，大多是 B 等和 C 等，还有两科拿了 D。

哲学改变了这一切。

哲学概论、美国哲学、批判思考和古典钢琴，蓝迪全都拿了A等。这一年，他的心灵深受启迪，亚里士多德、柏拉图和其他“伟大思想家”的著作开始跻身他的书架。不过对他影响最深、观点和他最契合的还是孔子，例如“万物皆有其美，唯慧眼能识之”的想法。

蓝迪不但能看出微小事物的美，更被其中的细致深深吸引。他决定来年在高山待上一整个夏天，效法缪尔抛开一切，背包上肩，沿着内华达山脊随兴漫游，没有一丝匆忙，也没有半点阻碍。

圣诞节假期，蓝迪向父母提到他的暑假计划。他这次回家其实已经做了很大胆的事，或许是伟大思想家带给他的灵感吧，蓝迪竟然试着一路跳上跳下火车回到优胜美地。为了测试自己的决心和能力，蓝迪身无分文从学校出发，但还没到加州州界就失败了。火车开到某一站，列车长发现车上竟然有个不像流浪汉的流浪汉，便将蓝迪赶下火车。蓝迪只好走到下一站，打电话请爸妈来接他。

一九六四年夏天，蓝迪从优胜美地出发，沿着缪尔步道走到惠特尼峰。他托几位朋友中途上山，将补给粮食藏在指定地点，泰勒是其中一人。

“在山上遇到巡山员，”泰勒回忆说，“给蓝迪冲击很深。他想尽办法一整个夏天都待在山里，除非必要，他一点也不想下山。蓝迪看到巡山员在山上自给自足、住在小屋里，感觉很浪漫。”

无论是巡山员或高山影响了他，抑或觉得这是留在山上最好的方式，总之他一下山就决定来年夏天报考巡山员，但不是在优胜美地，而是南边的巨杉和国王峡谷国家公园，因为那里是他这趟纵走最喜欢的地方。

蓝迪挑的时间刚刚好。当时美国政府累积了过去二十年来六个荒野研究调查的成果，提出一套划时代的《荒野管理方案》，准备针对巨杉和国王峡谷进行规划。六十年代初期，新一波环境运动兴起，提倡的概念不再只是将野生环境留给后代子孙，因为研究调查显示，野生环境不能光是保留，还必须仔细呵护、妥善管理并予以尊重。

因此，新的管理方案建议增加巡山员的人数。“二战”之后，巨杉和国王峡谷国家公园每年夏季雇用的巡山员不到四名，蓝迪正好赶上这一波征人潮，园区的巡山员名额一下子增加了三倍。

一九六四年夏天过后，蓝迪上了几个月的课，发现大学真的不适合他。他深深觉得地球上只有高山能当他的老师。

蓝迪对朋友说，他那几个月在山上学到的东西比他从小到大念书学到的还多。他很想分享自己在山上的所见所闻，但难题就在这里，他不可能和父母畅谈自己在山上得到的启发，因为他们觉得只有念大学才能找到好工作。摩根森夫妇全心支持儿子对荒野的热爱，埃斯特常说蓝迪那么认真都是因为他的父亲。蓝迪想到国家公园署工作，那很好，然而园区里的长官（园长、巡山总队长）可都念过大学啊。

蓝迪的灵魂里有那么一点六十年代的精神，渴望当时所谓的“另类生活”。他想创造一种生活方式，让生活优先于工作。他不想过一年只有一两周假期的日子，坐办公桌更是连想都别想，就算身上穿着巡山员制服也一样。

于是，蓝迪只好找长辈安塞尔·亚当斯寻求建议。亚当斯是摩根森夫妇的好友，蓝迪曾经当过他的助理，当时他还只是个十多岁的孩子。亚当斯在优胜美地教授摄影课程，蓝迪替他背负沉重的脚架和中、大片幅相机，是不可多得的好帮手。

几年过去，蓝迪自己也开始玩相机。相比于父亲沉迷于记录园区的花卉和景致，蓝迪更有艺术倾向。亚当斯看过蓝迪的作品后也提到这点。

一九六四年十月，蓝迪写信给安塞尔·亚当斯，说他在学业和生涯之间面临两难，他说想用摄影来记录自己在内华达山脉的探险，一方面借此谋生，而最终的希望是踏遍全世界的高山。

“你很清楚自己面临的困难，而我一定要跟你说，你有这样的态度很棒！”亚当斯在回信里写道，“用自己的眼睛去观看、去感受是非常重要的，想要分享个人经历更是真正文明的表现！”

“摄影……要当正职很不容易，因为竞争激烈。坦白说，我经常建议其他人只把摄影当成兴趣，许多伟大的摄影师其实都是‘业余’的，因为他们并不靠卖照片维生。你对创造有很敏锐的感知，不应该踏进摄影世界‘蹚浑水’。”

他在信里邀请蓝迪到加州卡梅尔（Carmel）家中和他长谈。

“我觉得你来我家会更有帮助，”亚当斯说，“想法和建议写出来很简单，但你对生命的目标那么清楚（这很罕见！），我想和你长谈一番、一起思考，这样对你的帮助最大。”

蓝迪和亚当斯聊了什么没人知道，不过蓝迪确实去了一趟卡梅尔，离开时，亚当斯送给蓝迪一组他个人的木制脚架和四乘五取景式相机。几周后，蓝迪辍学，并于一九六五年二月八日报考该年的夏季巡山员。

他在报考表格的“特殊专长”一栏写道：“参加高中演讲比赛，从小和民众接触、为民众服务；从小攀登内华达山脉，印象所及，范围起码涵盖三座国家公园（优胜美地、巨杉和国王峡谷）。”

两个月后，蓝迪接到通知，巨杉和国王峡谷国家公园即将举行季前训练。四月二十九日，蓝迪来到阿什山的园区总部，正式成为国家公园署的一员。他骄傲地买下全套制服，从橄榄绿外套、灰色衬衫、深绿领带到传统的褐色扁帽一样不少，银质的巡山员徽章更是意义非凡，因为几周前他还在亚利桑那念户外休闲，现在却真的要住在野外、到山里露营，而且还能拿钱。

五月一日，蓝迪抵达离阿什山不远的园区车辆进出管制哨报到。他要在这里工作几周，之后才会被派到深山里。

管制哨位于园区最南端，是车辆的主要入口。美国政府于一九六四年通过了《荒野法案》[16]之后，游客略有增加，但检查哨的工作从四十年代初期开始就没什么改变。一九三五年到一九四七年，巡山员戈登·华莱士（Gordon Wallace）在国王峡谷工作时，面对的也是同一栋石墙建筑。华莱士在回忆录《我的巡山员岁月》（*My Ranger Years*）中回想起那时候的工作职责：

> 所有人，不管是当地人还是游客，在这里都要被拦下来，把来访目的说清楚。另外，检查哨还是所有琐碎杂事的交接所，事无巨细全都要管。跑个腿要来这里报到，各种信息都在这里汇总，日常生活的种种必需品都要过手。在检查哨值班的巡山员是山中生活最重要的一环。除了本地人之外，我还遇见过很多人，他们来自全美四十八个州，甚至来自全世界。

在优胜美地服务了几年以后，蓝迪很清楚微笑加上热诚提供当地信息是和民众打交道的好方法。蓝迪在检查哨的表现深受好评。一九六五年十一月五日，当时的园长约翰·M. 戴维斯（John M. Davis）收到的

▲ 一九六五年六月，蓝迪身穿制服，在巨杉和国王峡谷国家公园阿什山入口检查哨服务。这是游客拍下的珍贵照片。摩根森家族提供

民众来信就是最好的证明，这一家人是在六月八日到园区参观时遇见蓝迪的。

敬启者：

有鉴于巨杉国家森林公园向来标榜的服务精神，我希望让您知道，许多人的足迹踏遍伟大的全美各地，在他们眼中，某些旅游地点的人员和制度更能满足需求，让他们能在愉悦的气氛中领略美国之美。

在贵园区检查哨工作的蓝迪先生就是其中一位……蓝迪先生为人开朗、个性出众，在我和家人进出巨杉公园时不忘报以微笑，使我们留下难忘的印象。我敢保证，许多长途跋涉到园区游玩的民众，都会因为蓝迪先生而忘却之前的舟车劳顿……对此，我们深怀感动，谢谢。

请代为向蓝迪先生转达最诚挚的谢意，随信附上我们离开检查哨前为他拍的照片。

般卡德夫人　敬上

爱达荷州　莫斯柯

戴维斯将信和照片拿给蓝迪看，接着亲自回信给般卡德夫人。他在信里写道：“为游客服务是园区的主要工作，得知本署有职员认真愉悦执行任务，本人深感欣慰。”

般卡德夫人文情并茂的来信并不是唯一一封。在蓝迪家阁楼收放整齐的档案夹里，还有几十封类似的感谢信，只不过这些信没有一封出现在美国政府的人事档案里。

蓝迪在检查哨的表现虽然令人赞赏，但这可不是他进园区的目的。他和前辈巡山员一样，渴望到深山里去。打从去年夏天走在缪尔步道上，高山就不停召唤着他，让他心痒难熬。他只想远离车辆，避开园区最热门的柏油路和观光地点（谢尔曼将军树[17]），抛下路旁任谁只要几小时就能走完的轻松步道。

在园区入口吸了六周废气之后，蓝迪的巡山员生活终于要揭开序幕了。他被派往协助园区直升机小队，将补给品送给山上的一组登山队伍。

飞行员拉高直升机，阿什山的房子道路霎时成了遥远的记忆。他们往东北飞，越过摩洛岩（Moro Rock）的花岗岩壁，绕着巨木森林区画了一大圈。巨木森林区的树都是世界上最大的，但与东边积雪皑皑、崎岖的内华达山脊比起来，那些树就像玩具一样。直升机循着河道和溪流飞绕而上、直入深山，而坐在飞行员身旁的乘客则瞪大了眼睛，如饥似渴地将地面上的景致尽收眼底。这是有生以来头一回，蓝迪能够俯瞰这块他向母亲形容犹如伊甸园般的土地。

三十年前，戈登・华莱士也循着同一条东行路线深入内华达山脉，只不过当时的补给工具是一队骡子。当时的“补给队”可以在山野草原随意吃草，蓝迪的机动补给队对草原没有这么大的威胁，只是吵了一点。

“别来这里，除非你甘愿臣服于这片土地的魅力。”华莱士在回忆录中说道，“这里的美丽、平静与和谐会抓住你的心，让你沉醉，而你一旦被它迷住，就再也无法脱身。”

蓝迪跳下直升机，踏上中雷依湖（Middle Rae Lake）的砾石岸。一切都太迟了，他已经被迷住了。

第三章　深入高山

我走进林中，因为我想用心度日，只维持生活最低所需，看自己能否学到生命的道理，而不是临死前才发现根本没有活过。

——亨利·戴维·梭罗，《瓦尔登湖》

在这里，日常生活非常简单。在荒野漫游，感觉自然而真实，另一个世界反而犹如小说，与我所了解的真实完全无关。

——蓝迪·摩根森，夏洛特湖，一九六六年

一九六五年七月十二日，蓝迪跳下直升机，踏上雷依湖畔，也走进荒野的新纪元。早期的环境保护运动强调保护、反对滥用，然而一九六四年通过《荒野法案》，美国国家公园署被迫在“保护”和“利用”这两个互相冲突的原则之间取得平衡。其实早在新法案通过之前，巨杉和国王峡谷国家公园已经有部分高山草原放牧频繁，逼得园区下令管制。其他区域（尤其是雷依湖区）也因为露营人数过多，所有能当营火的枯木枝干几乎使用殆尽，为了避免情况恶化，园区规定露营和放牧仅限一晚，并建议登山客使用新式登山炉。当时预估园区若不做此限制，内华达山脉将永远无法复原。

一九六〇年，园区科学家根据一系列生态研究，拟定了一套《荒野管理方案》，以应对不断增加的登山客。管理方案提出几项实验性的规范，园区科学家认为只要确实执行，应该能防止深山变成菜市场。

蓝迪是新生代巡山员的代表，仪容整洁、制服笔挺，像士兵一样理着平头，驻守在荒野深山的最前线，但因为只在夏季工作，所以位阶最低。他们的任务是说服守旧的背包客、垂钓者、骑手和登山客接受新的环境观念。

在国家公园署眼中，年轻的蓝迪是最完美的步兵，只不过蓝迪生性温和，看起来不像军人，反而像绿衣天使。他早已将内华达山脉当成他的教

▶ 一九六六年，山野里的蓝迪。
摩根森家族提供

堂，而《荒野管理方案》就是他的圣经。研究报告犹如启示录，警告山野正面临毁灭危机，并经常以蓝迪的童年故乡优胜美地为例，提醒世人引以为戒。在巨杉和国王峡谷，人的存在尚未摧毁大自然，可是大自然正节节败退。

末日已经不远。

蓝迪的知识背景让他清楚明了报告背后的含义，他真心希望捍卫挚爱的荒野，不让大自然被炼狱吞噬。不仅如此，他对内华达山脉还有一份与生俱来的热爱，并且有能力在山野中生活。这里的一草一木一鸟一兽都和他心灵相通，山峦溪水是他冥想的殿堂。不过蓝迪不会急救，也不懂心肺复苏术，身上没有佩枪，也没有手铐，对他来说，就算出于自卫，出手制伏持械歹徒也是电影情节，而非真实生活中会遇到的事。他不晓得怎么将负伤的登山客运下悬崖，也不知道如何拯救深陷激流的登山客，这些在集训的时候都没有教，因为巨杉和国王峡谷国家公园并没有为夏季巡山员安

◀ 蓝迪的“荒野圣经”：《荒野管理方案》。巨杉和国王峡谷国家公园提供

排正式急救课程。

蓝迪的任务是沿着步道向游客“传播福音”，对象越多越好，另外就是核准民众生火、捡拾垃圾、悬挂登山守则广告牌和清理营地。遇到紧急状况，例如森林大火或需要急救，他必须尽力而为，同时用无线电求援。这些技能后来都成为他的本能，然而早在一九六五年，当蓝迪循着前辈（他们都是训练精良的巡山员，有人称他们是精英中的精英）的足迹行走在高山之上时，他什么都不会。

蓝迪身高一百七十三厘米，体重六十三公斤，身材标准，但显然不够壮硕。不过，在山上他就是法律。只是他年纪太轻，虽然政府赋予他执法权力，加上国家公园署的肩章和胸前的银色徽章，可是看在外人眼里，就好像派童子军对付银行抢匪一样。尽管如此，蓝迪对巡山员的信条可是一点都不轻忽，他每天早上都会将巡山员徽章别在左胸前的口袋上，决心“不让园区伤害民众，不让民众破坏园区”。这是他的神圣使命。

然而那一年夏天，蓝迪很快就发现他主要的工作是捡垃圾，塞了好几麻袋。再来就是清除“改造营地”，也就是民众用木头和花岗岩搭成的餐桌和厨房，以及四周用石块堆成的挡风墙。不过最让蓝迪头痛的还是生火灶，有很多大得像“烽火塔”一样，好像在山上煮大餐似的。不少民众会将烤肉架藏在附近的中空树干里或挂在树上，有些家庭连续几代都在同一块地方露营，甚至还会赶人，因为那是“他们的营地”。因此，当他们发现营地不见了，一名蓄胡的年轻人从森林里冒出来，对他们说营地已经“恢复自然”，他们当然会很惊讶。

“什么自然？我只想知道我搭的灶子跑哪儿去了！”

这样的反应可以理解。园区的《荒野管理方案》里有一章叫“山野保护与个人自由”，其中一段写道：“过去山野使用完全不受限制，任何人都可以随意捕猎、钓鱼、砍树、露营、生火和四处放牧。山野向来尊重个人自由，这样的传统观念很难改变……然而，当山野里的人数越来越多，就必须比照其他稠密族群遵守生物法则——个体数量越多，个体自由越少。”

翻成白话就是：“先生，对不起，您祖父当年带您父亲一起做的炉灶被我拆了，但我换上的环状炉非常好用，而且不怎么破坏环境。是的，先生，我知道炉子很小，可是热度和烹饪面积都够，而且不用每回都得烧掉一棵树才能生火。另外，您以后也不需要斧头了，因为新的管理方案规定只能利用掉落在地上的枯木。喔，还有，请不要砍伐松木当床，这么做也是违法的。祝您一天愉快。”

当然，蓝迪讲话不会这么直接严厉，而是尽量尊重过去的“自由”。那一年，他在责任区遇见超过一千二百人，向他们讲解新的法规，没有人抱怨反驳。他只开了一张罚单，因为对方带狗进来。这件事后来引发讨论，因为国家公园和邻近的国家森林法规不同，后者的规定松散得多。他在山野值勤第一年没有遇到任何紧急事件，从头到尾只帮过一个人治疗水泡，另一个女孩子脱水觉得不舒服，但只要强迫她喝水就解决了。蓝迪清除了七十五个过大的生火灶，搜集了十三只麻袋的垃圾，用骡子运下山。夏日荏苒，蓝迪的尽忠职守和能言善道为他赢得了好名声。他曾经一天来回将近二十六千米，只因为听说有民众在一处偏僻湖泊任意搭营，破坏山野的宁静。他花了几小时清除木头石块，累得半死，返回哨所途中又无意瞥见传说中的瓶罐坟场。蓝迪怎么可能对这么一大堆生锈的垃圾视而不见？他直到天黑才回到哨所，累瘫在睡袋里。

蓝迪在山上过的是斯巴达式的清简生活，他在中雷依湖畔搭帐篷，用浪漫的笔触记录自己简朴的起居作息。这位二十三岁离群索居的年轻人，从小沉浸在自然作家如爱默生[18]、李奥帕德[19]和梭罗等人的思想里，会写出这样的文章其实不难想象。“这里有一种低矮的植物，到处都是，叶子几乎垂直向上，几片叶子围成杯状，”某天下午大雨之后，蓝迪写道，“高度将近两厘米，犹如毯子蔓生在地上，远看很容易以为是草原。只要下雨，植物杯底就会聚积一大滴水，映着阳光就像一颗璀璨的钻石镶在绿色玫瑰中央……世上没有比这更晶莹剔透的钻石了。”

◀ 一九七五年夏天，蓝迪牵着一只狗。蓝迪值勤期间曾多次告知登山客，狗不准进入国家公园。有时登山客就把狗托给蓝迪照顾，好几次到了值勤季末，蓝迪都是牵着狗走出园区的。摩根森家族提供

还有一天，蓝迪巡逻完毕回到哨所，抬头看见“傍晚的高山余晖，心里顿时充满一种伟大的感觉”。他写道：“我绕着下雷依湖尾端走，湖面上飞鱼点点、振鳍凌空，四周一片寂静，连水花声都听得见……飞鱼跃出水面，我看见鱼鳞银光闪闪。我走下最后一段坡道朝哨所前进，目光越过箭头湖(Arrowhead Lake)，在迷蒙余晖中朝屏秀隘口望去，内心涨满喜悦。那一刻，我完全明白梭罗在雨后奔跑回家的感觉。‘顺着你的天性成为野人吧，就像野地的蕨类与莎草无论如何都不会成为人工草皮，让大雷奔腾吧。’”

是啊，中雷依湖就是蓝迪的瓦尔登湖，周围的山峰、盆地和草原是他的沙郡。

待在这么一块地方，让蓝迪有了新的体验，是他去年在缪尔步道纵走时没有感受到的，那就是伴随工作所产生的“拥有”的满足。这样的满足不是源于自私和占地为王的快感，而是一种骄傲，感觉脚下的土地真真实实属于自己。这样的满足也让他对可亲的邻居多了一分敬意，无论是住在哨所台阶附近洞里的土拨鼠一家，还是步道两旁拼命博取他注意的白翅岭雀（ rosy finch ）和加州星鸦（ Clark’s nutcracker ），他都抱持尊敬。

维护脆弱的高山草原成了蓝迪的最高使命。当然，这和他小时候与父亲、哥哥一起爬山不无关系。只要有登山客放任骡子在管制草原吃草，或有不知情人士在草地而不是砾石地扎营，就好像亵渎了蓝迪的院子，玷污了他的教堂。

蓝迪的直属长官迪克·麦克拉伦（ Dick McLaren ）也是备受爱戴的巡山员，他提醒蓝迪一件事，蓝迪终其一生奉为圭臬：“教育大众最好的方法不是开罚单，而是沟通。”因此，蓝迪会主动帮忙搬移位置不当的帐篷，在湿漉漉的草原捕捉不肯乖乖就范的骡子，并亲切解释新规定背后的道理；他有时对登山客说，有时对骡子说，逗对方开心。巨杉和国王峡谷流传着一则故事，有登山客将帐篷搭在一簇小花上，问蓝迪那种小花叫什么。蓝迪向对方道歉，说他只知道小花在书本里的名字，他不晓得要怎么问小花叫什么，但还是谢谢对方关心。从此以后，那位登山客搭帐篷之前一定会先检查地面。

然而，勾动蓝迪心弦的不只是野花、青草和动物，还有花岗岩峰。无论清晨或傍晚，山峦散发如梦似幻的光芒，美得崇高、静谧、神秘，让蓝迪深深沉醉。秘密的步径隐匿在峭壁之间，不是为人所遗忘，就是从来不曾有人走过，不停呼唤着他。有一处岩隙让蓝迪连续观望了两个月，他终于按捺不住好奇心，决定一探究竟。他选了一个休假日，千辛万苦连爬带攀，总算来到岩隙，没想到里头别有洞天，竟然是一处隐蔽的盆地，周围巨石环抱，涓涓细水从岩石里汩汩渗出。

蓝迪穿过岩隙，感觉高山正在与他分享一个绿色的秘密。他形容眼前的盆地是“这一带最美丽的景致，或许因为它很纯粹，不曾有人践踏、不受限制、没有垃圾”。蓝迪沿着冰碛小湖的湖畔漫步，没有见到半点足迹，只有这个高度会有的野花吸收着土壤的养分，“小簇小簇生长在巨砾之间”，不用担心遭到登山客摘采蹂躏或被骡子吃掉。这里没有熏黑的土坑，也没有生锈的瓶瓶罐罐，只有草原上一处有人睡过压平的痕迹，不仔细看根本不会发现。蓝迪觉得这里是一片沃土。远离尘嚣不只代表山野的过去，也象征他心目中山野的未来。

蓝迪渐渐习惯巡山员的生活步调，远在优胜美地的戴纳和埃斯特却越来越担忧。他们当然不是担心儿子在山里的安危，他们很清楚，蓝迪能应付内华达山脉的一切。

他们担心的是征兵的传言甚嚣尘上。一九六五年七月九日，蓝迪搭乘直升机进入山区之前三天，美国总统约翰逊在新闻记者会上表示，政府正在考虑征召预备军人，增加征兵人数。蓝迪正好是服役年龄，摩根森夫妇知道再深渺的山都无法保护蓝迪，让他逃离征兵处和越南的手掌心。他们很清楚在战区当兵会有什么下场，赖瑞就是最好的例子。他曾经是蓝迪的偶像，有艺术天分，是说故事高手，滑雪从不疲惫，说话总是给弟弟许多启示。然而朝鲜战争之后，赖瑞却萎靡得不成人形，只靠酒精度日，因为唯有喝酒才能让他摆脱后来医学界所谓的“创伤后应激障碍”。赖瑞的陨落也许有很多原因，然而对他的家人和朋友来说，一切都是从他去当兵开始的。蓝迪也知道这点，他对父母说如果兵单下来，他会去报效国家。“虽然我不喜欢。”他说，但假如国家需要他，他就会入伍。

夏天快要结束之前，蓝迪的朋友泰勒陪戴纳到山里去，发现蓝迪瘦了一圈，两人都非常吃惊。不过，徒步巡逻的巡山员要保持体重是不可能的，因为在山上根本无法摄取足够的热量，更何况吃的还是罐头食物。戴纳和泰勒带了埃斯特亲手做的饼干上来，蓝迪每餐饭后吃一点，非常节制。

蓝迪趁机询问熟悉花卉的父亲，他之前在雨后看到的钻石般的野花是什么。单凭描述，戴纳立刻判断是山桑，但还是亲自与蓝迪去确认一番。两人的对话一如往常，很快就转到学校上面。

泰勒认为征兵迫在眉睫，蓝迪不回学校绝对是疯了。全职学生不用入伍，泰勒觉得这根本不需要考虑。戴纳也向蓝迪表达了内心的担忧。

如果蓝迪于秋天和来年春天回大学上课，到了夏天就可以回到山上。但要是他被征召入伍，那就不可能了。蓝迪答应他会想一想。

回到优胜美地之后，戴纳向儿子的好友南希·威廉姆斯（Nancy Williams）说他很担心蓝迪。威廉姆斯是戴纳在柯里公司会计部的同事，戴纳表示他对儿子不继续念书很失望，担心他会被征召入伍。然而，威廉姆斯很清楚“蓝迪心里有更高的召唤”，她认为那是种无法抵挡的力量，就像杰克·伦敦说的“野性的呼唤”。她说：“我认为蓝迪活着有很明确的使命，只不过他自己当时还不清楚。他只是顺从自己的心意，学校不是他的教室，高山才是。”

威廉姆斯的回答太理想化了，完全无法减轻摩根森夫妇心中的忧愁。他们很清楚，参战绝不是蓝迪的召唤，他不是当兵的料。蓝迪上山前，他们就一直规劝儿子继续求学，而对蓝迪来说，他在山里就是在求学。除了写日志、用安塞尔·亚当斯送他的相机拍照，他几乎无时无刻不在背诵

《荒野管理方案》。

夏去秋来，蓝迪和遇到的每一个人攀谈。他的学识和魅力让许多登山客邀他共进晚餐，而他也不忘在登山客遇到暴风雨的时候，请他们到窄小而舒服的哨所里喝茶。虽然他安于独处，却很喜欢与人往来，经常一聊就是好几个小时。有一回，他长途巡逻到上盆地（Upper Basin），遇见一位父亲带着女儿在屏秀隘口，便与他们聊了一会儿内华达山脉。之后，蓝迪下切折回马裘里湖盆地，往班奇湖走。那位父亲显然对蓝迪印象深刻，对他说："我希望巡山是你一生的工作，我们需要你。"

"我很高兴，"蓝迪在日志里写道，"他觉得我非常适合巡山。"

也许是为了躲避战争，或者想让父母开心，那年秋天，蓝迪带着夏天的难忘回忆和一份档案夹回到亚利桑那州立大学念书。档案夹上头写着一句引文：

> 山野
>
> 其上的土地以及生命不曾遭人侵扰，人在山野只是过客。
>
> ——霍华德·查尼泽（Howard Zahniser）[20]

蓝迪在档案夹上写下这句话，也许是为了纪念查尼泽，他曾任美国荒野协会（The Wilderness Society）会长，也是《荒野法案》的起草人。一九六四年九月三日，约翰逊总统签署通过新法，但查尼泽已经在四个月前过世了。不过，蓝迪这么做也可能是提醒自己莫忘初衷，在研读文化语言学、宗教哲学、亚洲文化与哲学的同时，要记得上这些课都是为了实现自己长久以来的梦想，到全球最高的喜马拉雅山旅行。

美国和平队[21]和军队不一样，他们用浪漫的异国照片来吸引志愿者、招募新血。有一天，蓝迪经过校内的和平队摊位，他们在亚洲（尤其是喜马拉雅山）拍的照片触动了他的心弦。和平队在美国许多大学城和学校都设有招募处，经常与美国陆海空三军和海军陆战队的征兵摊位在一起。一九六六年，和平队是入伍之外的可敬选择，但也有人像尼克松总统一样，认为和平队是“逃兵的天堂”。校园的和平队招募处总是大排长龙，充分反映了当年的时代气氛。

在蓝迪眼中，他生命中的许多巧合其实都不是巧合，遇上和平队摊位也不例外。他马上填写申请表，并将亚洲列为第一顺位。虽然填写亚洲不能保证什么，但他在表格上清楚表示喜马拉雅山区是他梦寐以求的派驻地点。蓝迪的生命道路似乎又出现了一盏指点迷途的明灯。

“上师要我在山野里生活，觉察自然和人性的力量……引领我成为更完善的人，甚至能将自己的一点觉知带给世人，与现在役使我们的力量相抗衡。”

蓝迪在家书里这么写道。他获派前往印度马哈拉什特拉（Maharashtra）地区的戈兰庞格里村（Golapangri），站在泥屋的内院里环顾四周，给父母亲写了这封信。回想一年多前的夏天，他第二次上山到夏洛特湖担任巡山员，骡子将和平队的征召通知带来哨所，接下来发生的一切就好像一则寓言故事。

蓝迪从小到大几乎不曾离开孕育他的优胜美地花岗岩摇篮，现在却有机会搭上飞机，前往诸神国度朝圣，看夏尔巴人带着敬畏之心攀爬喜马拉雅山。就算只是远眺雄伟的山峰、在山影下漫步，对蓝迪来说都是至高的荣耀，也是他加入和平队的动机。他觉得无论派往哪里都是值得的。

然而，蓝迪却在距离梦中高山三千二百多千米的小村落待了两年，四周尽是干涸、沙尘弥漫的农地，没有半点绿意，放眼望去一片平坦，喜马拉雅山在地平线尽头的彼处，被摄氏四十六度的热空气模糊了身影。蓝迪每天早上看着村落苏醒过来，妇女走到村里的水井汲水，用头顶着水罐回家，小牛车颠簸着朝田里出发，炉灶冒出炊烟，邻居在泥墙另一头聊天。“感觉好像回到一两千年前。”他这么写道。一切都是那么不同，从五颜六色的露天市集、看不见的喇叭传出“大声到走音”的印度音乐，到缓慢的乡居步调，全都充满了异国风味。

蓝迪教当地人西方的农耕技术，当地人则教他印度宗教。他开始认识寺庙的敬拜仪式，民众每天如何祭拜家中的神龛，还有大大小小的神祇。蓝迪心想，他在这里学到的事物，比他父母希望他留在大学里学到的还多。

有一天，蓝迪的印度朋友林巴吉（Limbaji）对他说，村里的人都以为他是基督徒，因为到了十二月，蓝迪在泥屋里立了一棵圣诞树。蓝迪说他不觉得自己是基督徒。

“你们是印度教徒，我们是基督徒，你们是印度人，我是美国人，你的皮肤很黑，我的很白。”他说完举起白皙的手臂，贴着林巴吉黝黑的手臂。“那又怎么样？”他问，“根本没有差别，我们都是一样的。”

林巴吉听蓝迪这么说，立刻咧嘴大笑，伸手捡了一颗石头。“不过信仰差异是这样的，”他将石头放在地上，“神是所有人的，从来不会变，永远只有一个，所有人最后都会走向同一个神，”他在地上画了几条通向石头的线，“只不过走的路不一样。”

蓝迪加入的是和平队印度五十人农耕队，出发前受训七百二十小时。两年下来，他和其他成员发挥所学，从旱季到雨季帮助印度农民将粮食产量提升了一到两倍。期间虽然困难重重，最后似乎还是成功了。离开前不久，蓝迪询问一位与他合作特别密切的印度人，之后会不会继续用学到的方法耕作。

这位个性开朗的农夫说不会。他向蓝迪解释，只要农耕队离开，大部分农夫就会恢复之前的农耕方式。

蓝迪听了简直不敢相信，问道：“为什么？”

“因为你们在美国是那样种田，我们在印度是这样种的。”农夫回答。

蓝迪备受打击，收拾行囊一路往东旅行，造访尼泊尔、泰国、柬埔寨、中国和日本。他在加德满都沉浸于宗教熔炉的气氛，开始欣赏佛教和印度教的教义。已经很久不近女色的他在曼谷纵情享受，到了日本又被禅宗的沉思冥想吸引。然而只有在喜马拉雅山，蓝迪才感受到至高的喜悦，仿佛回到了家。

蓝迪报名了一个月的向导课程，由夏尔巴人教导登山技能和拟定远征计划。课程结束，学校主任汪迪·夏尔巴（Wangdhi Sherpa）用蹩脚的英文写了一封推荐信盛赞道："蓝迪对爬山非常有兴趣，课程期间也不断证明自己擅长攀登岩石和高海拔山区。他总是笑逐颜开，未来一定是登山高手。"

课程结束后的几周，蓝迪自行安排了一趟远征，攀登标高五九二八米的哈奴曼峰（Hanuman Tibba）。这座山当时只有人攀登过三或四次（确切次数还有争议），让蓝迪很感兴趣，不过最重要的还是山势很漂亮。他雇用了一名高山挑夫和两名夏尔巴向导，四个人连爬八天，成功搭设高地营。蓝迪这趟远征爬了近乎垂直的陡坡，身体悬空，只有冰爪前端和山接触。他走过横越冰河裂隙的雪桥，一直觉得会突然掉下去。他也亲耳听见冰斧稳稳铲进"好雪"里发出的悦耳"咔嚓"声。他学会在高海拔地区呼吸和行走，用雪和岩石搭造支撑物，遇到危险地形与伙伴合作使用绳索，还有在安全无虞的地方用绳索捉弄同伴。他也学会品尝夏尔巴人泡的"床头早茶"，并且有一天刻意早起，泡茶给一头雾水的挑夫和向导饮用。他们一辈子从来没让西方人伺候过，更别说是付钱给他们的西方人了。

一九六九年六月，蓝迪于清晨三点半出发，九点十五分抵达哈奴曼峰顶，当时云层密布，四周完全没有展望。

蓝迪头一回读到喜马拉雅山就一直很想亲自造访，他在信里对父母说："在高山居住一段时间，四周只有冰雪和蓝天环绕……一个彻底安静、感觉强烈的世界。"蓝迪继续沿着喜马拉雅山区攀登，经过圣母峰的基地营，爬了几座海拔六千一百米的高山，始终只带几名挑夫和夏尔巴人向导，并且泡茶给他们喝，以示敬意。

"我现在全副心思都是远征，"他在家书中说，"我还想再做一次，冬天在内华达山脉长征，甚至抱着一丝期望，有一天能重回喜马拉雅山。哎，世界上的山实在太多了。阿拉斯加、安第斯山脉、落基山脉、喀斯喀特山脉，对了，还有阿尔卑斯山脉。我真是太晚开始爬山长征了。”

“在没有人走过的山上漫步，感觉实在太棒了！我觉得白色象征纯洁，当然肤色不算。我身边的世界好纯洁，你们已经听我说过很多次了，山就是我的生命，没有山，我什么也不是。山是我的上师，这一生如果需要学会什么，我只想在山里学。”

离家三年半之后，蓝迪搭机回到美国。从旧金山机场返家的路上，老天赏给他一片晴朗的天空，向东望去可以见到“他的山峰”上积满白雪。十六世纪初，西班牙探险家驾船驶进旧金山湾，见到“白雪皑皑，状如锯齿”的内华达山脉，全都看得出神。蓝迪离山越近，思绪就越往山野飘去。经历了这趟亚洲行，他感觉自己就像保罗·柯艾略（Paulo Coelho）[22]的《牧羊少年奇幻之旅》中的小男孩圣地亚哥一样：环游世界寻求宝藏，最后却发现宝藏就在自己家。

蓝迪将汪迪·夏尔巴写的信珍藏在盒子里，把日记收放整齐，就像参与过伟大旅行的人一样。接着，他打电话给巨杉和国王峡谷的旧日上司，询问是否还有巡山员的缺额。蓝迪屏息以待。

“你何时能来？”巡山分队长问。

结束海外游荡的蓝迪这年二十八岁，派驻到深山里的勒空特峡谷。每天早上醒来，他会仰望天空，通常还窝在睡袋里，目光越过美国黑松和白皮松（white-bark pine），飘向朗吉尔山（Mount Langile）的花岗岩峰。朗吉尔山是勒空特峡谷的天然屏障，总是最早享受阳光、最晚沉浸在西斜的夕照里。蓝迪仔细观察自然的韵律，七月第三周开始，他发现许多隐士夜鸫都不叫了，虽然谷底这儿还听得见，但上到三千米之后就很少听到它们开口。

蓝迪的工作还是和以前一样，山野景致也依然如画，然而这地方的精神气氛因为他的东方之旅而改变了。勒空特不再只是有着树木蓊郁的峡谷、高耸的岩壁和潺潺哼唱的溪流，它更是巨大的冥想花园，与蓝迪眼中“太有秩序”的日式庭园不同，没有“刻意修剪和清除”的干净整齐。他在京都看过寺庙园丁将尘土扫到树木底下，“只要有叶子掉落，”他在日记里写道，“便立刻扫走烧掉。”

相较之下，蓝迪更喜欢“未经照料、不修边幅的山野自然”。内华达山脉毫无秩序的冰碛地形滋养了他的性灵，腐蚀的树干和满地松针遮蔽了少有人走的步道。这里没有园丁雕琢的人工景致，只有漫无目的之强风，将盘踞高山的松树吹成充满美感的姿态。

印度朋友林巴吉的宗教观影响了蓝迪，尤其是印度教和佛教禅宗的思想，让他自己选择的生命道路融入了新的养分，但他的圣经依然是巨杉和国王峡谷国家公园的《荒野管理方案》。接下来许多年，蓝迪在日志中提到拆除火灶，总说自己就像印度的“破坏神”湿婆。湿婆拥有两相矛盾的力量，既能毁灭，也能重生。蓝迪会小心将石块放入河里，让河水洗去烧烤的痕迹，或将石块埋在林中深处，甚至长途跋涉将石块搬离热门营地，免得登山客再拿来搭建炉灶。

一九七一年九月八日，蓝迪攀上海拔三千九百七十三米的所罗门山（Mount Solomon），他在山顶巡逻记录里写道：“人类是最可怕的双脚推土机，我们难道不能放任自然（自然真的是我们的母亲）随意发展，不去打扰或阻拦吗？难道不能安于从旁观察，非要事事揽在手上吗？我不希望人类掌控自然，我希望自然掌控世界，而我们只是世界的子民。我希望春天时，每一株草都能从土壤里自然萌生；秋天时，岩块石砾依然留在原处，一如春天只融去石上的积雪。只有远离步道的自然景致能带给我喜悦、满足和理解。我所有的人性，都来自我与山野的往来。”

蓝迪在深山巡逻，也宣扬自然主义的理念。然而，二十世纪七十年代户外旅游风气大盛，国家公园涌入一群不同于以往的游客，虽然有绵延几千米的荒野可以保护山林天堂不受文明侵扰，蓝迪和其他巡山员的角色却很快产生剧烈变化，从温和可亲的自然学家变成严格的执法人员。

当时发生的“优胜美地暴动”（Yosemite Riots），或许就是变革的导火线。一九七〇年七月四日，五百到七百名年轻人在离蓝迪童年故乡不远的石人草原（Stoneman Meadow）聚众狂欢。那一天，蓝迪从勒空特峡谷走到杜西盆地（Dusy Basin），来回将近十八千米，途中只看到十二顶帐篷和三十四名登山客。“很安静的国庆节。”他在日志里写道。蓝迪回到哨所，简单吃了晚餐。与此同时，几名巡山员抵达石人草原，劝导那群嬉皮年轻人离开，不要破坏草原。年轻人拒绝解散，巡山员气不过便宣布宵禁。接下来的详情没有人清楚，总之，那群年轻人（据说喝醉酒又抽了大麻）认为巡山员对他们挑衅，更是赖着不走。

之后，据一位巡山员回忆，当地“所有巡山员和消防队员，只要骑马或走路能赶到现场的人都赶过去了”。但因为“没受过镇暴训练，什么都没有，双方短兵相接，年轻人拿着石头和瓶罐乱丢”，巡山员很快就溃不成军。

巡山员从来没有遇过这么大的群众反抗事件，他们立刻重新集结，并寻求当地警方“紧急特别支持”。那一晚，警方拘留了将近二百名年轻人，媒体全部出动，舆论开始要求加强巡山员的执法和镇暴能力。看来连“花岗岩摇篮”也躲不过都市人和暴力的侵扰，国家公园不再是大自然的避风港了。

蓝迪还在巨杉和国王峡谷的深山里过着安静沉思的生活，不晓得国家公园署已经决定采取行动，避免类似事件再次发生。

暴动之后，美国内政部提拨巨款给优胜美地，由国家公园署挑选招收约十五名巡山员，其中许多人具有执法经验或专业技能，能应付自七十年代开始涌入的年轻游客。新巡山员一到园区就接受特训，内容和现代巡山员训练相同，从山野搜救、紧急医疗到执法技巧一项不漏，同时兼顾体能、心理和口语表达。

这一群巡山员几乎都是男性，国家公园署希望他们成为顶尖分子，攀登和滑雪技能更强，客服表现更好，是最佳急救人员和执法部队，十八般武艺样样精通，是精英中的精英。“园区于七十年代初期开始涌入新一代的观光客，我们希望提供体贴的服务，”优胜美地国家公园内调加入顶尖小组的巡山员里克·史密斯（Rick Smith）说，“无论是初次参观的五岁小朋友，还是到园区来抽大麻的年轻人，我们都能轻松应付。”

这个小组很快就得到“优胜美地帮”（Yosemite Mafia）的封号，他们的表现震撼了国家公园署。“他们个个天分惊人、性格突出、表现卓越，将巡山员的专业水平提升到前所未有的高度。”一位曾经和他们共事的退休巡山员这么说。然而，有些老同事并不欣赏这群超级巡山员，而是坚持过去平易近人的形象，借由类似潜移默化的神秘过程，从山野学习各项技能。这些人都与蓝迪同类，对执法没有半点兴趣。

“优胜美地帮”一直没有离开国家公园，像公司员工一样从巡山小队长、分队长、总队长干到园长，一路升到最高的职位，进驻华盛顿的内政部。

回到二十世纪七十年代初期，“优胜美地帮”用心吸收有潜力的巡山员，这些巡山员后来又招考或训练新的巡山员，让他们到其他园区服务。就这样无心插柳柳成荫，全美各地的国家公园不久便拥有许多顶尖的巡山员，足以应付园区和游客的一切疑难杂症。

蓝迪的名字很快就出现在征选名单上。

第四章　搜 救

地图不能代表真实地域。

——阿尔弗雷德·柯齐布斯基[23]，一九三一年

湖区盆地……我觉得我能在此终老。

——蓝迪·摩根森，一九九五年

一九九六年七月二十四日，聚集在班奇湖哨所的巡山员当中，好几人数星期前才见过面，分手时还像往常一样打趣说："搜救行动见。"现在回想起来很讽刺，但感觉又不是那么不寻常。

其他人离开前则说："出事再见。"所有巡山员出发飞抵哨所之前，其实都晓得搜救行动是难免的。虽然搜救行动很可能遗憾收场，但无论如何，巡山员只有在这种时候才会碰面。这样的聚会感觉很诡异，因为大家都刻意压抑自己对同胞的情感。这里的"同胞"通常是指出事的游客，他们不是失踪、受伤就是性命垂危，甚至已经回天乏术。这时，搜救就会变成"收拾"，也就是"收尸"的意思。曾经参与搜救行动的人都说，寻找孩童让人最不好受，另外就是搜救认识和挚爱的人。巡山员最害怕、最难过的就是替这两种对象收尸。

一九九一年夏天，寇夫曼和格拉邦都曾被招去一个这样的悲剧现场，就在离班奇湖哨所不远的地方。当时，一个十七岁的花季少女在和家人背包旅行的最后一天，可能是因为高海拔地区的肺水肿而发病离世。一份意外事故报告讲述了这个令人心碎的故事，也讲述了女孩死亡时的状况。她呼吸沉重，想开口呼救却说不出话来，做了将近一个小时的心肺复苏却仍然不治。她的父母悲痛欲绝。女孩的母亲守在女儿身边，她的父亲和妹妹经过塔布斯隘口，走出大山。十三个小时后，他们找到了独立哨所的警长，联系了公园的调度员。调度员立刻通知了还在家中的巡山分队长寇夫曼。晚上九点三十分，寇夫曼履行了自己非常不喜欢的职责：给身在旅馆的女孩父亲打电话，一是通知他搜救计划，同时也怀着一颗同情的心听他痛苦地倾诉。

第二天一早，趁着天边的第一道晨光，寇夫曼就搭直升机去了深山老林，和格拉邦汇合。后者当时还是班奇湖的巡山员，两人又一起和巡山分队长纳什汇合，就在那家人离班奇湖岸边不远的扎营处。巡山员们安慰着痛哭流涕的母亲，节制地勘探现场的情况。接着，纳什、寇夫曼和直升机机组人员将女孩抬上飞机，飞了将近一千六百米，找到一个合适的降落区。公园的直升机终于将少女的尸体送出了深山。

蓝迪也有过这样的经验，他拾回不少坠落身亡的登山客尸体，有的甚至摔了几百米。他们不是踩到松软的石块或积雪，就是不小心失足坠落。有些游客摔得非常严重，连衣服鞋子都扯破了。

巡山员很清楚人体跌到花岗岩上会有什么下场，他们经常发现死者面目全非，看起来很像被卡车撞得四分五裂的野鹿。虽然恐怖，但因为不成人形，心里反而不会那么难受。他们都是这样面对的：机械化行动，对血迹无动于衷，庆幸现场血肉模糊，免得忘不了死者的脸庞。

寇夫曼、格拉邦、德奇、莱尼斯和桑格都曾在园区目睹死亡，他们很清楚山里可能会出现的状况。

然而，搜救蓝迪却不一样，他们不晓得出了什么事，觉得手足无措。仿佛有人在他们耳边不断说话，列出所有可能发生的最坏情况。蓝迪有可能被落石打到、遭到泥石流活埋、涉溪踩在结冰的树干上滑倒、遭到闪电雷击、突发心脏病，这些都可能发生在单独旅行的人身上，让他丧命。他们很担心蓝迪受了伤、无法呼救，可能因为伤势太重或无线电收不到讯号，甚至器材故障。如果他离开哨所当天就受伤，算算已经在山里四天了。

搜索行动过了四天才开始，莱尼斯却不觉得意外。“响应速度总是太慢，”她说，“主要可能是因为巡山员从来没有出过事，另外就是当时的无线电和中继站仍然不可靠。”

她心里的感觉其实很困惑，因为“竟然有人照规定办事，真的采取行动。”她说，“和之前几年完全不一样。”

莱尼斯和德奇都知道，蓝迪前一年驻守勒空特峡谷曾经失联八天。“真是令人不敢相信。”德奇说。他读过蓝迪当时写的日志，字里行间充满沮丧。连续失联六天之后，蓝迪写道：“他们还要多久才来查哨？园区不是有规定……”到了第八天，他写道：“难道这里的悬崖都装了安全网？已经八天了。”

如何与深山保持通讯一直是国家公园的大问题。二十世纪二三十年代，政府开始在山野间装设数百千米的电话缆线。那时候的巡山员们都是训练有素的线务员。如果他们需要帮助，或者发现了山火，标准的操作程序是爬到离电话缆线最近的一棵树上，按键输入，然后用手摇的方式向总部发送一条信息。大多数时候信息要花好几天时间才能到达偏远的地区，在那个时代也算是合理的反应时间了。

一九三〇年，当时的国王峡谷公园园长约翰·R. 怀特（John R. White）给时任优胜美地园长的 C.G. 汤姆森上校（Colonel C. G. Thomson）写信，信中谈到技术的新时代。“说到在各个哨所安装无线电通讯设备的可能……我了解到陆军通讯兵的装备能够轻而易举地在国王峡谷国家公园的任何角落联系到阿什山的园区总部。……然而，我也同样了解到，这些设备装上电池后，重约二百九十五公斤，（并且）……对我们来说太重了。”

几年后，无线电装备稍微减轻了点重量。然而，如果要拆解长达数百千米且还在继续发挥作用的电话缆线，很多人颇有微词。一九三四年七月二十六日，国家公园署的助理林务长 L.F. 库克（L. F. Cook）给华盛顿特区的总林务长写了一封信，信中肯定了克恩河哨所与国王峡谷野苹果草原（Crabtree Meadow）之间长达四万八千米的电话线。库克说架设如此长的电话线非常之难，他写道：“我认为地面通讯非常必要，主要是为了保护自然资源和使用这个公园的公民。”

至于无线电的使用，他又写道：“我还完全看不到这种通讯方式的用武之地……我认为这样的通讯方式还处在试验阶段，有待相关专家进一步研发。通讯非常依赖天气状况、设备操作人的专业程度、距离的远近。另外还不知道这种形式的通讯到底会有什么突发状况，要是一旦出现而不能解决，我个人不愿看到这样的情况发生……我还没有见过任何一项测试证明其彻底安全无虞。”

园长怀特也附和了库克的话。一九三四年八月二十三日，他给国家公园署的总工程师写信：“亲爱的基特里奇（Kittredge）先生，我收到您八月十六日的来信，其中提到安装无线电。感谢您关心此事。然而，以局长赋予我的权力，在此我想直截了当地提出有关克恩峡谷电话缆线建设的问题……我认为，不管对无线电进行何种改良和完善，其永远也无法代替电话缆线的通讯方式。”

一九三五年七月，巨杉国家公园在阿什山总部安装第一组无线电，八月三十日，时任园长的怀特再次写信给总工程师，用那种“我早就跟你说过了”的语气写道：“先生钧鉴，如同本人在电报所言，敝园区的无线电主站完全无法运作……”

六十年后，电话缆线移除了，无线电还是未臻完善。莱尼斯一想到蓝迪可能需要协助，却无法求援，心里便一阵愤怒。

“坦白讲，园区的无线电烂得不行……通讯越来越差，已经好一段时间了。”她说，“中继站完全没用，无线电也坏了，我那年夏天起码换了三台机器，因此失联其实是家常便饭，而且当时的长官好像认为不需要赶快搞定无线电。”

蓝迪之前开过一个玩笑来讽刺这种情况，那天晚上几名巡山员回想起他的玩笑，感觉都像一语成谶：“如果你想在园区受伤，记得先确定那里收不到无线电讯号。”

讽刺的是，蓝迪年年抱怨无线电出问题，一九九五年季末报告也不忘写道：“无线电通讯……今年依然很差，大家都知道。”

“希望明年会改善。”他说。

午后，浅蓝天空飘着几绺细长的卷云，残留些许刚才雷雨的余韵。夕阳的火红与金黄色泽很快就会沾染浮云，并洒上环抱盆地的群峰。日暮为山峦添上了耀眼的光芒，让群山得以在人世间扬名。

巡山员通常都很喜欢夕阳，有些人甚至会事先计划，在落日前赶到雄伟的花岗岩壁或面西的冰斗，观赏大自然的这出戏剧。然而，搜救蓝迪行动开始的那一天傍晚，所有人都无精打采，因为晚霞只是夜幕的序曲，宣告蓝迪失联届满四天，他又得撑过另一个寒夜，独自一人。

所有人一抵达班奇湖哨所，寇夫曼就指示他们研读蓝迪的日志，寻找可能透露蓝迪行踪的蛛丝马迹。他们围坐在野餐桌前，找出蓝迪已经巡逻过的路段，向寇夫曼报告，由他负责记下线索。期间，寇夫曼不时向他们发问：蓝迪沿步道巡逻一天能走多远？不走步道呢？他喜欢在有遮蔽（如森林）的地方扎营，还是空旷处？他遇到难走的三级棱线会选择直接穿越，还是轻松一点绕远路？寇夫曼的问题让巡山员开始回想蓝迪的登山风格，理解他的想法，这有助于猜测他的行动。寇夫曼鼓励大家多动脑筋。“你们只要有人想起蓝迪在集训期间提过想去哪里巡逻，或想攀登哪座山峰，”他说，“就马上跟我说。”

他们一边讨论，寇夫曼一边和留守总部的阿什用无线电联系，并在野餐桌的地图上用墨水笔标记出十六块区域，从 A 标示到 P。区域之间以明显的地形地物为界，例如河川、棱线、步道、草原、山峰和隘口，总面积约二百平方千米。所有人都同意，蓝迪步行巡逻四天应该不出这个范围。

此时此刻，一个孤身一人的登山客无意中来到了哨所。直升机刚刚起飞了。他对巡山员们招呼得十分不合时宜：“你们都在忙什么？”

寇夫曼走到登山客身边。

“我还记得当时寇夫曼吼道：‘这么吵真是对不起了，但我们的一个巡山员失踪了，他情况可能不妙。’”德奇回忆道，“我想他是不想让那人打扰正在全神贯注计划搜救的我们。但那个人完全摸不着头脑，反而放下了背包，好像想在我们这儿做客似的。他还跟寇夫曼问起哪里适合钓鱼，哪里有响尾蛇什么的。”

这时，德奇站了起来，一开始只是想把寇夫曼“拯救出来”。但来到那个登山客身边时，“我失态了，有一点儿。”德奇说。他做出了很不符合自己性格的事情，把声音压低了八度，对那个登山客说：“你可能没听清他说的话。我们现在有紧！急！情！况！”说完他就转过了身子。

“抱歉。”登山客一边说，一边回到了步道上。

德奇回到野餐桌前，死死盯着地图。然而，二百平方千米实在太大了。德奇的反应很直接：“噢，可恶。”格拉邦说：“我们需要很多外援。”寇夫曼说：“支援很快就来了。”大家都觉得眼前的任务非常艰巨，因为通常只有飞机失事才需要这么大的搜寻范围，步行失踪的人只需要搜寻方圆几千米才对。

地图上的搜救范围往往是漂亮的圆形或正方形，中间一个红色大叉，标示“受害人”最后出现的地点。这种计算机画的搜救图虽然理想，放到山里却一点也不切实际。搜救区域其实和深山地形一样毫无章法，拼凑出来的线条歪七扭八，看起来就像四岁小孩的涂鸦。

然而，就像四岁小孩看得出自己的涂鸦是犀牛或恐龙，巡山员也能从地图上读出墨水笔下的地形。不规则的弧形和曲线是棱线或冰斗，地形上下起伏；大片色块是河流切割出来的峡谷；盆地是变形虫状；卡特里吉溪（Cartridge Creek）溪谷犹如外张的手臂，穆洛布朗可（Muro Blanco）峡谷则像弯曲的腿往南延伸。不过，这群巡山员担心的不是搜救区域的形状，而是它的大小和严峻的地势。这片土地就像随意拼凑起来的地形怪兽，能够吞噬人的性命。

而这当然不是第一次。

内华达山脉至今还有飞机和罹难机组员不见踪影，有的隔了几十年才被发现。一九四三年十二月“二战”期间，美国四六一轰炸小队加紧训练，准备进驻欧洲战区，然而短短两周就有四架B24重型轰炸机因为冬季暴风而坠毁。政府发动大规模搜救，但没有找到半点残骸。其中一架轰炸机最后出现的地点，位于拉斯维加斯与内华达山脉东侧山脚下的独立镇之间，飞机副驾驶是年仅二十四岁的少尉罗伯特·M.赫斯特（Robert M. Hester）。其后几年，罗伯特的父亲克林顿·赫斯特（Clinton Hester）让这架飞机成为巨杉和国王峡谷巡山员之间流传的一则传奇。

克林顿坚信轰炸机坠落在国王峡谷，他决心找到儿子的尸体，纪念他的英勇事迹，于是亲自上山寻找，年复一年，与志愿帮忙的人合作，努力不懈。可是，他找了整整十年还是毫无所获，没有半点证据支持他的想法。

一九五九年，在山中地毯式寻找了十四年，克林顿因为心脏病与世长辞。来年七月，一名巡山员在勒空特峡谷附近的黑分水岭（Black Divide）山区发现飞机残骸。这架轰炸机撞上三千八百一十米高的山峰当场爆炸，部分残骸落进湖水里。克林顿生前曾到离湖只有几千米的地方，后来这座湖被命名为“赫斯特湖”（Hester Lake）。

后来，提到在高山中搜寻一个人是多么让人身心俱疲时，总会提到“赫斯特搜救人”（The Hester Liberator）。毕竟，那是一架二十一米长、银光闪闪的轰炸机，这样难以忽视的残骸，竟然十年半来都躲过了各种形式的侦查。

不过，在公园的搜救历史上，那些失踪的步行人倒是只有一个没找到。他叫弗雷德·吉斯特（Fred Gist），六十六岁的房地产估价人，来自圣路易斯奥比斯波（San Luis Obispo）。他就消失在帝王分水岭（Monarch Divide）上班奇湖巡山员巡逻区的西南边界。最后一次见到吉斯特的是他的同伴们，那天是一九七五年八月十九日，地点是多尔蒂溪（Dougherty Creek）附近，潺潺的溪水正流向波光粼粼的落月湖（Lake of the Fallen Moon）。

搜救行动一共出动了二十六名巡山员和来自全国的志愿者，边境巡逻队（U.S. Border Patrol）另外增援了五条搜救犬和追踪专家。在吉斯特失踪后的两天，大家开始行动了。这场搜寻十分细致，可能的区域中几乎每一块石头都被翻过。据说吉斯特骑着马，并不怎么擅长步行。所以搜寻的区域还算有限，大概只有四千八百多米。搜救时采用的是经典的“时间策略”，把区域划分为几个格子，分别由不同人带着搜救犬去每个地方找。意外事故报告上说，“没有发现一点失踪者的踪迹”。

第七天，搜救行动宣布停止。就连在该区域拍摄的军队照片中也找不出蛛丝马迹。此后的十多年，弗雷德·吉斯特的命运一直是个谜，直到登山客在多尔蒂溪找到了他的头骨。但这些登山客完全不知道背后的故事，就把头骨放在了辛普森草原（Simpson Meadow）巡山员哨所门前的阶梯上，还附了一张手绘的地图，标明发现头骨的地点。颇具讽刺意味的是，他们竟然将头骨命名为“弗雷德”。

比起“赫斯特坠机事件”，对吉斯特失败的搜救大概更为鲜明地表明，这些连绵的群山要完全隐藏一个人是多么容易，隐藏到训练有素、人手充足的搜救队即使是一寸一寸地找，也空手而返。不过，吉斯特和蓝迪之间却有着一个根本的不同。吉斯特只是普通的游客，完全没有做好准备应对冰冷刺骨的寒夜。据说，他连睡袋都没带。

而蓝迪呢，不但身体健康、经验丰富，而且身上携带了很多求生工具，也有相应的应用知识。他只需要坚持住，等着搜救队员们在这二百〇七平方千米的搜寻范围里找到他。毫无疑问，对他的搜救就是所谓的“大海捞针”。但世事变迁，现代的搜救技术也有了改变和进步。

到了一九七六年，美国空军中校罗伯特·麦森（Robert Mattson）提出安排地面搜救区域先后顺序的全新方法。他的创见最先在春季号的《搜救杂志》（*Search and Rescue Magazine*）发表，后来又被称为“麦森法”或“麦森共识”，主要灵感来自于美国海军行动评估小组的B.O.库普曼（B. O. Koopman）。库普曼于“二战”期间发展出一套数学方法，可在汪洋大海中定位敌军潜艇，成效卓著。许多人认为，库普曼和他的小组成员是美军在大西洋战胜德军的主要功臣。

麦森共识一直是专业人员最喜欢的搜救策略，寇夫曼也不例外。他担任搜救蓝迪的指挥者，自然决定采用麦森共识。

麦森认为，执行搜救任务时，首先要将所有认识失踪者或当地地形的人集合起来，因为他们才是“知道最多、最有经验的人”。在这次行动中，这些人就是熟悉蓝迪和内华达山脉的巡山员。寇夫曼尽可能征询有关蓝迪和地形的信息之后，将搜救范围划分成大小适中的区块，然后采取匿名投票，由巡山员替每一个区块打分数，分数越高表示巡山员认为蓝迪越可能在该区块出现，越低则越不可能。麦森指出，投票“最好是匿名，因为这样一来就算平常很少发言的人，也不会因为怕被别人抢走麦克风而保持沉默”。

虽然寇夫曼才是行动指挥者，而且很清楚麦森共识的原理，但其他巡山员也都晓得运作流程，因此讲起话来都是术语。例如“发现率”是失踪者在该区出现的概率，“界外率”表示蓝迪不在预定搜救范围内的可能性。

巡山员写下十六个区块的发现率，加上界外率之后，总值必须是一百，而且不能有任何区块写零，因为这表示你认为蓝迪绝对不在该区块，这是不可能的。麦森在论文中警告读者，面对未知绝不能这么乐观：“你要是知道生还者在哪里，那还要搜救干吗？！”

麦森这套数学搜救法则的核心精神就是：任何信息都不放过，广纳意见，依赖常识，拼命挖掘线索，挖、挖、挖。

他们真的这样做了。寇夫曼的笔记本上写得密密麻麻，就是最好的证明。

蓝迪在日志里记载，他两次沿着缪尔步道往南走到屏秀隘口，一次登顶，一次翻越山头到伍兹溪。他们根据蓝迪的工作习惯推论，他应该不可能再走这条路线，也就是不会再走缪尔步道，或走山野小径往南与步道会合。

另一方面，蓝迪还没巡查湖区盆地。德奇、莱尼斯和格拉邦都说湖区是蓝迪的圣地。他也还没走过上盆地区的山野小径和班奇湖步道以北的僻静湖泊，如哑铃湖群（Dumbbell Lakes）和马瑞安湖（Marion Lake）。几位巡山员顺着这条思路，开始猜测蓝迪三四天脚程可能跋涉的距离和位置。

搜集信息花了几小时，但投票只用了二十分钟。湖区盆地（F区）果然获得共识，发现率最高，百分之二十六点二。其次是马瑞安湖和附近的冰斗（G区），百分之十九点二。界外率得分最低的区域多半发现率最高，只有德奇例外，他打的界外率分数比其他人明显高出一截。寇夫曼因此问他："你觉得蓝迪可能离开园区了，为什么？"

"我对寇夫曼说，蓝迪的生活一团混乱，"德奇说，"不过莱尼斯坐在旁边，所以我没有讲得很详细。"他也没有对其他人说，他心里有个很微弱但很确定的想法，那就是他的好友可能选了一个特别的地方，结束自己的生命。

寇夫曼宣布解散，明早集合。巡山员各自回到休息地点，德奇却偷偷溜到哨所前，蓝迪的字条还钉在帆布帘上。他在纸上写的是六月，其实应该是七月。其他人都认为那只不过是笔误，德奇却一直觉得那是蓝迪泄露了自己的心思。他在心里骂自己胡思乱想，一边将帐篷门帘推开。蓝迪的小窝依然简朴。"蓝迪从来不贴照片或挂帘幔，以便让哨所看起来更像家一点，"德奇说，"永远是最简单的基地营。"

德奇的头灯很快就找到了目标，一只小的铁置物盒。他知道蓝迪都把手枪收在盒里。盒子果然上了锁，但他还是拉一下试试运气。没用。他将目光转到蓝迪的野战桌，也就是一只军绿色的长方形木箱，两头各有一个皮制把手。正面是一排抽屉和小方格，顶上是磨得光滑的桌面，折叠起来成为置物空间，里面果然放了蓝迪的必读作品：全新的《国家公园署执法政策与指导原则（第九版）》、厚达几厘米的山野政策（蓝迪几乎倒背如流，因为十年来其内容大同小异）、紧急医疗技能复习手册、一沓嘉奖单，还有最近刚公布但尚未执行的《草原管理方案》。这本册子是巡山员集训时发的，上头摆了一支笔，蓝迪在内页做了笔记和建议。

"他还没写完，"德奇说，"这表示蓝迪打算回来。"发现这点之后，心情疲惫的他就回自己帐篷休息了。

入夜之后，寇夫曼继续拟定搜救计划。阿什是他山下的接应人，他将“麦森共识”做好的结果和其他事项一一转告对方。

阿什和另一个巡山员斯科特·瓦内克（Scott Wanek）在国王峡谷消防局临时组织了一个“事件指挥站”。他们把一间宿舍改成了策划室，并开始联系各种紧急事件回应团体。这是一个成员众多的网络，其中包括加州警犬搜救协会（CARDA）和大州内不同郡县的志愿搜救团体。军方和州级的高速公路巡逻队整装待命，以便应对可能的空中支援和人员需求。最需要的人员就是那些有专业徒步远足技能的人。寇夫曼与阿什通话时，将这一点表达得非常清楚：“搜救地区形势复杂、危机四伏，很多地方看似无路可走。”而阿什也回答说，他“求质不求量”，言下之意就是“我们不想转头又去救搜救人员”。

阿什花了几分钟时间打开计算机辅助搜救数据交换系统，准备存取数据。这套系统使用现代的搜寻理论和语法，可以简化计算流程，以利于紧急搜救任务的进行。无论再大的搜救面积和行动，只要将数据输入交换系

▲ 蓝迪失踪后不久，巡山小队长阿什和总队长伯德在园区进行雪地勘查。伯德提供

统，根据数据和区块建文件，很快就能理出头绪。计算机打印出来的数据提供初步讯息，包括各区块的建议搜查方式（如空中、步行或猎犬等）和搜救人员评估该区块的清查程度。搜救指挥者（也就是寇夫曼）可以运用这套方法掌握搜救行动的最新进度，只要确定某一区块已经清查完毕，就可以下令收队。

当然，这样的做法是假定失踪者不会移动、不会返回已经清查的区域，因为山野求生课程经常告诫登山客，遇到状况时最好“按兵不动”。另外一个问题是搜救行动通常只针对地面区域，不包括水下、地底和山崩活埋。蓝迪失踪的搜救面积非常惊人，只有两个区块不到两平方千米，大部分都在八平方千米左右，还有一块超过二十八平方千米，要做地毯式搜索非常困难。更麻烦的是山里河川密布，汇入千百个湖泊，几乎每座山峰都发生过落石或雪崩，很可能活埋或盖住受伤的失踪者。

因此，蓝迪很可能离大声叫喊的搜救队不远，却不会为人所发现。当然，搜救队可以带猎犬，但要是蓝迪位于下风处，狗就闻不到他的气味。一位负责带领猎犬的搜救队员说，在内华达山脉搜救就好像“浑水摸鱼”一样。不过，这些想法都还没考虑到一个可能。

要是蓝迪不想被找到呢？

天色刚暗，巡山总队长伯德抵达路尾步道入口，骑马让她的身体又酸又累。从维岱特草原（即她遇到莱尼斯的地方）过来，她骑了将近二十六千米。她看到直升机飞过，虽然身上没有无线电，但还是猜到园区已经开始搜寻蓝迪了。

她立刻骑马到雪松林（Cedar Grove），只见消防站里灯火通明，人声嘈杂。她想找寇夫曼，推断他应该是搜救指挥者，结果只看到阿什。阿什简单说明现在知道的细节，只是不多。“寇夫曼，”他对伯德说，“人在班奇湖。”

伯德暗呼不妙。她觉得寇夫曼和阿什想得不够仔细，没有把事情看得很严重。她认为搜救行动规模应该会变大。她说：“问题是搜救一旦开始，就很难临时增加物资人力。”伯德是总队长，有权下令启动“意外事件指挥系统”，只是一想到寇夫曼，“他很，呃……他是很有天分的搜救巡山员，”伯德说，“要他接受你的想法，最好让他觉得那是他的想法，而不是直接命令他。”

于是，伯德用无线电联络寇夫曼，希望他也有启动“意外事件指挥系统”的想法。

意外事件指挥系统发展于二十世纪七十年代。当时南加州发生一连串大火，联邦、州、郡、市各级消防单位联手合作，成立“加州潜在紧急事件消防资源中心”。然而由于缺乏协调与合作经验，导致任务重叠，甚至严重拖延应变时间。有些地方消防人员太多，有些地方却因为人员太少而被烧毁。有鉴于此，意外事件指挥系统的雏形应运而生，负责处理山野大火和市、郡、联邦层级的紧急事件。一九八五年，美国国家公园署采纳意外事件指挥系统，并率先用于搜救任务和其他紧急事件。一般认为，意外事件指挥系统能够健全，国家公园署功不可没。

只要晚间新闻中报道边远露营地或者其他地方正在进行失踪人员搜救行动时，主要的框架肯定是意外事件指挥系统。

伯德有些担心寇夫曼的“身兼数职”。他同时担任了行动指挥官、总调度和总策划。她认为“一个人不可能同时履行好这么多职责”。

“我希望寇夫曼待在‘指挥部’，做好搜救规划，而不是亲自前往山上，涉足搜救地区。”伯德说这就像一场军事战争，“将军不会和部队一起冲锋。他的职责是待在后方，制订策略，好好规划，确保作战方案顺利执行，同时也要顺应变化，及时应对。这也意味着他要搜集情报，调度需要的坦克和飞机去执行战略计划，并确保手底下有足够的人手，另外还要考虑到士兵们的交通和食宿。”

这位巡山总队长希望寇夫曼要么把行动指挥官的位置交给别人，要么“离开搜救现场，全盘策划大范围的搜救”，其中包括知人善任，把合适的任务分配给合格的人。

寇夫曼的声音夹杂着嘶嘶杂音从无线电另一头传来，他同意启动意外事件指挥系统，但不想放弃搜救行动的指挥权。这显然出于个人因素——寇夫曼觉得营救蓝迪是他的责任。搜救行动初期，意外事件指挥官通常必须身兼数职。这么做是有道理的，因为意外事件指挥系统的核心是责任制，搜救行动的成败完全都在指挥官肩上。

一旦认为搜救工作已经步上轨道，伯德便打电话给蓝迪的妻子茱蒂。伯德和茱蒂于七十年代初期曾经一起在优胜美地的欧瓦尼旅馆当调酒师，她进入国家公园署的时间比蓝迪晚了很多，却充分证明一个人只要有才能和渴望、愿意克服重重关卡，还是能在园区升到永久职的高位。一九九六年，伯德在男性主宰的巡山员世界杀出一片天，出任全美最原始国家公园的巡山总队长。她一路走来经历过许多难堪，包括逮捕醉汉被殴、遭受不公平待遇、被骡子踹、寻找尸体、射杀攻击人的草原狼和处理堆积如山的烦人公文。

但对伯德来说，此刻拨打这样一通电话，通知她的下属巡山员的家人，说对方下落不明，才是真正困难的一件事。

一九九六年，家住亚利桑那州塞多纳镇（Sedona）的蓝迪收拾行囊，准备上山值勤。他心想，等到十月下山的时候，茱蒂肯定不会张开双臂迎接他，因此便用了比平常多的箱子，把从父母家中拿来的爱书、摄影器材、额外的衣物、滑雪装备和相簿装上丰田卡车，预备载到内华达山脉东侧的加州毕夏普镇（Bishop）。

蓝迪总是送书给茱蒂当礼物，通常是在上山之前。他挑这些书不只因为书好，而是想对妻子传达他心里强烈感受到的事物，与她分享。过去几年，在蓝迪消失的那几个月，这些书陪伴茱蒂度过孤独的夜晚，给了她许多慰藉。“我很难解释，但读蓝迪给我的书就好像有他陪在我身边，”她说，“虽然在一起这么多年了，我们依然很契合，让他有感觉的书，通常也会让我有感觉。”

即使背包里装着离婚协议书，蓝迪依然坚守传统，送了茱蒂一本《我听见猫头鹰呼唤我的名字》，作者是玛格丽特·克雷文[24]。尽管两人的婚姻走到尽头，这份意外的礼物还是让茱蒂心头一暖，让她想起自己的伴侣有多体贴、迷人。不过，这样的感觉只维持了片刻。蓝迪驱车离开之后，茱蒂就将小说放到床头柜上，没有碰它。

两个月后，七月二十四日傍晚，电话铃声响起，那本书还是连封面都没有翻开。电话另一头传来熟悉的声音。

“茱蒂，”伯德说，“我是园区总队长伯德。你最近应该都没有蓝迪的消息，对吧？”

茱蒂上一回与蓝迪联络，是在巡山员集训的时候。“六月底之后就没有了。”她回答。蓝迪在电话中求茱蒂和他一起到山里，他希望两人重修旧好，如果她肯的话。然而茱蒂没有心软，告诉蓝迪事情没那么简单。

伯德对茱蒂说，蓝迪外出巡逻失联了，园方正在搜救。“他可能只是无线电出了问题，”伯德说，“但已经四天没消息了。”

“四天？”茱蒂说，“他只是想让我担心而已。”

茱蒂对伯德说，她和蓝迪已经分居了，她正诉请离婚。伯德不晓得这件事，她开始担心蓝迪可能离开山里了，如果是这样，那么搜救人员反而承担了不必要的风险。

“他可能去哪里吗？或打电话给谁？”伯德问。

“纳什，”茱蒂说，“不然就是我们的朋友斯图尔特·斯科菲尔德（Stuart Scofield）。”

“我们会与纳什联络，”伯德说，“你或许可以打个电话给你朋友，如果他有什么消息，你再跟我们说。”

伯德把园区总部和自己家里的专线电话给了茱蒂，请她明天打电话来。

茱蒂挂掉电话之前对伯德说：“蓝迪应该不会下山才对，他现在比较需要待在山上。”

茱蒂不怎么担心蓝迪。恰好相反，她觉得很不舒服。她有预感蓝迪只是慢慢来、到处晃、看看野花，刻意不理会无线电。为什么？因为他想报复茱蒂不和他一起上山，不给他和好的机会。

“蓝迪知道自己如果失联太久，园方绝对第一个通知我。”茱蒂说。但他如果以为这么做能让她寝食不安，那就错了。她拿出两人几年来共享的电话簿，找到斯科菲尔德的号码。

茱蒂坐在客厅的阅读椅上，伸手去拿电话。这时突然雷声大作，仿佛有人故意要吓她似的，电光一闪，照亮了窗外的沙漠。蓝迪一向喜欢暴风雨，无论在沙漠或内华达山脉，茱蒂突然想起他们新婚不久遇到的那一场暴风雨。

那天，他们沿着缪尔步道匆匆向北，想在暴风雨前赶回蓝迪在亭达尔溪（Tyndall Creek）的哨所。往西望去，乌云聚集在克恩峡谷侧翼的卡威群峰（Kaweah Peaks）上，令人生畏。雷电交加，山峰忽明忽暗，低吼阵阵。蓝迪和茱蒂急急穿越稀疏的巴尔夫氏松林（foxtail pines），一声巨雷从天而降，震耳欲聋。越往上走，林木越来越少，到了海拔三千四百米的

▲ 一九八八年，蓝迪在亭达尔溪哨所。吉恩·罗斯提供

大角平原（Bighorn Plateau），放眼不见一棵树，茱蒂心里的惊恐更深了。狂风怒吼让他们睁不开眼，冻原上大雪纷飞，没有任何遮蔽，还得再苦撑四千米才是下坡，才会有树庇护。茱蒂使劲迈开步伐，想要超过蓝迪。蓝迪不慌不忙走在前头，兴奋地享受强风暴雪。

雨雪很快变成冰雹，打在茱蒂身上，扎刺她的脸庞。步道凹处盛满雹珠，形成一条白线，指向安全的所在，茱蒂一心都在前方。

然而才走了四百米，蓝迪的自在便让茱蒂镇定下来，放松心情开始感受周遭一切。平原上空雷电不断，静电让人汗毛直竖，她却突然觉得平安。尽管风雪肆虐、天崩地裂，蓝迪依然冷静、沉着，仿佛战场上无畏子弹的英雄。他们回到亭达尔溪，全身都湿透了，却非常兴奋，而且毫发无伤。这对茱蒂来说是全新的体验，仿佛一场成年礼，但在蓝迪眼中不过是另一次散步而已。

茱蒂拿起话筒打给斯科菲尔德，心中念着她重复了二十多年而且每个夏天都念的那句话：

“蓝迪在山上会照顾好自己。”

第五章 暴动之后

我到了一个年纪，开始愤世嫉俗，但只要造访国家公园，犬儒病就会不治而愈。远离我们称为“美国梦”的竞争贪婪，得到让人愉悦的歇息……这里才是真的美国、真的民主，反映出我们最好的一面，而不是差劲的一切。

——华莱士·斯泰格纳，一九八三年

就算是一群蚊子，蓝迪也能让它们变成世上最浪漫的事物。

——莱蒂·摩根森，二〇〇二年

一九七一年，值勤结束之后，蓝迪回到山下，全身黝黑，孤独一人，体重过轻，心里只想着母亲料理的美食。

埃斯特是优胜美地“艺术天地”（The Art Place）艺廊的主持人，兼卖手工卡片、蜡烛和其他手工艺品。蓝迪走进艺廊想找埃斯特，目光却被正在做蜡烛的茱蒂吸引了过去。茱蒂自我介绍，说她是“城市来的人”，家住加州橘郡（Orange County）。

“你怎么会跑到优胜美地来？”蓝迪自我介绍之后问她。茱蒂一眼就喜欢上这位自信迷人的年轻巡山员，她说她在圣荷西州立大学念艺术史，休学一年到处旅行、参加派对，与好朋友盖尔·瑞琪（Gail Ritchie）到欧洲参观艺廊和教堂。再过两个月就要开学了，她决定和瑞琪一起到优胜美地，这份工作就是瑞琪帮她找的。蓝迪点头赞许她的决定很聪明，将最好的留到最后。蓝迪的眼神透露出他其实话中有话。“没错，”茱蒂说，“我一开始就被他迷住了。”

茱蒂认识的是观光客眼中的优胜美地，蓝迪却带她到地图上看不见的莫塞德河的无人河滨。他们到简朴浪漫的欧瓦尼旅馆喝酒，分享旅行的经历。“蓝迪描述事情栩栩如生，”茱蒂说道，“他用话语带我到印度、尼泊尔和日本旅行。”

他们相识之后过了一个多星期，蓝迪约茱蒂和瑞琪到艺廊参观亚洲艺术展，三个人相谈甚欢。艺术是茱蒂的专长，她一一解释作品背后的历史，蓝迪听得非常专心。“他让我觉得我很重要，”茱蒂说，“我念艺术史很重要，不只是很特别或很棒，而是很重要。他一点也不会觉得不耐烦，当时这样的人很少见，大部分男生都只想赶快离开，蓝迪却慢慢闲逛，沉浸在艺术里。”

“我们先是欣赏令人赞叹的作品，走出艺廊又看到让人屏息的自然美景。”茱蒂回忆。花岗岩峭壁在月光下熠熠生辉，松林直插天际，满天星斗。蓝迪走在两位女孩中间，送茱蒂回宿舍，一路上三个人手牵着手，非常开心。

“瑞琪没当一回事，”茱蒂说，“我有。”

茱蒂很快就成为摩根森家的常客，经常和他们在院子里喝调酒，欣赏半圆丘的夕照，之后共进晚餐。蓝迪一家人家规井然，让家人相处随性的茱蒂有些不可思议。埃斯特非常讲究细节，让她印象深刻。埃斯特会用保鲜膜仔细包好所有食物，将它们漂漂亮亮地收进冰箱，好像圣诞节礼物一样。晚饭时间，戴纳和埃斯特坐在桌子两端，一个切肉，一个分配色拉，将盘子传给每个人，然后才开始用餐，没有人先动刀叉。茱蒂看得敬畏有加。

她很快就发现，埃斯特是个纤细安静的人，戴纳擅长和人打交道，讲话有说服力。至于蓝迪，他遗传了母亲的敏感和父亲的语言天分，相貌英俊、头发浓密，一双会说话的眼睛温柔多情，带着一丝茱蒂无法看透的光芒。或许是神秘吧。工作结束了，茱蒂必须回城里上课，但蓝迪已经俘获了她的心。

蓝迪怀着浪漫的梦想，一心计划出版自己的照片和创作。他之前在山上就一直写东西，加上出国和内华达山脉的经历，他整理了一部分文字寄给十几家杂志社。埃斯特将儿子的家书全都打字存档。山谷降下冬雪，蓝迪遥望半圆丘，重读自己的信件和日记。美景当前，蓝迪埋首写下往事回忆，真是再适合不过了。

气温渐渐下降，游客消失无踪，山谷里悄然来了一位导师。没有人晓得他的来意，或许是为新作收集资料，或许是来拜访安塞尔・亚当斯，或许他晓得这时候最适合造访优胜美地，又或许他是专程来找戴纳的，因为戴纳在植物研究圈算是小有名气。总之，一九七一年秋天，历史学家华莱士・斯泰格纳[25]出现在摩根森家的客厅。

当时，他刚以小说《安息角》荣获普利策奖，接下来的新学期是他最后一年在斯坦福大学任教。一九四六年，斯泰格纳在斯坦福开设创意写作课程，几十年下来教过的学生数以百计，其中不少拿过斯泰格纳奖学金，包括作家温德尔・贝里[26]、肯・克西[27]、欧内斯特・J. 盖恩斯[28]、雷蒙德・卡佛[29]和爱德华・艾比[30]。

斯泰格纳和摩根森一家畅谈生态与环保，例如该不该允许雪地摩托车进入国家公园，以及许多当时热门的环境议题。他得知蓝迪想当作家，便说可以读读他写的东西。于是，蓝迪修改了两篇故事《戈兰庞格里小镇》和《深山》，交给斯泰格纳。

到了圣诞节，蓝迪收到五六家杂志社的退稿信，却始终没有斯泰格纳的消息。转眼进入新的一年，正当蓝迪打算放弃的时候，信来了，两页打字单行间隔的信，上头印了斯坦福大学的校徽。

"我读了你的两篇作品，"斯泰格纳在信里写道，时间是一九七二年一月二十六日，"两篇故事都很有文学性，纤细、真诚，我想你在写作时心里一定很有感觉……然而，我不认为它们适合出版……我接下来会说明理由，也许很坦白，让你不舒服。"

斯泰格纳先评论以勒空特峡谷为蓝本的《深山》，他说：

你一味描写自己的感觉和体悟，却无法感动读者。读者只会隐隐感觉你沉迷在缥缈的自然神秘主义里，完全无法感同身受，因为你没有写出让他看得到、闻得到、听得到或摸得到的具体事物。你对景物的描写太空泛了……没有前景、中景和背景，甚至连细节都没有，只有一般的形容。“温暖的朝阳照进峡谷，花栗鼠和赤栗鼠在内华达山脉的光滑岩壁上相互追逐，再穿越干草地。”……你描写的太阳很普通，大自然很普通，小动物很普通，没有任何独特之处……我要是在山上……应该也能明白你的感受。

整篇文章都是这样。你向读者展示的首先是个人感情。没有给出让人身临其境的具体地点、情景、动作、感觉，就想唤起读者的感情，这一切有任何意义吗？也许你受到缪尔的影响，他的确也采用了很多类似的十分普通的描写。但他之所以会这样写，是因为他在制造感慨方面很有天赋。他是大自然的苦行僧，不是每个人都能像他那样的……如果我是你，会弃缪尔而选梭罗或其他作家……我个人有一个几乎放之四海而皆准的经验法则，自然描写本身就非常难，比描写其他东西更容易显得平淡无趣……你对大山和荒野的丰富感知在字里行间并未充分显现。如果说你想把自己的所见所感展现给读者，但下笔时却让情感占了上风，通篇抒情，那就无法引起读者的共鸣。

接下来，斯泰格纳批评了《戈兰庞格里小镇》，言辞一样严厉坦白。他在信末再次向蓝迪强调：

我认为你必须努力跳脱空泛的言辞，不要将头埋在仙境里，只是做些空泛的思考和感受，而是开始仔细观察你脚下的石头、蚂蚁、阳光和阴影。学会这么做，并且时时提醒自己，你的文字就会拥有你希望它们拥有的力量。

祝你好运，请代我向你家人致意。做客你家，是我在优胜美地最愉快的回忆。附带一提，昨天有法国朋友从巴黎来访，对我说法国已经全面禁止雪地摩托车。我们是什么人，怎么可以落后法国？国家公园现在对雪地摩托车有什么看法？出台什么政策没有？

斯泰格纳　敬上

蓝迪立刻回了信。

斯泰格纳先生，您好：

承蒙您坦诚赐教……我非常感谢。我一直希望得到中肯的批评，可惜遍寻不着，您的意见正是我需要的。我晓得自己不是文学天才，但对自己的文采还有点信心，只要有人指点，取得一点成就应该不难。谢谢您。

期盼未来还有机会寄上文章请您指教，不过可能需要一段时间，等待时机成熟……

蓝迪在信尾提到雪地摩托车的话题：

园区对雪地摩托车的政策显然没有改变，目前仅泰奥加（Tioga）和冰河点（Glacier Point）附近路段开放。冰河点派有雪地巡山员驻守，泰奥加没有……现在是机动交通工具的时代，园区还有管制或许已值得庆幸。我还没听说有谁看过雪地摩托车擅闯禁区，如果有，我也不会容忍。

一个月后，斯泰格纳回信了。

蓝迪，你好：

真高兴我的批评没有让你丧失写作的信心，而且你还会采用不同的方法进行新的尝试。文学这一行其实是个很残酷的运动，你必须摸爬滚打，不怕挂彩，不怕摔跤，才能坚持下去。

蓝迪和斯泰格纳就这样书信往来多年。斯泰格纳不断敦促蓝迪将创作寄给他，蓝迪则向他禀报国家公园的最新议题，替他打探消息，仿佛成了特派记者，满足这位长辈对环境运动的热忱。

一九七二年三月二日，斯泰格纳再次来信。

蓝迪，你好：

感谢你告知我雪地摩托车的最新消息。国家公园管理部门说我误解了，把他们说的“山谷”错听成“公园”。但事实并非如此。我确定已经在进行相关的行动，确保这些机器不进入整个园区。主管就是这样告诉我的。但我觉得反对意见也很强烈，或者说他们太过害怕反对的声浪了。不管怎么说，最近宣布要限制对大雾山、国王峡谷，以及国王峡谷和落基山边远地区的探访，这就是一个积极的信号。同时对联邦土地上毒害野生动物的行为进行严厉的打击，这也让未来充满希望。有一天晚上，斯泰因·凯恩（Stain Cain）来我家共进晚餐，他曾经是一名相关行业的助理秘书，试图阻止“渔业与野生动物协会”的那些人使用有毒的饵料，但没有成功。晚餐桌上，他很乐观，认为曾经徒劳的战斗已经快要取得胜利了。所以干了这杯吧，再经过四代人的努力应该就成功了。同时，越野摩托将驰骋在沙漠，而沙漠正一寸寸往上蔓延。高地要很久以后才会消失呢。

斯泰格纳 敬上

到一九七三年夏天，蓝迪只“发表”过一篇作品，是他在麦克勒草原哨所门上贴的字条：

欢迎来到国王峡谷国家公园，缪尔步道的光之山脉。

本人只有一个小小请求：尊重山、爱护山，尤其不要乱丢垃圾。铝箔、瓶罐和玻璃都无法自然分解，将会长年遗留山上。请不要用营火焚烧铝箔。没有人喜欢在山里看到垃圾，我想各位一定深有同感。园区不会定期清理垃圾。永保高山自然美丽，让后代子孙也能享受，唯有你我能够做到。造山运动和新冰河期或许可以清理人类留下的痕迹，但还要很久才会到来。

请各位爱护美丽草原上的生命，千万不要在此露营，尤其不可生火。试想，您会在自家的草坪上生火吗？高海拔地区的焚烧遗迹可能无法复原，大地将永远带着您营火留下的丑陋伤疤。希望各位下山时不带走山里一丝美丽，祝您旅途愉快！

进化守护人　蓝迪

就凭这张字条当然拿不到普利策奖，但是在园区传诵一时。蓝迪于一九六五年在雷依湖、一九七一年在勒空特峡谷、一九七二年在麦克勒草原值勤，他的日志让人读来津津有味，不像一般巡山员照章行事，只记录今天走了多少千米、天气如何、路上遇到几个人、开了几张罚单、做过多少次伤员撤退、找到失踪的童子军……虽然巨细靡遗，却没有半点感情。

“因为蓝迪，事情变得不一样了，他写出了我们在山里的感觉。”一位曾与蓝迪共事的巡山员说，“之前没人这么做，只有蓝迪费心表达自己的情感。读完他的日志，绝对会感受到他对山的热爱，还有身为巡山员必须忍受的辛苦与麻烦。”其实，最早建议园区将日志收回总部存盘的人就是蓝迪。他还建议影印一份放在哨所，提供“巡山员观点”给后来的巡山员，了解可能遭遇的困难。

虽然蓝迪的写作事业不见起色，他和茱蒂的感情倒是蒸蒸日上。两人相遇的来年，蓝迪邀茱蒂“走到”麦克勒草原找他。然而，这趟行程却泼了她一头冷水，茱蒂拼命走了三十千米，走到天都黑了，却还有十五千

▲ 麦克勒草原哨所，蓝迪担任巡山员的二十八年里，有七年夏天在此度过。鲍勃·梅多斯（Bob Meadows）提供

米。她继续前进，直到蝙蝠四窜、鸟儿停止鸣叫之后，才被蓝迪拜托照看茱蒂的巡山员“带回”（这是蓝迪的说法，茱蒂的说法是“救回”）哨所休息。

第二天，茱蒂全身酸痛，几乎无法走动，但她还是一早出发，想给蓝迪一个惊喜。蓝迪在路上遇到她，和她一起走回麦克勒草原，沿途介绍一草一木、岩石鸟兽，生动的描述让她浑然不觉时间的流逝。当晚，茱蒂忘了登山的辛劳，双脚泡在热水里，看着蓝迪准备晚餐。她睡在蓝迪怀里，感到前所未有的平安与满足。

一九七三年十月，蓝迪和茱蒂一起休假，开车旅行三个月，目的地是南犹他州。旅行一点也不舒服，不过两人的感情更浓了。一路上没有烛光晚餐，也没有鲜花、巧克力，没有任何俗世的浪漫，两人沿着车辙处处的小路开去，夜里就在路旁的干涸沙漠扎营，经常只靠一桶冷水洗澡，因为蓝迪不想夺走沙漠生物无比需要的养分，所以连枯木也不拿来生火。他们远离人烟过了将近一个月，蓝迪决定带茱蒂去一个充满童年回忆的地方：位于科罗拉多、新墨西哥、犹他和亚利桑那四州交界的四界碑（Four Corners Monument）。

途中，蓝迪对茱蒂说起当年的回忆。他十一岁，与哥哥坐在他们家那辆一九四〇年出厂的别克轿车后座，马路颠颠簸簸，他吃了满嘴风沙，最后连路都没了，只剩牧草之中两道车辙。沙痕太深，车子再也无法前进，一家人下车步行，走到一处由岩块砌成的石碑跟前。四条用石块堆出的直线向外延伸，代表州界。小蓝迪觉得那里仿佛有魔力，而他父亲就像孩子一样绕着石碑，每跑过一条线就喊出州名："犹他、亚利桑那、新墨西哥、科罗拉多、犹他、亚利桑那……"戴纳的兴奋感染了一家人，大人小孩绕着石碑飞奔，跑到喘不过气来，放声大笑。沙漠里只有他们四人。

二十多年后，蓝迪带茱蒂循着原路旧地重游，却只见到宽阔的柏油路面"又平又直，热气蒸腾，让人昏昏欲睡"，蓝迪在日记里如此写道。

他们在远离柏油路的小径上扎营，蓝迪觉得这就是当年他们一家开过的旧路。天色渐暗，地面慢慢浮现霜白，蓝迪和茱蒂发现前方有黄色微光。他们窝在小货车载货后座的温暖睡袋里，猜想那微光代表四界碑已经变成"全年无休的观光景点"，还是"有冲水式厕所和露营车停靠区的舒服休息站"发出的光芒？

隔天一早，他们再次前往四界碑朝圣，想了解"政府为了让民众接触美国所有角落做了多少努力"。蓝迪来到当年的石冢前，却只看到"残害土地和人民的恶行"。

"对人类智慧是一大侮辱，何其不幸，而这就是美国文化的水平。

"四界碑已经消失了，被政府铺成平地！

"葛伦峡谷（Glen Canyon）[31] 变成人工湖泊，象征四州友好的四界碑也被柏油和水泥取代，铺了马路，周围都是遮阳野餐桌、垃圾桶、茅坑、纸袋、面纸和瓶瓶罐罐，水泥地盖过原来的四州交界。各位想想看，这是美国唯一的四州交界，我们竟然用水泥和柏油来纪念它。这就是美国，纪念它就是毁了它，还有比这更好的例子吗？

“其实我们做得还不够，和平常一样又搞砸了。我们应该把这里铲平，全部铺上水泥和柏油，这样纳税人不用下车也能参观全美唯一的四州交界。我们可以开始卖保险杆贴纸，让来过这里的民众有东西炫耀。只可惜工程人员没什么品位，一般汽车驾驶员也越来越难被感动了。”

童年回忆变调了，蓝迪再往前开，只见地平线浮现出“几个大怪物”，原来是附近的发电厂，他忍不住又在日记里破口大骂：“受不了，我真想吐，我扯开嗓门大骂三字经，心里只想要破坏，破坏水坝，破坏火力发电厂。”

蓝迪的激烈反应跑在时代前面。两年后，爱德华·艾比在《猴子歪帮》里描绘了一群英雄，他们计划炸毁葛伦峡谷水坝，解救科罗拉多河。此后，“激进环保运动”（或者说“环保恐怖主义”，看你站在什么立场）才正式在主流文学里出现。

茱蒂很快就发觉，她爱上的男人心中只有山野。蓝迪的一言一行透露了太多线索。“可以的话，我每年夏天都要待在山上，”他对茱蒂说，“你会跟我一起，对吧？你会到山里来找我，对吧？”然而，他的话语有时听来很像警告：“你应该知道我身体里流着高山的血液吧？山永远在呼唤我。”

不过，茱蒂一点也不在意。她虽然喜欢有蓝迪为伴，却也能独当一面，这点让两人的关系更加圆满。她发现独处能激发创造力，蓝迪在山上优游，艺廊就是她的庙宇和教堂。感谢蓝迪，茱蒂开始接触山野，他们在内华达山脉和美国西南部沙漠的旅行不断带给她创作的灵感，她深信自己的作品有朝一日一定能在艺廊展出。茱蒂很有把握，就像她很笃定自己将会永远追随蓝迪一样，跟着这位自信满满的巡山员，直到天涯海角。

里克·史密斯是“优胜美地帮”的创始人之一。他在黄石国家公园做了十一年的临时巡山员，接着去巴拉圭做了两年美国和平队的志愿者。之后，优胜美地雇用了他，还是临时巡山员。几年后，也就是在暴动之后不久，他成了永久职巡山员。他的滑雪技术可是专家级的，还因此在一九七四年和一九七五年交界的那个冬天被提升为贝杰隘口和土伦草原地区的巡山队长。蓝迪也是在同一时期申请了优胜美地冬季越野巡山员的位置。这是整个公园内最需要体力、最富有冒险意味和最让大家垂涎的工作，一共只招收两个人。

大家都知道，史密斯具有伯乐的慧眼，十分知人善任，同时又和“优胜美地帮”的所有同伴一样，不会挑选任何平庸的人来担任自己手下的职位。他所寻找的一直是那些够格做永久职巡山员的人。每次他都会问自己一些标准问题：“这个人的能力和心态，足以让他脱颖而出，最后升到我的位置上来吗？这个人在国家公园里能很好地生存下来吗？”如果答案是肯定的，他就会从众多申请材料中把这个人单独挑出来，加以特别关注。

一九七四年，史密斯的面前摆着厚厚一沓申请材料。优胜美地的冬季工作可谓凤毛麟角，所以想一直待在这儿的夏季巡山员们争先恐后地来争取珍贵的工作机会。凡是可以说一说的条件和经历，简历上都事无巨细地列了出来。那时候巡山员是人人趋之若鹜的美差，优胜美地的某些工作甚至会吸引一千多个申请者。招停车场管理员、缆车操作员、送餐服务员什么的都易如反掌。另外，滑雪运动已经诞生了一个世纪，寻找需要在贝杰隘口那些陡峭斜坡上滑雪巡逻的山野巡山员也不算难。然而，冬季越野巡山员要求顶尖的高山滑雪技术和生存技能，符合条件的申请者寥寥无几。

史密斯需要找两个人。大概有十几个申请者进入了候选名单，史密斯分别对他们进行了面试，还一起滑雪。之后，史密斯选定了乔·伊文思（Joe Evans）——一位二十多岁的夏季巡山员——认为他就是自己正在寻找的新鲜血液。伊文思是个“拼命三郎”，他热切希望为国家公园署工作，同时滑雪技术精湛，是个户外“发烧友”。“感觉得出来，伊文思是这个位置的最佳人选，”史密斯后来回忆道，“后来他的表现也充分证明了这一点。我还没听到有人失踪的消息呢，他就已经做好准备，要加入搜救行动了。”

另一个位置的人选就不那么好决定了。当然，三十二岁的蓝迪条件过硬，越野滑雪的技术比史密斯手下的大多数山野巡山员都要精湛。在巨杉和国王峡谷国家公园，他已经是个经验丰富的荒野夏季巡山员了。他攀登过喜马拉雅，而且这个位置负责巡视的区域，他从十几岁起就已经走了个遍。另外，蓝迪的性格和伊文思很是互补。“蓝迪看上去十分冷静，”史密斯说，“但他不怎么听上头的话，他的生活在我们看来属于‘另一种生活’。不是说他有吸毒之类的不良嗜好，而是说他完全沉浸在与自然、四季为伴的世界里，成日泡在荒野里，冬天如此，夏天如此，不停地拍照片，想在摄影上有一番建树。他还问我，介不介意他巡逻的时候带上相机拍照。”

尽管有上述顾虑，史密斯还是清醒地意识到，他不能为了“听话”，就招一个山野技能逊于蓝迪的人。

那时候，冬季越野巡山员的制服是黑色的羊毛高领毛衣，外面套一件灰色上衣，下面是绿色羊毛灯笼长裤。蓝迪和伊文思就是穿着这身行头，大步流星地走过优胜美地封冻的苔原地带，走向冰河点或杜威点（Dewey Point）。如果遇到半路“爆胎”的滑雪者，一般都是滑雪板尖或固定器坏了，他们就帮着修好。如果遇到有人半路遭逢树坑，扭了脚什么的，他们就拿出背包里的羊毛毯子，给受伤的人舒舒服服地披上，把对方放上雪橇，拉出山去。如果公园更偏远的地区出了状况，肯定是首先呼叫他俩坐直升机进去。史密斯解释了原因：“如果直升机因为天气情况不能到达确切地点，那么公园里就他俩能在那里生存下来。”

有一次，蓝迪和伊文思搭乘直升机来到三岔路峰（Triple Divide Peak）附近的山野。那里发生了坠机事件。当时狂风大作，卷着雪花落在高高的山峰上。两人刚跳进翻卷的风雪中，直升机就起飞了，而他俩的背包还在飞机上。两个巡山员面面相觑，接着又看了看正在接近的山间暴风，不约而同地脱口而出：“这下糟了。”他们手里没有任何求生工具。好在行动结束之后，直升机成功穿越厚厚的云层，把他们接走了。

在担任优胜美地冬季越野巡山员期间，蓝迪参与了第一次搜救行动，也是一次坠机事件。他和其他巡山员一起，承担了把罹难人员的尸体从飞机残骸中拉出来的任务。不管在什么季节，这都是个苦差，而在冬季的严寒与纷飞的雪花中就更显得诡异，仿佛阴魂不散。

蓝迪成为第一批搜救队员之一。他对茱蒂坦白说，这是他巡山员生涯中最大的困难。“前两次搜救是最难的，但必须要做。”伊文思说，“如果没有孩子遇难或者特别令人悲伤的事情，我们通常会来点黑色幽默，也算苦中作乐了。”巡山员们不断说着：“唉，天有不测风云。”或者“托上帝的福，每个美国人都有权利死在自己的国家公园！”搜救后，不会进行任何心理辅导。“那时候，搜救完了，我们就去喝几杯啤酒，”伊文思说，“其实弄完之后，还在收绳子和工具时，我们通常就喝开了。当然，蓝迪年纪要大一点，和茱蒂认真地在交往，所以很少加入我们这一伙‘看得开’的巡山员。他对生命的看法，比大多数人都更富有哲学意味。”

不过，要是成功给他灌了些酒，那蓝迪的话匣子就打开了，收也收不回去。他妙语连珠，接连开一些特别讽刺的玩笑，让伊文思笑个不停。“他总是能提醒我，珍惜生命，享受生活，欣赏自然世界的神迹。”伊文思说。而且蓝迪说，他一点也不害怕探索冬季的大山，“小时候都探索得差不多了”。那个冬天，蓝迪招呼伊文思和他们的朋友霍华德·威穆尔（Howard Weamer）去滑雪，从优胜美地滑到猛犸湖区（Mammoth）。他们在地图上画出一条前无古人的路线，具体的起点是奥斯特兰德湖（Ostrander Lake），途径莫塞德隘口，来到旗帜峰（Banner Peak），最后他们还爬了上去。旅行的第五天，他们来到猛犸湖区。“蓝迪和威穆尔把旅行搞得惊心动魄，我肯定有好几次都是和死神擦肩而过，要么是坡太陡，要么是雪太松，一不小心就崩了。”伊文思说，“现在想想那次旅行，雪的‘唰唰’声还在我耳边回响。不过那真是我们的光辉岁月啊。天公作美，天气一直特别好。”

一九七五年六月十四日，蓝迪搭乘直升机抵达野苹果草原哨所，身上带了一季的补给物、一本空白日志、爱德华·艾比的新小说《猴子歪帮》，还有些许希望。他于冬天写了几篇新作品，但心里最喜欢的还是两年前重游四界碑之后写的那一篇。蓝迪觉得那篇故事足以传世，可是寄给六家杂志社都遭到退稿，便用父亲的打字机重写一次，取名《四界碑前传》，寄给《国家公园与保护杂志》(*National Parks&Conservation Magazine*)。他也寄了一份稿子给斯泰格纳，但觉得很不好意思，因为三年过去了，他连一篇作品都没有发表。杂志社的回函和退回来的稿件都可以贴满他房间的墙壁了。

那年夏天，蓝迪上山值勤之前交代父母，请他们留意斯泰格纳或《国家公园与保护杂志》的回信。他已经通知对方将信寄到亚利桑那的塞多纳镇，那里有个新兴的艺术家小区，戴纳和埃斯特打算在那养老，正在盖房子。蓝迪交代得很清楚，不管是好消息或坏消息，都要把信转寄到山里或联络巡山调派员转告。

夏天结束，蓝迪走了将近一千二百八十千米，向一千四百多人传讲福音，撤离十几名受伤的登山客，却没有收到父母的只言片语。

就算没有这份失望，下山也会让他心情沮丧。蓝迪终究不适合文明世界，只要离开内华达山脉就觉得少了点什么，无法真正快乐。下山头几天是最难熬的，幸好有茱蒂在，让他轻松不少。茱蒂刚从加州州立大学圣荷西分校艺术史系毕业，她和蓝迪在阿什山碰面，然后一起开车往北穿越园区，进入林荫浓密的巨木森林区。在蜿蜒曲折的山路上，茱蒂向蓝迪分享她在旧金山找工作的情形，蓝迪则提起园区最新颁布的步道人数管制办法，说他不是很赞成。他觉得管制很好，限制步道人数对山野有益无害，但要求游客事前申请登山路线却有违他的一贯主张。他认为游客在山上“应该信步而行，不受限制”。不过，他能理解园区的想法，这么做是为了掌握入园人数，以便追索失踪或受伤的游客，但他就是不喜欢。

茱蒂和爱人重逢，心里非常高兴，可是提到在旧金山找工作，蓝迪竟然一点反应也没有，让她很担心。旧金山是大城市，蓝迪绝对不会想住，那这段感情该怎么办？他们喜欢彼此厮守，却也习惯独处，习惯一季又一季、一年又一年“跟着感觉走”。然而，她担心这样的“习惯”最终会带来遗憾。

▲ 一九七五年，蓝迪在特纳亚湖（Tenaya Lake）溜冰。比尔·泰勒提供

入夜后，他们回到优胜美地。满月已经过了十天，环抱山谷的花岗岩壁依然映着微光。茱蒂每次看到山谷，总是不由得屏息赞叹。“真是特别的家。”两人走进蓝迪父母家的时候，她这么说。

按照平时的安排，那天戴纳刚在欧瓦尼旅馆给一群军人做了图文并茂的演讲。此刻他依然醒着。这位自学成才的摄影师和植物学家过得很开心，他成为优胜美地的“常驻名人”之一。

在柯里公司，他绩效卓著，从财务处经理升到了预订处经理，后来又成为这个部门的主管，最终被任命为客户活动部主管。一开始时单纯负责行政上的工作，但很快戴纳就利用自己对四季变化、野生动植物和自然界的丰富知识，成了某种意义上的“公关代表”。一九六七年，蓝迪离开家去和平队时，戴纳五十七岁。他觉得六十岁退休回塞多纳是个不错的选择。

不过，他的上级不想放他走。一九六八年，公司专门给了他一项特别的任务，这在任何国家公园都是前无古人的。这个任务结合了戴纳所热爱的两件事：拍照和漫步大自然。天生是个演说家的戴纳带着公园的游客们进行"摄影漫步"，而这个活动也成为公园里最受欢迎的项目之一。戴纳十分喜欢这项工作，把退休时间延迟到了一九七四年，接着又拖到一九七五年。这天晚上，他又告诉茱蒂和蓝迪，他再次延迟退休时间到一九七九年。他觉得这是自己应该为广大民众做出的牺牲。

很多游客给园区管理局写信，对戴纳的素质大加赞赏。"公园里人人都是精英，而这个人尤其脱颖而出：戴纳 · 摩根森先生，自然学家、导游、演说家、摄影师和作家。七十年代，戴纳为两本书贡献了文字和图片：《优胜美地的野花步道》(*Yosemite Wildflower Trails*)和《优胜美地的四季》(*The Four Seasons of Yosemite*)。他敏感、富有艺术气质、知识渊博、淳厚善良，晨间与他一起散步，让我们对公园的可爱之处更添理解和欣赏。"

还有一位游客写道："星期三，我和戴纳进行了第一次漫步，那个星期剩下的时间，我次次必到。他实在太有耐心了，而他对公园及其历史了解之深入丰厚，更让人叹为观止。莫赛德河边那些安静的步道和水里优美的倒影，如同一道魔咒，令我们如痴如醉。感谢摩根森先生，让这座公园对我们有了特殊的意义。他对某个景点历史趣事的生动描述，让我们身临其境。我发现，在他的妙语连珠之下，每一段岁月都充满吸引力，令听者十分愉快。要是没跟戴纳一起走走，那就白来优胜美地了！"

父亲的成功让蓝迪也踌躇满志：只要努力工作，满怀信心地坚持下去，就会收获成功和认可。

蓝迪带茱蒂上楼回他的卧房。他拉开梳妆台的抽屉，父母一如往常地将信收在里面。最底下两封是《国家公园与保护杂志》和斯泰格纳的回信，邮戳日期分别是六月六日和九月二十三日。

杂志愿意刊登他的文章，八月号。现在是十月，已经超过两个月了。斯泰格纳说过，只要第一篇文章顺利发表，就会有一定的名声，带给他新的机会，逐渐在文坛立足。

斯泰格纳的回信则让蓝迪又喜又悲。

亲爱的蓝迪：

我很喜欢《四界碑前传》这篇故事，很意外你没有试着投稿。或许是因为大家常拿现在和过去做比较，这方面的故事不少。我自己就写过一篇文章，比较葛伦峡谷之前有河川和后来变成湖泊的差别。你在故事里提到的今昔对比，我也深有同感。

无论投稿顺利与否，你对原始山野、沙漠、岩架、植物、空气和空间的情感，都让我极为感动。希望你保持下去，总有一天会开花结果。别忘了抽空爬到托雷松林之上，从最高处往东看，如果烟尘……没有阻碍视野（虽然机会不大），就能看到科罗拉多的圣胡安山和三百多千米外的地方。我想除了站在沙漠的沙丘上，全世界没有其他地方有这么好的眺望视野。不过，我可能会等大雨或暴风雨过后才去……

斯泰格纳　敬上

茱蒂知道蓝迪崩溃了。“他花了那么多心血在那篇故事里，”她说，“不停修改到最完美为止。”蓝迪瘫在床上，气自己的父母。想到只要签个名，杂志就会刊登他的作品并给他五十元稿费，他就心如刀割。

然而，蓝迪是个乖孩子，就算生气也很少对父亲大声，对母亲更是从来没有。他立刻回信给杂志社，但已经太迟了。他们在八月号完整介绍了美国西南部，接下来几年不会再刊登有关当地的文章。

一星期后，茱蒂回旧金山继续找工作。她没有对蓝迪说她很担心两人的未来，倒是对室友瑞琪说了。她和瑞琪从中学七年级开始就是闺中密友。

茱蒂回到旧金山不久，蓝迪打电话来，两人才聊几句，茱蒂就提起开车往返旧金山和优胜美地的主意，说她可以这么做，也很乐意，可是两人相处愉快对她还不够，她需要更具体的东西。她听见自己用“你看着办”的语气说出“结婚”这两个字，简直不敢相信自己的耳朵。

▲ 一九七五年十一月二十二日，蓝迪和茱蒂在欧瓦尼草原成婚，离摩根森家只有几步之遥。摩根森家族提供

电话那头沉默片刻，接着是蓝迪平静的声音：“好，那我们就结婚吧。”这些日子的相处证明他们是天作之合，两人都不想生小孩，哲学和政治观点相近，分离两地而居很自在，聚在一起又很快乐。茱蒂一手按住话筒，轻声对瑞琪说：“他求婚了，我该怎么办？”

瑞琪很喜欢蓝迪，更喜欢蓝迪和她的好友在一起，便点头要茱蒂答应。

一九七五年十一月二十二日，蓝迪和茱蒂在地方治安法官的主持下举行了简单的非宗教婚礼，正式结为夫妻。两人互换誓言，蓝迪年少时嬉戏的欧瓦尼草原金黄耀眼，与半圆丘一起担任证人。

“今天是茱蒂和蓝迪结婚的日子，”戴纳在日记里写道，“全公司的人穿越映着阳光的草原，来到我家前院参加婚礼。全程只有十分钟，但感觉很好，让人乐在其中。茱蒂穿着新娘礼服，看起来非常美丽；蓝迪一身蓝色休闲西装，也是英俊挺拔。之后，大伙儿尽情享用道格拉斯夫妇（Roy and Dottie Douglas）准备的餐点，畅饮香槟，宾主尽欢。”

戴纳和埃斯特招待小夫妻俩到优胜美地北方的黄金乡（Gold Country）去度蜜月，蓝迪和茱蒂开上四十九号公路，沿途造访因为加州淘金热而出现的小镇，看到喜欢的家庭旅馆就停车过夜。

第六章　只看夕阳便知足

清走一批美国畜生留下的东西。一群造孽的龌龊之人。多亏他们，让我有机会回报地球。靠着上帝、天赐的暴风雨和前赴后继的巡山员，或许一万年后这里就会恢复自然原貌。

——蓝迪，时间地点不详

我发现在沉思大自然的时候，如果旁边人少一点，没那么多人和我一起沉思，感觉会更快乐。

——爱德华·艾比，《沙漠隐士》

一九七五年冬天，纳什从优胜美地调到巨杉和国王峡谷国家公园，担任内华达山脉的巡山分队长，掌管园区大部分的巡山员。就是他率先发难，让园区的政策脱离黑暗时代。

过去几十年，征选巡山员在不少人眼中是非常男性中心和军事化取向的。纳什有两个女儿，他认为年轻女性不能胜任巡山员的偏见根本就毫无道理。纳什转到园区之前，“仪容整洁的年轻单身白人男性”最有可能获选为巡山员。纳什说他绝对会“当庭反对这样的做法”。

纳什刚到巨杉和国王峡谷国家公园不久，发现一位名叫辛西娅·蕾兹（Cynthia Leisz）的女雇员在做行政工作，能力很强又愿意突破传统。于是纳什立刻聘她转任巡山员，一举推翻过去的政策。

纳什还松绑了服装规定，这是和蓝迪初次见面的结果，算是无心插柳。一九七五年六月初，纳什走进阿什山分队办公室，发现一名满脸胡须的人正在和秘书说说笑笑。纳什仪容整洁，一身制服熨得笔挺，别着徽章，头戴传统的巡山员扁帽，秘书抬头看他。

“你应该问他，他是你的新老板。”秘书说。

蓝迪转身看向纳什，两人都是三十三岁。蓝迪自我介绍说：“嗨，我是你手下的巡山员。我今年可以留胡子值勤吗？这样才不会被蚊子咬。”

园区管理政策严格规定，巡山员必须和军人一样理平头（高于领子和耳际），只能留修剪整齐的胡髭，不能满脸髯毛。尽管如此，纳什还是直觉认为规定过时了。他们不是在山里工作吗？为什么不能像山中人一样留胡子？不过为了维持威严，纳什完全不管蓝迪开玩笑的“蚊子说”，直接反问：“留胡子会影响你值勤吗？”

蓝迪吓了一跳，愣愣回答：“一点也不会。”

“那我觉得你没有必要剪掉。”纳什说。

蓝迪毛茸茸的脸上露出大大的笑容，热情和纳什握手，正式自我介绍，接着马上补充一句说，他去年在野苹果草原值勤，希望今年也能够去那里。“家里去年还有一些地方没整理完，我想今年继续。”他说。

纳什以为蓝迪是说哨所屋顶需要修理之类的事情，便问：“哨所有什么问题？你需要向我报告吗？”

“没有没有，”蓝迪说，“我说整理家里，意思是清理登山客留下的东西，比方说违法的火灶或硬搭的挡板之类。哨所很好。”

纳什有预感，他会很喜欢这家伙。

纳什第一年在内华达山脉担任巡山分队长，感觉就像美梦成真，仿佛回到了家。他十八岁进入国家公园系统，在巨杉国家森林担任夏季消防员，时间是一九六一年。来年，他参加土壤湿度调查队，在山野里修筑沟坝，并砍除过度放牧草原上的小树。一九六三年，他在阿什山担任直升机消防队员。一九六四年，纳什从洪堡州立大学森林系毕业，回到阿什山担任火灾控制支持队员。之后，他参加为期八周的国民兵高级步兵训练，接着到优胜美地成为永久职的巡山员。

纳什对国家公园体系的了解绝对够多够深，但他对巨杉和国王峡谷的认识，却并不比他手下的巡山员多。

六月底不到，园区就下了一场异常的暴风雪，高山积雪十到二十厘米，阻断了隔在纳什和手下巡山员之间的高山通道。对蓝迪来说，这是大自然的礼物，可以阻挡第一波观光客，让他多享受几天孤独。不过，这只是他一厢情愿的想法，因为他完全没想到那些已经上山、被风雪困住的游客。

◀ 一九七五年，时任内华达山脉巡山分队长的纳什。纳什家族提供

可想而知，到了夜里，这五六名客人（被突如其来的风雪弄得浑身发抖的登山客）像沙丁鱼一样和蓝迪挤在哨所里，隔天一早就被他踢了出去，因为蓝迪一心只想赶快把哨所锁上，到提前降临的冬季乐园巡逻漫步。

暴风雪东移之后不久，纳什用无线电联络蓝迪，对他说晚点会过去。“你应该知道山路还不能走牲畜吧？”蓝迪说。

“我不会骑马去的。”纳什回答。

蓝迪没有想到纳什会这么说。他在园区值勤了七个年头，对马和骡子之类的动物在山上活动有点嫌恶，也连带讨厌骑马或骡子的人。此外，蓝迪对上级和长官也有成见，觉得他们都喜欢骑马或搭直升机。

他只看过一位长官走路上山。一九七四年，蓝迪遇见当时的总队长鲍勃·史密斯（Bob Smith），他背着背包走到蓝迪的责任区。“我头一回看到长官走到这里来，”蓝迪在日志里写道，“所以我恭喜他们，我以为他们根本不晓得怎么用走路的方式上山。”

纳什和过去的分队长不同，即使公文堆积如山，他也不放弃到山里巡视。巡山员只要升上分队长或总队长，通常就会被铸在办公桌前，再也离不开了。“园长不能穿登山鞋，这是老天的旨意。”蓝迪写道。他完全无法理解官僚体系的行事作风：你的工作是管理高山，但职位越高，待在山上的时间却越少。“那又何必呢？”

纳什在背包里带了一个迷你办公室，在山上视察时，只要有空就处理堆积如山的备忘录、员工考绩、事故报告和政府管理阶层必须经手的公文。不只如此，他还记下所有巡山员喜欢的水果和蔬菜，会带沙拉配菜和新鲜青豆上山，有一回甚至带了一整颗西瓜。他和蓝迪或其他巡山员一起巡逻时，经常和他们长谈，为他们加油打气。巡山员收入有限，纳什觉得他的鼓励或许能让他们年年回来值勤，这对他和“国家资源”（政府对国家公园的称呼）都好。蓝迪则认为用“大地”比较好，他的理由是：“你会说你的老婆是‘资源’吗？”

纳什对蓝迪说，巡山员就像童子军或前线观测兵，将领土的状况汇报给高层。就这一点来说，他们是山野管理的关键人物。

蓝迪听进去了，不过还是对纳什说，他觉得自己和其他巡山员的意见都没有人听。

纳什向蓝迪保证，就像他对其他巡山员的承诺一样：“我会听。”

一九七七年春天，蓝迪在冬季和夏季值勤之间有一个月空档，他和克里斯·考克斯（Chris Cox）一起到阿拉斯加旅行，实现长久以来的梦想。考克斯是蓝迪的死党，在优胜美地当登山和滑雪教练。他们驾独木舟来了个冰河湾（Glacier Bay）小型探险，夜里扎营有冰河融化的巨响为伴，白天划桨绕过冰山，探索缪尔文章里提过的小岛和冰河，还在前一年有游客被阿拉斯加棕熊吃掉的地方扎营，结果一整晚几乎无法成眠。他们观看白头海雕冲入海里抓鱼，新生的海豹在岩石上晒太阳，鲸鱼彻夜不睡，蚊子大得可以抓走人类的小孩。他们最后更将性命交付在一位大胆的飞行员手上，飞行员说他的飞机虽然漏油，但“应该可以”承受他们所有装备的重量。

蓝迪回到优胜美地，只剩不到一周的时间购买粮食和补给，就得赶到巨杉和国王峡谷国家公园，跳上直升机飞往小五湖群（Little Five Lakes）哨所。他只有一点点时间和茱蒂相聚。蓝迪去阿拉斯加期间，茱蒂在优胜美地登山学校（Yosemite Mountaineering School）找到工作，老板是知名登山家内德 · 吉列特（Ned Gillette）。每年夏天，优胜美地都会涌入大批户外活动爱好者，感受登山学校的座右铭（也印在最畅销的 T 恤上）：攀岩去。蓝迪和茱蒂已经结婚一年半，却有超过三分之一的时间相隔两地。朋友对茱蒂说，他们这样好像军人家庭。茱蒂想想认为没错，但马上说，她并不觉得和蓝迪分开，因为两人的心紧紧系在一起。他们只要一有机会就和对方联络，而她自从认识蓝迪，每年夏天都会到山上陪他几个星期。不过，今年无法像之前一样了。

茱蒂对蓝迪说她找到工作了，可能无法上山看他，因为光是走到蓝迪的责任区就需要两天。蓝迪的反应很匆促，大意是："所以，我要等秋天才看得到你啰？我们以后都会这个样子吗？"

▲ 蓝迪夏天的家：小五湖群哨所，一九七七与一九七八年夏天。梅多斯提供

茱蒂没想到蓝迪会这么说，觉得很生气。他好像认为茱蒂应该不顾一切到山里找他，就算找到理想工作也一样。“嗯，如果你真的那么想见我，”她说，“那你从阿拉斯加回来到上山之前，怎么不多腾出一点时间给我？”

茱蒂接着说，登山学校会带她到附近的花岗岩丘练习基本攀岩技巧，以后在柜台工作讲话才会很专业。茱蒂很兴奋，因为她越来越喜欢野外冒险，而且觉得受训以后更配得上蓝迪。因为蓝迪从喜马拉雅向导学校毕业之后，就很喜欢垂直的冰壁和岩壁。

攀岩很恐怖，但教练示范绳索技巧和确保动作之后，茱蒂就爱上这项活动。她练习爬了两趟，双手和双臂的肌肉全都又酸又痛，可是玩得很开心。她下攀陡壁，心想自己绝对不可能做得到，没想到竟然成功了，她跳回地面，兴奋得抱住教练。

“接下来发生的事情真是太戏剧化了，”茱蒂说，“我跳下岩石，给朋友一个拥抱，蓝迪正好从角落走出来，看见我在一个男人的怀里。”

虽然场面很难堪，但茱蒂真的出于无心，因此她很快就忘了这件事，毕竟蓝迪又不是不会和女孩子调情，而且山谷里的人经常用拥抱打招呼。茱蒂对两人的感情很有信心。

然而，蓝迪并不这么想。

在小五湖群哨所值勤的时候，他在日记里写道：“我上山前那几天，很多朋友来找我，我又赶着收拾装备、买补给品，搞得像风里的棉絮一样飘来荡去，时间都花在朋友身上，几乎没剩多少留给茱蒂……然而，现在我们分隔两地，我回头看才发现她是最重要的，发现她在我生命中的地位有多重要。我明白自己有多么爱她，我应该多花点心思，把力气放在两人的感情上。”

蓝迪一个人在山里，克制不了胡思乱想的冲动，用巡山员的话来说就是“钻牛角尖”。他想起茱蒂不像之前那么喜欢逗着他玩，和他“有点距离”。“很疏离。她的眼神表情仿佛在说：‘蓝迪，对不起，我有事情没告诉你。’就这样悬而不决。”蓝迪写道。

几星期过去，他还在抽丝剥茧，这次想的是他们别离的时候：“‘别担心我。’她最后这么说道，语气和表情虽然想让我放心，但感觉不是很有把握。”

隔了十几页，蓝迪继续写道：“我无法不想，种种迹象似乎都显示有东西变了。是真的变了，还是我想太多？我有几次对她说我觉得她变了，想让她开口、听她说话，就算一点线索也好，免得我一整个夏天都在瞎猜。但她只是回答：‘哦？哪里变了？’没有否认，没有解释，也没有反应。比起我，她似乎更喜欢登山学校的人，起码和他们在一起好像更活泼……难道一切只是我的幻想？

“我的脑袋发疯似的停不下来。今年夏天，她和谁上床？多久一次？她的情人住在哪里？我们的感情还剩多少？我们才开始不久的婚姻能撑过这个夏天吗？我想给她更多的爱，让她在我身边，成为真正的夫妻，永远爱着对方。我不要再和其他女人打情骂俏，不要再这样长时间相隔两地，最后这点尤其重要。明年夏天，茱蒂应该和我待在山上。想这些事完全破坏了山上的气氛。

“上山前，我就想让她知道我心里的这些感受，然而来不及。‘这一切都错得离谱，她会到山上来，一切就没事了，冬天我们在土伦草原会过得很愉快。’我这么对自己说。”

五天后：“没有信，可恶，已经一个多月了。”

那天晚上，一群登山客在哨所附近的草原扎营。多亏他们，蓝迪的思绪才稍稍喘息。接下来整整两页日记，之前誓言捍卫草原和生物、抵挡人类恶行的蓝迪又回来了。“草原不是给各位当旅馆的，”他写道，“所以请不要搬石头堆成一圈生火，也不要让马在这里吃草填肚子。各位脚下的土地是神圣的，请保持敬意、轻踩脚步，尽量别留下侵入或‘使用’的痕迹。

“这些都是老生常谈，几十年前新英格兰的灵性思想家写过，文采斐然的作家如斯泰格纳也写过，爱德华·艾比等人更是大力批判。现在，我试着再说一次。前人的告诫，我们实践了多少？我们对抗机械文明又有多少进展？”

蓝迪有山野为伴，他写道：“年复一年，我看着身旁的一切，欣喜认识一花一草的名字，看着它们成长改变，犹如相识多年的朋友。

“在阿拉斯加，全新大地让我兴奋，我忍不住好奇心，渴望知道那里的植物、地形、冰河和天气，了解它们彼此的关系。我感觉自己仿佛来访的陌生人。而回到内华达山脉，我才发现熟悉身旁的事物是多么让人安心，仿佛被朋友包围。”

尽管如此，蓝迪依然是孤独的，很想念茱蒂。他彻头彻尾是个思想家，就连情感也用理性来反省：“在山野里，孤独是必要的。”

一九七七年感恩节隔天，蓝迪和茱蒂平安度过婚姻中的第一道“关卡”（茱蒂的说法）。蓝迪绝口不提夏天上山之前心里有多担忧，茱蒂于多年后回顾当时，说自己“心满意足”，看着铲雪车从他们优胜美地小屋底下的路面轰轰开过，感觉“非常兴奋”。

后来他们被雪困了一个冬天。当时蓝迪在土伦草原担任全职冬季巡山员，茱蒂有蓝迪帮忙，学会了北欧式滑雪，也是兼职巡山员，和蓝迪一组，一周工作两天。结果泰奥加隘口因为大雪而封闭，“两人厮守在风雪不断的山里，”蓝迪写道，“正是我们梦想的情形。”

两人隔天醒来，木屋外积了九十厘米深的雪，“天空澄净又晴朗，绝对应该去滑雪。”蓝迪那天晚上在哨所里写道。小木屋只有两个房间，要不是他们将装有补给品的纸箱拆开贴在墙上，根本无法遮风避寒。“大雪堆积在后门附近，我一开门，雪就崩落进来。我们铲了点雪，接着就在门口穿上滑雪板，出去滑雪了。

“在步道上开路，硬穿过去，大雪用同样力道反推回来。这是力学原理，不过谁在乎它？世界只属于我和茱蒂，美丽到了极点。”

两人沿着泰奥加隘口巡逻，探访因为大雪而杳无人迹的小径。隘口封

◀ 一九七八年，蓝迪和茱蒂冬季巡山时驻守的土伦草原哨所。比尔•泰勒提供

闭之前，托园区的福，茱蒂拿了她的“日式干衣机”上山，其实是她准备在铲雪和巡逻的空档用来烧瓷器的小型瓷窑。

那一年冬天，山区下了超过九百厘米厚的雪，两人只好不停和大雪对抗，清扫屋顶和外出的走道。他们试着保留草原附近和柏油路上双向的滑雪道，可惜没有成功。柏油路有五个多月没有任何一辆车子经过。

对于沉浸在爱河的新婚夫妻来说，这简直是一份梦想中的职业。

“我们想办法走到草原下坡的壶穴丘（Pothole Dome），留下两道滑雪辙，希望回程就轻松了。”第二波风雪过后，蓝迪写道，“山上没有风，阳光映着白雪射在我们身上，很热很暖。茱蒂脱下毛衣和衬衫，裸体滑雪。好美的裸体。我本来也应该卸下衣物、沉浸在晨光里，却选择爬上壶穴丘，让茱蒂一个人在滑雪道上晒太阳。”

《佛瑞斯诺蜂报》（*Fresno Bee*）记者吉恩 · 罗斯（Gene Rose）听说他们这对夫妻在内华达山脉待了一整个冬天，觉得真是浪漫极了，便做了电话专访，因为他们与山下的联系只能通过电话。罗斯采访他们冬天在山上的工作情形，写了一篇报道，只可惜不受编辑青睐。

然而，合众国际社看上这则新闻，在隔周做了一篇报道。美国国家广播公司的加州波班克台和得州台立刻打电话给蓝迪夫妇，表示要搭直升机到山上做访问。《佛瑞斯诺蜂报》的编辑向罗斯道歉，表示他没有先见之明，山野巡山员显然上得了新闻版面。

不只如此，优胜美地国家公园新闻处的长官也打电话给蓝迪，说她接到阿拉巴马、纽约、佛罗里达和好多地方打来的电话。最后，茱蒂接受洛杉矶KNX电台访问。二月二十三日，“哥伦比亚广播电台打电话来说要做专访，说是‘女性专题’。”蓝迪写道，“结果他们最想知道的，就只有我们怎么可以亲密地待在一起这么久，难道不会吵架、大吼大叫、互扯对方头发吗？山上生活有这么多事可以问啊……”

蓝迪想象自己若是记者会问什么问题，而他和茱蒂又会怎么回答：为什么洗澡会花掉一整天？因为要搭澡堂、融雪、热澡缸、每二十分钟加一次柴薪，这表示需要融更多雪、捡更多树枝，但衣服可能会被蒸汽弄湿，就这样“湿了又干，干了又湿”。黄昏的草原为什么总是那么美？因为“凛冽的蓝天飘着几缕玫瑰色的轻烟和紫红的彩霞，山峰上一抹浅橘色的光芒，傍晚迷雾又浓又冷，从草原慢慢升起”。他们可以围坐在热松饼的平底锅前凝视大雪，就这样坐一个早上。他们在山里滑雪，滑了一里又一里，滑雪板踏在新雪上发出“吱吱呀呀”的声音，“身旁的寒冬世界欢欣喜悦，松树枞木覆着白雪，有些雄伟如巨人，树干、枝丫和松针都沾满白雪”。

他们有时候夜色已深才回到木屋，两人靠着月光或手电筒寻找来时路，“上坡回家享受奖品：热乎乎的奶油糖白兰地”。晚上的娱乐不是听柴可夫斯基的《胡桃夹子组曲》，就是阅读安妮·迪拉德[32]的《听客溪的朝圣》。他们不知道喝了多少杯茶，欣赏林中动物的表演。有一只会洗脸的老鼠，“脸蛋长得好像你，蓝迪。”一天晚上，茱蒂笑着说。他们最喜欢看一对松貂夫妻，“松貂先生巡视自己的势力范围，动作犹如行云流水，”蓝

◂ 一九七八年，蓝迪和茱蒂在高山滑雪旅行。比尔·泰勒提供

迪在日记里写道，“毫无困难。它会微微拱起身子，目光警觉，看着前方的白雪，尾巴缓缓地如波浪般起伏，毛茸茸的脚掌在雪地飞奔，轻松优雅。我每回在山里看到这样的小生物，想到我们的肢体动作多么笨拙，就觉得很有趣。”

最重要的是，蓝迪希望告诉观众和听众，他和茱蒂为什么会在山上：因为要保护少数奋勇进入山野滑雪的游客，同时观察维护园区和山野的状况，也就是维护房屋，然后不停铲雪、铲雪、铲雪。

但这些都太无聊了，蓝迪心想，对观众和听众来说。

那阵子，媒体简直是轮番轰炸。有一天，他们听见台阶传来脚步声，然后有人敲门。只见门口站着一个人，满头红发，帽檐下的眉毛结了冰，好像极地来的探险家，原来是蓝迪的好朋友巡山员德奇。他说自己特地来拜访优胜美地“最伟大的末代名人”。

德奇是一九七〇年开始工作的，最初在美国林务署的灭火作业组，一九七三年转到了国家公园署，来到优胜美地，一九七七年又被纳入巨杉和国王峡谷麾下。进来不久，他就穿着一身“嬉皮士”的奇装异服，在山谷里到处乱转，什么破洞牛仔裤啊、配套的烂外套啊、海盗风格的炫彩大头带之类的装束，简直不在话下。他留着一头长发，在柯里村的杂货店外晃悠，显得特别可疑。巨杉和国王峡谷的高级巡山员保罗·福德尔（Paul Foder）和“优胜美地帮”的一个成员刚好一起经过。福德尔指着德奇说：“你看，这可能就是引发（暴乱）的原因之一。”

另一个人说：“不是，这人是你刚刚招进来的巡山员。”

德奇可学不会在穿着打扮上低调行事。他之所以能被招进来，部分原因是暴乱之后的园区想多接近年轻人。年轻的游客就喜欢到户外活动，去路上暴走，晚上在优胜美地的营地露营。一天晚上，德奇在石人草原漫步，他没带手电筒，因为自己可是“超级酷”的。突然，就在路边，他看见一个黑影。

“嘿，哥们儿，对不住，你不能在这儿露营。”他说。

对方没有回答，德奇提高了声音，还透着威严：“我是巡山员。你不能睡在这儿。快换地方。”

还是没有反应。德奇警惕地伸出脚，轻轻踢了踢那个“人”。

“咣咣。”

原来是用来分隔步道和草地的水泥设施。

德奇一句话都没说，偷偷溜走了。但他犯了个错误，把这个故事告诉了蓝迪。后者不厌其烦地拿这件事来取笑他。今天晚上也不例外。谁让他就站在土伦草原摩根森家的小屋门外呢。

“嘿，茱蒂，那个巡山员来了，就是那个差点逮捕一个水泥石块的傻瓜。”说完，蓝迪热情地握了握德奇的手，把他从寒冷的室外一把拉进温暖的小屋。

蓝迪和德奇都喜欢嘲弄人、愤世嫉俗、好发议论、反体制、对山野充满桀骜不驯的热爱，两人见面总是一来一往，说说笑笑个没完。德奇讲到自己心仪的美国作家梅尔维尔[33]和英国作家康拉德[34]的时候，蓝迪就会故意打呵欠；而蓝迪提到自己最爱的梭罗时，德奇会“包容他的肤浅”。

德奇、蓝迪和茱蒂共进晚餐，聊起上级规定巡山员未来都必须加入执法小组，三个人猜想以警官学校“防人至上”的行事风格，一定会训练“警鹿”和巡山员搭档巡逻。山上不能开警车，因此他们可能得在步道“拔腿狂奔”，同时发出紧急刹车之类的声音，好像真的开车一样。

“和德奇在一起总是很开心，”茱蒂回忆道，“我只要轻松坐着，看他和蓝迪讲话就好。他们两个就像表演脱口秀那样一唱一和，有趣极了。”

多年来，德奇和蓝迪的友谊日渐深厚，原因之一是他们之间有个“不可告人的小秘密”。他们像上了瘾一样，特别喜欢你一言我一语地抨击国家公园署。同时，两人也很讲义气，会照顾山上的巡山员同事们。

他们和管理局的对抗不光在口头上，也付诸行动。最值得一提的就是取消了山上哨所的房租。在二十世纪七十年代的大部分岁月里，哨所的房租都由巡山员来承担。这些哨所的设施都相当简易，只能勉强称得上是“棚屋”。哨所里没有自来水，没有电，没有管道，而且老鼠横行，偶尔还会遭遇豪猪的侵犯。德奇和蓝迪觉得，他们住的布帐篷和不堪一击的漏水棚屋绝对不是山下那些门前挂着“私人财产”的所谓“公共房屋”。

山上的巡山员哨所是没有“私人”一说的。如果突遇暴风雨，这里就会成为大家公用的紧急避难处；如果有什么行政人员拨冗前来视察，这里就变成了路边休息的简易旅馆。也许这种使用方式有什么深层次的原因，也许从某方面弥补了在这里生火煮饭造成的危险。月租还算合理，小五湖群的帐篷十四美元，岩石溪（Rock Creek）的小屋二十一美元，亭达尔溪的石头小屋十五点一七美元。但德奇和蓝迪觉得，作为美国公民，他们有责任指出这种收费的不公平之处。那多出来的“零点一七”美元终于让他们忍无可忍，揭竿而起了。

不过，像德奇这样的朋友只是偶尔才到优胜美地一趟。在山里，大部分时间只有蓝迪和茱蒂彼此相伴，再来就是林中的动物。时光荏苒，冬天慢慢消融，河水潺涓鼓噪，冬眠结束的大熊步伐摇摇晃晃，山林悠悠打了呵欠，缓缓醒来。冬去春来，蓝迪和茱蒂再次确认了两人的契合，他们志趣相投，就算生活如此简单，依然充满趣味。他们每天都会发现新的事物——大自然另一个精妙的创造。大雪过后，两人在草原上滑雪，经常看到老鼠的足迹，顺着脚印追踪，有时会见到雪地上的一个洞穴，表面结满冰柱，表示里面有动物在睡觉。然而有一天，他们发现足迹变得非常混乱，之后便完全消失了。

蓝迪和茱蒂吓了一跳，不晓得老鼠怎么了，便停下脚步。这时，他们发现足迹尽头的雪面有一对完美的“天使翅膀”，原来是猫头鹰俯冲下来攫住老鼠、振翅压进雪地留下的印子。现场只见到几滴鲜血，作为这场猎杀的遗迹。茱蒂看了很难过，但蓝迪说这就是大自然的法则，死了一只老鼠，换来猫头鹰饱食一顿。蓝迪很了解这样的世界，也唯有活在这样的世界，他才感觉自在。

“只要回到文明世界，我就会开始质疑，”蓝迪写道，“这样活着干吗？这算什么生活？可是在山里就没有这些问题，不是问题解决了，而是问题根本不存在。”

下山之后，蓝迪必须到圣罗沙接受新规定的巡山执法训练。出发前，他到优胜美地山野办公室去找巡山小队长。小队长是蓝迪的直属长官，曾经上山看过他和茱蒂几次，有一回还带了大人物上去。蓝迪这趟是去看自己的考绩，确认长官评语之后签名，然而他到了办公室，才知道小队长根本还没打考绩。蓝迪对自己的表现很有信心，便直接在空白的评语栏底下签了名。

蓝迪离家受训当“山野警察”的时候，优胜美地却传来不好的消息。戴纳到医院做例行健康检查，发现前列腺有可疑肿块，经诊断后证实是癌症。五月二十九日，茱蒂将装备运到公婆家，结果头痛想吐，一开始以为只是“下山症”，但第二趟搬运行李又头痛，而且痛得“几乎睁不开眼睛”。

茱蒂到医院躺了四天，医生说她得了无菌性脑膜炎，属于病毒性脑膜炎的一种，但没那么致命。医生推断病因是她在山上和鹿、鼠过了一个冬天，还被咬过。园区拒绝支付医药费，表示员工值勤期间“生病”不在给付范围内。园区还对茱蒂说，除非她断了一条腿，否则没钱可拿。

虽然家事烦扰，蓝迪还是顺利完成训练，拿到执法人员证书。

回到优胜美地，他们全家上牛排馆庆祝。回家之后，蓝迪拉开梳妆台抽屉，发现优胜美地国家公园寄来一封信，是他的冬季值勤考绩。

长官对他的评价简直惨不忍睹，所有项目都是低分，信末的一句话更是巡山员的梦魇：“不推荐续聘。”考绩欠佳的主要原因是：“该巡山员视察责任区不力，没有铲除哨所屋顶积雪。”最糟糕的是蓝迪自己在考绩上签了名，表示他看过也同意长官的评语。

蓝迪和茱蒂猜想，一定是他们在小队长带大人物上山的时候得罪他了。他是突击检查，那时才刚下完大雪，小队长找不到一条完整的步道，可能因此心生不满。问题是大雪之前是有步道的，因为蓝迪每星期都会绕着草原巡视一两次。小队长要蓝迪“和男人们一起”去滑雪，留茱蒂在哨所准备食物，蓝迪拒绝了，建议由茱蒂带队，他来煮饭菜。结果小队长决定不管他们夫妻俩，自己带那几位大人物去滑雪。回来的时候，蓝迪围着围裙出来迎接他们。

蓝迪和茱蒂在山上做了什么，自己都有记录：他们遇见二百〇二人，都是滑雪上山的；他们滑雪巡逻了几百千米；只要没有外出，就会“整理家务”，包括不停在屋顶上铲雪。他有时没有外出巡逻，也是因为雪势太大。蓝迪觉得长官的恶评根本毫无根据，不但让他以后没机会再当冬季巡山员，更在他几近完美的值勤记录上留下无法抹去的污点。光凭这一点，蓝迪绝对不愿善罢甘休。

然而找律师费用不菲，可能比他和茱蒂一年赚的钱还多，而且律师通常不喜欢和政府打对台。

蓝迪向德奇诉苦，德奇说："等一下……拿去。"说完从皮夹掏出一张名片，是旧金山的执业律师理查德·杜安（Richard Duane）。德奇和杜安是在山上认识的。去年夏天，杜安爬山时因背痛倒在湖边，德奇陪他聊了好几小时，又帮他分担背包重量，让他顺利下山。两人告别之前，杜安拿出一张名片。"需要律师的话，就打电话给我。"他说。

杜安表示自己愿意义务帮蓝迪辩护。

为了这张大有问题的评价记录，杜安和国家公园署对抗了一年多，双方终于同意庭外和解，删除有争议的评语。蓝迪不想要钱，只想去除不实的考绩。

虽然官司打赢了，这次经验却让蓝迪深恶痛绝，再也没有申请担任优胜美地的冬季或夏季巡山员。巨杉和国王峡谷国家公园成为他唯一也是永远的家。

蓝迪总是对茱蒂说，他希望一辈子住在帐篷里。但茱蒂晓得蓝迪不是认真的，因为他也喜欢生活中的某些享受，例如干净的被单，有人帮他煮好饭菜，有人陪他爱他。

一九八〇年春天，蓝迪和茱蒂在加州苏珊维尔（Susanville）买下一间六十五平方米左右的房子，位于内华达山脉东侧的山脚下。拉森小区大学（Lassen Community College）也在苏珊维尔，不但拥有全加州最好的暗房摄影设备，艺术系也远近驰名，茱蒂很想在那里找到教职。

刚搬家时，蓝迪非常生气，老是自问："我是不是快变成郊区人了？"但他很快就适应新环境，开始架设暗房，将多余的卧房改成办公室，种植自己的"草原"，虽然邻居总说那是"草坪"。

蓝迪对除草这件事很有意见，茱蒂说家里的草和野草不一样，但蓝迪就是不想把草地修剪整齐。有一天，他们家的草迎风摇曳，邻居从围篱探头过来，指着及膝的"草坪"说道："老兄，你应该除草了。"这还不是后院，是前院呢。

蓝迪家后院的邻居很不高兴，因为他家“草原”的蒲公英像大军一样四处乱飞。邻居经常故意嚷嚷：“奇怪，这些‘野草’是从哪里来的啊？”对蓝迪来说，世界上根本没有“野草”这种东西，每回听到邻居这么说，他都会转头对茱蒂咧嘴微笑，仿佛计划成功似的。

很快地，蓝迪又要上山了。出发前，茱蒂提醒他不要忘了自己的承诺，蓝迪眨眨眼就开车走了。两小时后，他开车回来，把“承诺”放到车道上。茱蒂目光狐疑地看着除草机，甚至绕着机器转了两圈，最后才问：“马达呢？”

“不过，蓝迪就是这样，”茱蒂说，“他连除草机都只愿意买手推式的。”蓝迪上山值勤之后，茱蒂买了一副皮手套，开始入乡随俗，将草地修剪得又平又整，和邻居重修旧好。不过，一年也只有这五个月如此。

一九八〇年六月十八日，经过“十天没有休息的世界级马拉松训练”之后，蓝迪搭直升机飞抵亭达尔溪的哨所。

三星期后，二十七岁的小濑成明（Nariaki Kose）到雪松林哨所申请入山证。小濑是日本人，到美国念书，是加州大学柏克莱分校的研究生。他计划到园区攀登几座山峰，主要从西往东穿越内华达山脉，从雪松林走到惠特尼峰，路线很困难，而且他想一个人走。

小濑登山经验丰富，喜欢轻装攀登，在别人眼中“就像急行军一样”。例如，他曾经只用五百毫升的燃料走完十五天行程，每天只喝一杯热茶。他预料山上会下雪，因此带了标准装备（冰爪、雪鞋和冰斧），以便攀爬可能结冰的陡峭高山。然而，他没想到山上积雪高于往年将近两倍。发放入山证的巡山员刚从山上巡逻回来，他警告小濑，海拔二千七百五十米以上就得在雪地扎营，面北的山坡积雪还有三四米深。巡山员建议小濑改变行程，穿越司芬克斯盆地，经过巴布溪（Bubbs Creek）到东湖（East Lake），他似乎听进去了。两人站在映像湖（Reflection Lake）畔，巡山员要他先看看预定攀爬的山，再决定要不要等到八月再来。

小濑对朋友说他会在七月二十四日下山，但没有出现，他朋友便与园区总部联络。园方通知小濑预定路线附近的巡山员，包括蓝迪，可是没有人看到符合描述的登山客。到了七月二十七日，有巡山员在惠特尼峰遇到一名游客，两人交谈片刻，他们认为这名游客就是小濑，表示他应该没事。

七月二十八日，小濑的朋友又打电话给园区，说他已经失联四天了。巡山小队长纳什率领直升机和地面搜救小队，入山沿着小濑的申请路线寻找。他们也联络七月获得入山许可的所有登山客和队伍，其中一队的路线和小濑有交叉，他们表示七月九日、十日曾和小濑聊过天，小濑说他打算十一日攀登北卫峰（North Guard Peak）。园区用无线电通知纳什，纳什正好在蓝迪的哨所里。

纳什遇到这样的难题，通常会询问蓝迪意见，这次也不例外。他转头问蓝迪："嘿，蓝迪，你觉得呢？他在北卫峰上吗？"

蓝迪开始沉思。依照纳什的讲法，蓝迪是在搜寻"脑袋里的内华达山脉地图"：北卫峰高四〇六二米，比南边的酿酒人山（Mount Brewer）略低六十米，平常少有人攀登，蓝迪自己爬过几次。这座山和内华达山脉的许多山峰一样，远看非常陡峭，好像不用绳子攀不上去。其实，北卫峰的南面犹如一张麻脸，布满棕灰色的斑斑点点，又像长长的疤痕，全都是雪崩凹槽。导游书上说，若从这里上攀，要登上这座尖耸的山峰一点也不难。

蓝迪推测小濑很可能取道雪崩凹槽，要是发生意外，他们最好从那里找起。

隔天早上，园区直升机飞过北卫峰，机上的巡山员俯瞰陡坡，发现下方远处有一个背包。蓝迪和两位同事艾德·康明斯（Ed Cummins）、拉尔夫·库马诺（Ralph Kumano）在背包上方八百米处会合，三人开始上攀。"十点半或十一点左右，"蓝迪在日志里写道，"我在峰顶下方一百二十到一百五十米的山沟里发现小濑的尸体。"

根据现场状况分析，大约十九天前，小濑爬到雪崩凹槽顶端，经过一处断崖。他必须贴着岩壁走一小段，上攀六十米，才能登上峰顶。小濑走到砾石区，结果不慎失足坠落一百米深的山沟，伤重身亡。

“他们将尸体装进垃圾袋带走，那感觉实在很不舒服。”库马诺说。即使过了二十五年，库马诺依然记得小濑当时的服装：红色法兰绒格纹衬衫、鞣革绑腿和红色鞋带的皮质登山鞋。“我记得蓝迪从头到尾一言不发。”

这是巨杉和国王峡谷国家公园实行“入山证制度”（Wilderness Permit System）以来，该项制度首次用于成功定位失踪者的行迹。国家公园署的区域主管对于巡山员们在荒野中进行长时间枯燥搜索的事迹大加赞赏：

> 你们不辞辛苦，翻遍了数百份入山证……你们用这种方法找到了那位见过小濑先生并与之露营过的登山客，实在无异于大海捞针。
>
> 你们能找到他的背包，继而找到他的尸体，实在是一项几乎不可能的成就。更重要的是，这一成就毫无疑问让小濑先生悲痛欲绝的亲朋好友获得了一点安慰。

蓝迪协助发现小濑的尸体之后一个星期，他父亲取道牧人隘口步道（Shepherd Pass Trail），长途跋涉上山来看他。戴纳在优胜美地工作了三十六年，终于以七十一岁的高龄退休，这也是他自一九六五年以来头一回到山野里探访蓝迪。他走了将近十千米，上攀一千三百多米，在铁砧营地（Anvil Camp）和儿子碰面。经常到野外寻访野花，显然让他老当益壮。前列腺癌痊愈了，他看起来健康绝佳，虽然爬得有点气喘，但身体状况很好。

接下来七天，他们父子俩“在美景中漫步”，蓝迪在日记里写道。

如果他们事先知道一个月后的事，两人在山上可能会多讲点话。不过，戴纳和蓝迪似乎都对身旁事物（他们在内华达山脉啊！）更感兴趣，因此没聊什么。蓝迪参加和平队之后，他们父子俩就是这样了。

斯泰格纳如果是摩根森家的家庭心理医师，他可能会形容这对父子的谈话“玄之又玄，模糊空泛”，完全没有深度，除非（想也知道）两人聊的是野花。

有一天，他们从亭达尔溪哨所巡逻到南美湖（Lake South America），蓝迪带父亲走到小湖边一块花岗岩台地，景色非常神奇，是他之前发现的营地，后来也不时造访。不过那天他带戴纳过去，其实是为了表达自己埋藏心里的谢意。“感谢父亲在我年纪太小还无法理解的时候，就把山给了我。”蓝迪在日记里写着。

戴纳也在日记中提到自己对那片土地的敬畏之情，他形容：“清晨赐予我们一天的明亮，让我们在青青草原上漫步，顺着潺潺山涧，穿越一个个碧蓝小湖。四面八方都是雪白山峰，直达天际，气势磅礴。”他们兜了一圈，从里程碑盆地（Milestone Basin）走回哨所，戴纳觉得那是他看过“最美的景致”。戴纳一遍又一遍地絮叨着，蓝迪都数不清他赞叹了多少回。

两人在山上没说出口的话，后来成了蓝迪心中永远的痛。他怪父亲始终不曾给他情感上的支持，也怪自己不是一个好儿子。热爱山野的摩根森家看似完美，其实暗藏不少问题。不过又有谁家是完美的？再说，他们家的问题当时并不严重，戴纳和埃斯特计划了很久要到阿拉斯加旅行，现在总算有机会实现了。他父亲就要出去一探优胜美地之外的世界、英雄缪尔生花妙笔描述的世界，像是冰河、暴风雨和他的小狗史提金。老摩根森期待冒险多年，终于等到这趟阿拉斯加之旅了。

此外，戴纳对于蓝迪没有念完大学始终耿耿于怀，但在山上那个星期，他一定明白儿子已经找到自己一生的志向。然而，巡山员的工作是一季一季的，对戴纳和埃斯特来说，这样的生活是在浪费生命。“总之，我哥一直觉得蓝迪很聪明，不应该去当巡山员，”戴纳的弟弟吉姆说，“他觉得蓝迪没有发挥自己的潜能，我敢说蓝迪一定看得出来。他们父子俩谈过几次，我想应该很不愉快，所以两人就再也不提了。”

一周的相聚接近尾声，蓝迪陪父亲走回牧人隘口，他走得轻松自在，戴纳却难逃岁月的牵累，虽然尽量不表现出来，还是问了诸如“到山顶了没？”和“之字形坡道还有多远才到山顶？”等问题，透露出一丝端倪。

“从小到现在三十年了，我和父亲头一回角色互换，”蓝迪在日记里写道，“以前都是我问他：‘爸爸，我们快到了吗？还有多远？’”

蓝迪送父亲到木兰平原（Mahogony Flat），向他道别。

“再见。”戴纳面带微笑，转身消失在步道转弯处。蓝迪感觉满足，又有点感伤，他慢慢走回亭达尔溪哨所，回想这几天和父亲相处的美好时光。

八月十五日星期五，戴纳和埃斯特启程前往阿拉斯加，展开为期一个月的旅行。结婚四十七周年纪念日之后两天，他们离开阿拉斯加首府朱诺市，前往这次旅行的最高潮——冰河湾。瑞德冰河口（Reid Glacier）碧波万顷，让戴纳紧紧黏在甲板栏杆前。“真是太壮观了。”当搭乘的船只停靠在蓝普洛冰河（Lamplugh Glacier）边时，他这么写道。接着他们回到四八低地，穿越朱诺冰冠，抵达西雅图，蓝迪的童年好友泰勒招待他们到家里过夜。之后，戴纳和埃斯特取道奥林匹克半岛，准备回家。九月十九日，他们在雨林扎营。晚饭后，埃斯特写明信片，戴纳说他想提早去睡觉。戴纳很少比妻子早睡，没有写日记就去休息更是颇不寻常。

隔天一早，戴纳突然中风，军用直升机将两人紧急送往西雅图的港景医学中心，但医师告诉埃斯特，戴纳必须靠呼吸器才能维持生命。二十一日，戴纳在奥林匹克半岛与世长辞。

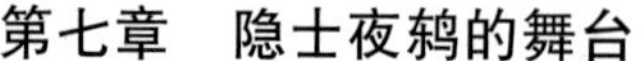

第七章　隐士夜鸫的舞台

我们将失踪者称为被害者，因为他们很多人的遭遇都不是出于自愿。

——丹尼斯·凯利（Dennis Kelly）

《失踪被害者山野搜救》

（*Mountain Search for the Lost Victim*）

总有一天，我会走完整条缪尔步道，不留下一个足印。

——蓝迪，夏洛特湖，一九八五年

一九九六年，茱蒂接完巡山总队长伯德的电话，立刻联络斯科菲尔德。斯科菲尔德是他们夫妇的好友，他总会让她想起自己和蓝迪在苏珊维尔度过的美好时光。那时，蓝迪对摄影充满热情。

斯科菲尔德经常到他们家共进晚餐，之后他和蓝迪总会跑到蓝迪的工作室兼暗房看照片，讨论冲印技巧或他们即将一起任教的摄影工作坊。

后来，茱蒂和蓝迪搬到塞多纳，她就没怎么和斯科菲尔德联络了，但她知道蓝迪还是有。蓝迪经常在上山值勤之前到莫诺湖（Mono Lake）附近造访斯科菲尔德，有时是下山之后。如果有人问，谁是蓝迪最无所保留、最信赖的朋友，那一定非斯科菲尔德莫属。

茱蒂打电话过去，斯科菲尔德正好在家。他刚结束一个工作坊，下一个还没开始，不过每天依然忙到很晚，预先规划暑期课程，一如往年他和蓝迪共同教授户外摄影一样。他带领的工作坊很特别，学员不但在山野拍照，而且就住在山上。他们开车到国家公园露营，夜里坐在营火前上课，清晨围着登山炉一边享受咖啡，一边听讲。蓝迪通常要下山后才有空教课，也就是九月底，但也不一定有空。斯科菲尔德总是担心山上发生意外或有搜救行动，让蓝迪下不了山，害他不得不向付了钱的学员道歉，说有一位讲师不能出席。不过，这种事情一次也没有发生，蓝迪经常在最后一秒出现，蓬头垢面、满脸胡须、衣服凌乱、小腿肿胀、大腿粗壮、巡山员徽章闪闪发亮，就这样走进工作坊的营地，充满戏剧效果。

斯科菲尔德最喜欢介绍蓝迪给学员认识了：“各位，这是另一位讲师，巡山员蓝迪。”

“有时候学员会鼓掌，”斯科菲尔德说，“真是美好的往日时光。蓝迪热爱摄影，也爱和大家分享他认识的山野。”

斯科菲尔德拿起话筒，听见茱蒂的声音，她还没提及蓝迪的消息，他就知道事情不对劲了。茱蒂告诉他，蓝迪失联了，园方正展开搜救行动。斯科菲尔德一时说不出话来，他担心自己的好友已经有一段时间了。

不过，他不想仓促下结论，因此没让茱蒂知道他心里的担忧。他只是对茱蒂说，蓝迪最近很不好过，正在整理思绪。这点茱蒂也知道。

斯科菲尔德答应茱蒂，一有蓝迪的消息会马上通知她。茱蒂向他道谢，感谢他对蓝迪如此尽心，之后两人就挂了电话。

一九九六年七月二十五日清晨，园区总部还有几小时才会升旗，睡在班奇湖的桑格已经坐起身子，双腿收在睡袋里，身体裹着羽毛夹克，点亮头灯打包东西，心里期待淡蓝晨光快快升上崎岖山峰，将焦虑的漫漫长夜一扫而空。

这天是搜救第一阶段的第一天，蓝迪失联第五天。八位搜救高手兵分四路，由直升机送入海拔三千六百五十米以上的隘口、灌木柳树丛生的峡谷，或者远离步道的冰碛花岗砾石地，全都是偏僻、美丽的原野。蓝迪以湖区盆地为中心向外巡逻，形成蜘蛛网般的路线，搜救小组则是由外向内，最后在盆地会合。

德奇一早就被隐士夜鸫的叫声唤醒。五天前，蓝迪或许也在同样的歌声中醒来，在日志里留下最后一段话：“今天早晨，流浪者营地有隐士夜鸫短暂鸣唱。”

蓝迪从来没有写过这么简短的句子，感觉好像没有写完。德奇记得隐士夜鸫是蓝迪最喜欢的高山鸣禽，也记得蓝迪总是用文字热情讴歌之。

一九七七年他在小五湖群畔留下的值勤日志就是一例：

“晨曦……”蓝迪写道，“攀上峭壁，隐士夜鸫伫立在它喜爱的岩架上，先试了试音，然后开始歌唱，乐音高亢、缓慢、悠扬、清亮。一曲将尽，隐士夜鸫轻声低鸣，享受余韵，接着……缓缓沉吟，直到吐尽胸膛里最后一丝气息。

“寂静。

“隐士夜鸫又开始引吭高歌，声音嘹亮，几乎超越人耳的极限。剔透、缥缈，犹如笛声。

“这是世上最神秘的乐音，只有秋天迷雾森林里的大角鹿鸣、薄雾弥漫的北方湖湾的潜鸟颤笑堪与之比拟。

“如果创造神话传奇的远古人类……曾经和这毫不起眼的鸟儿相遇……或许隐士夜鸫也能像潜鸟一样，唤起人类心灵的想象。

“晨曦。

“寂静。

“隐士夜鸫鸣唱，世界静默专注，竖耳倾听。

“天地是它的舞台。”

蓝迪仿佛就是隐士夜鸫，园区里的巡山员都专心沉默，竖耳倾听他的话语。

德奇躺在睡袋里，看见桑格和搜救总指挥寇夫曼已经起床走动，在哨所附近品尝热腾腾的早茶。莱尼斯和格拉邦依然不见踪影，正好让他有机会与寇夫曼独处片刻。昨天晚上计划搜救行动的时候，德奇有些话没说，不过这会儿他想让寇夫曼知道。

德奇走出帐篷，感觉桑格就在十五米外的地方，但他没有心情攀谈，因此只对桑格轻轻点头，径自走向寇夫曼，和他抵着肩膀，低声说道：“有一两件事情，我觉得应该让你知道。”他对寇夫曼说，蓝迪带着离婚协议书上山，感觉人很沮丧。蓝迪和莱尼斯曾经有过婚外情，可是已经结束了。他说，这可能表示蓝迪或许已经下山了，虽然他认为概率不高，但还是有可能。德奇找寇夫曼谈话，主要想让他知道蓝迪和莱尼斯的关系，至于蓝迪可能自杀，他实在说不出口，因此只讲了一句："蓝迪这阵子真的很反常。"

寇夫曼谢谢德奇据实以告，说他在搜救期间会留意莱尼斯的状况。搜救区域有些地段岩石松软、地势陡峭、悬崖裸露，必须全神贯注，他们可不希望再横生枝节。

寇夫曼之前和伯德通过无线电，已经知道蓝迪离婚在即，现在又晓得更多细节。德奇后来回忆，寇夫曼在直升机抵达之前去找莱尼斯闲聊，确定她和蓝迪"非常亲近"不会影响她搜救。莱尼斯回答他，如果她不参与搜救，反而会更加不安。

既然莱尼斯这么说，这件事就算结案了，寇夫曼没再多问什么。

晨光照亮马裘里湖盆地之前，直升机就到了。德奇和莱尼斯是第一组，负责湖区盆地最可能发现蓝迪身影的区域。

直升机飞行员低空飞过班奇湖哨所北边的缪尔步道，接着拉高机身画了个圈朝西北飞，左侧的机窗向地面倾斜，只见班奇湖明亮如镜，湖畔森林环抱。直升机恢复水平，标高三千九百三十米的鲁斯金山（Mount Ruskin）占满了右机窗，山壁熠熠生辉。几分钟后，他们飞抵平坦多沙的卡特里吉隘口（Cartridge Pass）鞍部，降落在顶端的花岗碎岩区。

转眼之间，山上只剩德奇和莱尼斯两人。他们开始分头寻找岩屑、砾石之类容易留下脚印或滑雪杖痕迹的地方。蓝迪应该是用滑雪杖当登山杖才对。

过了一个多小时，两人检查完这一大片鞍部，开始沿北坡下切，往盆地前进。山上仍然有大片积雪，加上松动的碎石和沙砾，脚很容易踩滑摇晃，只得步步为营。沿鞍部棱线往下走一小段，眼前便出现浅浅的之字形步道痕迹，不仔细看几乎看不见。缪尔步道原本包含这条羊肠小道，一九三八年才改道从帕里萨德溪（Palisade Creek）往上翻越马瑟隘口。

蓝迪曾经将这段历史说给德奇和莱尼斯听，还有茱蒂。不过那已经是快十年前的事了，当时蓝迪夫妇感情依然和睦，蓝迪带着茱蒂一起从这里走到马瑞安湖。德奇和莱尼斯低头在之字形步道残留的泥土上搜寻，德奇想起蓝迪向他提过，西边往马瑞安湖的方向有几处岩石断崖，安塞尔·亚当斯曾经挑了一个很危险的位置，在那里搭脚架拍摄山下的盆地。蓝迪还向德奇提到，二十世纪二十年代，美国山岳俱乐部[35]带了一百头骡子到盆地来，那真是非常不道德。“他们怎么敢这样做？”蓝迪说道，“你会带一百头骡子到西斯廷大教堂吗？会吗？”

如今，这条步道布满岩屑，早已为人所遗忘，只剩下对历史感兴趣和想探险的人。或像德奇和莱尼斯一样，为了寻找喜欢走偏僻小径的朋友，才会踏上这里。

“德奇，你看。”莱尼斯说。她指着一片积雪边缘，只见渗了雪水的潮湿土壤上有个朝向盆地的鞋印，踩得很深，看起来是九号，蓝迪的尺码。德奇将鞋印描在纸上，同时用一排碎石标示位置，小心不要破坏现场。

▲ 从卡特里吉隘口俯瞰蓝迪挚爱的高山盆地、湖区盆地，德奇和莱尼斯就是在此发现第一道鞋印的。www.peterstekel.com 提供

德奇用无线电联络寇夫曼，因为“没有搜救犬协助，我们不可能知道鞋印是谁的。”

时间接近中午，德奇俯瞰脚下那片犹如海市蜃楼的灰蓝色块、令人赞叹的湖区盆地，他的巡山员第六感突然打开了。他直觉这里没有人。德奇摇摇头，仿佛被人骗了似的。他很清楚，搜救行动永远脱离不了怀疑、不确定的感觉，他就是觉得自己（还有其他同伴）前晚汇集共识的时候，其实错过了什么。蓝迪确实很喜欢湖区盆地没错，也常在这里活动，但他们或许太仰赖这一点。

一九七九年，蓝迪在湖区盆地逗留了几天之后，写信给父母亲表示：“我不介意一辈子都当巡山员。”

十年后，蓝迪大力游说园方保护脆弱的湖区环境。他在一九八九年季末报告里表示，许多大型、典型的高山和亚高山湖泊盆地都饱受破坏，只有湖区盆地依然充满活力，因为这里几乎没有人迹。当时有人建议重建卡特里吉隘口步道，蓝迪公开反对：“要是增加湖区的人迹，破坏的景致将永远无法挽回。我认为熟悉《荒野管理方案》的人都应该同意，国王河两条支流之间的步道永远不要重建，并禁止任何放牧行为……园区没有第二个湖区盆地。”

后来，一九九五年八月二十七日，蓝迪三言两语就道尽他对湖区盆地的情感：“这里是我的天地，我觉得我能在此终老。”

德奇继续用无线电对寇夫曼说：“我觉得不大对，最好扩大任务范围。”

寇夫曼早就心里有数，他已经调派几只搜救犬到园区来，明天早上会有一人一狗搭机前往卡特里吉隘口北营地与他们会合。只要让训练有素的猎犬闻一下，应该就能判断德奇的直觉对不对，即蓝迪到底在不在湖区盆地。

但他起码经过这里吧？

那天下午，德奇和莱尼斯停留在盆地绕圈搜查，探访已知的营地，以及一条取道维纳谢山坳（Vennacher Col）通往上盆地的“蓝迪小径”，但都没有新线索出现。接近傍晚，他们绕回盆地远处北边，穿越坡度和缓的高地，再陡切到两座山峰中间。这里是另一处隘口，通往下哑铃湖，莱尼斯和德奇在接近隘口的砾石地上又发现一个足印，但不像之前那么完整清楚，周围也没有雪杖留下的孔痕。不过，这不表示鞋印不是蓝迪的。登山客经常会将雪杖拿在手上不用，甚至收进背包，只有遇到需要膝盖用力的下坡才用。德奇和莱尼斯将鞋印拓在纸上，用碎石做好记号，第一天的搜寻工作便结束了。

搜救任务第一阶段结束，蓝迪最可能出现的四个区域都搜查完毕，格拉邦和桑格负责第二可能的区域，也就是马瑞安湖和周围的冰斗。他们绕湖搜查的时候，发现湖畔有几处不合规定的火灶，他们知道蓝迪最受不了看到这种破坏环境的景象，既然火灶还在，表示他应该没经过这里。

内德·艾德里奇（Ned Aldrich）和戴夫·彼得朋（Dave Pettebone）负责 B 区域（哑铃湖区，面积十二平方千米），他们也没有发现。鲍勃·克南（Bob Kenan）原本在协助园区科学家做松树的锈病调查，特地抽空参与搜救，他和巨杉国家公园巡山员达里奥·麦伦戈（Dario Malengo）搭档，两人在 C 区域哑铃湖和竞技场湖（Amphitheater Lake）山坳顶端附近发现一组朝北的鞋印，周围也没有雪杖的孔痕。没有擅闻气味的猎犬协助，他们一样无法判断鞋印是不是蓝迪的。

四组人马都预备在搜救区过夜。

与此同时，山下已经有堆积如山的文件，准备记录每天搜救行动的进度。那天晚上，文件不停从复印机和列表机进进出出，意外应变计划书、简报表、行动目标表、安全备忘录、空中勤务汇报和医疗计划（蓝迪和受伤的搜救人员）只是其中几份而已。

搜救小组分别做了简报，他们根据五种可能情境推断当天搜查区域的发现率：一、蓝迪在区域内，能够行动；二、蓝迪在区域内，不能行动；三、蓝迪在区域内，能响应呼叫；四、蓝迪在区域内，无法响应；五、蓝迪之前在区域内，已经离开。四组人员推断，如果蓝迪在搜查过的区域

◀ 巡山员克南在勒空特峡谷哨所。www.peterstekel.com 提供

内，而且能行动和响应(他们会定期出声喊他)，发现率应该有五到六成，但要是他无法行动或伤重无法响应，发现率就会降到两成以下。搜救区域碍于地形限制，无法做地毯式搜查。“我们要找的人可能在巨砾底下，”桑格说，“可是这里巨砾很多，不可能逐一搜查，我们只能选择概率最高的路线，拉长耳朵瞪大眼睛。”如果蓝迪受重伤或昏迷，那么搜救小组八成发现不了他。

回到雪松林搜救指挥所，统筹小组分析当天的搜查结果之后，寇夫曼决定将总指挥的棒子交给阿什，自己担任行动队长，同时指派经验丰富的内勤巡山员瓦内克负责拟定搜救蓝迪的计划。

不过阿什日后表示，寇夫曼说要分派任务只是“纸上谈兵”罢了，因为从头到尾当家指挥的都是他一个人。

七月二十六日星期五，蓝迪失联第六天，搜救行动第二天，二十九名搜救人员、三架直升机和一只搜救犬在破晓前出发，准备参与第二阶段任务。七点整，三架直升机（其中两架是军机）开始将人员送往搜救区。园区警察也动员一组人马展开调查，只不过出发点不同，因为他们不排除刑事案件的可能。

国家公园署特勤组的艾尔·德拉克鲁兹（Al DeLaCruz）是越战退伍军人，四十九岁，他和两名助理调查员内德·凯莱赫（Ned Kelleher）、佩奇·瑞特布什（Paige Ritterbusch）都是巡山警察出身。德拉克鲁兹在园区服务了二十三年，是巨杉和国王峡谷国家公园最资深的巡山警察，每年负责带领巡山员复习值勤时需要的执法技能。

他立刻想起蓝迪是谁，因为蓝迪一脸胡须，在班上一眼就认得出来。有一回上警棍防卫技能课，蓝迪带着敬意悄悄走到他的面前，对他说巡山员应该不用学这个，因为“我们在山上不佩戴警棍”。

老实说，对于蓝迪这一票人的想法，德拉克鲁兹不是很了解。过去十几年，他在美国西南部三座国家公园和纪念公园教授执法技能，但“从来没见过”像巨杉和国王峡谷公园这帮人一样的巡山员。其实，蓝迪等人也没遇过像他这样的人，只是他不晓得。德拉克鲁兹总是照章行事，比起巡逻山野，他更适合穿着迷彩服出现在靶场上。

德拉克鲁兹发现巡山员不大想上执法训练课程，便和他们聊起往事。他提到自己二十年前当过营地巡查和步道工作队员。“各位听好了，”他说，“我和你们的看法不一样，执法训练对你们有好处，只是我不晓得该怎么让你们明白。我的想法是，如果你们在山上必须担任执法人员，那就把技巧学好。你们身上有枪和警徽，很可能成为攻击目标。听好，倒霉事随时有可能发生，就算窝在哨所里也一样。”

大部分巡山员都听进去了，蓝迪也微微点头，半耸肩膀，摆出“好吧”的姿势。但有一位巡山员私下对德拉克鲁兹表示：“要不是为了保住这份工作，我才不会带枪和警徽呢。”

山下的巡山员大多对防身术比较感兴趣，比如夺取一个嫌疑人的武器，控制住发狂的人之类。因为他们很有可能遇到这样的情况。而山上的那些老巡山员们，则比较偏向用非暴力的温和方式来处理挑衅的人。德拉克鲁兹认为，防身术当然可以起到“下马威”的作用，但这完全不够。他也知道，相关数据显示，无论是山下还是山上的巡山员们，都是受到最多攻击的联邦公务人员。

一九八四年夏天，巨杉和国王峡谷的一位临时巡山员被勒得失去了知觉，只是因为制止了一个违反规定生起营火的露营者。这位巡山员万幸活了下来。第二天一早，嫌疑人被持枪的巡山员逮捕了。但事实依旧如此，“倒霉事随时可能发生”。

德拉克鲁兹在园区的主要工作是调查犯罪、缉捕盗猎、指挥便衣小组调查犯罪组织，例如利用园区低海拔地区大量种植大麻的贩毒集团。在园区这么多年，无论是违法的邪教仪式还是幻想自己被外星人追赶的游客，什么稀奇古怪的案子他都遇到过，却从来没想到自己会碰上巡山员失踪的案子。

蓝迪哨所的状况更让他觉得有点“诡异”，因为一切都那么井然有序。

在德拉克鲁兹眼中，班奇湖哨所就是犯罪现场。虽然没有明显证物，没有打斗痕迹，也没有血迹，不用撒粉取指纹或拉起黄色警戒条，但他还是派人彻底搜查了哨所和周围区域，寻找蛛丝马迹。“蓝迪不只是可能受伤的失踪巡山员，也是下落不明的联邦执法人员，我们不排除任何可能。”德拉克鲁兹说。

他先听完巡山总队长伯德的简报，大略了解蓝迪的生平和现状，接着就飞入山区。他知道蓝迪带着离婚协议书上山，而且有过婚外情，心情可能非常沮丧。另外，蓝迪应该是园区最高明的巡山员，熟悉搜救程序，虽然性格温和，但有一定的自卫能力，这点德拉克鲁兹晓得。

德拉克鲁兹首先打开置物盒，里面是蓝迪的佩枪和两本日记。他才读了几行就知道蓝迪的心情很糟。他想，日记里也许有协助搜救的线索，便将日记暂时交给寇夫曼。他希望尽快把日记送到司法部，请心理专家分析；他不认识蓝迪，判读一个人的文字不是他的责任和专长。他没找到离婚协议书。

德拉克鲁兹在心里推想各种状况，其中最可能的是蓝迪受伤了，但他并不担心，因为外头已经有一大群人在找他。蓝迪也有可能下山了，另外就是发生刑事案件。蓝迪身上没有带枪，巡逻时如果遇到暴力分子，对他很不利。当然，蓝迪也有可能自杀了。他也不排除蓝迪藏匿起来躲避搜救的可能。

在山下，调查小组的当务之急就是追查过去六天曾在搜查区域出现的登山客。凯莱赫负责这项繁琐的工作，翻阅入山证记录；瑞特布什则是协助园方在进出高山的步道口张贴寻人海报，同时将蓝迪输入加州执法人员数据交流系统和国家犯罪数据中心，将他提报为失踪人口。另外，园方也制作寻人启事发给地方警局、医院、火车站和公车站。

与此同时，山上的德拉克鲁兹不停在纸上做笔记。蓝迪的交通工具呢？他最近有没有使用信用卡？银行账户有交易记录吗？他的妻子……他必须找蓝迪的妻子谈一谈，还要尽快约谈所有巡山员，并追踪寇夫曼和巡山总队长的搜救进度。最后与蓝迪说话的人是谁？最后看到他的人是谁？蓝迪树过敌吗？遭遇过什么冲突吗？有医疗问题吗？曾经吸毒或酗酒吗？

德拉克鲁兹有预感，事情不会这么快就解决。

搜救第二天早晨九点，训犬师帕特·巴东（Pat Bardone）飞抵卡特里吉隘口。他的搜救犬叫“牛仔”（Cowboy），是受过嗅觉追踪训练的寻血猎犬，只要闻过对方最近穿过的衣服，就能追踪到他的下落。德奇很清楚这种狗的本事，事前已经准备了一双蓝迪穿过的登山袜，装在塑料袋里。巴东让牛仔仔细闻了闻袜子，接着松开链子，让它开始“搜寻”目标。照巴东的说法是“侦察”。

牛仔鼻子贴地，沿着隘口北面的险峻斜坡往下跑，经过德奇和莱尼斯前一天发现的第一个鞋印，跑到盆地四分之一的地方（离步道超过一千米半，接近第一座大湖的湖口），突然似乎“警觉”到什么，跳起来将脚掌搭在巴东胸前。“这是好现象。”巴东在报告里说。然而牛仔套回链子之后，“却像猎鸟犬一样跑来跑去，”德奇说，“感觉抓不到方向。”

Overdue Hiker

Randy Morgenson

54 Year old male
Height 5'8"
Weight 150 pounds
Longish black hair
Black and grey full beard
Brown eyes
Very tan

Randy Morgenson is a National Park Service Backcountry Ranger out of Bench Lake. He will be wearing a Park Service uniform.

Last known location: 7/21/96 at Bench Lake

If you have seen or contacted this person please contact a Park Ranger. If after hours contact Sequoia & Kings Canyon National Park Dispatch at (209) 565-3341

◄ 一九九六年，从搜救蓝迪行动开始，巨杉和国王峡谷国家公园所有步道口都张贴了这张寻人启事。巨杉和国王峡谷国家公园警察局提供

山野寻人

蓝迪·摩根森

男性、五十四岁
身高一百七十三厘米
体重六十八公斤
黑发略长
络腮胡灰黑相间
棕色眼睛
晒得很黑

蓝迪是国家公园巡山员，穿着制服，驻扎在班奇湖。

最后出现的时间地点：一九九六年七月二十一日，班奇湖

如遇此人，请联络国家公园巡山员。如超过巡山员值勤时间，请联络巨杉和国王峡谷国家公园人力调度组，电话：（209）565-3341

其实，牛仔不是乱跑，它缓缓走到维纳谢山坳的一处悬崖，湖区盆地尽收眼底，“是照相的好地方”，德奇前一天曾经这么说。说不定蓝迪曾在湖边露营，等待适当的光线，结果却在攀爬峭壁时不慎失足。悬崖下方灌木丛生，柳树蔽地。牛仔跑到柳树附近，似乎闻到什么。于是，搜救小组仔细搜查浓密的树丛，心想蓝迪如果在里面，恐怕凶多吉少。幸好他们什么都没找到，所有人松了一口气，继续跟着牛仔沿着山沟往下走。

途中，莱尼斯脱队自己寻找线索，但还是和其他人保持一定距离。“莱尼斯认为牛仔狗性难改，在山上很开心，到处乱跑，”德奇说，“我们对那只狗其实没什么信心。”德奇和巴东、牛仔走在一起，牛仔还是继续沿着它的“狗道”往下走。莱尼斯和德奇都觉得蓝迪不可能走这里，但巴东依然让牛仔决定方向。德奇开始不耐烦了，心想：“这里这么平坦，蓝迪怎么可能会在这儿？他又不是躲在树丛里。”过了一会儿，他建议巴东“说服”牛仔回头上山，往哑铃湖方向的隘口走，也就是他和莱尼斯发现第二个鞋印的地方。

前往隘口走到一半，牛仔又开始警觉，兴奋地沿着步道前进。快到最高点的时候，牛仔突然停下脚步，一屁股坐在地上，直直凝视前方。“这指示还真神奇，”德奇想，“所以蓝迪应该是从这里走到哑铃湖区啰。”

三人一狗搜寻了十个小时之后，搭直升机飞回班奇湖哨所，所有搜救人员都要在这里填写当天的进度简报。德奇在预测责任区发现率的栏位写道：“蓝迪‘不在’湖区盆地（F区）的发现率为百分之七十。猎犬追踪蓝迪‘在’F区的发现率为百分之四十。”莱尼斯同样认为蓝迪不在湖区盆地的概率有七成。她在报告结尾写道：“至于蓝迪是否曾经穿越盆地，目前还不清楚。”

搜救人员在简报表上还必须填写“搜救遭遇的困难或缺失”。德奇写下他和莱尼斯对搜救犬的不信任：“很难判断狗是不是在追踪气味，训犬师认为应该是。”莱尼斯在当晚的日志里写道：“狗兜圈子兜了两三个小时，而我们认为蓝迪应该会走的地方，狗完全没有走到。”

这时，有人开始说巡山员麦伦戈受伤下山了。他和克南从北边的竞技场湖往南走，预定同由南往北走的德奇和莱尼斯在哑铃湖会合。由于积雪太深，麦伦戈和克南无法走平常的步道，便自行开路往上盆地走，路线大致和他们前一天发现鞋印的路线相同。两人经过一段碎石坡下切的时候，麦伦戈“踩动”一块松脱的花岗岩，虽然他反应迅速，立刻躲开，用来支撑的手却撞到了，当场折断一根手指。

他们折回最近的停机坪，也就是竞技场湖。麦伦戈搭机下山，克南放弃搜寻，往北和负责搜寻帕里萨德溪的另一组人会合。他在峡谷里沿着卡塔拉克溪（Cataract Creek）下切，往卡塔拉克溪和帕里萨德溪的汇流处前进，边走边想起麦伦戈受伤、山上积雪和蓝迪。他觉得身边充满危险：“就算只是在雪地失足都可能丧命……因为底下可能有尖锐的碎石。”

接近傍晚，克南和另一组搜救人员会合，他们也和克南一样，在交错纵横的山路小径没有发现任何线索。三人用无线电通报位置，一小时后，直升机来了。他们原本以为来的会是园区直升机，因此只找了一个小停机坪，没想到来的是军用直升机。飞行员在离地十五米的空中盘旋许久，最后才飞到一处花岗岩小丘旁边，但螺旋桨还是扫断了几棵松树顶端的枝叶。克南看见一名“很像特种部队”的家伙从离地一米高的直升机上跳下来，朝他们三人挥手。出乎他意料之外，这个人竟是退休的步道工作队长杰瑞·托雷斯（Jerry Torres），他也加入搜救行动了。

“我就是那时发现搜救行动已经扩大规模，”克南说，“一般搜救行动只由巡山员负责，顶多增加几名当地的志愿者。然而只要有园区其他单位的人加入，就表示搜救规模变得非常大。”

桑格说他也有同感。那天，他和格拉邦从卡特里吉隘口南侧一路往下搜查到森林密布的班奇湖畔，再回头沿着马瑞安湖盆地西侧的开阔台地和碎石坡寻找。两人回到班奇湖哨所的时候，桑格发现“原本安静简朴的哨所”短短一天之内“整个变了样”。“远远看去就像高山行动军医院一样，到处都是帐篷，直升机起起降降。我走到营地，周围都是搜救行动的声

▲ 原本清静的班奇湖哨所，转眼变成人声鼎沸的山野搜救指挥站。
桑格提供

音，螺旋桨转动，有人在树林里吹哨子、高声大喊，狗汪汪叫，一听就知道麻烦大了，感觉很不真实。我突然想到要是蓝迪现在走出来，一定很好玩。他看到这个样子可能会大喊：‘你们到底在我这里搞什么啊！’就好像说‘你们这群小鬼，从我的院子滚开！’一样。我颤抖着身子不敢笑出来，只好走到离大家很远的地方，偷偷在心里笑。”

第一批搜救小组结束两天任务、准备重新开会时，任务第四小队的巡山员戴夫·戈登（Dave Gordon）和步道工作队员劳里·丘琪（Laurie Church）正要展开为期两天的搜查。他们预定前往发现率较低的南边区域，从白支流山沟的源头附近一路搜查到伍兹溪。

戈登后来在简报里说，“我和丘琪出发搜救之前，没有得到任何信息或简报……有的话应该不错。蓝迪曾于七月十一日和丘琪在白支流营地碰面，丘琪问他是否需要补给……像烟囱需不需要加长之类，因为他的登山炉有点故障。蓝迪说：‘不用了，没必要特地回来一趟。’”戈登还表示，蓝迪对丘琪提到几条路线，说他打算走走看。

这么说来，丘琪可能是最后见到蓝迪的园方人员，她很快就成为德拉克鲁兹预定的侦讯对象。

德拉克鲁兹一整天都待在班奇湖哨所，他看着直升机起起落落，把搜救人员载来又载走，心想自己今晚该不会要在山上过夜吧。

后来，他听说有一架直升机要回到雪松林，机上还有一个位子。直升机降落，莱尼斯和德奇走下来，德拉克鲁兹只有一点时间发问，但德奇似乎正好也有话想说。

德奇走到德拉克鲁兹面前，问他是否曾打开蓝迪的置物盒。德拉克鲁兹点头，德奇马上追问：“佩枪在里面吗？”德拉克鲁兹想不到什么理由拒绝回答，便对德奇说了。

德奇高兴极了，不过没有表现出来，只是按捺在心里。“没错，蓝迪越野巡逻的时候偶尔不会带枪。”他说。

为了佩枪的事，德奇已经心神不宁了两天，脑中不停浮现自己走到蓝迪扎营的地方，然后……“剩下的让你自己想象。”他日后说道。他得知蓝迪没有带走最好用的自杀工具，心里松了一口气，觉得可能是自己多心了，也许蓝迪根本没有轻生的念头。

踏上直升机之前，德拉克鲁兹问德奇，蓝迪有没有树敌，有谁想要对他不利吗？

德奇想也不想便立刻答道，蓝迪曾经和登山客有过两次激烈争执，让蓝迪深受影响。

“什么时候？”德拉克鲁兹问。

“就在去年，你只要读读蓝迪在勒空特哨所的日志就知道了。那两次他真的感觉遭受威胁，一个是来爬山的，一个是游客。”

回到雪松林消防哨所，统筹小组已经清楚掌握第二天的进度，简单来说，就是这一天的发现都没有突破，搜救犬的效用也不明确，没有任何新的确凿线索浮现。

最糟糕的是，如果蓝迪还活着，他已经独自在山里整整六天了。

第八章　花葱蓝调

……充满祝福的山中一日。无论命运如何，短暂或长久，波折或平静，他都永远富足。

——约翰·缪尔，《夏日走过山间》

花葱是蓝天、浮云和山风的儿女。

——戴纳·摩根森，《优胜美地的野花步道》

只要直升机突然出现在巡山哨所附近，那就表示：大事不妙了。

将“死讯”转告给登山客，对他们说山下家人出了意外，是巡山员最不喜欢的差事。一九八〇年九月二十日，接到死讯的却是蓝迪自己。不到半小时，蓝迪已经收好背包、锁上哨所，搭机离开山区。那天晚上，心情难以平复的蓝迪抵达医院，拥抱母亲，说他想起之前才陪父亲爬山，觉得恍如隔日，那时父亲看起来是那么精力充沛。父子俩告别那天，他还在日志里写道，父亲上山来找他“真是太棒了”，希望自己“七十多岁时也能登上牧人隘口，横越雪地、涉水过溪、品尝冷食、睡在野外”。

蓝迪站在病房外不敢进去，担心看到父亲躺在消毒无菌的病床上、远离喜爱的高山，会让他心里父亲缓缓走向步道转弯处的美好回忆从此消失。“他不想看到父亲当时的样子，”埃斯特在戴纳的日记里写道，“只想永远记得他们两人在山上共度的美好时光。”赖瑞和茱蒂赶到之后，蓝迪一家人和好友泰勒请教医生和牧师接下来该怎么办。“医生解释得很清楚，”埃斯特写道，“但我们非常犹豫，因为真的很难做决定。最后，我们决定顺其自然，将一切交到神的手上。我们都知道，他其实只剩下身体留在医院了。虽然很难说出口，但我们不得不对他说一声，永别了。”

三天后，蓝迪、茱蒂和埃斯特从内华达山脉东侧翻越泰奥加隘口，回到优胜美地。迎接他们的是三人“有生以来看过最大、最金黄的满月”。

▶ 一九七八年，戴纳在优胜美地“摄影漫步”。摩根森家族提供

埃斯特在亡夫的日记里写道：“这是老天送给戴纳的礼物。”戴纳的精神依然回荡在优胜美地，每一块花岗岩、每一座瀑布和草原都有他的回忆，莫塞德河无论四季，每一道河弯都在他的相机里留下磅礴的身影。

蓝迪一家回到山谷后不久收到一封信，是安塞尔·亚当斯的亲笔吊唁函。这封信后来发表在《优胜美地守望报》(*Yosemite Sentinel*)的“戴纳纪念专刊”上：

> 我和内人得知好友戴纳·摩根森辞世的消息，深感哀痛。无论他的至亲好友，或是因他而知山谷之美的访客，在他们眼中，戴纳都是优胜美地不可或缺的一部分。
>
> 摄影师和解说员来来去去，但少有人能像戴纳一样，与这里的人和自然景致有如此亲密的联系。在这个浮夸的年代，环游世界追寻伟大事物容易，留心身旁发生的微小奇迹很难。晨曦、花

朵和许多不为人知的琐细事物，构成了世界的美丽所在。许多人或许一辈子都不曾发觉是戴纳带领他们睁开眼睛，看到这一切。他不但鼓励我们去看，更要用相机记录看到、感受到的事物。他的话语温柔又有说服力，为我们推开理解之窗，开启眼界。

认识他的人，分享他对自然无穷变化的兴趣的人，与他一样致力揭示自然之美、为了后代万世保护这一份美的人，戴纳·摩根森将永远活在他们心中。

九月二十七日，蓝迪家举行追悼会，前来悼念的宾客不计其数。前一天晚上，他们一家人到四季餐馆（Four Seasons Restaurant）的优胜美地小屋吃晚饭，这里最有名的就是四面墙上都挂满安塞尔·亚当斯的大幅黑白照片。没想到他们抵达的时候，墙上竟然全部换上戴纳拍摄的彩色照片。

蓝迪深感震撼。

追悼会结束之后，赖瑞和蓝迪立刻带着父亲的骨灰到戴纳峰顶，一阵轻风将骨灰吹到山坡之下，这里是戴纳和内华达山脉的定情地点，也是花葱盛开的地方。两兄弟从小就知道花葱是“通往天上的领路花”。

九月三十日，蓝迪回到亭达尔溪，之后几天的日志简短冷淡，充分反映出他的心情：“九月三十日，岩石溪—野苹果，晴朗、温暖，二十五人。十月一日，野苹果，三人。十月二日，野苹果—亭达尔，炎热、多水气，没人。”然而，他自己的日记却不是这么回事：“忙得没空掉眼泪。”

值勤最后一天，蓝迪如写密码似的留下最后一条日志，只有知道那年夏天发生了什么事的人才看得懂：

“没了。（泣！）”

蓝迪下山之后，和茱蒂一起去帮埃斯特搬家，搬到父母亲在亚利桑那州塞多纳盖的房子。他们之前问过埃斯特，想不想搬到苏珊维尔和他们同住或搬到近一点的地方，但埃斯特就是想住在塞多纳，因为其他地方都没有戴纳的回忆，而回忆是她未来生活的全部。

戴纳过世之后不久，埃斯特在塞多纳收到一件包裹，里面是戴纳写的最后一本书《追忆优胜美地》(*Remembering Yosemite*)，搜集了他过去拍摄的照片。书里献词写道：“献给埃斯特，她和我共享三十五年快乐时光，感谢她让这段岁月如此愉悦。”他们到阿拉斯加度假之前几周，戴纳将献词和照片定稿，现在看来，他就像在撰写自己的祭文。

埃斯特一个人住很苦，但她从来不让蓝迪和茱蒂知道。她有几个朋友，表面看来她很认真投入沙漠的独居生活，绘画、午餐会、赏鸟、加入奥杜邦协会，蓝迪和茱蒂都觉得埃斯特像工作狂一样，是为了延续她和戴纳的生活方式，是她疗伤的方法。

然而，埃斯特的内心其实挣扎不已。追悼会之后几个月，埃斯特重拾戴纳一九八〇年的红色标准日记本，开始往下写，写信给戴纳。一九八〇年十月二十六日，她写道：“亲爱的，亲爱的，我可以跟你说一会儿话吗？我想你想到心好疼……想感觉你的体温……见到你的笑容、眼眸周围的光芒和皱纹，倾听你的声音……多么柔美的声音。多少次我们并肩坐在这炉火旁，如今却只有我孤单一人。有多少次我们谈论未来和计划，我们总是有好多好多计划。

“这间小屋真可爱……真的。可是它的心跑哪儿去了？在哪里？你在哪里？哦，你在哪里？我好需要你。

“火光闪耀，火熄了。”

一九八三年春天，蓝迪到犹他州卡拿布(Kanab)参加为期一周的“摄影与山野”工作坊，主持人是摄影师戴夫·波恩(Dave Bohn)和菲利普·海德(Philip Hyde)。戴纳过世后，蓝迪又对摄影产生热情，而这个工作坊教导学员山野摄影的原则、讨论摄影师和自然的关系，都和蓝迪本人的看法相近。

多年来，蓝迪一直很好奇自己为什么对山野有一份特殊的情感，拍照前他总想“感受到”自然的允许。对他来说，这份情感来自尊敬，和佛教面对自然的态度一样。

摄影师波恩也有类似的看法，他在一九七九年出版的《阿拉斯加荒野漫游》(*Rambles Through an Alaskan Wild*)里说得很清楚："我很想知道一棵树，每一棵树，是否想被拍，"他写道，"我问过许多树，都没有得到明确的答案。不过，我想拍照时只要心怀敬意，应该就不会侵犯自然的隐私。"

蓝迪完成工作坊的课程，内心对山野的未来重新燃起希望，也期盼即将来临的夏天，让他可以全心"带着敬意"拍摄自然。他发现父亲和安塞尔·亚当斯提到摄影的时候漏讲了一点，即要和拍摄对象建立感情。这是人像摄影的常识，对很多人来说可能"早就知道了"，对蓝迪却像当头棒喝。这真是太有道理了，结合波恩的感性和安塞尔·亚当斯的高超技巧，自然摄影成了新的信仰、新的宗教。

听到这样的福音，怎么能不向四方宣讲？

但是，刚在亭达尔溪哨所安顿下来不久，蓝迪的计划就搁浅了。他本来即刻就充满尊敬和感情地去拍摄自然世界，但上司却派他去拍"钢铁大鸟"的照片。

这些都是未经许可就进行低空飞行的军队飞机，特别常见的是所谓"牛仔飞行员"驾驶的喷气式飞机，来自十二个陆军、海军、空军和国民警卫队的基地，与巨杉和国王峡谷"距离近得惊人"。这些飞机发出的"音爆"常常引发滑坡，让在荒野的静谧中享受的人们受到惊扰。

一九八三年八月十二日，公园的一架直升机险些和低空飞行的F-106军用机相撞。基地的军官言之凿凿地否认他们在任何国家公园与纪念碑上空飞距低于九百米。

而已经习惯在背包里放一本飞机辨认手册的蓝迪却不敢苟同。那一季有十二天，他都在好几个飞行员常常光顾的地方拿着相机露营，他说那是在"侦查钢铁大鸟"。

一九八三年十一月八日，他接到一封信，信笺的抬头是"美国内政部"。

蓝迪，你好：

我想以我个人的名义感谢你……感谢你专门采取行动，找到了去年夏天军用飞机在克恩河附近低空飞行的证据。守候飞机的日子是漫长而枯燥的，你却能够完成这个几乎不可能完成的任务，拍到了能看出飞机尾号的清晰照片。这些照片已经足以说服那些该负起责任的基地指挥官，你所报告的违规行为的确是存在的，而且经常发生。

再次感谢你的能力，帮我们解决了克恩河附近这个棘手的问题。

巨杉和国王峡谷国家公园园长

博伊德·伊文逊（Boyd Evison）敬上

一九八三年，蓝迪和斯科菲尔德两人在茱蒂教授陶艺的拉森小区大学结识。斯科菲尔德在二十世纪七十年代热衷攀登大岩壁，为了留下记录才开始接触摄影。他比蓝迪小十岁，在大橡木平原（Big Oak Flat）出生长大，就在优胜美地园区出口附近。两人原本并不认识，但斯科菲尔德知道蓝迪的父亲——鼎鼎大名的戴纳·摩根森。

蓝迪和斯科菲尔德对摄影有着同样的喜好和热情，因此很快就成了好友。两人的思想背景也很近似，安塞尔·亚当斯的《基础摄影丛书》（*The Basic Photography Series*）是他们共同的启蒙老师。遇到蓝迪的时候，斯科菲尔德才刚开始以摄影工作坊维生，他和蓝迪每回讲起摄影就很兴奋，点子源源不绝。因此，一九八四年他和巨杉自然史学会合作时，便邀请蓝迪担任讲师，也开始了两人多年的合作。

在工作坊，蓝迪试着形容自己的拍照方式，他很快就找到一个词汇：隐形。也就是没有风格的风格，因为摄影师的自我只会破坏大自然崇高的美。

“摄影者如果一心只想着自己的感觉和印象，照片里的自己可能多于拍摄对象。”蓝迪经常这么对学员说，“人像摄影就是很好的例子，有的摄影师努力捕捉拍摄对象的性格与特质，有的只是用对方来传达自己的艺术理念或对人的看法。

“我认为风景摄影也一样，我的方法是尽可能抽离自己，让大地自己透过镜头向我们说话。

“当然，我会找地方摆脚架，做很多取舍，但如果我用虚怀以待的态度拍照，而不是想着应该怎么摆弄自然、创造构图，那么岩石和树木或许能摆脱我对一张好照片的看法，自己透过照片呈现出来。

“我选择观看，而非诠释。”

蓝迪的教诲有些学员听懂了，当然也有些人只觉得老师在山里待太久了。

斯科菲尔德十分认同蓝迪的观点，两人谈起拍照技术和摄影哲学，经常聊到浑然忘我。有一回，他们在苏珊维尔一家杂货店外的停车场巧遇，当时下着大雨，但两人都无所谓。两人上一次聊到安塞尔·亚当斯独创的分区曝光法，这是一种划时代的处理方法，让业余和职业摄影师能够预先得知底片在暗房成像后的黑白色阶会如何。而既然碰面了，当然要把之前没讲完的部分讲个过瘾。

两人聊着聊着，果然又和往常一样，完全忘了周遭世界，就这样站在大雨中谈了两个小时。“这时我们才突然发现，两人好像站在孤岛上。”斯科菲尔德说，因为整座停车场都被水淹了。不只如此，他们还忘了自己为什么要来杂货店。“我们觉得真好笑，两个人笑得前仰后合。不过，我和蓝迪就是这样，经常聊到什么都忘了。”

随着两人交情越来越深，斯科菲尔德发现蓝迪对内华达山脉的情感远超过他所认识的任何人，像老人一样对“我的山”固执己见。“蓝迪觉得，来去匆匆的人就是对山不敬。”斯科菲尔德说道。

这些蓝迪口中的“步道客”让他百思不解。有一回，他在海伦湖（Helen Lake）看见一个“家伙”踩着湖畔岩石，行色匆匆朝他走来。蓝迪在日志里这么形容：

“那家伙立刻站到大岩石旁边，示意要我先走，显然完全没看到我制

服上的徽章。然而等我从他面前走过，他看到我的国家公园肩章，马上开口说：‘哦喔！嘿，等一下！’

“他想问我两件事。‘缪尔步道有积雪吗？’‘还好。’我开心回答，但他根本没有听进去。‘好，谢谢。哦，对了，你知道步道最快多久可以走完？’

“我笑了，又是一个来跑马拉松的。不过，这家伙应该会破纪录吧，因为他说自己只花了一百一十天就‘干掉’太平洋山脊步道。

“这些人满脑子‘最最最’，到底怎么回事？我们为什么老是想当最快、最大、最有钱、最什么的？整天‘最’个没完，真是烦人。我问他看到几只黄鹂鸟，听见几只隐士夜鸫，他只是讪讪一笑，低头看着鞋带。不过，这么问他并不公平，因为这样的人可能从来不曾慢下脚步注意这些。而我还是继续问他：‘你有没有到草原坐一坐或欣赏天上的云？’‘这种事谁都会做吧。’他回答。又来了，好个男子汉。这家伙只想抢先完成其他人没有做或做不到的事情。这就是他的目标。

“我们现代人真是静不下来，好好坐下来观察四周是最困难的事，我们一下就厌烦了。”

蓝迪笔下流露的优越感，甚至自大、自傲，纳什都看在眼里。但他心想，巡山员就算在纸上大发牢骚，只要和民众互动时依然友善亲切，那就让他们尽量写吧。

“想也知道，”纳什说，“蓝迪的意见很多，可是他就算语带嘲讽或瞧不起人，大部分登山客也听不出来。总归一句话，蓝迪当巡山员没话说，我没看过比他更好的。”

纳什可不是随口恭维。一九八一年十二月八日，纳什颁发杰出表现奖给蓝迪，表扬他完美的服务表现。这是蓝迪头一回得到官方奖励。

“亲爱的蓝迪，”纳什写道，“这个奖项是为了表扬你截至一九八一年的出色表现。担任巡山员十四年来，你的服务让园方和游客获益良多，你的山野知识与经验无人能及，无论夏季或常驻巡山员都常向你请益，寻求信息、想法和启发。”

纳什继续赞扬蓝迪的成就，洋洋洒洒一页半，最后写道：“总之，你对细节的专注、对巡山员职责的理解和重视、你的专业经验和知识，让你在工作岗位表现出色。我很荣幸颁发这个奖项给你。”

信里附了一张园方开具的三百五十美元支票。对巡山员来说，这可不是一笔小钱。

虽然蓝迪对山野很有自己的看法，但几乎所有人都同意他是个和善的人、亲切的巡山员，受他影响的登山客数以百计，许多人都靠他的医疗技巧和让人安心的沉着性格才得以渡过难关。蓝迪于一九六五年进入园区服务，直到他失踪为止，历任的园长和巡山总队长总共收到几十封信，赞扬他的表现。

其中一封信是一位女登山客留下的，就贴在勒空特峡谷哨所门上。这位女士上山治疗情伤，却不晓得该不该继续留在山上：荒山野地非常恐怖，要到哪里才能安心？

亲爱的蓝迪：

我想跟你说，虽然我们只是短暂相遇，但你已经留在我心中。有两三次我很想找你，和你打招呼，但我知道应该独处，自己一个人去经历、度过。我有时觉得自己疯了，很想离开，可是人不可能逃离自己（我心里也有声音要我别走）。总之，我后来终于平静下来，更能接受现实，让温柔草原进入我的心中……这片山野真的对我呵护备至，帮我找到心里珍爱自己的角落。我感觉得到神就在我身边……总之，我发现自己的心更敞开了，有家的感觉。谢谢你帮我。

南希

在许多人眼中，蓝迪不是山野纠察员，而是山野服务员的化身。下面这封一九八五年写给巡山总队长的信就是好例子。这位登山客从洋葱谷（Onion Valley）走到六十湖盆地（Sixty Lakes Basin），享受了一趟“愉快的”旅行。那天，他和朋友在牛蛙湖（Bullfrog Lake）附近扎营，心想自己应该没有在禁止露营区之内：

> 隔天早上，我们打包准备离开，驻守夏洛特湖的巡山员蓝迪走过来表示，我们昨晚扎营的地方是……湖边的复育区。我向蓝迪解释为什么在这里扎营，他发给我一张“豁免卡”，提醒我们以后不要再犯。我想让您知道，蓝迪的态度非常有礼，我在内华达山脉登山二十五年，遇过许多森林公园和国家公园的巡山员，从来没见过像他这么体贴的人。希望您用适当的方式向蓝迪表达这一点。感谢您借由蓝迪协助我们，也感谢园方保护自然美景的用心。

茱蒂是巡山志愿者，感谢函里也经常提到她。一九八五年，一位游客写信给园长：

> 蓝迪夫妇真是我的救命恩人。我在山上得了急性肺水肿，必须搭直升机后撤下山……多亏他们两位协助，我才没有命丧黄泉。他们值勤非常专业，希望园方能留住这么好的人才。就算是人力紧缩的时代，也不能没有好的巡山员。

表扬信继续飞来。一九八六年的一封信节选如下：

> （蓝迪）给了我非常大的帮助。他告诉我前路将面对什么，从哪儿过河，露营的最佳地点在哪里。他诚实敦厚，而且愿意倾听我的意见。我会一直记得他这个乐于助人的优秀巡山员。

同年，又有人写信给园长：

最近去毕夏普隘口的旅途中，我遇到了贵园区的巡山员蓝迪·摩根森。九月二十三日和二十四日，我们遭遇了大雪，而他提供了很多帮助，并且热情地照顾了我们。他对于大自然和自己工作的热爱大大提升了贵园区的形象。我认为有必要告知您。另外，他做的荞麦烤饼十分美味，堪称一绝。

一九八八年的一封信，也是写给园长的：

贵园区的巡山员蓝迪·摩根森实在值得赞叹，他对于公众的服务，早已超越了职责的范围。去年……在勒空特湖（LeConte Lake）上游，我的妻子突遇急性腰背剧痛。原地停留两天后，由于她的病痛没有好转，我们决定取道毕夏普隘口返回。

巡山员蓝迪相当热情地从勒空特哨所前来，帮她把背包背下去。第二天他又出现了，背着她的背包走过一个高地湖泊的隘口。

今年，我们旧地重游。但是……在蓝宝石湖（Sapphire Lake）我突发急性溃疡，好几天都行动乏力。三天来我们没有遇到一个人，直到来到麦克勒草原。巡山员蓝迪……安排了一些马匹，第二天早上把我们从派尤特溪（Piute Creek）带到北湖（North Lake）……要是没有别人帮助，我是走不出来的。在这几天的磨难当中，蓝迪一直在鼓励我们，并给予全力支持。对我妻子和我来说，真是莫大的安慰。

一九八六年，加州帕洛西德罗的一名女士在登山过程中滑倒，无法负重前行。信件节选如下：

第二天，我的丈夫和摩根森先生讨论了眼下的情形。摩根森先生检查了我的脚踝，提出一些减缓疼痛的建议，并要我们小心脚踝可能骨折或韧带拉伤。他非常关心我们当时的情况。

这位女士在信中说，她的丈夫和儿子步行离开之后，蓝迪安排了一辆直升机第二天来接她：

所以我就要在山上独自度过二十七个小时。这段时间里，摩根森先生非常热情。他对我的情况非常关心，并且体贴入微，时时关注着我的安全，给我带来干净的饮用水。听说我丈夫和儿子已经把炉子带走了，他还给我拿来一些热乎乎的食物。

摩根森先生说他只是在“履行职责，”但我知道，他的职责很多，遇到一个受伤的登山客给他平添了很多麻烦。但他言行之间从未有过丝毫不满，总是非常耐心，关怀备至。

这次事故充分体现了他的智慧和应对此类伤痛的专业技能。后来一个医生对我进行的检查证明，我的韧带的确拉伤了……

我们想在此感谢您雇用了一个如此优秀的好人，他的确让这个山谷更加安全和美好。

再来一封：

我写这封信是希望感谢和赞扬贵园区的巡山员蓝迪。上星期三，我们急需援助，一位队员腹痛如绞，需要紧急医疗。我们当时在林务隘口（Forester Pass），正好遇到蓝迪。他真是太棒了！遇到这种情形，我们当然很紧张，也很担心，但蓝迪把我们照顾得很好，非常专业。他让我们怀有信心，深感安慰，并立刻帮玛丽解围。贵园区有如此出色的巡山员，应该给予他肯定与奖励。

曾经有一位男孩需要急救，由蓝迪协助搭直升机后撤下山。男孩的父母亲写信致谢，一语道尽所有游客对蓝迪的称赞：“当我们需要你的时候，真高兴你就在身边。”

蓝迪好像有心电感应似的，总是出现得恰到好处，帮助山野里有需要的游客。他简直就是山上的超人，只差没有电话亭和披风而已。

魔鬼峭壁（Devil' s Crags）矗立于国王峡谷之上，好像撒旦的一口獠牙，经年累月风蚀剥落，漆黑的岩石奇形怪状、有棱有角，远比占据内华达山脉的坚硬灰色花岗岩还要古老。一九八八年，蓝迪在勒空特峡谷值勤，离黝黑的魔鬼峭壁十三千米，是最近的哨所。蓝迪觉得魔鬼峭壁是自然的奇迹，拥有生命，总是不停改变。不过也有人提醒他，八月初的魔鬼峭壁是很不稳定的区域，经常带来麻烦。

罗宾·殷格拉罕（Robin Ingraham Jr.）和马克·霍夫曼（Mark Hoffman）家住加州莫塞德，离优胜美地有名的攀岩区不远，两人都是很

▲ 一九八六年十一月，霍夫曼和殷格拉罕在优胜美地的独角峰（Unicorn Peak）顶合影。殷格拉罕提供

有经验的登山专家。虽然莫塞德的攀岩者都说霍夫曼是“独行疯子”，但在一九八五年遇到殷格拉罕之前，他只是没有遇到可以信赖的伙伴，和他拥有相同的攀岩喜好和技巧。两人相遇之后，接下来四年夏天都一起畅游内华达山脉，攻顶了一百多座山。他们每天不是一起爬山，就是见面聊天。“这样的友谊，”殷格拉罕说，“一生有幸只会遇到一次。”

他们除了爬山，对保存登山记录也很有兴趣。一九八八年，两人提出一套计划，想要缅怀山岳俱乐部早期制作的登顶名册，也就是逐一检查内华达山脉每一座山上的登顶名册，汰旧换新。他们收集旧的名册，送回山岳俱乐部存档。

八月十一日，二十四岁的殷格拉罕和二十八岁的霍夫曼清晨四点半起床，开始攀登魔鬼峭壁九号峰。最早攀登这座山的是朱尔斯·艾可恩(Jules Eichorn) 和格伦·道森 (Glen Dawson)，两人于一九三三年沿着西北棱线右侧，经由难度四级的路线攻顶成功。五十五年后，殷格拉罕和霍夫曼决定从左侧攀登，也是四级路线，但从来没人走过。

破晓之前，两人踩着松动的岩石往上爬，他们那年夏天已经爬了二十一座山，然而殷格拉罕心里就是有股莫名的焦虑。霍夫曼发现伙伴的脚步比平常慢很多，便问：“你还好吗？”

“我不想爬。”殷格拉罕斩钉截铁地回答，说完又补了一句，“我脑袋一直怪怪的。”

霍夫曼从背包里抽出一条绳索说：“那就小心一点，用绳索确保。我带头。”

两天前，他们通过魔鬼峭壁五号峰的西侧，焦虑也许就是那时候来的。殷格拉罕走过一处很大的岩架，身体靠着“车子大小”的陡峭巨砾。“虽然我们都是登山高手，”殷格拉罕表示，“五号峰和六号峰还是爬得步步惊魂，脚下每一步都像承受不了丝毫重量似的。”两人“小心翼翼地”攀上峰顶，找到一九三四年由内华达山脉登山传奇人物戴维·布劳尔[36]、诺曼·克莱德[37]和赫维·佛奇（Hervey Voge）摆放的登顶名册，将破旧的名册换成新的。

以绳攀方式登上九号峰之后，殷格拉罕的心情也放松下来。他们走的是新路线，沿途都没有看见名牌，于是用岩石堆了锥形石冢，将两人特地准备、放有小本名册的防风防雨聚氯乙烯罐摆进去。

时间刚过中午，霍夫曼坐在峰顶提议："那里就是八号峰，我们应该趁机顺便把山头摘了，反正时间还早。"殷格拉罕犹豫了一下就同意了。这天两人状态绝佳，用坐式下降法很快就能从峰顶抵达鞍部，接着去爬比较简单的八号峰，在天黑前回到蓝波湖区（Rambaud Lakes）的营地。

一切都按照计划进行，他们下午三点半抵达八号峰顶，伍德沃斯山（Mount Woodworth）云雾缭绕、波澜壮阔，让两人赞叹不已，感觉犹如置身在安塞尔·亚当斯的照片中。黑山白云，唯一的颜色只有天空近乎不真实的蓝和北边雷雨带来的阴暗。该下山了。

两人自信满满但小心翼翼，缓缓沿着冰斗西面往下走，进入难度二级的干涸山沟，往营地前进。距离谷底还有一百米左右，坡度突然变陡，峡谷分岔成两条，岩石松滑。过去几百年来，山崩和雪崩沿着峭壁奔腾向下，凿出仿佛障碍赛跑的凹沟，落石松散，很容易让人失足踩滑，必须谨慎应付。

分岔点之前几米处有一块冰箱大小的巨砾，看起来稳如泰山。霍夫曼试了一试，接着就从巨岩底下走过，没想到岩石突然滑动，整座峡谷像是醒过来似的，土崩石落，霍夫曼双脚站立不稳，被土石冲下左边的岔道。山崩的声响震耳欲聋，殷格拉罕站在距离泥石流只有两步的坚固岩石上，惊恐地看着伙伴无法停下来，滑落陡峭的坡谷，消失踪影。约莫四五十米之外，霍夫曼再度出现，但一块保龄球大小的落石直接命中他的头部，他又消失不见了。

殷格拉罕的肾上腺素急速分泌，害怕朋友就此丧命，立刻冲下另一边的岔道。他发现霍夫曼坠落到十五米高的悬崖底部，躺在碎石岩砾之间。殷格拉罕担心伙伴遭遇不测，于是大喊一声，只见霍夫曼坐起身子，让他松了一口气。

然而好景不长。霍夫曼试着站起来，却倒在地上。“我的腿断了。”他痛得大喊。

初步检查伤势，霍夫曼还断了一只手臂，头部也有严重的撕裂伤，至于有没有内伤则看不出来。殷格拉罕听着霍夫曼痛苦哀号，一边勉强自己继续检查，将霍夫曼一条折成可怕角度的断腿拉直，并搭起岩石将之撑住。他的脑袋也没闲着，他知道要找到救援非常远，这时突然想起他们经过勒空特峡谷时，曾经看到巡山员的哨所。

殷格拉罕小心翼翼地将两人所有的保暖衣物穿到霍夫曼身上，说他必须去求援。霍夫曼求他留下来。“拜托别丢下我一个人，拜托别丢下我一个人。”他不停哀求，但殷格拉罕知道他朋友伤得很重，而且可能有内出血。

他们当初来这里就是因为地处偏远，连说“很少有人来”都算勉强。一整季下来，基地营除了殷格拉罕和霍夫曼两人，完全看不到其他人影。要到基地营，必须先越过松鸡草原（Grouse Meadow）南端结了冰的国王河，然后走进陡峭骇人的林间小路，穿越高及腰部、很容易刮伤皮肤的熊果树（manzanita），再往上爬过崎岖难行、越来越陡的花岗页岩。想要就近寻求援助根本毫无可能。

霍夫曼的一线生机就系在好友的体力上。

下午四点半，殷格拉罕对霍夫曼说：“你不会有事的，我去呼叫直升机，很快就回来。”他留下一瓶水，然后应霍夫曼要求给了他一罐止痛药。

殷格拉罕在碎岩密布的荒野路上朝基地营狂奔，周围景物一闪而逝。下午五点，天空降下大雨，之后转成白雪，天色昏暗，电闪雷鸣。“我只是不停地跑，不停祈祷，”殷格拉罕回忆道，“乞求上帝施恩。”

傍晚六点，他冲回帐篷，抓了手电筒、电池、糖果棒和干衬衫，拿起睡袋思量片刻，又把它扔回地上：“太多东西了。”

他只花了一分多钟收拾装备，便离开营地朝着小路奔去，目标是勒空特峡谷通往毕夏普隘口（Bishop Pass）的步道交叉口，巡山员哨所就在旁边。从出事现场到哨所的距离超过十六千米，要是哨所没人，他就得再冲一段漫长难爬的上坡，走二十四千米到步道口开车。爬了一天的山，还要再走四十千米，他的双腿已经开始颤抖，肌肉酸痛像火在烧。

殷格拉罕和霍夫曼攀登八号峰和九号峰的时候，蓝迪正在巡逻，走到距离勒空特哨所十三千米的回声山坳（Echo Col）。山崩当时，蓝迪遇上乌云密布，应该是殷格拉罕和霍夫曼之前在山顶上往北看到的那片云雾。蓝迪在日志里写道，他从山坳下来的时候“天空下起软雹”，步道变得又湿又滑，抬头往上望，高处地面一片亮白，仿佛冬天。山上入夜应该非常冷。

蓝迪平常很喜欢戴着头灯或趁着月光在山里夜游，但那天的风雨让他加紧脚步，天才刚黑就回到哨所，时间是破纪录的八点十五分。哨所附近有一条小溪流经针叶树丛，蓝迪跨过湍急的小溪，发现哨所窗户透出微光。

他小心翼翼绕到哨所前方，发现门被弄坏了，一个长长的身影趴在桌上，嘴里叼着手电筒照着东西。哨所应该是锁着的，门上还贴了字条，表示巡山员下午会回来。哨所离最近的步道口起码有二十四千米，不管里面的人是谁，他都无权擅闯蓝迪的家。

“嘿！”蓝迪大吼一声，“你在我哨所里做什么？！”

他得到的响应是：“谢天谢地，你回来了！”

“你，”蓝迪生气地说，“没有回答我的问题。”

殷格拉罕颓然坐在地上说道：“我朋友受伤了，你一定要赶快找直升机来支援，他可能快死了。”

年轻人语气惊恐，一点也不像在开玩笑。“慢一点，”蓝迪扶着他坐到椅子上，“告诉我出了什么事。”殷格拉罕开始回溯事情经过，蓝迪镇静地点亮营灯，拾起笔记和无线电：“调度组，这里是一一三，请关闭所有频道，有人需要搜救。”

“快点派直升机来，现在就要！”殷格拉罕惊惶大喊。

蓝迪轻轻张开手掌，要殷格拉罕安静。他坐在无线电旁边凝视地上，之后抬头说：“殷格拉罕，我们要从长计议，因为我必须与海军航空站协调搜救行动。也许我们现在应该步行去找霍夫曼，山区夜里不可能做空中后撤，内华达山脉太高、太险峻，夜里出勤非常危险。直升机救援是电视剧情，或只有军队才会做。你有什么想法？”

“我朋友可能撑不过晚上，”殷格拉罕泣不成声，“但那个地方，今晚不可能走到。”

“殷格拉罕，”蓝迪说，“我很抱歉，可是我们只能等到明天破晓，我现在来协调救援行动。”

接下来一个小时，殷格拉罕听着蓝迪与长官纳什策划搜救行动，不时和调度组争执，因为他必须通过调度组与海军航空站的人沟通。航空站表示，他们的飞行器（与园区直升机不同，配备有吊挂救援装置）现在无法出勤。蓝迪一边用无线电和外界联络，一边拿温暖的衣物和晚餐给殷格拉罕。“事后回想起来，蓝迪对我真是无微不至，”殷格拉罕说，“同时又充满自信。午夜左右，蓝迪要我睡觉，我听话了，但躺着就是睡不着，直到他凌晨四点点亮营灯为止。我心里只想着霍夫曼。”

蓝迪准备了很丰盛的早餐，试着让殷格拉罕吃下去。“谁也无法判断搜救行动会持续多久。”他在日志里写道。吃完早餐，两人走到附近的草原，只见草原上覆满白霜，不是什么好兆头。殷格拉罕的心往下沉，又开始喃喃祷告。

天刚破晓，四周依然寂静，没有直升机螺旋桨的声音。蓝迪拍拍殷格拉罕的背，走几步到旁边，嘴巴贴着无线电走来走去，显然在抱怨园区直升机怎么还不来。日出后一个小时，直升机终于从峡谷尽头出现，几分钟后，蓝迪、殷格拉罕就和两位园区医疗人员搭机直冲天际。

飞行员指着魔鬼峭壁西南面，也就是霍夫曼的出事地点，说那里太陡、太危险，不可能直接降落。他飞过棱线，将四个人放在峭壁东北面一处巨大的花岗岩架上。殷格拉罕踩着昨天经过的路线，不敢相信自己竟然一路跑下山沟没有跌倒，同时恍然想起蓝迪正好出现在哨所又是多么凑巧，因为蓝迪只要晚到五分钟，他就会冲去二十四千米外的毕夏普隘口了。当时气温不断下降，他已经气力耗尽，身体又湿又冷，绝对到不了隘口。他又想到自己没有被山崩卷走，心里燃起一丝希望，觉得霍夫曼应该还活着。

他们四个人走到山沟尽头，已经看得到霍夫曼衣着鲜艳，在十五米高的悬崖底下。

“他从这里摔下去的？”蓝迪问。

“对。”殷格拉罕回答。

“看来情况不妙。”蓝迪说完用力一吹哨子，大喊：“嘿，霍夫曼！”

没有回应。

蓝迪伸手搭在殷格拉罕肩头说：“殷格拉罕，你要坚强。”说完就卸下背包，走到霍夫曼身边蹲下来，摇摇霍夫曼的手臂。

太迟了。

殷格拉罕“啪”地坐在地上。“我的心被掏空了，感觉所有的山都压在我身上，”他事后这么回忆，“我恨山，恨自己没有陪霍夫曼过夜，让他一个人孤零零死去。我向上帝祈祷，希望得到原谅。”

法医检验后表示，霍夫曼可能在殷格拉罕离开求救后六十到九十分钟就气绝丧生了，死因是“重伤造成的休克”。他身上除了骨盆、左大腿骨和右臂骨折，以及背部错位和头部撞伤，还有脾脏破裂等内伤。

由于将尸体从魔鬼峭壁运到停机坪太危险，蓝迪呼叫航空站，调来一架配备有吊挂装置的大型军用直升机。殷格拉罕看着好友装进尸袋，随着军机缓缓升上天际，这一幕从此成为他心中永远的痛。

蓝迪帮伤心欲绝的殷格拉罕收拾营地和霍夫曼的装备，让殷格拉罕搭园区直升机返回雪松林，与霍夫曼的遗体会合。

蓝迪正要与殷格拉罕道别，就接到新消息，说隐士峰（Hermit）也有搜救行动。那一天事情真多。蓝迪用力按按殷格拉罕的肩头说：“我很遗憾。”上级要蓝迪待命，于是他待在哨所，心中暗自希望搜救行动别又是悲剧收场。一季有一个人出事已经够糟了，一天同时有两人丧命，简直难以想象。

蓝迪平常很容易静下心来，但殷格拉罕的不幸遭遇让他一想到就无法放松。他很讨厌“立即待命、漫长守候”的搜救程序，便拿起无线电联络雪松林办公室，提醒调度组派人照顾殷格拉罕。“不能让他落单。”说完他才下线。

尼娜·薇丝曼（Nina Weisman）接到蓝迪的无线电之后，自愿陪伴殷格拉罕，直到他家人抵达为止。薇丝曼是步道口巡查员，第二年在园区服务，后来也一直待在园区。她当时刚从大学毕业，一心梦想成为山野巡山员，驻守在深山里。她听过蓝迪的鼎鼎大名，把他当成自己的心灵导师。“蓝迪那天的做法让我印象深刻，也很感动，”薇丝曼说，“他很用心想照顾好这位年轻的登山客，就算有新任务要忙也没有忽略。”

想要登上隐士峰顶必须手脚并用，而且路很难认。蓝迪曾经多次登上标高三千七百六十五米的峰顶，圆顶状的花岗岩裸露在外，数千年来饱受侵蚀，表面支离破碎，在许多人眼中犹如历尽风霜的登山客，肌肤老皱，

▲ 蓝迪钟爱的麦克勒草原，背景是隐士峰。尼尔·赖拉比（Neal Larrabee）提供

昂首望天，睥睨群峰。蓝迪很喜欢性格突出的隐士峰，也喜欢经常聚集在峰顶的雷雨包，仿佛一群爱发牢骚的老人陪在隐士身边。

站在进化盆地，从任何角度都能看到隐士峰，挑战着独行登山客的本事。蓝迪心想，受伤游客应该是从这里摔下去的吧。

他错了。这一回又是岩石松动惹的祸，受害人是登山高手道格拉斯·曼托（Douglas Mantle）。他在峰顶附近失足坠落，伤势严重，必须靠人协助才能下山。

只要在内华达山脉攻顶过，都会知道曼托这号人物，因为主要山峰的登顶名册里几乎都有他的签名，其他次要山峰更是爬了不止一次。一九八八年，曼托三十八岁，内华达山脉共有二百四十七座山峰，这是他第三次挑战“完全攻顶”，隐士峰是他攀登的第一百九十九座山。意外发生之后，曼托形容自己当时被一块足以致命的花岗岩“逮个正着，只好被直升机送下山”。原本希望成为单人完全攻顶的第一人也因此梦碎了。

出事前，曼托于十天内连爬了十三座山。他走到离隐士峰顶几十米的地方，伸手去抓一块重约二百多公斤的巨砾，没想到反而被巨石压伤。同行伙伴蒂纳·斯托（Tina Stough）在通讯刊物《山岳回声》（*Sierra Echo*）里描述：“曼托坠落了三十米，身体笔直地摔在地上，猛力坐到尖锐的岩石上，右脚卡在两块岩石之间，砂石不停从上方落下。”

曼托右膝下方划开一个“大口子”，鲜血直流，一名伙伴帮他止血，另一名则连赶八千米路到麦克勒草原哨所寻求协助。虽然他全身有多处撕裂伤、淤青，甚至可能骨折，但他始终意识清醒，甚至还背诵 T.S. 艾略特的诗作《J. 阿尔弗瑞德·普鲁弗洛克的情歌》（“The Love Song of J.Alfred Prufrock”）和电影《音乐奇才》（*The Music Man*）里的对话。“真是个硬汉。”斯托称赞。

非常幸运，巡山员艾姆·斯卡塔瑞嘉（Em Scattaregia）正好在哨所里，她立刻展开救援行动。“曼托受伤地点据称距离停机坪大约九十米，是碎石区，虽然有点松滑，但还不需要绳索，”斯卡塔瑞嘉在日志里写道，“结果信息有误，伤者在三级狭窄陡坡，离停机坪垂直高度一百八十米。呼叫优胜美地直升机前来短程救援，然而风势强劲多变，尝试两次依然无法将伤员带离。”

下午四点半，蓝迪搭机飞抵现场，准备协助斯卡塔瑞嘉和两位医疗人员做绳索救援。曼托情况稳定，但伤势在高海拔地区瞬息万变，因此所有人都希望尽快将伤员下送到较低海拔，隔天破晓就能让他接受医疗。换句话说，救援行动势必得在晚上靠头灯进行。

他们沿着陡坡一段一段往下走，很担心再次遇到落石。五小时后，曼托抵达山底一块安全平坦的碎岩地，时间是深夜十二点半。蓝迪精疲力竭，他前一天巡逻才走了三十二千米，然后整晚没睡照顾股格拉罕，准备救援霍夫曼的行动。

蓝迪让曼托和他的两名同伴在帐篷休息，气温不断降低，已经到了零下，蓝迪与医疗人员和曼托的其他伙伴围坐在小营火前取暖。清晨五点，小组将曼托送到停机坪；九点，直升机将曼托载往医院。

这次救援出动了四名巡山员，斯托在《山岳回声》文中提到：“搜救行动用了五架直升机，但因为我们人在国家公园，所以分文未付。非常感谢园方救了我们的朋友曼托一命！”

二十世纪八十年代末和九十年代初，训练期间，巡山员们默默地传递着几张“商务卡”。

亲爱的游客们：

这群薪水少得可怜但绝对精英的国家公园署工作人员又把愚蠢的你们从水深火热中拯救出来了。在完成这个任务的过程中，大家用的是快要散架的过时设备，全凭着本来支离破碎但又用胶带粘好的孩子一般的信念。但买胶带也要钱啊，我们手里没几个子儿。你们的一副墨镜，就要花掉我们一个多星期的薪水。何不广散钱财，为我们的搜救基金做点贡献呢？

万分感谢！

国家公园署

啊，巡山员训练。有人非常喜欢，有人却嗤之以鼻。对山野巡山员来说，训练是他们建立感情的时候，因为一旦飞抵哨所，接下来三个月几乎不可能碰面，只有搜救行动或偶尔正巧巡逻碰上了，才能聊上几句。

这些年来，季前训练有了很大的改变，从原本的无所事事到现在课程一大堆。训练通常从欢迎会开始，由园长或总队长介绍园区概况，接着集合所有人讲话。据巡山员的说法，结尾通常是：“很高兴各位加入巡山员的行列，但我们预算很紧，请各位见谅，明年应该会有所改善。”

之后，待在山下和待在山上的巡山员会分头开来，接受为期一周的训练课程，学习救援操作、无线电通讯术语、水中紧急救援、直升机安全程序、技术救援等有用的技能，同时复习急救技巧，例如新近采用的心肺复苏术、如何辨识高山肺水肿和脑水肿、缺氧急救以及静脉注射等。

第二周，山下和山上的巡山员又重新聚在一起，进行执法训练。课程包括持枪资格（也就是打靶练习）、执法（巡山员的角色和责任），以及体能训练。有的课程名称比较模糊，什么“帮派”之类的，显然都是些没什么用的主题。不过，像历史和史前手工艺、犯罪现场调查等课程，就连山上的巡山员也都全神贯注地听着。相关的影像，比如“各个时期的防盗手段”“保护考古资源”等，大家在灯光变暗、正式观看前，都会去泡杯咖啡，然后坐下来慢慢欣赏。其他的必修课，比如防身术训练及其相关影像，比如“街巷枪击”“格斗时的心理状态”之类，都让蓝迪心生怀旧之意，回忆起过去的日子。他比较喜欢“口头柔道”这样的课程，巡山员们能从中学到不使用身体暴力而只用语言艺术来击退挑衅的人。但时代变迁，巡山员训练也随之改变。

早期在巨杉和国王峡谷国家公园，巡山员是不用接受训练的。蓝迪是唯一经历过那个阶段的人。二十世纪六七十年代，巡山员还无须佩枪。一九六五年，“他们只要在步道巡逻，与游客谈话，将狗带离山区，核发生火许可证，清理营地和竖立放牧围篱，如果游客需要协助就呼叫支援，”蓝迪写道，“根本没有季前训练，也没有工作规约，起码我从来没看过，就连救生员资格证明也不需要。”简单说来，早期巡山员的工作就是“保护游客不在园区受伤，保护园区不受游客伤害”。

一九七八年，巡山员多了一项任务：保护游客不受其他游客侵扰。从这一年开始，巡山员必须拥有执法人员资格，以便有权开立罚单和逮捕非法分子。然而对蓝迪来说，最重要的是执法需要“加班”，将通常在九月底结束的巡山任务延长一个月。十月，他会在园区边界做“狩猎巡逻”，查缉“不小心逛进”国家公园的猎鹿人。不过对蓝迪而言，只要能多待在山里，就是好事。

在教室里待的时日越多，留给山野的时间就越少。蓝迪心里很愤懑，常常摇着头说：“这到底是什么鬼东西？”其他巡山员也纷纷附和。有的课程的确不知所云，比如一个来自加州高速公路巡逻队的司法酒精鉴定专家教授了一门课程，叫做“酒精浓度检测五千的理论和操作”，巡山员们必须顺利修完这门课，才能获得上面要求的“酒精检测操作员”资格。这些被称为“后排学员”的山野巡山员们对此怨声载道，也完全可以理解。这项检测基本上只是用于检查醉驾，但山上连一条大路都没有，更别说汽车了。开设这门课，实际上是因为巡山员必须参加四十个小时的执法训练。真正的执法，不是搜救，也不是紧急医疗。如果说蓝迪在开始巡山员工作时没有接受足够的训练，那么到二十世纪九十年代，他可以说是完完全全地过度训练了。

蓝迪学会了在这些完全用不上的“必修课”上吊儿郎当地找乐子，当然要和其他山野巡山员一起。沃尔特·霍夫曼（Walt Hoffman）的身影也在其中。他上“集体暴力”课迟到了，对着昏昏欲睡的学员们大声问道：“天哪，这难道是同性恋巡山员在开会吗？”大家爆发出一阵大笑。另一门课上，投影上显示了一张图表式的犯罪现场图片，一个“后排学员”语带讥讽地插话道：“嗯，人人都得有个爱好不是？”从洛杉矶警察局借调来的一名山下执法巡山员从前排往后看，说道：“你们肯定是老手了，老手都坐在后面。”下了课，讲解这门课的永久职巡山员莫瑞来到山野巡山员们的地盘，两个手掌快要合在一起了。他说：“你们这群家伙，刚才就差这么一点，我就要大发雷霆了。”

在课堂上，许多巡山员不是写信，就是想办法坐着打盹时不要明显地打呼噜。有一年，他们在班上传阅小说《大河恋》(*A River Runs Through It*)，大家轮流看。不过，“蓝迪没有加入，”德奇说，“他一个人乖乖坐着，一副专心听讲的样子，可能在沉思吧，不然我猜就是想象自己在山里溯溪。”有时要是课程太多(例如长达两个半星期)，蓝迪就会摆出莲花坐姿，双手放在膝上哼唱山花的名字“龙胆、龙胆、龙胆”，提醒大家“为什么要来受训”。

不过，有些课程确实与巡山工作密切相关，这时蓝迪就会全神贯注，聆听如何申请搜索令检查帐篷之类的执法规定。

玩笑归玩笑，讽刺归讽刺，山野巡山员们在工作上总是一把好手。一般来说，遇到需要和营地里喝醉的露营者持枪对峙的情况，山下的执法巡山员不会首先挑选典型的山野巡山员作为后备援军。反之亦然。当需要系着绳子爬下悬崖，或者参加搜救之类的行动时，山野巡山员肯定也不会找那些刚从城里来的山下执法巡山员做搭档。“他们老远就能闻出毒品的味道，但生死攸关的时候，拿着一小袋毒品，他们可能根本找不着北。”这是山上的巡山员们对山下那些人的经典评价。

有些人认为山野巡山员目中无人，只与熟人往来，受训时几乎不与其他巡山员说话，一点也不可亲。“我只有一句话要说，”德奇表示，“许多巡山员都做不久，不管是永久职或新同事，他们总是来来去去，有些甚至一季没做满就走了，因此很难花工夫和他们深谈。不过，我们有时会发现几张熟面孔，好像每年都会回来，可能和我们一样喜欢这里，这时我们才觉得可以好好聊聊。”

抱持“敬而远之”态度的巡山员很多，蓝迪也是，因此才会给人离群索居的印象。“他们其实没有恶意。”二十世纪八十年代开始在巨杉和国王峡谷服务的巡山员斯科特·威廉姆斯（Scott Williams）说他当年也尝过苦头，“他们只是不爱说话。有些人受不了，我倒是觉得很神秘。尤其是蓝迪，他是最典型的深山人。所以有一回我决定到山里去，故意待在他驻守的夏洛特湖哨所过夜。我永远忘不了他是怎么招呼我的。蓝迪从湖边提了很重的两大桶水回来，我在步道上和他打招呼，表明自己是谁，伸手想和他握手，结果蓝迪只回了一句‘水里有梨形鞭毛虫，有得忙了’就继续往前走。其实要赢得他们的尊敬不难，只要让他们发现你钟情山野、会捡垃圾下山就行了。只要待得够久，他们还是会和你热络起来的。”

德奇说，巡山小队长莫瑞“后来很敬重我们，甚至很喜欢我们”。莫瑞首开先例，每年受训都会找一天晚上请所有巡山员到家里用餐。“蓝迪、我、特里·古斯塔夫森（Terry Gustafson）、克南、洛伦佐·斯托威（Lorenzo Stowell）、麦伦戈和莱尼斯全都坐在桌前，”德奇回忆，“总队长伯德凑到莫瑞身边说：‘这群人在山上的时间加起来超过一百年。’”

正确数字应该是一百三十年，其中蓝迪贡献最多。

一九八九年夏末，纳什在办公桌前检视蓝迪二十一年来的值勤表现。他在考绩表上找不到任何缺点，那一年也不例外。

“身为资深山野工作者，”纳什写道，“蓝迪的见识与服务伦理足堪表率。他在深山僻壤值勤，上级无法监督，通讯也有困难，但他表现良好，多年来更自费不断接受执法和急救训练，保持资格有效。他和游客、同僚、长官互动甚佳，尽管工作条件仿佛置身第三世界国家，却依然尽忠职守。阅读蓝迪的报告公文可以发现，他对巡山工作和山野非常重视，很有看法。有蓝迪这样的员工是本园的荣幸。”

第九章　石与欲

巡山员……与一般人没什么不同，也有问题和麻烦、冲动和冲突、善念和恶行。总之，巡山员也是人。

——杰克·穆卯（Jack Moomaw）

《落基山巡山员的回忆》

（*Recollections of a Rocky Mountain ranger*）

为了休闲娱乐而破坏山野是不好的……偷窃是不好的，因为总会造成伤害。偷情如果没有让任何人不愉快，那就无伤大雅。但和已婚的人上床，如果妻子或丈夫因此受到伤害，那就糟了，因为谁是谁非会变得非常复杂，几乎没有例外。

——蓝迪，麦克勒草原，一九七三年

到了一九九〇年，巡山员之间有个广为流传的说法，蓝迪是巨杉和国王峡谷国家公园最有环境意识、最激进的人，不少人甚至觉得全美国找不到第二个巡山员比得上他，而蓝迪也欣然接受。他总是和作家爱德华·艾比一样，把人类文明称为“梅毒”，听到其他同事说“等我回到现实世界”，他会纠正他们说：“喂，这里才是现实世界。”

在蓝迪眼中，阿什山园区总部是“垃圾山”，快乐就是“从后照镜与垃圾山说再见”。

蓝迪就快五十岁了，在园区服务了二十三年，看过不少令人厌恶的事，经历过的“突发状况”更是不计其数。他曾遭熊追逐，拯救惊惶失措的少女，找到失踪的童子军并让那孩子和忧心忡忡的家长团聚，协助受困悬崖的登山客下山……所有巡山员的传奇事迹都遇到过，但他在日志和自己的日记里几乎一字未提，搜救行动可能只用两行带过，却用整整两页形容隐士夜鸫的美妙歌声。

讲起山野，蓝迪总是文思泉涌，篇幅长到园方用粗体字在日志封面注明：“别犯了米切纳[38]的毛病。”蓝迪则会用漂亮的笔迹留下评论：“文学冒犯到谁啦？”斯泰格纳提过一个“几乎绝对正确的大原则”，即“纯粹描绘自然……是很沉闷无趣的”。然而，蓝迪从来没把这项忠告听进去。只要读过他的日志就会发现，保护游客不在园区受伤和维持秩序是他的工作，而捍卫山林不受人为破坏才是他一生的职志。桑格说得好：“用‘爱’还不足以形容蓝迪对内华达山脉的情感，他的灵魂早已深深扎根在晶莹的花岗岩里。”

“我们是地球的子孙，这是事实，就算人类文明拥有推土机和水泥厂也无法否认，”蓝迪于一九七二年在麦克勒草原值勤时写道，“只有自我欺骗才能掩盖这项事实，但欺骗是不实也不健康的。背离大自然就是背离我们生命中不可或缺的一部分，这样会破坏健康。

“我是怎么知道的？不是靠逻辑推理，而是静静坐在高山湖边。我感觉心里有一股真诚、完整的善，于是我明白要成为一个完整的人，就不能没有这片自然的土地。

“我不想让这片纯净的土地遭受污染，所以姑隐其名。

“高山湖泊有一只白鸥，潺潺谷溪有一只河乌；水边是鸟儿的家，可以在此飞翔、泅泳，这是多么美好的生命！人真是可悲，肢体如此笨拙，虽然高度进化，在地面行走却如此辛苦，还有什么动物像人一样？我们花了多久才学会直立行走？而我现在最常听到的是什么？水泡和腿酸。”

一九九〇年，蓝迪在麦克勒草原值勤，他在一张纸上写道：“我住在内华达高山海拔二千九百六十米高的谷地里，我不会透露地点，因为读完我下面所写的，可能有些人会想来这里，但来这里的人已经够多了。幸好你们大多数人还是喜欢喧嚣污浊、充满二氧化硫的城市。太棒了！我可不想成为鼓动各位离开的人。各位越常待在城里，我的山就越孤独，而我就喜欢这样。至于寻觅山野的人，我依然不会透露地点，各位自己找吧，当你遇着了，感觉会更加甜美。”

蓝迪最大的期望就是带来改变，因此尽管薪水微薄，他还是不无满足地在园区服务了四分之一世纪。待在高山就是最好的报偿。不过工作这么多年，他领了两回奖金，还是让他很开心。头一回是奖励他在达尔文山搜救的英勇表现，他被落石击中脑袋，依然顺利完成任务。不过，园长打算表扬蓝迪的时候，总队长起先没有同意，表示蓝迪“只是做他该做的事”。德奇为此特地写了一封信给分队长，大力赞扬他的朋友。他说：“国家公园署对夏季巡山员非常不知感激，巨杉和国王峡谷国家公园（阿什山总部）尤其如此。换成是永久职巡山员，他们什么都不用做，只要系好鞋带来值勤，园方就会颁奖了。”

德奇这么说，听起来有点酸葡萄心理，但国家公园署高层有许多人同意他的看法，表示“季节巡山员就像二等公民，事情最多，奖励最少”，甚至还说“季节巡山员根本被当成屁”。一位从永久职雇员升到地区高层的国家公园署官员就说：“国家公园署好像从来不升迁做事的人，只升迁使唤人的人。这些人要手下清除山野垃圾，做些卑微的工作，要巡山员替他干活，然后把功劳全揽在身上，在履历里说自己‘清除九百多公斤的山野垃圾’。而那些巡山员如果因为临时被叫去协助有难的游客，请他帮忙签加班条，他只会嗤之以鼻。”巡山分队长珀塞尔的说法比较婉转，她表示蓝迪尽心尽力却“不受园方重视，这是不合理的。对国家公园署来说，蓝迪这样的季节巡山员并不是他们的一分子”。

而那些一路在国家公园署的“梯子”上辛苦爬升，大多数都没得到过多少认可和赏识的行政人员，常常会说季节巡山员是国家公园的中流砥柱。然而，哪怕季节巡山员做到一定年限，官方也不会颁发任何嘉奖，连一张奖状都没有。待遇同样不怎么样的永久职巡山员至少还有个盼头，十年、二十年、三十年都会发个勋章。这样的礼遇和肯定是蓝迪梦寐以求的。

“季节巡山员也是联邦服务人员，他们的年限奖励在哪儿？”蓝迪在一九九三年的季末报告中向行政人员们发声，“今年夏天，巨杉和国王峡谷的员工通讯上登了很多年限奖励，都是给永久职雇员的。我已经为联邦工作十多年了，在这个公园度过了二十六个季节……杰克·戴维斯（Jack Davis）做园长的时候，创立了季节巡山员勋章，作为年限奖励。但他已经离职了，这个勋章也随他而去。或者只是没有奖给我而已？但是上层机构对那些多年服务的季节巡山员，有任何的奖励和认可吗？比如按季节算、按年限算，或者两样都算。四分之一个世纪已经累积了十年的服务年限，季节巡山员把自己献给了国家公园署。有些人工作了二十五年甚至更久，这是很了不起的成就。我们之中很多人至少够格拿个标准的十年奖励。”

蓝迪很希望自己在山里的驻守和工作是有价值的，但到了九十年代，他回想自己的值勤岁月，发现园方只采纳过一次他的建议。一九八二年，他反对翻修牧人隘口步道以方便牲畜进入，理由是牲畜会对野生大角羊和草原造成冲击，违反《荒野管理方案》中提及的最低使用率原则。还有一回他亲自动手，用松饼贿赂到山区确认步道位置的政府绘图员，请对方删去一条古老步道，不要将其印在美国地质调查所即将出版的勒空特峡谷那一格地图上。

让人丧气的是，蓝迪和其他巡山员就住在山里，却很少有人聆听他们对山野的看法。山野工作很少“编列预算”，所有巡山员无论是加班给付或调度直升机从事非园方任务，都必须遵守严苛的规定。然而，园方高层、高层的朋友和地方政治人物不受此限，可以不顾规定，任意糟蹋荒野。

一九七六年六月二十四日，蓝迪在亭达尔溪值勤，一名官员要求带队到岩石溪视察。蓝迪估计人数应该在三十五到四十人之间，因此需要六十到七十头驮兽，远远超过二十头的上限。没想到园长竟然同意了，让蓝迪为之气结。“又来了，”他在日志里写道，“这就是我们伟大的国家，政治凌驾一切，郡长比深山草原和奉公守法的人重要多了，也比六月底会到岩石溪附近露营的小群背包游客重要。今年是美国建国二百周年，没什么比郡长大驾光临更好的庆祝活动了。”

抨击当地的政客当然还不够，应该直截了当地提出对园长的抗议。“早间新闻说，园长和他的手下，在为期一周的山野视察活动的第三天，也就是星期三，要求将做鱼用的饼干粉、食用油和玉米粉，用直升机送到他们驻扎的芬斯顿草原（Funston Meadow）。”在一九七八年八月十四日的报告中，蓝迪在小五湖哨所如是写道，“在这个公园，上级曾经对山野直升机的使用做出过严格控制，以上行为真是太敏感了。当飞机降落在克恩峡谷时，如何对草原上的其他露营者解释？也许我们应该给所有登山客来个补给服务，因为他们付了钱，理应享受直升机送餐的待遇啊。而山野巡山员们三个月也没法从直升机上得到哪怕一颗豌豆。所以，说到这些直升机，我真想跑到'委员会'——每个社会主义国家都有的拍板做主的那个无形、无名又神秘的最高机关——去申诉。"

蓝迪在"不会有什么大人物读的"日志里向来毫无保留，但写季末报告时就低调多了，因为可能"有人"会读。一九八九年夏末，蓝迪结束麦克勒草原的工作，写了十六页报告，这可能是巡山分队长收过的最巨细靡遗的报告。"掷地有声。"纳什回忆道。他设法将报告往上呈送，还"加注重点"给总队长过目。照理说，总队长看完报告后，应该将建议呈报园长，如果园长认为政策确实有必要修正，就会在年度报告中提交华盛顿政府。

"巡山员的建议要是上到华盛顿政府，"纳什说，"那简直是奇迹。"

不过在一九八九年，蓝迪真的创造了奇迹。巡山总队长道格·莫里斯（Doug Morris）亲自到麦克勒草原造访他，而且是步行去的，表示他很赞同蓝迪的一些看法。蓝迪觉得莫里斯很了不起，于是在季末报告不断提起对方的名字，同时将二十年来累积的挫折和怨气全都发泄出来。

认识蓝迪的人不用打开报告也一定猜得出来，他在报告里会写些什么。

草原。

蓝迪在报告中郑重表示："草原不是牧场，莎草和野草也不是牧草，供应牧草不是巡山员的工作，维护自然进化才是。诚如莫里斯所言，草原用来放牧根本违反自然。"

蓝迪指的是让牲畜进入山野，这么做对自然的冲击如何，登山客和环境保护人士争执多年依然没有定论。蓝迪用了整整四页讨论这项议题。

从第一年驻扎在麦克勒草原开始，蓝迪几乎每年都会提议禁止草原放牧。"这片土地非常特别，许多登山民众也有同感，我希望园区的管理政策能采纳众议。进化山谷有不少草原，森林也能提供丰富的粮草，因此保留一片禁止放牧的天然草原绝对不成问题。园区有九成五的访客是登山客，他们很少有机会见到完整的天然草原。禁止放牧的理由或许不是破坏自然，而是……出于情感……总之，要求任何作为都必须有数据支持或许太过头了，毕竟人是有感情的，这是人最独特之处。艺术、诗歌和音乐都来自人心，所以才能打动人，一如许多人对土地的依恋。生态保护探讨人与自然的关系，从一开始就包含哲学与情感的因素。

“今年夏天，进化山谷的草原都有人放牧，有牲畜啃食的痕迹，只有富兰克林草原看起来没有，到了十月野草及膝，熟成爆开的花絮漫天飞舞，在阳光下发出古铜色的光芒，感觉非常特别，给人不一样的感受。草原变成了花园，理想的国家公园山野应该是这样才对。我有时会想，荒野管理和伐木管制有何不同？牲畜啃食过的草原和遭人砍伐的森林或许只有尺度的差别而已。”

蓝迪在报告里不忘发挥同理心：“对使用驮兽的人来说，关闭麦克勒草原意味着改变习惯，请他放弃原始草原，改到森林寻觅粮草，甚至自行携带足够饲料。然而这不表示牲畜不准进入荒野……在我们拥有足够数据和证据显示放牧将严重影响生态之前，我们非常欢迎登山客使用驮兽，但不希望牲畜随意啃食草原、毫无节制。

“保护好山好水是我们的传统，保护草原也应该如此。

“还有一件事，莫里斯也说得很有道理。使用驮兽的人少，声音却特别大，荒野政策反而深受他们左右。我有把握，如果请所有登山客投票决定该不该让牲畜进入山野，答案绝对是否定的。使用驮兽的人只占少数，既然我们是民主国家，或许应该投票解决。”

蓝迪接着向莫里斯和园长喊话：“我希望我们的总队长和园长能秉持国家公园成立的初衷，更加努力保护高山草原，对抗外来压力，反对人为放牧，强调园方有权限制使用，无须提供科学证据或相关文件。科学证据不是一切。

“拟定新政策时似乎不该忘了巡山员。我很难相信有哪位高层比他们更了解山野，但这群人向来被排除在决策和规划过程之外。”

蓝迪建议：“高层对巡山员的任务应该有更专业的思考。我们每天值勤八小时，其实日夜无休，一周七天都在工作。每位巡山员都累积了惊人的加班时数，却没有获得报偿。只要待在哨所，就得时时解决民众的需求，因为园方规定如此。民众随时可能出现，在我盥洗或用餐时闯进来，遇到风雨就来哨所避难。对他们来说，这些都是理所当然。想让巡山员每天只工作八小时根本是天方夜谭，因为意外随时可能发生，加班是家常便饭。”

蓝迪提出几项方案，包括值勤时间之外加付“待命费”。“有人对我说，这么做花费太高。不过如果我没记错的话，园方的安全预算增加了两万美元，其中有半数将用在举办游行活动，以及在内华达山脊分队新增一个九级薪的职务。换句话说，园方不是没钱。

“倘若园方找不到经费来源，我建议高层做出裁决，明年巡山员在规定值勤时间之外一律不用工作，没有无线电呼救或直升机支援就不步行救援，不陪同高层游览，不提供游客服务。另外，我也建议园方设立加班制度，记录巡山员值勤时间之外的服务，按时数支付加班费。园方要是无法做到，不仅显示高层有违专业，更可能触犯法令。”

蓝迪在报告结尾更清楚透露自己多年来的怀疑：“各位长官读后如有任何看法，我很乐意移樽就教，因为我从来没听过长官的意见。”最后，蓝迪还注明：“背景音乐——理查德·施特劳斯《死与变容》（*Death And Transfiguration*）交响诗，一九八九年十月。”蓝迪这么说其实颇具深意，但可能没有人识破。一八八九年，也就是蓝迪撰写这份报告的一百年前，德国作曲家理查德·施特劳斯写下这首交响诗，描述一名年轻的理想主义者由于绝症缠身，失去了追求理想的信念和力量，整首乐曲就在表现青年面对死亡时的内心挣扎。

蓝迪撰写报告的时候经常会听这首曲子，音符间的哀戚气氛显然反映了他的心境。他就像那个青年一样，努力游说园方封闭部分草原（包括麦克勒草原）多年未果，终于失去了对抗体制的力量。

一九九二年五月，埃斯特八十三岁，身体越来越孱弱，于是蓝迪和茱蒂卖掉他们住了十二年的家，从苏珊维尔搬到塞多纳。之后蓝迪上山值勤，茱蒂负责照顾婆婆、替她购物。蓝迪下山后不久，埃斯特不小心跌了一跤，摔断大腿。骨骼扫描发现她已是癌症晚期。

蓝迪立刻搬去和母亲同住，期间“完全没有回自己的家”，茱蒂说。蓝迪和母亲一起上教堂，他离开和平队之后就不做礼拜了，只有和家人度假的时候例外。后来，埃斯特病情恶化，无法踏出家门，癌细胞已经蔓延全身，包括脑部，蓝迪寸步不离守在母亲床边。埃斯特的身体越来越糟，变得沉默，很少说话。蓝迪对母亲说他爱她，埃斯特也没有反应。他试着让母亲谈谈自己的感觉和想法，但她只说：“你要我跟你说话？我要说什么？”蓝迪回答：“我只想知道能为你做什么，妈。”埃斯特回答：“你什么都不能做，所以我想也不用试了。”

蓝迪有时读书给母亲听，埃斯特会听个几分钟，可是很快就激动起来，摇头要他停止。蓝迪越来越沮丧无助。“埃斯特不想死，”茱蒂说，“但她无能为力，所以很气。”埃斯特的气愤深深打击了蓝迪。

赖瑞回家帮忙过几次，不过总是行色匆匆，急着回新墨西哥。再说，他自己身体也有问题，中风了几次，蓝迪猜想应该是酗酒的关系。蓝迪很气赖瑞袖手旁观，但是当哥哥真的回家了，又恨不得他赶快离开。两人早已形同陌路。戴纳过世后不久，两兄弟曾说要一起上山旅行纪念父亲，但从来没有成行。

虽然蓝迪经常称赞哥哥比他聪明、外向，却也担心赖瑞“爱走偏锋，把别人的警告都当做耳边风”。茱蒂说：“蓝迪越来越愤愤不平，因为赖瑞每次回家都是向埃斯特要钱，帮他解危。”兄弟俩在优胜美地的神奇时光早已逝去，那时他们在柯里村溜冰；晚饭时赖瑞高谈阔论，蓝迪对哥哥微笑；还有在莫塞德河钓鱼，和父亲一起散步寻找野花的美妙经历。蓝迪二十一岁生日的第一个愿望就是到欧瓦尼旅馆买啤酒，不是买给自己，而是给他哥哥。然而，两人现在置身亚利桑那州的沙漠小镇，过去早已成为遥远的回忆。

一九九三年四月二十二日，埃斯特离开人世。蓝迪照顾母亲将近七个月，几乎不假手他人，只有埃斯特临终之前，他才接受茱蒂建议找医院帮忙。蓝迪筋疲力尽，心也枯干了。“整个人都空了，”茱蒂说，“他需要回到山上。”

不过还有一些琐事需要处理。赖瑞对那间房子很有感情，虽然他没有什么钱，还是想搬进去。摩根森夫妇曾经买了不少印第安纳瓦荷族的首饰和工艺品，都是很稀有、值得博物馆收藏的珍品，这是埃斯特身边最有价值的东西，但她都分送给别人了。除此之外，屋里只剩下一般的家庭用品和戴纳的藏书。兄弟俩决定找中介商做资产拍卖，接下来一周，中介人员就在屋里到处贴标签，一样也不放过。茱蒂记得赖瑞走来走去，嘴里不停说着“哦，天哪”，站在混乱的房里泣不成声。蓝迪比较节制，但还是很激动，从头到尾“喉咙都像卡了一团东西”。

家族照片、父母亲的手稿和藏书是非卖品，蓝迪和赖瑞将这些东西收在一个房间。兄弟俩龃龉多年，头一回和睦相处，好好坐下来分配父亲堆积如山的珍贵藏书。家里其他的杂物全都卖掉，之后赖瑞再用拍卖所得的钱将屋子从蓝迪手中买过来。

埃斯特曾经不止一次与蓝迪分享她的人生哲学。“生命有时会遭逢巨变，”蓝迪启程到印度之前，她写信对儿子说，“彻底改变一切，生活从此改头换面。生命捉摸不定，唯有改变是少数确定的事物。这是好事。但在殷切企盼未来的同时，我们也要能沉思过去的好，珍惜此刻所拥有的一切。”

蓝迪带着一颗沉重的心，出发参加季前训练。

一九九三年夏天，蓝迪来到园区，长期守在母亲病榻前让他身心俱疲、失魂落魄。不过他很高兴能够回到朋友身边，重回山的怀抱。

经历这六个月，蓝迪变了。也许是埃斯特的死让他恍然想起生命终有尽头，想做的事应该马上做。然而事情没这么简单。从小到大，蓝迪都在对抗家人和社会的期望，他是天生的梦想家，可惜英雄无用武之地，只有在山里才能得到释放。他骨子里的叛逆精神对社会规范嗤之以鼻，从小的家庭教育却又让他挣脱不开传统价值。他开始犹豫是否应该离婚，不晓得自己和茱蒂是不是真的心灵契合。

蓝迪一直希望茱蒂多到山上陪他，但是多年下来，茱蒂似乎总能找到借口缩短时间，不是要带暑期班，就是有事得将旅程减少到一两周，而不像两人结婚初期时那样待上一个月。不过最讨厌的还是茱蒂的家人老出状况，让她脱不了身，而且恰巧总是发生在她可以上山与蓝迪相聚的那几周，让蓝迪愤恨不已。

虽然山野充满浪漫，蓝迪和茱蒂的相处却不是始终甜蜜。“有几次我去找他，两人吵得不可开交……甚至比在山下吵得还凶。有时是因为他用力推我，或因为帐篷或哨所空间太小，有时则是我们分隔太久，需要时间彼此调适，”茱蒂说，“再说，我又不是南丁格尔，永远都和颜悦色。”蓝迪对访客一向不假辞色，期望和要求都比对一般游客还高，对茱蒂更是严格。有一回两人去巡逻，茱蒂的登山鞋太旧，一只脚的鞋底脱落，蓝迪立刻大发雷霆，觉得她太粗心，没有事先检查鞋子的状况。茱蒂在哨所将抹刀挂错位置，他也会马上指正。“山上是他的地盘，”茱蒂说，“一切都要按照他的规矩，有时真的很讨厌。”

尽管如此，神奇时光还是常有的。“我们会趁着月光散步，花岗岩就像白天一样明亮。傍晚时分，蓝迪总是能找到最佳地点，欣赏山峰从火红变成橘色、粉红。他永远晓得该坐在哪里，知道山顶何处可以看到最后一道日光。”蓝迪已经二十八年没看过国庆烟火，但他总说自己一点也不遗憾，因为内华达山脉的表演更美，就像“空中火焰”。蓝迪常讲，这是大自然用光在山壁上作画。他在山上是最浪漫的，在他口中，巴尔夫氏松的枯枝就像香格里拉的花园一样动人。

巡山和拓荒差不多。“有些哨所还在用炉灶，”茱蒂说，“弄错几次之后，我总算学会不把面包烤焦。”不过，蓝迪不希望茱蒂待在哨所帮他煮饭，茱蒂也不想。他们一起煮饭、一起巡逻，两人在野外快乐多了。

茱蒂认识蓝迪之后，几乎每年都会上山，与蓝迪和其他伙伴一起滑雪横越内华达山脉。事实证明，她是充满冒险精神的登山好手。然而，埃斯特过世的那年夏天，蓝迪开始怀疑要不是因为他，茱蒂会做这些事吗？他开始回想茱蒂的牺牲奉献、她对他工作和作息的包容，还有她的支持。茱蒂鼓励他在山里旅行，她从来不曾叫他放弃。就算茱蒂与他不同，没有感受到山野的强烈呼唤，那又如何？她在山上通常都很开心，虽然有时会害怕、会哭、会抱怨，但她还是来了。这就是爱。

当蓝迪违背婚姻誓言，和莱尼斯窝在同一个睡袋的时候，他心里是否曾经闪过这些想法？只有他自己才晓得。

莱尼斯是巡山员小队的核心成员，非值勤时间是户外教育讲师。一九七六年，她在内华达山脉高地营工作，就已经“深深爱上”这里。她先进入美国国家森林署服务，不过很快就离开她口中的“国家森林马戏团”，进入国家公园署系统，先是在露营区执行道路巡逻工作，最后终于在一九八一年实现梦想，成为巡山员。斯坦福大学毕业的背景让她聊起许多话题头头是道，尤其是环境议题。蓝迪曾经写道：“我一整个夏天没遇见半个同类，只有一个例外。在大家眼里，我就是巡山员，他们也要我当巡山员，这就是寂寞的来源。我会感觉寂寞，就是因为没有朋友，没有一个和他说话就像是和自己说话的人。”

莱尼斯和蓝迪一样热爱山野，她已经做了十二年巡山员，蓝迪的一位密友说她“正好补足了茱蒂所欠缺的”。但要是莱尼斯认为自己和蓝迪可以长久交往，她可能要失望了，因为蓝迪在日记里写道：“其实我自己一个人反而更不寂寞。”

两人从一九九三年阿什山季末急救训练开始交往，但事情很快就变得有点复杂，因为他们没有向德奇保密。德奇觉得自己处境非常尴尬，因为他是蓝迪的朋友，也是茱蒂的朋友，已经将近二十年了。他私下质问蓝迪：“茱蒂怎么办？”蓝迪立刻长篇大论，说自己不想被“西方道德”

捆绑。德奇知道佛教要信徒别因性爱伤害自己和他人，便反驳道："佛陀也没这样。"两人过去讨论事情总是唇枪舌战、不相上下，这回却让蓝迪哑口无言。

两人沉默了一会儿，德奇要蓝迪自己做决定，因为他不想对茱蒂说谎，也不想承受告诉她实情的负担。德奇心想，如果这段婚外情立刻结束，他就不用多说什么。两星期后，德奇收到莱尼斯的信。

"她在信里说自己是一时冲动，"德奇说，"她说她觉得很羞耻，也很尴尬，这种事以后不会再发生了。"德奇回了一封信，大约是"好吧，这种事难免会发生，毕竟巡山员的工作很不正常，我想你只是一时脆弱"之类的话。蓝迪也对德奇说了差不多的话。

"游戏结束了。"德奇心想。

许多巡山员都说过想写一本书，描述巡山员世界的"爱恨情仇"，莱尼斯也是。有人认为书名应该叫做《石与欲》(*Granite and Desire*)，还有人开玩笑说一定可以变成肥皂剧，甚至登上大银幕。

当然在现实世界中,《石与欲》的出场人物不是演员，而是真实的人，因此会受伤。蓝迪和莱尼斯的地下情并没有停在一九九三年，直到来年秋天，知道实情的重担依然压在德奇和妻子迈耶肩上。几位比较敏感的巡山员也在训练期间察觉异样的"火花"，猜出蓝迪和莱尼斯关系非比寻常。

德奇说得很清楚，如果茱蒂问起来，他绝对不会保密。蓝迪却直接对他说："千万别对纳什说。"纳什刚在那年春天退休，在巡山员心中，他不只是一位备受敬爱的长官，更是值得信赖的好友，可以倾吐心事，对蓝迪来说尤其如此。纳什对蓝迪也是掏心掏肺，经常邀他到家里做客，两人的交情远远超过长官和下属的关系。蓝迪对这段婚外情的看法，从他要求德奇向纳什保密就看得出来：他觉得外遇不好，莱尼斯也这么觉得。"问题是，"德奇说，"他们已经爱上对方了。"

十月十七日，茱蒂打电话祝瑞琪（那时她已经是波贝达太太了）生日快乐。两人从二十世纪七十年代一起去欧洲旅行并到优胜美地工作之后，每年都会互道生日快乐。虽然瑞琪目前住在加州圣塔克鲁兹附近，两人相隔几百千米，但在茱蒂眼中，瑞琪一直是她的大媒人。要不是瑞琪当年帮她在艺廊找到工作，她也不会遇见蓝迪，找到自己的生命伴侣。

茱蒂在电话里的语气很开心，说着说着却哭了起来。她对瑞琪说，她的背部出了问题，还有蓝迪最近的举止很不正常，让她非常担心。她和蓝迪已经好几个月不见，但他十月五日值勤结束之后没有马上回家，而是到优胜美地去了。一九八〇年，蓝迪和赖瑞将父亲的骨灰撒在戴纳峰，对他们一家来说，戴纳峰是家族的圣山，这回兄弟俩旧地重游，准备让他们的父母团聚。茱蒂很早就说好要一起去，可是夏天快结束的时候，她打电话对蓝迪说她背痛、行动不便，要他忙完赶快回家，而蓝迪下山都快两星期了，还是没有回家。

当天晚上，瑞琪和家人进城去听现场音乐表演，没想到竟然遇见蓝迪。她觉得蓝迪应该在山上才对，因此大吃一惊。她问蓝迪在圣塔克鲁兹做什么，蓝迪“结结巴巴”左支右绌，之后才说他和“园区的人”在一起。他要瑞琪别对茱蒂说，瑞琪没有答应。她看着蓝迪回座，身边坐了一名金发女子（就是莱尼斯）。这太明显了。

瑞琪痛苦了一个晚上，思考该不该告诉茱蒂。她相信命运，觉得这真是诡异，绝对不只是巧合：她竟然在距离巨杉和国王峡谷几百千米的地方遇见蓝迪，而且就在和茱蒂讲电话的同一天。她最后终于做了决定，转头沉沉睡去。她要告诉茱蒂。

茱蒂从瑞琪口中得知真相，像是被车撞了一下，立刻拨电话给德奇。德奇证实确有此事，向她说抱歉，但茱蒂只是不停哭诉：“我连最好的朋友都没了，连最好的朋友都没了。”其实，茱蒂并非那么意外，她发现蛛丝马迹已有一段时间了。埃斯特过世的那年冬天，蓝迪开始收到莱尼斯的信，他却说“只是个朋友”。另外，蓝迪的创作热情也没了。内华达州雷诺市美术馆之前计划办展，要蓝迪挑选二十张照片，蓝迪花了三个月时间努力拍照，希望呈现内华达山脉之美，最近却几乎停滞不前，原本规划设在家里地下室的完美暗房也迟迟没有动工。之前的冬天，蓝迪不是冲洗夏天的照片、研究环境议题，就是写信给国会议员请愿，现在却在家里闲晃，拼命跑步，独自一人去爬山，似乎只有收拾装备到毕夏普镇外勘雪的时候才比较开心。

一切都难逃女人的眼睛，起码躲不过她们的心思。

外遇来得非常不是时候。一九九二年，茱蒂的胞兄过世，紧接着埃斯特在她和蓝迪的照顾下依然不敌病魔，最近她母亲又检查出得了肺癌。茱蒂不晓得上天为什么要这样对待她。

蓝迪夹着尾巴回到家里，茱蒂决定坚强起来。她对蓝迪说她母亲罹患癌症，她要回娘家帮忙，希望回来的时候不要再见到他。蓝迪说他不想离开，茱蒂身心俱疲，感觉很虚弱，最后还是原谅了蓝迪，但怎么也无法忘记丈夫的背叛。

蓝迪进退两难，没有其他人可以倾诉，便到苏珊维尔去找摄影搭档斯科菲尔德。斯科菲尔德经历过类似的磨难，他决定伸出援手，不对蓝迪做出任何的道德批判。

茱蒂在娘家待了好一段时间，回家之后，蓝迪写信给斯科菲尔德：

> 谢谢你的建议，我会好好记着的。我和茱蒂正在疗伤，对未来也抱着期望，一切最后都会没事的。很高兴知道你的工作坊规模不断成长，我想你的努力或许就要得到回报了。期盼看到你的照片，我需要灵感。
>
> 祝好
>
> 蓝迪和茱蒂

只可惜好景不长。茱蒂除了在塞多纳的艺廊教授陶艺，还得抽空造访正在接受化疗的母亲，实在分身乏术。蓝迪则是努力对付自己的脑袋。那年冬天，他去书店不再寻找自然书籍，而是寻找心灵书籍，因为他想知道自己到底为什么外遇，为什么不再满意自己的生活，以及生活为何突然失去魔力。他很受挫，想知道答案，但其实最想做的还是回到山上。茱蒂需要时间重新相信他，两人相处依然出于真心，却无法回到从前。

翌年春天，蓝迪一边维系和茱蒂的紧张婚姻，一边仍然趁内华达山脉雪勘的时候与莱尼斯见面。他经常前一分钟向茱蒂抱怨自己的生命“正在流逝”，说他想到野外去，她却没有兴趣，这是典型的中年危机。然而，下一秒钟他又说想离开园区，与茱蒂一起生活，重拾两人的婚姻。他们去做婚姻咨询，咨询师分别与茱蒂和蓝迪谈话，之后建议她“结束婚姻”，因为两人差异太大。茱蒂对蓝迪这样说，蓝迪听了勃然大怒，批评咨询师根本不晓得自己在说什么，说他们两人“合得很”。他们就这样僵持不下，直到六月蓝迪上山之前，茱蒂依然犹豫不决。她有病重的母亲要照顾，蓝迪则说如果她坚持，他就会永远离开，但他又说：“只要在山上待一个夏天，我一定能理出头绪。”茱蒂晓得，蓝迪集训时一定会遇到莱尼斯，可是她必须信任丈夫。她不断替自己做心理建设，但就算蓝迪再三保证一切都过去了，她还是没有把握。

一九九五年六月四日，蓝迪上山前又写了一封信给斯科菲尔德。

斯科菲尔德：

非常谢谢你的生日贺卡，谢谢你想到我。我也经常挂念着你，希望我们有机会再一起爬山。这个冬天我一张照片也没有拍，真是让人沮丧。但最近拿到的两盒幻灯片给了我不少惊喜，或许我的潜力还在。我现在可以深深体会你当年经历的痛苦，失去许多事物、无法工作……感觉好像三年都没有冲出一张照片，也找不到灵感。摄影要慢慢来，我必须学会适应这一点。

集训的时候，蓝迪和莱尼斯小心翼翼，甚至连课堂上都不敢坐在一起。然而除了桑格那几个新来的菜鸟，所有人都晓得出了什么事。蓝迪花了不少时间向可能被这段地下情波及的人道歉。他表示自己正与茱蒂重修旧好，德奇却认为不是这么回事，便当面质问他。两人小小吵了一架，蓝迪坦承自己想过以自杀解决这一团混乱。

“你想自杀？”德奇问。

蓝迪回答：“不是认真的，但我确实有过类似的念头。”

“你确定吗？”德奇说，“确定不是认真的？”

蓝迪说：“确定。我很好，不好的话会告诉你。”

训练期间，蓝迪心事重重，根本没时间认识新招募的巡山员，和他们说话。桑格也是其中之一。那年，他头一回成为巡山员，心里非常兴奋，但蓝迪和其他老手的态度却让他觉得备受冷落，虽然他已经算“有点熟”的面孔了。他连续两年参加集训，希望获得园方聘用，不仅自费完成执法人员训练，急救资格也是最新的。万事齐备，只差分队长寇夫曼点头，表示预算许可，他就能成为这群精英的一分子。不过现在看来，巡山员是一群闷闷不乐的混蛋，连一天时间都不愿意给他。

集训结束，桑格被派到哨所值勤。“我这辈子从来没这么兴奋过。”桑格说。负责带他的是罗伯·海登（Rob Hayden），一位“非常酷”但不骄傲的前辈。桑格认为，他之前所受的冷落只是打进这个圈子的必经之路。他的个性热情随和，认为就算混蛋也有可爱之处。

一九九五年六月二十五日，蓝迪飞抵勒空特峡谷。山里依然白雪皑皑，到处是冬天暴风雪留下的痕迹。莱尼斯回到班奇湖哨所，搭帐篷的平台和帐篷都积了一米半的深雪。分队长寇夫曼飞来视察，他完全不晓得蓝迪和莱尼斯的关系，只说了一句“这样不行”，当机立断要她到勒空特峡谷待着，直到雪融为止。

与过去两年不同，蓝迪一下子就沉浸在大自然里。“白杨的新叶刚刚张开，”值勤第二天，他在日志里写道，“柳树的新芽不断长大，画眉鸟在清晨歌唱，树莺大跳求偶舞，巡山员也在跳舞，跳着卸下装备和清理环境的舞……河水涨涨落落，从早到晚差了三十厘米。白雪一定刚融化不久，因为暖土湿地才刚冒出新芽……这些都是勒空特峡谷熟悉、慰人的温暖。

“洗洗刷刷，大扫除的一天。腾出位置给补给品，一一四（莱尼斯）做了很多清理工作。

“试着调整上山的心理状态。”

接下来两周，积雪的勒空特峡谷大部分时间只有蓝迪和莱尼斯两人。德奇在北边的麦克勒草原，离这里二十七千米。当他听说寇夫曼的处置之后，心里只想：“又开始了。”

一九九五年八月八日，蓝迪巡逻到毕夏普隘口，发现穿着不同运货人行头的一些牛仔成群结伴，一起铲雪，好让牲畜能进入高高的山野。曾经，搬运工们会从汽车轮胎上磨一些橡胶碎屑，沿路洒在皑皑白雪上，这在地势比较高的隘口特别常见。这些碎屑在阳光的照射下温度快速上升，雪化的速度因此能提高三倍。一九六五年，蓝迪被聘后不久，国家公园署禁止了这项措施。但三十年后，毕夏普隘口和其他隘口还是偶尔能看到这些黑色碎屑。

在陡峭的花岗岩之字形路上大概三分之一处，一个牛仔正挥舞着铁锹。蓝迪跟他聊了一会儿。这个隘口堪称道路建设的奇迹。攀爬时虽然用时很短，但陡峭的地形很容易让人头晕目眩，有些恐高的人往往只能双手双脚紧紧贴着这个约六十厘米宽的步道靠山的那一面。这条步道可是名副其实在花岗岩上凿出来的。稍微一个踉跄，无论动物还是人都有可能瞬间葬身深谷。此类事故也是屡见不鲜。很多动物都在这里或其他地方掉了下去。一旦发生这种情况，包括蓝迪在内的巡山员就要协助相关人员来处理动物尸体。一般来说，他们需要用炸药把尸体炸毁。这是个可怕的任务，但它可以让残骸彻底消失，以预防各种疾病扩散到当地的生态系统。

蓝迪又在之字形路上走了一截，和两个多年前就熟识的工人聊了起来。此时，一个他不认得的工人大步流星向他们走来。“他用了最快的速度，”蓝迪在记录本上写道，这样就可以“尽可能躲开边缘”。这位工人显然很激动，“直接走到我面前，朝我咆哮一通，”蓝迪继续写道，“‘我工作的时候别盯着我看。我会很生气的。’他对我说。我们互相看着彼此，有那么一会儿，我以为他还要采取什么行动，但他又往后退了一步，转过身，慢慢顺着之字形路往下走。好像暂时没什么事了，所以我什么也没说。”

蓝迪问其他工人这个人叫什么，但他们也只知道他叫汤姆（Tom）。那天晚上，蓝迪询问了在勒空特附近扎营的丘琪。她说之前见过这个人，他一直都是一副不太友好的样子。

第二天，蓝迪又走出了峡谷。在快要进入杜西盆地的地方，他遇到两男一女，他们正在步道边吃午饭。其中一个男人一言不发地递给蓝迪一张入山证，蓝迪和另外两个登山客你来我往地插科打诨了一番。接着，蓝迪看到入山证是由彩虹搬运站（Rainbow Pack Station）签发的，就询问负责的搬运工在哪里，要把他们的装备带去哪里。

此话一出，拿入山证的那个男人就“大发雷霆”。“他很生气，因为我的问题太多。‘你干吗不去问那个工作人员？！’他想让我马上走开。‘我不喜欢你。我不喜欢巡山员。我不想让你接近我。我叫你走，你还不走，真是太荒唐了。’他不停地朝我吼着类似的话。他会不会突然跳起来攻击我？我努力想问清楚他到底怎么了。他又吼了几声：‘我不喜欢你！’我努力和他沟通，希望能让他平心静气地说话，但他越来越生气。”蓝迪写道。

“他特别夸张地开始把东西往背包里塞，同时说道：‘好吧，你不走，那我走。这顿饭算是被你毁了。’”

现在只剩下另外两个登山客了。蓝迪问可不可以跟他们聊聊，两人请他坐下。“那个暴脾气男人的朋友彬彬有礼地解释说，那人有时候比较讨厌多管闲事的巡山员，”蓝迪写道，“这我可明显地看出来了，他一副要吃了我的样子。所以任何巡山员他都讨厌，遇到一个吼一个。接着我才发现，他就是我们一九八八年在隐士峰救下来的那个人！当时我们一群巡山员和几架直升机花了一天一夜，直到第三天……他居然觉得巡山员多管闲事！真是个忘恩负义的家伙！恶心死了！

“他们现在要爬魔鬼峭壁。一九八八年我把这个人从隐士峰救下来的同一天，还从魔鬼峭壁上扛下来一具尸体，花了一上午。

“所以……我们不会改变任何人。人们只会自己改变。没有任何魔幻的咒语能唤醒心灵的顿悟。我们只能忍受，防止情况变得更坏，温和地去控制，并坚守我们的原则——不被激怒，不被操纵，也不被威胁。你不用受其影响，也不用暴力反击。不卑不亢，温柔坚韧，守住我心灵的净土。”

蓝迪离开小屋，继续巡逻。他朝毕夏普隘口走去，最后遇到了艾德·贝利（Ed Bailey），一位为彩虹搬运站工作的牛仔。贝利正牵着三头骡子，拉着登山客们的装备，它们会被送到目的地松鸡草原。他们聊了一会儿天，蓝迪在记录中评价说，贝利很“讨人喜欢”。接着，贝利告诉蓝迪，他想在阶梯湖（Ladder Lake）露营，就用他随身带的面包团充饥。

蓝迪对他刮目相看。

在高山地区进行搬运的工人们一直在向上面反映，希望把限制牲口数从每组二十头提高到二十五头。贝利对蓝迪很坦白：“我觉得二十头就好，赶更多牲口我的工资又不会涨。”

“他这种态度和精气神，可以和我们一起工作了。”那天晚上，蓝迪写道。

蓝迪说起三天前他和搬运工汤姆起的龃龉，贝利告诉他那个工人姓什么。接着蓝迪又讲述了大概一小时前的那场争执。两人准备分别时，贝利翻了一下骡子的鞍，说了些“鼓励的话”：

“我在哈拉斯酒店干过的。有时候你得自己变得高大，才不会被别人看扁！”

两天以后，八月十三日，蓝迪远足到松鸡草原，想看看那三个爬魔鬼峭壁的人情况如何。他看到草原下面有个蓝色的帐篷，就走过去查看情况。帐篷很明显被熊袭击过。

"帐篷被撕得稀烂，支架完全弯了，折断了。里面的袋子也被撕开了。"蓝迪写道，"地上全是撕烂的尼龙袋子。食物残渣、包袱、包装纸、破掉的罐头、罐子、新鲜水果和两个红酒瓶散落在帐篷周围，落在草丛里。风吹起来，有的东西被刮跑了。这些东西不是被登山客弄到山里来的。到营地的一路有牲口的足迹，而能够穿越毕夏普隘口进入峡谷的，只有那些帮登山客搬运东西的牲口。"

蓝迪用无线电联络了一个山下巡山员，后者又联系了彩虹搬运站，拿到了入山证上的签名人曼托的地址。蓝迪估算了一下最可能被吹走的垃圾的重量，然后走回哨所。"我应该把那些食物残渣带走的，"他写道，"但太多了，我一下子带不走。"那天晚上，蓝迪接到通知，搬运工汤姆因为在毕夏普隘口的行为被解雇了。

那年夏天，蓝迪和莱尼斯总共见了五六次面，包括德奇说的他们俩在湖区盆地"共同做的最后一次巡逻"。加上季初在勒空特峡谷的那两周，莱尼斯与蓝迪一起巡逻的时间比任何人都多。有些巡山员自己也经历过类似的情形，对他们两人难免抱持同情。常听到的说法就是："嘿，山上很寂寞的。"根据德奇的说法，巡山员在路上碰面时谈起这件事，看法往往是："他们都是多大的人了，怎么还搞不清楚状况？"要不就是："这种事有趣归有趣，但有人受伤就不好玩了。"这回受伤的是莱尼斯，德奇说，她那时"已经陷得很深了"。

九月十六日，蓝迪走到班奇湖帮莱尼斯打包，拆除哨所以便过冬。"他帮莱尼斯拆完哨所后，"德奇说，"对她说两人不能再见面了，因为他想和茱蒂破镜重圆。"根据德奇的说法，莱尼斯"又惊讶又痛苦"。这一切虽然不关德奇的事，他卡在中间还是觉得精疲力竭。德奇试着理出头绪，他知道蓝迪自从母亲过世就过得很糟，出现了中年危机，然而这不表示他有权连续伤茱蒂和莱尼斯的心。不过，"要说莱尼斯是受害者也有点说不过去，"德奇说，"是她主动找上蓝迪的，她知道蓝迪是结了婚的人。"德奇心想，真正的受害者只有一个人，就是茱蒂。

第十章　搜救犬出动

自作自受的人不值得同情。

——纳什，一九九五年秋天

蓝迪最后一次巡逻并没有透露行程，我想他或许是不希望被找到。

——纳什，一九九六年夏天

六月二十七日，星期日，搜救蓝迪的行动已经扩编成五十五人，二十七人负责地面搜索，外加三架直升机、三组搜救犬，其中两组派往德奇、莱尼斯和牛仔一起搜寻过的悬崖区。三组搜救犬没有锁定对象，只要有人的味道就往下追，其中一只搜救犬还受过特别训练，可以追踪尸体的气味。

搜救进入第三天。“有消息说寻尸犬出动了，”桑格说，“虽然派狗很正常，但还是让我发觉事情不是开玩笑的。搜救人员通常会让自己置身事外，然而当我听到‘尸体’两个字，心里还是忍不住想象蓝迪丧生或命在旦夕的样子，那很震撼，让我更想尽力找到他。我看到有些搜救人员竟然还悠闲地吃早餐、喝咖啡，心里就一把火。”

莱尼斯早晨八点不到就出发了，去搜查上盆地的东南边，也就是班奇湖的东北边。她这一组采用修正过的棋盘式搜寻法，将范围内的通道全部串联起来，以免有所疏漏。虽然蓝迪“非常不可能”走红雀湖（Cardinal Lake）上方的碎岩陡坡，他们还是按照既定路线将陡坡走过一遍。他们在红雀湖和塔布斯隘口发现几个鞋印，但很快就确定是其他搜救人员留下来的。这样的结果让人失望，却也表示搜救行动很到位：宁可重复搜查，也不要遗漏。

丘琪和戈登是第二天参加救援，他们往北脱离伍兹溪步道，横越荒野到窗峰湖（Window Peak Lake）一带的M区。这一区面积将近二十平方千米，主要是岩石、高山冻原和陡峭深谷，还有一条溪流连接几个峡谷内的湖泊，它们散布在峡谷的花岗岩架上，是搜查区域的最南端。寇夫曼小组最早做的“麦森共识”将这一区的发现率定得很低，只有百分之二点二，因为蓝迪失踪前不到一星期才巡逻过这一带。

丘琪和戈登从南边沿着山沟往上爬，用望远镜检视高处通往盆地的小径，检查随处可见的积雪上有没有鞋印。他们没有发现半点迹象显示有人来过这里。没有鞋印，没有踩滑的痕迹，也没有翻动的石块。负责其他区域的二十七名搜救人员的运气也好不到哪里。午后雷雨压低了搜救行动的士气，蓝迪失踪第七天，依然没有半条线索。

马裘里湖乌云密布，莱尼斯精疲力竭地回到班奇湖的救难指挥站，搜救依然毫无进展。她很清楚统计数据，失踪的人如果第三天还没找到，“不是死了，就是永远找不到”。她心里这么想着，一边走进临时搭成的指挥中心。外头大雨倾盆，有人走到她面前，是特勤组的德拉克鲁兹。

巡山员通常都很尊敬德拉克鲁兹，也知道他在搜救蓝迪行动期间办案非常辛苦，没有功劳也有苦劳。德拉克鲁兹和蓝迪不算熟，这让他办案容易一点，但他晓得园区大部分人都认识蓝迪并喜欢他，因此最好小心行事。不过即使如此，他也不能排除任何可能，所有线索都必须积极追查。他已经和茱蒂谈过，也取得对方许可查阅了银行资料。蓝迪上山之前就没再使用账户和信用卡。不过，一个人会选择在内华达山脉消失，还是让他难以想象。

一九七八年七月，有个名叫戴维·康宁汉（David Cunningham）的人到优胜美地登山逾期未归，搜救行动持续两周半，园方花费超过二万美元，在当时是一笔大钱。搜救小组在危险区域停留了数百小时，包括陡峭的雪地、野溪和险峻的岩壁，但就像救援档案注明的：“这一切都白费了，因为康宁汉根本没有失踪，他只是决定抛家弃子。”搜救行动结束后几周，康宁汉的朋友收到他寄来的明信片，才拆穿了这个谜团。原来他搭巴士横越美国，在缅因州班戈市（Bangor）躲了起来。

德拉克鲁兹在侦讯莱尼斯之前照例做了声明：“我知道蓝迪是你的朋友，这么做很冒昧，我希望你能体谅，我们只是想厘清事情真相。我有几个问题要问你，可能有点尖锐，但我希望你知道，这是为了找到蓝迪和保护所有搜救人员的安全。”

两人站在角落，看起来很像在闲话家常，然而随着声音和动作越来越大，“看也知道莱尼斯无法平心静气。”德奇当时在旁边和其他巡山员聊天，他这么回忆道。两人交谈没有多久，莱尼斯就崩溃了，开始哭泣，侦讯也因而中断。基于保护隐私，德拉克鲁兹不愿透露谈话内容，只表示搜救期间他找过不少人问话，最不好受的就是侦讯莱尼斯。由于她情绪激动，因此也没有“讲出任何有助于调查的线索”。不过，他“很肯定”莱尼斯真的非常伤心，也完全不晓得蓝迪的行踪。

莱尼斯确实很难过，她在日志里写道：“到了今天，蓝迪不是身受重伤，就是已经死了，绝对是这样。”她接着提到德拉克鲁兹的侦讯，“回到家被‘探员’问话，显然怀疑蓝迪不是下山就是自杀了。我们这些认识蓝迪的人都晓得，他是不可能这么做的，除非他彻底变了一个人。怀疑蓝迪可能‘躲起来’更是荒唐到极点，就像看到飞碟或外星人一样离谱。找不到人就说他离开了，这么说很容易。我觉得想打探蓝迪的个人隐私真是恶劣、粗鲁。今晚过得真糟，太糟了。”

园区的另一头大雨滂沱，巡山员薇丝曼浑身湿透回到熊掌草原（Bearpaw Meadow）的哨所。搜救蓝迪是园方人员经历过最沮丧、最绝望的任务，但更难受的是被排除在外。薇丝曼便是其中之一。

一九八八年，薇丝曼得知蓝迪用无线电确定殷格拉罕（在魔鬼峭壁失去至交的登山客）有人照顾之后，就视蓝迪为她的精神导师。还有一回也是蓝迪帮她解了围。那时她刚当上步道口巡查员不久，头一回走离步道，结果就迷路了。其实也不算真的迷路，她只是不敢相信自己的判断而已，

▶ 巡山员薇丝曼在熊掌草原附近的山脊步道上。本书作者提供

后来是蓝迪用无线电找到了她。蓝迪语气平静，马上就让她安心下来。他询问薇丝曼周围的景致：她是从哪条步道离开的？附近有什么东西？树吗？有没有听到水声？太阳在山峰的哪个方向？蓝迪问了十几个问题之后，向她保证她就在她自己认为的地方没错。“他给了我那一天需要的勇气，”薇丝曼说，“不是该往哪里走的勇气，而是追寻梦想、成为巡山员的勇气。他把我往外推、推出步道，让我体会到一个人完全沉浸在山野的奇妙感受。”

更重要的是，蓝迪教她“留心周遭，别走得太快，免得错过了什么”。

薇丝曼就这样在园区待了八年，换过各种职务，从厕所清洁工、步道口巡查员到野熊管理专家，终于在一九九六年如愿以偿，正式成为巡山员，拥有自己的哨所。薇丝曼得知这个令人兴奋的好消息之后，头一个通知的人就是蓝迪。她很期待能和蓝迪共事，在她眼中，蓝迪是“行走在园区步道上最和善的灵魂”。

如今，蓝迪失踪了，而她对搜查区域非常熟悉，却没被选入搜救小组，这让她非常生气。

那一天，薇丝曼在梅登溪（Mehrten Creek）附近清理火灶，回程遇到大雨。“我走了累人的二十千米，还有将近两千米才能到家，”她说，“我打开无线电收听搜救进度，觉得很不安，忍不住担心蓝迪可能出事了。我在大雨中走着，越走越气，气他们竟然没有找我参与救援。我就这样自言自语，结果不小心踢到石头往前一摔，我的膝盖就开花了。

“我已经快到家了，所以只用印度花绸布包扎伤口。雨还在下，血和灰渣沿着腿往下流，伤口开始抽痛，我心想：‘天哪，我很受挫，又很生气，所以走路没看路，才一下就变成这个样子。’

“集训的时候，我知道蓝迪在夏天过得很不好，有事情让他很沮丧。我突然想到他可能和我一样分心了，在应该小心的地方没有注意，可能只是绊了一跤，但地点很不好。我是在步道上撞到石头，而我晓得蓝迪没有走步道。我越想越沮丧，虽然很想帮忙，却只能听无线电，看着直升机从头上飞过，感觉真的很差。那天晚上，我心里一直想到蓝迪可能在荒郊野外，身受重伤。

“我有好几次都想抛下勤务，加入救援。我真的非常担心。但我想到不只是我，还有其他巡山员也想参加，可是园区里游客那么多，有熊偷食物，有人受伤需要照护，还要检查核发入山证，我必须待在熊掌草原。搜救期间，我每天晚上都这么对自己说，每一天。”

搜救蓝迪行动第三天还是毫无进展，雪松林消防站的统筹小组开始集思广益，策划新的搜救方法。一名前来支持的加州公路警察对阿什说，雷诺市陆军航空队国民兵有一样东西应该派得上用场，即配备红外线前视系统的夜行直升机，可以侦测体热。阿什之前已经通报加州紧急应变处，表示需要支持，现在听到警察这么说，他立刻联络紧急应变处，希望能借用军方的尖端科技。问题是搜救行动在加州，雷诺市在内华达州。不过，加州国民兵的直升机无法支持，因此紧急应变处便联络内华达州的紧急事件处理部，获准调用军机。

七月二十七日星期六晚上将近九点，二级准尉鲍勃·贝格纳托（Bob Bagnato）和三级准尉达伦·克里斯曼（Darren Chrisman）接到电话，三小时后，他们驾驶 OH-58 贝尔喷射巡逻直升机抵达雪松林。

深夜一点，代号“侦察七一”的贝格纳托和克里斯曼凌空进入搜救区，使用全球定位系统和目视可见的地标确定搜救范围。巨大的花岗岩棱线在夜视镜里泛着绿光。

不少飞行官都曾经偷飞进入国王峡谷国家公园，然而这是头一回取得授权做夜间飞行。寇夫曼建议“针对人力不易接近的崎岖高海拔地域”搜寻，两人表示会“量力而为”。虽然部分棱线被云层遮住，幸好风势不强，让飞行不至于那么恐怖。

空中搜救（尤其在高海拔地区）最大的难题就是维持一定的速度和高

▲ 内华达国民兵直升机飞行员克里斯曼和贝格纳托，两人背后是搜救蓝迪行动期间使用的 OH-58 型直升机。内华达国民兵埃里克·司徒登尼卡（Erick Studenicka）提供

度，以避免直升机机械故障为前提，尽可能“慢速低飞”，将速度维持在二十到四十节之间，以免降低搜救效果。贝格纳托和克里斯曼专攻夜间飞行，因此经常在搜救行动的过渡阶段出任务。行前简报往往很短，他们甚至不晓得搜救的是谁，只知道是“有体温的身体”，克里斯曼说。不过，这一回他们知道失踪的是巡山员，已经第七天独自在山里过夜。

“我听到七就觉得很好，是幸运数字，”克里斯曼说，“出发时我有信心一定能找到他。”

贝格纳托的山区飞行时数比较多，因此由他担任飞行员，坐在左边的克里斯曼负责操作前视红外系统。标准程序是先在三百米高空做一次“高飞侦察”，检视搜救区，找出侦察点，例如步道、溪流和其他可能坠落的地点。之后就是低飞侦察这些地方，包括地面搜救很难发现的荒径，在夜视技术的辅助下“就像人行道一样”清晰可见。

高低侦察完成之后，两人便依据定位系统精确执行棋盘式搜查，先是从东到西，接着从北到南。夜视系统和热感应系统相辅相成，正好可以补足对方侦测不到的死角。在植被浓密的地段或森林区，同一条路线会来回飞行一趟，以便看得更详尽。

贝格纳托和克里斯曼几乎一直在对话，克里斯曼把七成注意力放在红外线前视系统、三成放在窗外，贝格纳托则是完全注意窗外，从左到右寻找可能的光源。就算两千米外有人点烟，他们也会飞去一探究竟，只不过会先记下原先的确切位置。

园方直升机没有夜视装备，因此驻扎在班奇湖的搜救人员于深夜两点听见喷射巡逻直升机“噗噗噗”的螺旋桨声，不免有些惊惶。没有人对他们说要做夜间搜救，德奇三言两语道尽所有人心中的感觉：“鬼影幢幢。”

当时接近满月，山上森然的月光照亮花岗岩环伺的盆地，直升机飞过上空，树顶枝叶窸窸窣窣，机身轮廓衬着星空清晰可见，慢慢消逝在北方。搜救人员虽然心力交瘁，有些人还是被螺旋桨声弄得肾上腺素大量分泌，彻夜无法成眠。

凌晨三点左右，贝格纳托说："有营火。"克里斯曼确认无误，贝格纳托下降进入勒空特峡谷，远离步道处有一个人影，显然睡在营火旁。在三千米外用夜视镜看过去，"火光跃动仿佛马戏团，又像拉斯维加斯赌场大道"。贝格纳托压低高度，按下仪表板的触控钮，拉长热感应摄影机的焦距，对准人影将画面录下，同时用全球定位系统标定精确位置，将数据传回救难指挥站。这里峡谷太窄，不可能降落，只能请救援小组步行前来。

接下来，两人除了夜行动物外没有发现其他体热，不过克里斯曼倒是见识到大公鹿撒尿的模样。在热感应影像里，只见公鹿后腿附近"一团白热"，一个水坑慢慢扩大。"简直媲美自然生态节目，"克里斯曼说，"那天晚上最精彩的就是那一幕。"他和贝格纳托都很有把握，窝在火旁的人影就是失踪的巡山员。

隔天日出，班奇湖哨所的搜救人员得知昨夜的"鬼影"其实是军机，接着又听说这架价值几百万美元的先进机器发现了一个可疑体热。但那个人不是蓝迪。

七月二十八日，搜救的第四天早上，几个志愿者团队、州级和联邦的机构都加入了巨杉和国王峡谷的巡山员搜救团队。搜寻蓝迪的总人数达到了六十三人，其中包括三十四名地面搜寻人员、五架直升机和四支搜救犬队伍。

在班奇湖集结区，桑格接到任务，全面搜寻马瑟隘口东北的高山山脊地区。他觉得去搜这些地方真是"难以置信"。

"他们干吗让我去搜这么高的根本爬不过去的山脊？蓝迪那样的人一看就会摇头，绝不会接近的。"当时他就这么想。桑格想当然地认为，这位已经有些年纪的自然主义者不会去攀爬这么陡峭的花岗岩迷宫。事实上，蓝迪非常喜欢挑战高山，也曾运用各种策略和技巧，涉足过园区里很多只有高山羊才能涉足的区域。

不久，桑格被介绍给一位将同他一起行动的训犬师。她来自加州渔猎署（Department of Fish and Game），长了一张很“官方”的脸。训犬师穿着迷彩裤，腰上的皮套里装着一把点九口径的手枪，这让她自带一种“特种部队”的神秘色彩。桑格一看到她就想：“我可不想被这人逮到偷猎。”接着他看到了搜救犬“大熊”（Kodiak），大熊属于罗特韦尔犬，一种德国犬。

两人一起登上等在一旁的直升机。桑格一戴上头盔，大熊就开始咆哮。训犬师告诉桑格，她怀疑大熊这种具有攻击性的行为，来自于他那身绿色的国家公园署制服，再加上头盔，很像它受训时用来训练撕咬能力的专用服装。桑格问，训犬师有没有从蓝迪的物品中拿什么东西，来让搜救犬熟悉他的味道。但对方回答，大熊不是用这种方法追踪的。它接受的训练，是寻找那些“情况异常地区”，桑格在记录本上写道。尽管如此，桑格还是延迟了起飞，等德奇给他们拿来蓝迪的一只鞋子。

他们在指定地点降落。直升机离开时，机尾带起一阵强烈的气流。一切归于平静后，桑格在地上铺了一张地图，打算把搜寻路线过一遍。他刚跪下来，大熊就从一米开外的地方跳了过来，牙齿深深咬进桑格的手。

桑格颤抖着，走到附近的溪流边把手洗干净，看着伤口流出的鲜血在水中打着旋远去。他做了个深呼吸，试图说服自己，今天不会完全虚度。不过，大熊只接受过一种气味训练，就是动物的胆囊。而他很确定，蓝迪不会带着这种玩意儿。

“为了蓝迪，我振作精神，回到训犬师身边。她非常抱歉，充当起搜救犬的心理医生，猜测大熊可能‘感觉到危险’。”当晚，桑格在记录本上写道，“这倒是一眼就看得出来。”

和预想的一样，他们的搜寻没有得到任何线索，但还是起到了重要作用，那就是又缩小了搜救区域的范围。那天晚上，桑格向德奇讲述了这戏剧性的一天。他说，特别讽刺的是，这是他第一次没带武器巡逻。德奇点点头说：“这是好事。它看起来反应比你快啊。”

这也是大熊搜寻生涯的句点。不懂礼貌的搜救犬，没有用武之地。

搜救行动第四天，蓝迪失联第八天，不少巡山员到了晚上都开始感到心情沉重。阿什在退休巡山员的要求下，打电话给家住加州毕夏普镇的纳什。

纳什于二十世纪七十年代中期担任内华达山脊巡山分队长，一九九四年退休。参与这次搜救任务的巡山员几乎都是他当年的手下，他们觉得很需要一位大家长给予情感上的支持，而且纳什和蓝迪一起登山的次数最多，这点对搜救很有帮助。

纳什很感谢园方找他支持，但还是婉拒了，因为蓝迪之前才向他忏悔，他觉得没必要为了蓝迪冒险。他认为蓝迪可能已经下山了，阿什之前也打电话来，问蓝迪是否曾经和他联络，表示不是只有他有这个想法。

然而，如果蓝迪真的在山上受伤了，纳什觉得这也是他自己选择的结果。他感觉到蓝迪最近魂不守舍、非常沮丧，也许因此犯了错，甚至决定自我了结。

纳什在国家公园服务三十年，始终深信穿上制服就代表园方，必须做好榜样。“对我来说，责任感是最重要的，尤其是对家人。”他说，“我一直以为蓝迪和我有相同的想法，结果让我非常失望，感觉就像小孩发现没有圣诞老人一样。蓝迪过去在我眼中始终是道德与责任的化身，转眼间却露出凡人的面目。出了那样的事，我知道他很惭愧，否则不会瞒了三年才告诉我。”

纳什退休之后，家庭责任的重心就是孙子。他觉得自己很幸运，在园区服务多年却能全身而退。他不喜欢直升机。“你只要踏进直升机，”他说，“就是在冒险。”他自己就曾经有几次搭直升机入山差点丧命。有一回，他才刚踏上地面三十秒，就看到直升机由于机械故障坠毁。“直升机要飞，”他解释道，“首先要克服风力。”

“接下来还有重力，重力加花岗岩根本是一团糟，非常恐怖。”

纳什挂上电话，心里更气蓝迪了。“蓝迪很清楚搜救行动有多危险，”他说，“我心想他最好真的受伤了。要是他跑下山，结果让搜救人员出事，我看可能会引起强烈反弹，甚至有人认为他是杀人凶手。”

纳什很生气，不相信真的有事，但还是静下来考虑蓝迪的安危。对他来说，不参加搜救行动是很难做的决定。

与此同时，德拉克鲁兹和办案小组开始翻阅蓝迪一九九五年在勒空特峡谷的日志，心想他也许会提到搬运工汤姆，还有他和曼托的口角冲突。德拉克鲁兹得知，曼托曾经撰文严词批评蓝迪乱开罚单，理由是食物存放不当和营地无人照管。曼托的文章后来登在《山岳回声》上，离蓝迪失踪只有七个月。讽刺的是，曼托确实将食物收在防熊罐子里，违规的是他同伴，蓝迪却开罚单给曼托，因为入山证上写着曼托的名字。最后，曼托不但付了八十五美元的重罚，错过两天工作，还得开车七百千米出庭，外加住宿费。曼托在文章中还提到“没听说游客必须看管装备”，就算有这样的规定，园方也应该善尽告知之责。

曼托到底有没有做错，德拉克鲁兹一点也没兴趣，他比较关心的是动机：曼托是不是很恨蓝迪？曼托在《山岳回声》上说：“小心了，山里有个家伙鬼鬼祟祟，等着抓你治罪。白天也许见不到他（算你运气好），但他可能偷偷冒出来毁了你的营地，或者应该说，弄一个新营地给你，我说的就是巡山员蓝迪。”他最后写道：“国家公园署因为这个白痴，惹恼了我这位顾客。我们未来的关系想必前途多舛……就连失控的野熊都比巡山员可爱多了。”

德拉克鲁兹认为，汤姆和曼托都值得追查下去。

七月二十九日，搜救蓝迪行动第五天，动员规模再度扩大，共有六十九人投入搜救，包括三十七名地面人员、四架直升机和五组搜救犬。

克南在辛普森草原哨所附近待了一天，他最喜欢园区的这片草原，这也是他最后遇到蓝迪的地方。他的任务是询问往来的登山客，还有万一蓝迪出现的话有人接应。辛普森草原是许多步道的会合处。

克南没想到搜救规模这么大，让他吓了一跳。“搜救行动这么大阵仗、投入那么多情感，我想我一辈子都忘不掉。”他说，“园区全都动员了，后勤人员、巡山员、研究员、步道工程队员和科学家，所有人出动，各司其职，想办法帮忙，尽全力希望找到蓝迪。这是我们的目标、我们的使命，我们不是在找尸体，而是救一个人，救蓝迪。”

克南和蓝迪共事了将近二十年，但两人并不亲近。“我们一起在山上相处过，也遇见过，感觉都还不错。”克南说。不过也有例外。蓝迪失踪前一年曾经从勒空特峡谷到辛普森草原造访克南，自从一九七八年在岩石溪附近巡逻时一起过夜后，这是少数几次两人一起过夜。还有一回，他们结伴到基尔萨吉盆地（Kearsarge Basin）搭设防熊吊架。除此之外，两人只有在集训或搜救时碰面，或在巡逻时巧遇，次数很少。蓝迪并不是每次都非常友善，克南没有多做形容，只说他“有点不理人”。

两人“相敬如宾”过了十年，蓝迪竟然到辛普森草原来找他，让克南非常诧异。两人瞭望内华达山脉最原始的草原，蓝迪突然冒出一句：“我一直对你很不好，克南，我现在才发觉自己真是混账，不晓得我为什么不对你好一点。”

“蓝迪这番告白等于是在向我道歉，”克南说，“这么做非常勇敢，也很值得尊敬，因为那些年我确实认为他对我有意见。我们一起吃饭，分享彼此对这片壮观美景的喜爱。我们没有忘记过去的不快，可是事情已经结束了。他的来访化解了两人多年来的紧张关系和负面情绪，我们有了新的友谊、新的开始。”

现在蓝迪失踪了，克南不免觉得他的道歉是为了赎罪。他甩开这样的想法，相信蓝迪一定在某个地方，还活着，他们一定会找到他。

然而，蓝迪失联第八天，唯一的大事只有巡山员克劳德特·摩尔（Claudette Moore）与拉尔夫·摩尔（Ralph Moore）夫妇被闪电和暴风雨追赶，仓皇离开史泰特峰（State Peak）。他们曾上到山顶检查名册，看蓝迪有没有签名。至于其他搜救人员则发现一件去年留下的发霉衬衫、卡特里吉隘口一个九号鞋印（搜救人员的搜救范围开始重复了）、一张黄纸（结果是搜救人员掉的）和装在封口袋里的卫生纸。

没有一样东西和蓝迪有关。

搜救行动最热闹的时候，所有巡山员的感觉只有两个字可以形容，就是麻木。一位巡山员表示搜救好像“电影《阴阳魔界》(*The Twilight Zone*)一样”，大家忙成一团，闹哄哄的，感觉自己置身于诡异的荒野场景里，既是演员又是观众。从动员规模来看，七月三十日那天就有几乎一百名搜救人员出动，其中半数进行地面搜救，包括十二组搜救犬，另外还有四架直升机。

所有搜救区块都找过了，除非蓝迪故意躲起来或已经下山，否则应该不难找到他的尸体。然而搜救人员不愿面对这样的可能，依然在搜索过的区域里继续寻找。他们甚至刻意创了一个代号，要在发现蓝迪尸体的时候用，免得无线电被当地媒体截听，在园方通知家属之前走漏消息。

茱蒂每天都会接到总队长伯德和特勤组德拉克鲁兹的电话，向她报告进度。茱蒂觉得一定出事了，不只因为搜救没有结果，还因为她做了一个梦，而且连做两次。

“我梦见自己沿山路往下开车，开到一块空地，眼前出现一座湖，岸边有花岗岩，”她说，“大树遮住像是支流的地方，我看着水面，湖水澄净透明，有个人背着背包沉在湖底。”

梦境实在太鲜明了，茱蒂无法忘怀，便问伯德有没有检查湖泊，伯德说他们“所有地方”都找遍了。他们没有找潜水员，因为山上有几百座湖泊，不过他们曾找过湖边和主要水道，并未看到可疑鞋印，表示蓝迪应该没有落水。另外，搜救犬对水域也没有反应，一直到后来，他们在M区南端的一处低发现率盆地搜查，才有一只名叫“搜搜”(Seeker)的狗跑到水边。

琳达·罗芮(Linda Lowry)是搜救犬的训犬师，她和全美几千名训犬师一样，也有一份“正职”，闲暇时才志愿参加康查克斯塔郡(Contra Costa Country)搜救队，也是加州搜救犬协会成员。罗芮和她的狗搜搜已是第五或第六波进入国王峡谷的搜救犬小组，因为地势陡峭、海拔又高，大部分的搜救犬在峡谷待上一两天就难以为继。

罗芮前一天下午接到命令，开了五小时车到雪松林，深夜三点就寝，五点半起床，六点听取简报，等候九点半的直升机出发。她从其他训犬师口中得知搜救行动“非比寻常”，园方“逼得很紧”，让她听了很担心。

罗芮是训犬师，搜救由她带头，但因为内华达山脉太过偏远且危险，所有训犬师必须有巡山员陪同和担任向导。与熟识蓝迪的巡山员共事显然不容易，因为很难“控制”他们。“他们对蓝迪在哪里有自己的看法，但你和搜救犬工作不能仰赖直觉，”罗芮说，“你必须让狗借助风向和地形进行搜救，要照方法办事。不过，照规矩不一定是最好的做法，尤其当你是巡山员，对山区了如指掌，要你听狗的指示就更不容易。”巡山员知道蓝迪一定不会在平坦开阔的草原，干吗浪费时间？想也知道不可能。“然而身为训犬师，”罗芮表示，“所有地方都必须跑过，才能让搜救犬发挥最大效用。”

▲ 服务于加州搜救犬协会的罗芮和她的搜救犬搜搜。罗芮提供

和罗芮搭档的巡山员是桑格，他先谢谢罗芮帮忙，马上让她觉得很自在，一颗心安定不少。其实她不晓得，桑格看到搜搜时也松了一口气。搜搜是巨型雪纳瑞，体型很大，但很和善。他们分配的责任区是窗峰湖的山沟，戈登和丘琪曾于搜救第三天来过。克南那一组已经在山沟了，顺着从旁边箭峰盆地（Arrow Peak Basin）延伸过来的险峻山坳仔细搜索。罗芮和桑格之后会与他们会合。

窗峰山沟是从缪尔步道分出来的"岔路"，只有专家才会走。在棋盘式搜救路线里，这条小径有点像是离开国道抄近路，距离比较短，也比较难走，但景色要漂亮许多。这一段路程非常崎岖，是园区里数一数二难走的路段，悬崖峭壁极多，不过只要懂得绕路，倒也不用绳攀。这条小径虽然比缪尔步道短，但由于杳无人迹，耗费在探路和抱怨上的时间可能多出一倍。这还是在找得到路的情况下，有时连巡山员都必须折返，因为高山谷地就算夏天也可能积雪结冰。所以，这条路线很少有人走，有时一整季都见不到半个足印。

"走步道和越野完全不可同日而语，"克南说，"而空中翻越简直不值一提。如果你在高山上想'反正乌鸦可以飞过去'，那你就要遭殃了。

"在岩屑地形走个两三百米，可能就需要一个小时。如果是建好的步道，同样的距离你慢跑过去，或许不到五分钟。越野路线能活活把你吃掉，终于走到步道的时候，你会情不自禁地去亲吻脚下的土地。不难发现，有些地方连续三四个季节都找不到一个脚印。徒步越野需要极大的体力和耐力。而这样的地方园区里有很多。很多。"

窗峰山沟四周都是高达四千米的山峰、悬崖和冰碛峭壁，其间点缀着轿车大小的巨砾，偶尔稍有震动就会移动或滑落。不过，就算搜救人员认为这里的发现率很低，还是必须搜查，而且要找两次。"低发现率不代表低受伤率。"桑格说。

离开班奇湖步道由北往南走，有两三条比较明显的路线，其中一条通往陡峭的探险家山坳（Explorer Col），几乎一路都是松滑的石块，就算夏末也经常积雪，攻顶往往需要冰斧。

不过只要翻过山顶，窗峰山沟就豁然出现在脚下，犹如被时间遗忘的世界。从山上望去，涓流小溪、野花和宝蓝色的高山湖让人心旷神怡。溪水蜿蜒下山，流入狭窄的凹隙，最后汇入窗峰湖。两座伟岸山峦矗立西侧，呵护着窗峰湖，分别是窗峰和金字塔峰（Pyramid Peak）。套用蓝迪的说法，这一带山区“非常丰美”。

罗芮一行人来到盆地上端，她帮搜搜穿上橘色鞍式搜救夹克，搜搜嬉乐的态度瞬间消失，工作时间到了。

克南和查理・谢兹（Charlie Shelz）搜查完盆地西坡，过来和罗芮、桑格两人会合。盆地非常大，两组人站在对面山坡，看起来比蚂蚁还小。在这么辽阔的山区，搜救人员只能靠彼此的动作来辨别对方。四个人讨论片刻，协调路线以便涵盖整片搜救区。风从西边山斗往东边吹，他们决定利用风向，让搜搜待在盆地右侧，嗅闻峡谷的来风。谢兹和克南继续沿西坡往下，桑格、罗芮和搜搜负责东坡，在直升机降落地点上方搜索，之后再沿峡谷往下，回到山沟中央。

搜搜是专业搜救犬，也能追踪尸体气味，但没有发现什么。加州搜救犬协会规定，搜救犬必须通过技能测验，拿到二十分才能取得资格。搜搜在六百五十平方米的山野里，只用不到四小时就找出两具假尸体，顺利过关。罗芮也必须通过一连串测验才能成为训犬师。她还让搜搜接受追踪训练，但没有拿到执照。“如果天气太热或气味蒸散了，狗还是能靠追踪继续搜索。”罗芮说道。

搜搜闻到人的气味会先追踪一小段，再回头让罗芮知道。罗芮用魔鬼毡黏了一颗网球在皮带上。“搜搜很喜欢听我从皮带上把网球撕下来的声音，”她说，“这就表示游戏要开始了，但也表示要提高警觉。狗都需要特别的信号，提醒它们注意。”

搜救行动通常会先派狗到最困难的地区，但窗峰山沟不是碎岩、陡坡，就是积雪，难度太高。一般在崎岖地段，搜搜都会“穿靴子”，然而胶鞋在雪地非常容易踩滑，因此基于安全考虑，罗芮并没有让搜搜穿鞋。

追踪任务开始，罗芮往盆地中央走去，桑格警告她那里有一条小溪，罗芮怎么看都觉得只是一片雪地。搜搜找得很认真，罗芮的肾上腺素也开始分泌，完全忘了自己睡眠不足。不过她还是感受到海拔三千三百五十米高山的威力，先是头痛，很快疼痛就传到腹部。

两人继续往盆地中央走去，桑格向东岔开，罗芮顺势走上一道突出的山脊。一般人都会选择同样的路，因为地势较高，可以看清楚前方的地形。山脊西侧和小溪都有积雪，东侧则是破碎的花岗岩。山脊上散布着积雪、碎岩和断裂的花岗岩，走在这种地方，你的眼睛一秒钟也不敢离开地面。

一阵强风从盆地西边和南方吹来，正好帮了搜搜鼻子的忙。它沿着山脊蛇行往下，不时往回跑几步，和罗芮保持十五到二十米的距离。罗芮已经呕吐了好几次，但拒绝中止搜救。“高山病真的很难受，”她说，“可是你不能忘了受害者的处境，你可能是他唯一的希望。只要我还撑得下去，就不能停止搜救。”

山脊走到一半，西面的坡道开始变陡，风势增强，积雪也出现变化，开始掺杂滑溜溜的冰，根据罗芮的说法，有些表面甚至晶莹剔透。这时搜搜突然改变行进路线，偏离山脊往下切，跑了大约十五米，突然在一处看起来像是结冰湖面的地方猛然往下沉。

罗芮满脸惊恐地看着搜搜掉进黝黑的水里，她不敢走太快，很怕自己也滑下陡坡摔到湖里。附近没有人能帮忙，罗芮慢慢往下走，一边用法文大喊：“走！走！”但对搜搜来说是“过来”的意思。

罗芮心想搜搜一定没命了。只见搜搜左冲右撞，急着想找到施力点，冰湖的破洞被它越弄越大。最后它总算挣扎着爬出水面，惯性让它往厚冰上滑，它想办法站立起来，跌跌撞撞地跑到罗芮面前。

搜搜流着血，倒在地上吁吁喘气、浑身颤抖。罗芮用夹克尽量帮狗取暖，同时记下全球定位系统的读数，将坐标抄下来：北四〇八四点五，东三七〇点九。

“当时搜搜突然跑开，和平常的它完全不一样，”罗芮说，“它不像之前搜救的时候会先回来通知，而就算它想，也来不及回来咬我皮带上的网球。我根据它的行为判断，它一定闻到了人的味道，想要确定位置。”

桑格在离罗芮大约三十米的地方，这时无线电突然响了。“它的腿断了。”罗芮说。

桑格脑中先是浮现搜搜叼着蓝迪血淋淋断腿的画面，之后才明白罗芮讲的是搜搜。他开始往下坡走，与他们保持平行。搜搜的脚上缠了绷带，它和罗芮只能走最轻松的路。

三人往窗峰湖的临时停机坪前进，桑格仍然一路搜查，沿碎石坡之字形下切。他走到小溪旁边，听见瀑布的声音，山沟中央积满白雪，他低头寻找鞋印。他在瀑布附近沿着悬崖边移动，身体靠着一块突出的岩石，探头到横跨小溪的冰桥底下。湍急的溪水穿过洞穴般的漆黑雪坑，冷风直扑他的脸庞。蓝迪要是还活着，不大可能在这里，于是他继续沿着山沟往下走，赶在晚上七点之前和罗芮会合，送她和搜搜上军用直升机。

克南则发无线电通知桑格，说他们要在盆地高处扎营。他们的进度非常缓慢，几乎一草一木都不放过，连石头都翻遍了。桑格和大部分同事不一样，他不认为蓝迪已经死了，他觉得蓝迪如果没有受伤，应该是往南走，说不定已经在三九五号公路上拦到卡车，从边境溜进墨西哥了。毕竟蓝迪几周前才对桑格说：“天空是唯一的尽头。”

说不定蓝迪已经在前往阿根廷的路上，奔向巴塔哥尼亚高原的原始世界。他也许正在火地岛啜饮啤酒，身旁有阿根廷美女陪伴，而他的巡山员同事却蒙在鼓里，不停超时工作，冒着生命危险寻找一个早就消失的人。他可能先写好字条上的时间，在隐士夜鸫还没醒来之前就摸黑下山。其实桑格不大相信蓝迪会搞什么“南逃”计划，但那起码比他葬身荒野要好。桑格一边想着，一边在窗峰湖北端入口附近的黑松林扎营。

晚上八点左右，桑格用无线电联络救难指挥站，对调度员说：“如果你还有一组搜救犬和训犬师想要报废，我这里很欢迎。”不久之后，指挥站回答说，他们明早会再派一组搜救犬过去。

桑格将睡垫铺在砾石上，一边煮水，一边欣赏窗峰和金字塔峰的棱线由灰转黑，再随着月亮升起而泛着银白色的微光。花岗岩的色泽、松针渐弱的窸窣声，甚至湖水拍打岸边的节奏，都让黑夜显露出本性。风势和缓下来，鸟儿也都归巢，四周一片沉寂。桑格钻进帐篷，脱下靴子窝进睡袋，倾听山峡瀑布淙淙奔流，哄他沉入梦乡。

搜救行动到了七月三十日晚上，所有巡山员的情绪都很复杂。大部分人的心路历程都是从一开始的充满希望、对搜救区域的质疑，直到毫无所获的沮丧与绝望。接下来，他们开始变得无动于衷、照章行事，除了继续找人，不晓得该怎么办。有些人抱持鸵鸟心态，相信事件一定会圆满落幕，拒绝面对任何不祥的迹象。有些人比较务实，根据过去的经验和统计，已经做好最坏打算。

蓝迪失踪的消息不只局限在巨杉和国王峡谷，还通过电视、广播、报社记者和国家公园署晨间报告（统整全美国家公园的最新事故消息）向外传播，全美各地的巡山员几乎都知道他们有位同事在险恶的内华达山脉失踪了。而对莱尼斯来说，搜救已经结束了。她下山去挂牙医急诊，回加州毕夏普镇的家一趟。“我还是可以在山上晃来晃去，可是经过那么久，要找到蓝迪除非发生奇迹，”她说，“从数据来看不可能。”这是务实的莱尼斯，不受情绪左右。但她是蓝迪的朋友，也曾经是他的情人，无法不感到悲伤哀恸。对她来说，“读到飞机在纽约上空爆炸的新闻都比想到搜救还轻松。”那天晚上，她在日志里这样写道。

德奇很忧伤，心里却仍抱着希望，有点焦急，因为蓝迪也许（只是也许）还在国王峡谷的某个偏僻角落，伤重无法动弹，也无法求救，正在等待援助。德奇搭乘直升机将蓝迪的装备带回雪松林的救难指挥站，发现一些园区长官在读蓝迪的日记。德拉克鲁兹和寇夫曼可能想找线索，这点他可以理解。但其他长官这么做，在他眼里根本是“侵犯蓝迪的隐私”，“他的隐私和我们所有人都没关系。"德奇气坏了。后来日记回到德拉克鲁兹手上。"这点我必须称赞他，"德奇说，"他马上就把日记锁好。"然而，一份复印件已经连夜送往加州司法部，交由心理分析师尽快分析，这对搜救行动来说还是太慢了。

七月三十日那天，桑格的心情可以用他当晚夜宿窗峰湖畔做的一个梦来形容。他在沉睡中梦见蓝迪跌跌撞撞走到营地，倒在他的帐篷上，让他突然惊醒。他觉得这个梦是在告诉他"不要放弃"。

三十日早上，格拉邦和德奇自愿到班奇湖哨所收拾蓝迪的个人物品，两人用纸箱装满他的手稿、书本、衣服和摄影器材，准备全部运送下山。这么做的意思很清楚，蓝迪再也不会回来了。

两位巡山员挤在窄小压迫的帐篷里，无线电突然传来愉悦的声音，仿佛在葬礼上打破哀戚的小丑："嘿！你们大家在上面都好吧？"格拉邦的轻声细语从蚊帐窗户传了出来。"我们很好，"她说，"我们他妈的好得很。"

第十一章　内心的荒野

我真希望知道自己将走向何处。注定“受到山野的呼唤牵引”吧，我想。

——约翰·缪尔，一八八七年

从山上回到喧嚣刺耳的机械文明世界，真是苦乐参半，干脆去感受一下这样的粗野。

——蓝迪，麦克勒草原，日期不详

一九九五年秋天，蓝迪下山之后，又得展开“重回文明”的减压过程。他已经一年多没有造访老友，因此便从巨杉和国王峡谷一路开车经过优胜美地和泰奥加隘口，去找搬到加州里维林镇(Lee Vining)的斯科菲尔德。

斯科菲尔德结婚了，婚姻幸福，工作坊也蒸蒸日上。他很怀念以前和蓝迪大谈登山与摄影的美好时光。见到蓝迪来访，他不时重提往事，但很快就发现蓝迪只想谈自己的问题。这让他非常意外，而且“不是很好的意外”，因为蓝迪变了。“他之前个性很冲，现在突然变得很脆弱，不知所措、紧张焦虑。我从来没见过他这样，把我吓坏了，真的。他再也不是那个天不怕地不怕的蓝迪了。”

对话让人精疲力竭，蓝迪“完全陷入混乱”，很想解决他的“问题”，与茱蒂破镜重圆。他问斯科菲尔德要怎么摆脱对莱尼斯的迷恋、与茱蒂共度余生，因为他很爱茱蒂，而且这样“才是对的”。

“心里觉得应该对配偶忠诚却做不到的人，通常都是这样，”斯科菲尔德说，“于是就会天人交战，尤其像蓝迪这样的人，更是被内心的冲突咬着不放。他外表坚强、表现得体，但……心里十分愧疚，因为茱蒂是个好太太，对婚姻忠诚。但他又很挣扎，因为莱尼斯给他的是茱蒂无法给他的。”

谈话过程中，蓝迪不断提到“复杂”两个字，他的情况很“复杂”。

然而斯科菲尔德很清楚，事情比“复杂”还严重。他形容蓝迪当时意志消沉，很担心蓝迪想要自杀，因为“他与过去自信满满的蓝迪差太多了，熟识他的人都会担心他想自杀”。

随着时间过去，蓝迪开始习惯和茱蒂彼此疏远的相处方式。“可是他一回到塞多纳，就想找我谈，”茱蒂说，“我知道那年夏天他和莱尼斯在一起，所以根本不想听他说。我已经受够了，觉得自己很蠢、遭到背叛、被他占便宜，反正就是这样的感觉。想也知道，他完全沉浸在自己的世界里，连我母亲都没有问候过。”

茱蒂向蓝迪抱怨，蓝迪立刻道歉。他承认他很自私，一直是很差劲的丈夫，不止这一次。“他要我原谅他，”茱蒂说，“但我觉得他只是不想让自己良心不安。他还说他和莱尼斯真的结束了。”蓝迪求茱蒂相信他，不过这句话她之前就听过了。

后来，两人习惯“相敬如宾”住在一个屋檐下的生活之后，蓝迪对茱蒂提到他在山上遇到的两件事，说他觉得“深受威胁”。茱蒂吓了一跳，因为蓝迪真的很害怕，而且他从来没有遇到过这种情形。蓝迪描述事情经过给茱蒂听，他说不晓得自己怎么了，自己是不是变了一个人，成为汤姆和曼托口中的“混球”。他对茱蒂说，事情发生之后，他遇到人都很紧张，因为不想让对方误会。“蓝迪心里很没有安全感，”茱蒂说，“所以我对他说，他并没有完全变了一个人，只是遇到两个烂人而已。蓝迪不是到山上抓人的，他是到那里帮游客了解状况。他和谁都处得来，爬山的、钓鱼的，所有人。他只是想确定没有人伤害自然和糟蹋他的山。”

茱蒂显然没说错。几年后，曾经目睹蓝迪和曼托争执的登山客芭芭拉·秀尔（Barbara Sholle）说：“蓝迪只是想看入山证，他和我们亲切地聊了几句，没想到曼托的反应非常粗鲁，而且无缘无故。”

至于曼托，他在山岳俱乐部带人爬山超过三十年，依然坚称蓝迪故意问话诱导他，但他很后悔两人在杜西盆地“吵架”的时候没有保持冷静。“我当时真的情绪失控，”曼托说，“我平常就像兔子一样温驯，然而要是哪根筋不对了，常常会很过分。”

茱蒂虽然对蓝迪在山上的遭遇深表同情，但还是无法原谅他。蓝迪必须重获她的信任，她对他说那需要时间。茱蒂知道莱尼斯搬到毕夏普镇，如果蓝迪真的有心悔改，他最好做出一点牺牲。那年冬天，蓝迪放弃从毕夏普镇到东内华达山脉的雪地勘查。

其实，蓝迪是否放弃根本无所谓。对莱尼斯来说，蓝迪在班奇湖哨所突然提出分手，已经是压垮两人关系的最后一根稻草。她会一直喜欢蓝迪，也喜欢他在山上的一切。“蓝迪就是我的内华达山脉，”她说，“他对身边的点点滴滴总是观察入微……所有小东西都让他欣喜异常，无论是松鸡草原的一株稀有植物，还是秋天湖上的鸭子，对于内华达山脉的一切，蓝迪都敬重有加。他看到的比大部分人还要多很多。”两人在一起的时光，让她的心忍不住飞越浪漫的深山小径，幻想蓝迪离开茱蒂，选择和她共度一生。但她和茱蒂一样，都从这个过程中学到一些事，因此当新的男人出现在她生命中，她并没有抗拒。那一年，莱尼斯遇到了她一生的伴侣，他的名字不是蓝迪。

蓝迪完全不晓得莱尼斯开始和别人交往，他和许多人都疏远了，甚至包括知交好友。德奇是其中之一，而多年来支持他、仰慕他的纳什是另一个。纳什得知蓝迪外遇且刻意瞒着自己，很不高兴。蓝迪知道自己必须设法解决一些事情，茱蒂觉得他这么做是对的。

那年冬天，茱蒂参加塞多纳一个名为“开发创意潜能”的工作坊，希望能突破最近遇到的创作瓶颈。她认为上课对蓝迪应该也有帮助，“感觉就好像家人一起参与”。她指的是朱莉娅·卡梅伦[39]女士在《创意，是一笔灵魂交易》一书中提到的自由写作法，据称将“有助于发现和重拾人的创造潜能”。蓝迪知道这正是他所需要的。工作坊让学员从事意识流写作，每天早上记下脑海中浮现的所有思绪，写满三页，称为“晨间笔记”。无论茱蒂或蓝迪，两人内心深处都有许多纷扰，正好借着晨间笔记一吐胸中抑郁。这些写给自己的信件记录了他们心底最幽微的思绪，没有外人能够读懂。

除此之外，蓝迪继续研究那本已经读了两年的《铁人约翰》。作者罗伯特·布莱[40]写下这本充满睿见的复杂之作，探讨现代男人在家庭、生活乃至宇宙当中所扮演的角色，非常畅销，但也毁誉参半，读者不是爱不释手就是横加批判。蓝迪提到这本书时说道："好像就在讲我。"尤其是第一章"枕头与钥匙"，作者以童话手法描述美国男性如何失去体内的"野人"。简单说就是野人被囚禁了，钥匙藏在母亲的枕头底下，她将"对儿子的所有期望都收藏在那里"。

蓝迪开始"找回体内的野人"，他一边这么做，一边书写晨间笔记，重新检视自己和过往的生活，结果挖掘出许多痛苦的回忆。小时候家人很少用肢体表达情感；最后一次和父亲散步时忘了对父亲说爱他，也没有认真感谢父亲带自己认识了山；还有躺在病榻上的母亲，从头到尾都将钥匙藏在枕头底下。

就这样，两位心理学家帮助他们完成了毫无保留的自省之旅。不过蓝迪实在投入太深，以至于一九九五年十二月茱蒂母亲过世，他竟然忘了表示哀悼。茱蒂打电话向护士探询病情，她母亲就在这时与世长辞。茱蒂对蓝迪诉说通话内容，说她必须立刻赶到机场，蓝迪不但没有同行，甚至没有开车送她。他后来明白茱蒂非常难过时才拼命道歉。"从这点就可以知道，蓝迪当时有多陷溺在自己的小天地里，"茱蒂说，"我那时就该下定决心的。然而事情实在太多了，搞得我分身乏术，因此可以说是母亲的死让我把决定延后了。"

事后回想，蓝迪对自己如此冷淡感到非常自责，但对茱蒂的伤害已然造成。她试着多想两人过去美好的回忆，比如她到山上找他，蓝迪总是特地替她准备酒和晚餐；两人傍晚在草原牵手漫步，在山峦美景中流连。还有一些好玩的事，有一回两人露宿在星空下，她突然觉得脸上毛茸茸的，蓝迪碰碰她说："别动。"茱蒂一动也不动，直到大豪猪缓缓走开为止。大豪猪窸窣钻进黑夜，两人坐起来捧腹大笑。

而对蓝迪来说，世界彻底陷入黑暗，而且越来越糟。他将一切怪在自己头上，还有茱蒂。斯科菲尔德邀他参加摄影工作坊，二月十日，蓝迪回了一封信：

> 我恐怕无法向你保证什么。我的生活依然一团混乱（可能是我心里的窗户生锈了打不开）。除了痛苦，一切都无法预料。你之前经历过，我现在终于懂了。经过这件事，我开始理解其他人，只希望自己能真的学到一点东西。“所有走过的，都是从垃圾堆中挣扎而来的。”最近我看的一本小说里的角色这么说。也许我们今年春天或夏天再见了。
>
> 致上平安与问候
>
> 蓝迪

春天来临，蓝迪在塞多纳待完一个冬天，订了一个计划，想和茱蒂重修旧好。他对茱蒂说他决定离开国家公园，反正继续留着没什么好处，当个夏季巡山员又赚不到退休金。他想重拾摄影，也许到西南部当巡山员。他们身上还有一点钱，所以何不好好解决“我们”的问题。他们可以实现四年前的计划，春天出发到沙漠旅行，到大峡谷寻找少有人迹的步道，沉浸在孤独的……两人世界里，给彼此一个全新的开始。

他们在暴风雪中抵达峡谷边缘，茱蒂背部的椎间盘有问题，走在陡峭结冰的步道上感觉很不舒服，于是两人放弃原定计划，改往犹他州造访纳瓦荷国家纪念公园（Navajo National Monument），接着取道纪念山谷（Monument Valley），最后抵达圣胡安河（San Juan River）的支流，临时起意花了三天走到大河谷。一切都很好，两人相处也完美极了。他们缓缓走过峡谷，蓝迪拿着相机拍摄令人赞叹的峭壁聚落和文物，显然是被之前的暴风雨冲刷出来的。蓝迪非常“小心，又很体贴”，茱蒂说。到了第三天，茱蒂完全卸下心防，沉浸在荒野之中，“感觉好奇妙”。

然而，蓝迪却亲手毁了这趟浪漫之旅。也许是他回到山野，心性变了，又或许是想起从此要和挚爱的内华达山脉永别，心里很感伤。他出发前才答应茱蒂今年夏天会在山下陪她，这会儿开车要往翠绿台地国家公园时（Mesa Verde National Park）却反悔了。这几天，茱蒂已经再次爱上了他，此刻就坐在他旁边，蓝迪竟然说他不确定两人的未来。过去三年，蓝迪不晓得伤了她多少次，这一回她总算明白了。蓝迪不可能离开山的，绝不可能。茱蒂说，之前“她忙着送走亲人”，没空处理蓝迪的举棋不定，现在就这么一眨眼的瞬间，她知道该怎么做了。

她叫蓝迪掉头载她回家。接下来几周，蓝迪忙着收拾行囊，准备第二十八年登上巨杉和国王峡谷，茱蒂则是计划离婚。

蓝迪写信给斯科菲尔德：

> 这个冬天我真是一团糟，印象中从来没有这么痛苦。我花时间和两位心理学家谈话，读了很多不晓得在讲什么的心理书籍，多到我都记不得了。虽然不怎么有趣，起码纾解了之前的不少苦恼。我现在必须面对这些痛苦，想办法处理，免得一直被它缠住不放。他们说这就叫成长，我该长大了。还有，我要回山上了。
>
> 致上平安与喜悦
>
> 蓝迪

这是蓝迪在山上的最后一季。启程之前，茱蒂对他说，他同意离婚让她很烦恼，也很高兴。蓝迪则表示不晓得自己应不应该回山上。“他又想哄我了，”茱蒂说，“我对他说我爱他，但他一定得走，而且再也不要回来，因为我已经踏过那一扇门，再也不会回头了。”

五月下旬，蓝迪离开塞多纳，临行前送了《我听见猫头鹰呼唤我的名字》给茱蒂。离婚文件就收在他的背包里。他说想在山上考虑清楚之后再签字，茱蒂没有勉强他。

集训之前，蓝迪绕道毕夏普镇去找纳什，期望两人还是朋友，也想听听老长官的意见。他试了几次没人应门，便照多年来的习惯从侧门走进后院。纳什家就像他家一样，车库里有他的装备，已经放了二十年，有一年他还在纳什家客厅地板上睡了好几个星期，搞得脊椎僵硬。蓝迪只要开车经过毕夏普，一定会拜访纳什。

纳什在后院角落的花圃拔草。通常只要故旧下属来访，纳什一定会停下手边的事，可是他对蓝迪很不高兴，觉得蓝迪“一直过着两面生活”，不晓得应不应该对他认真。于是他一反常态，没有停下来听蓝迪说话，而是继续浇花。

蓝迪好像排练过一百次了，他先向纳什道歉，说不应该瞒着纳什，也承认婚外情让他觉得很羞耻，他伤了自己所爱的人，现在是罪有应得。纳什过去一直陪伴着他，他这趟来就是想听纳什的意见。蓝迪近乎崩溃地说：“纳什，我早上醒来看着镜子，一点也不喜欢眼前看到的样子。”纳什听完转过头来，专心看着他。

“我该怎么办，纳什？”蓝迪问。

纳什眺望西边的内华达山脉，再看看东边的怀特山脉，思考该怎么回答。“我想，”最后他说，“你首先应该和茱蒂修好，这样开始应该不会错。”

集训期间，蓝迪格外沉默、郁郁寡欢，他走到朋友身边，一一向他们郑重道歉，不只关于最近的表现，也包括多年来的行为。

之后，他打电话给茱蒂，说他从亚利桑那开车到山上一路想了很多。“我想到下山之后，”他对茱蒂说，“不能回到你身边，就觉得很不对。”他问她愿不愿意抛下一切、收拾背包，上山和他一起度过夏天。“我值勤的地点很美，”他说，“班奇湖，很高，风很大，蚊虫不会很多。”

茱蒂想起从前，连蚊子鸣叫都能被蓝迪说得无比浪漫，不过还是拒绝了。她很爱蓝迪，但她耳根子并不软。蓝迪不停游说：“好吧，那上来陪我几天如何？我可以到步道口接你，然后……”但茱蒂已经下定决心，不管蓝迪怎么说，答案都是不行。

蓝迪也想找个适当时机和莱尼斯说话。他想知道两人还可不可能在一起，还是说他连这段感情也搞砸了。然而蓝迪没想到的是，莱尼斯这时已经和男友如胶似漆，因此答案当然是不可能。

于是，蓝迪将重心全都放在新晋巡山员桑格、戈登和薇丝曼身上。他之前曾经鼓励薇丝曼追求梦想，在巨杉和国王峡谷当巡山员。集训中的某一天，薇丝曼找到蓝迪，感谢他多年来的指引，让他吓了一跳，问她："我做了什么？"她提醒蓝迪，有一回她在山里迷路，是他帮助她脱困的。不过她说，最重要的还是，蓝迪是她的榜样。另一位菜鸟艾丽卡·裘丝塔（Erika Jostad）用去年在山上值勤时找到的枯木雕了一个护身符，送给蓝迪。她感觉蓝迪闷闷不乐，心想这么做或许能让他开心一点。

"我想，蓝迪可能觉得大家都疏远他了。"德奇说，"其实我们只是希望一切回到从前。"

一九九六年七月一日，直升机飞抵班奇湖哨所，蓝迪帮机组成员凯莉·弗农（Carrie Vernon）一起搬卸装备，有纸箱、饱经风霜的背包、旅行袋、当登山杖用的滑雪杖和一箱柑橘，与往年一模一样。

直升机起飞离开，机尾气流平息下来，蓝迪弯腰从松软的土壤里拾起一大片黑曜石，拿着仿若箭头的石片给弗农看，对她说这里是多么充满灵性。

机组成员通常会随机离开，但飞行员要去雪松林接新任的内华达山脊巡山分队长珀塞尔，因此把弗农留了下来。珀塞尔是蓝迪今年的直属长官，准备过来帮他搭建营地。

弗农马上开始搬箱子，把它们搬到三点五米宽、四点五米长的三夹板平台上。等蓝迪把帐篷搭好，这里就是他夏天的家。弗农吃力地搬运着装备，蓝迪则走到附近的常绿树林，将倒放过冬的餐桌拖过来摆正，调整到最佳视野角度，接着找弗农过来，要她坐着欣赏箭峰。

“那些东西不急，”他指着装备说，“我有一整个夏天可以整理。”

“我觉得很意外，”弗农说，“因为蓝迪通常一下直升机就像小孩一样跑来跑去，摸树抱树，巡视水源，将所有东西检查一遍。你如果不拖着他，要他帮忙卸下装备，他可能马上就跑去爬山了。然而那天他只想讲话。我不是说讲话不正常，只要你找到对的话题，他可以讲到你耳朵爆炸。只不过季初的时候，他通常很……怎么说呢……就是让你感觉到他宁可要你马上离开，让他一个人独处。”

弗农就这样坐在野餐桌前，在她口中“园区最原始的地方”，和蓝迪聊了快三个小时。两人天南地北地聊，聊山野、印第安派优族（Paiute）、屏秀隘口的积雪，还有巡山员和伴侣想要维系感情有多困难。“他问我有什么看法，”弗农回忆道，“就这样突然问我。他想知道怎么两者兼顾，比如‘我怎么可能在山上，同时又在家里当个好丈夫？’之类的话。”

两人聊到最后都同意，人只能顺从心意、尽力而为，没有其他秘诀。在山上就好好巡山，回到家则好好弥补分开的时光，做个好伴侣。

蓝迪知道自己是个好巡山员。谈话之间，弗农觉得蓝迪似乎下定决心，值勤结束之后要全力当个好丈夫。他甚至暗示这是他最后一年上山，起码感觉是如此。“也该做点不一样的事了。”他对弗农说。弗农无法想象有什么工作比巡山员更适合他，但她知道，蓝迪也晓得，担任巡山员很伤身体。

季节巡山员不是辞职，就是殉职。巡山员没有退休制度，起码没有一般人用黄金岁月替老板卖命换来的养老金。蓝迪曾经不止一次对同事说，弗农也听过：“我要是退休，园方不是办个欢送会，就是发个奖牌，绝对不会有退休金。”

直升机回来了，分队长珀塞尔拿着背包和剩下几只搭建哨所要用的箱子走下来。珀塞尔是永久职巡山员，全年在园区服务。不过，蓝迪很清楚这样的永久职有多么不永久，因为他自己就训练过许多位永久职的长官，带着他们熟悉“资源”。蓝迪非常讨厌这个词，山野对他们是资源，对他却是心灵的家。正因为如此，珀塞尔才会找蓝迪当导游。

“我在集训期间见到蓝迪，立刻就知道他把内华达山脉当成自己的家，”珀塞尔说，“我想和他相处几天、多了解山野的议题，并认识和我共事的巡山员。”

蓝迪马上对她说，要了解巡山员，最好的方法就是到山里去。“我们可以坐在这张餐桌前高谈阔论一整天，”他说，“但你最好到山里走一趟，亲自去探索。”就像他多年前曾经写过的：“自己去发现，感觉更甜美。”

蓝迪花了三天整顿哨所，期间他让珀塞尔走了几条深入山野的步道。第一天，他要她往北到马瑟隘口，隔天要她往东爬上塔布斯隘口。从哨所出发，塔布斯坡度和缓，常有人走的步道横越草原、小溪和森林沼泽，附近又有考古遗迹。蓝迪破例在地图上将遗迹一一标示出来，让珀塞尔去探险。

站在塔布斯隘口往东看，越过欧文斯山谷（Owens Valley）是印约山脉（Inyo Mountains）和死谷（Death Valley），内华达山脉最壮丽的景致尽收眼底。两个世界在山脊处交会，上方是沁人心脾的高山草原，时值七月依然青翠茂盛、犹如春天；而在两千四百米之下，时而锈红、时而洁白，四十多度高温的沙漠热气蒸腾，干热气流模糊了地平线。珀塞尔置身在两个广袤世界的边缘，清楚感觉到自己的渺小。这就是蓝迪希望她感受的体验。他没有事先对她说，只要她放慢脚步，“不时环视四周”。

一九九六年七月四日，珀塞尔由蓝迪陪同，两人沿着缪尔步道走到屏秀隘口附近，蓝迪向她介绍他最喜爱的高山花葱，他在巡逻日志里形容花葱“芬芳了空气”。他们在气势慑人的隘口还发现一个鸟巢，里面有四颗棕色袖珍的鹡鸰蛋。内华达山脉原本没有鹡鸰筑巢，蓝迪于二十世纪八十年代初期在亭达尔溪和莱特湖区发现它们之后，立刻将其列入园区保护动物名单。珀塞尔在班奇湖哨所短暂停留期间，蓝迪随口提起的自然史之多、之丰富，让她觉得他好像缪尔再世，替她上了一堂速成课。她不晓得的是，蓝迪待在内华达山脉的时间比缪尔还长。

两人爬上屏秀隘口，互道再会，珀塞尔继续往南行走二十四千米，去找驻扎在缪尔步道的另外一名巡山员桑格。珀塞尔想起自己的新工作，心里非常兴奋。她很庆幸自己能在高山步道走路“上班”，也能体会蓝迪为什么年年回来。她突然发现自己之前“从来没有遇到过这样的人，那么受到山的吸引，在山野里那么自在”。她真心希望自己也能如此。

十六天后，七月二十日，蓝迪用无线电呼叫驻扎在勒空特峡谷的德奇和迈耶，即夫妻俩觉得“蓝迪只是想找人聊天”的那次谈话。蓝迪突然讲了一句“我不会再打扰你们了”，对话就戛然结束。

隔天早上，从蓝迪留在哨所的字条看来，他出去巡逻了。

第十二章　黑暗之峰

当时的感觉一定又气愤、又失望。斯塔到底在哪里？其他人说的也许没错，寻找斯塔就像大海捞针一样。

——威廉·艾萨普（William Alsup）

《斯塔失踪记》（*Missing in the Minarets*）

接近傍晚，一名登山客在黑松林里一瘸一拐地走过，仿佛游魂。是真实的景象还是幻觉或梦境？森林、草原和淙淙小溪伴着高山，全都没有动静，什么也没对我说。

——蓝迪，麦克勒草原，一九七三年

七月三十一日，搜救行动第七天，对统筹小组来说是非常关键的一天。前一天搜救队员还有九十八人，今天只剩九十人。四十八名地面人员减少六人，四架直升机剩下三架，八组搜救犬减为六组。之前六天出动的人数不断增加，现在开始缩编，虽然幅度很小，但非比寻常。“大家的乐观和希望显然都在消退，”身兼行动队长和安全官的瓦内克表示，“所有人心知肚明，任务规模变小了。”

有些队员认为蓝迪已经下山跑掉了，也许手法不高明，但还活着。然而，大部分人觉得蓝迪还在园区，伯德也是如此认为。她很了解蓝迪，非常确定：“他不可能这样对待同事，我不相信他会故意让自己的好友和其他巡山员冒险。”

寇夫曼身为搜救总指挥，不能让个人意见左右判断，但他依然坚信蓝迪不可能自我了结。不过他还是根据部分巡山员的建议，考虑蓝迪自杀的可能，将悬崖底下列为搜救的重点。有几位搜救志愿者戏称蓝迪可能“燕式跳水”，但蓝迪的好友没有人觉得好笑。

最后，要不要缩小搜救规模的决定落在寇夫曼一个人肩上。他必须评估搜救行动的风险和蓝迪生还的可能，做出最后定夺。

队员已经有几次在山顶遭遇闪电仓皇撤退。一架直升机在狭窄的空地尝试降落，结果切到树木；另一架在强风中“重落地”受损，被迫撤退维修。有一名巡山员被落石压伤手掌。还有几回惊险万分，例如泥石流发生在队员身边，或是队员在雪地遇到高度及腰的气穴，差点无法通过。不少搜救志愿者因为高山病被迫后撤，一名步道工程小组长坐直升机吓坏了，再也不敢搭。

值得庆幸的是，没有人受重伤。但搜救犬就没那么幸运了，大部分都只撑了一天，就因为脚掌撕裂伤而被迫离开，而搜搜更是差点淹死。

虽然园方出动大规模陆空人力清查过所有搜救区域，蓝迪还是可能身受重伤，没有被人发现，加上无线电故障，无法和不时从头上飞过的直升机联络。对外，搜救队并没有放弃希望，可是关起门来，寇夫曼和伯德都必须面对现实。如果是游客失踪，第七天搜救就是最后一天，而蓝迪的求生技巧或许能让他多活几天。伯德身为总队长，她也希望等到蓝迪的好友同事都认为尽力了之后，才宣布结束搜救。

七月三十一日，克南和谢兹露宿在硕大花岗岩板间的一块沙地上。隔天一早醒来，两人匆匆吃完早餐就开始搜索。放眼望去，四周都是碎岩坡和冰碛地，他们搜查的重点还是通往窗峰湖的小溪西侧。克南非常熟悉这一带，他于二十世纪八十年代中期驻扎在班奇湖，最喜欢的荒野路线就是这里。从盆地下方到窗峰湖汇流口有两条标准路线，都是由窗峰湖往上走四百米左右的地方。

克南和谢兹沿着小溪分头寻找，在最可能过溪的地点会合。这里水很浅，又很和缓，下面有个小瀑布，上游大约五十米处就是搜搜前一天落进湖里的地方。往东走是砾石松软的小山谷，最后可通到湖边。如果沿小溪往下，则会走进花岗岩深谷，之后是一连串陡峭的瀑布。搜救期间，深谷里都是上一季残留的冰雪，但平常其实长满树丛和杨柳，地形起伏有致、充满魅力，让克南难以抗拒。

他曾经私下给深谷的下半段取了名字，叫死亡甬道，因为他于一九八七年在国王峡谷遇到野生动物，那次经历始终埋藏在他的心中。

他说："我顶着树丛和柳叶往前走，心里只想着湖，以及待会儿要钓的大鱼。这绝对不是一条好走的路，起码对人类来说很难，但溪边的草很长，常会有鹿来这里喝水吃草。

"我敢说山狮一定以为我是野鹿。我推开最后一簇柳叶，就看到两只狮子等在那里，准备攻击树丛里窸窸窣窣的家伙。你可以想象这里有多偏远，因为如果在步道附近，像我这样发出噪音，山狮一定会吓到。两只狮子是母狮带着小狮子出来训练，离我只有两米，准备一扑而上。但母狮看到我立刻跳开，停下来回望小狮子。小狮子还在想我能不能吃，坐在那里瞪着我。真是漂亮的小动物。

"我不晓得自己该不该出声，可是很怕母狮子会以为我想攻击它的小孩。幸好，我什么都不用做，因为小狮子已经转头和母亲跑开了，留我一个人站在原地，肾上腺素直冲心脏。从此之后我只要走这条路，一定会大声说话，宣告自己是人不是鹿，不过通常我会改走小溪东侧比较好走的山谷，绝对不靠近死亡甬道。"

然而，此时山谷因为雪崩和积雪太深，克南和谢兹无法从左岸过溪到东侧走比较简单的路线。雪也堵住了死亡甬道，走不到湖边。于是他们只好继续沿着西侧走。这里路途长、坡度陡，到处是松动的碎岩，克南之前从来没走过，结果发现需要的时间更长，因为他们面对这么崎岖多变的地形，只能笨拙地采取直线目视搜寻，先往前几步，再停下来回头看刚才的路，张望四周找到最好的视野，以免遗漏藏在峭壁或躲在暗处、之前几步还看不到的线索。

克南和谢兹对他们的方法很有信心，两人在简报中表示，如果蓝迪在那一带，而且还能活动，他们一定会发现。如果他"不能动，但是在开阔处"，他们有百分之五十的机会找到他，就算蓝迪昏迷无法活动，他们认为"发现率"也有百分之二十。两人在"无线电是否出现状况"一栏填了"否"，而且表示"通讯太频繁了"。盆地虽然地处偏远，却正好面向古德山（Mount Gloud）中继站，因此反而成为通讯渠道。他们在建议栏写道：

“此区已经彻底清查，无须再次搜索。”

与此同时，桑格在窗峰湖和加州搜救犬协会志愿者艾露易丝·安德森（Eloise Anderson）会合，预备和她的黑色拉布拉多犬“摇摇”（Twist）继续清查罗芮和搜搜前一天未完成的区域。后来到了二〇〇三年，安德森和摇摇以及其他两组搜救犬队由于参与了莱西·彼得森离奇失踪案[41]的调查工作而备受各界瞩目。摇摇是寻尸犬，它发现了许多气味证据，对全案有很大帮助。但在搜救蓝迪时，摇摇还没有拿到寻尸犬的证书。

安德森和摇摇的任务是从窗峰湖山沟继续搜索到缪尔步道。他们由桑格陪同，先完成湖区北边一小块区域的搜查工作，接着沿峡谷而下，往步道前进。风势和前一天相同，由下坡往上吹。摇摇从头到尾都没有反应，也没有发出一次信号。

蓝迪失联第十二天，搜救行动第八天，搜救规模减回原来的七十五人，包括三十二名地面人员、四组搜救犬和三架直升机。

德奇注意到格拉邦“眼神茫然”，便要求和她搭档。“我想要陪着她，你一眼就看得出来她很焦虑。”德奇说。但事后回想起来，他说：“也许是我需要她的冷静，让我能够继续下去。”

军用直升机将两人送到哑铃湖区最低的一座湖，他们要走山沟，从湖区搜索到卡特里吉溪。山沟里柳树浓密，树丛处处，放眼望去尽是松滑的岩石，之前已经有人搜查过了。格拉邦形容这趟搜索是“披荆斩棘”。

直升机从他们背后离开，两人看着隘道，德奇突然像是被康拉德附身了。“我们正要进入‘黑暗之心’，”他用无线电对救难指挥站说，“到了底部会再回报。”德奇之前经常这样和蓝迪开玩笑，尽管巡山工作非常严肃，但两人信步行之，互相假正经说笑话，真是美好的往日时光。八十年代初，好莱坞影星简·方达（Jane Fonda）据称在园区失踪，所有巡山员待命搜救，德奇在制服里面穿了“简·方达健身”图案的粉红色尖领T恤，还趁机秀给蓝迪看。

两人还互相修改登山客“交通报告”，主要是关于缪尔步道的，比如措辞不当之处或错别字：“缪尔步道和基尔萨吉盆地分岔路口有严重堵塞，登山客一直排到了牛蛙湖高地。我们建议您改走夏洛特支路，免得乱上加乱。这里是立夫寇普特（LiveCopter）五十二的一一五调频，和一一五一起活力满满吧。现在转回广播室，请继续收听。”

但什么都比不上蓝迪那段传奇般的“和黑鸭的谈话”。所有的山野巡山员都知道，黑鸭是一种好奇心特别强的鸭子，每个夏天会短暂来高山湖泊栖息一阵子。蓝迪被一只黑鸭“采访”过，反正他自己是这么说的。这种鸭子中的“包打听”问的问题，和登山客们多年来问蓝迪的几乎一样，都特别典型。

“你怎么找到这份工作的？”

“一个人在这儿孤独吗？”

“你吃饭怎么解决？”

“你整个夏天都要待在这儿吗？”

蓝迪回答说：“鸭鸭，我整个夏天必须待在这儿。”

“夏天待在这儿这么悠闲，那剩下的时间都做啥？”

他给鸭子看了看装满登山客垃圾的背包，都是那天下午捡的，说道：“嗯，在这儿可不悠闲啊。”

蓝迪实际上被好几种不同的鸭子采访过，有一年甚至和一只花栗鼠一起吃过饭。但对于德奇来说，黑鸭的问题是最让他怀念的。搜寻进行到这个份上，回忆不断萦绕在他的脑海，他需要不停摇头才能保持冷静。难道他的朋友就只能活在回忆中了吗？

此时，德奇朝格拉邦眨眨眼睛，用无线电对指挥站的调度员说：“好恐怖！好恐怖！”接着就和格拉邦开始最后一天的搜救任务。

两人吃力地缓缓前进，德奇单调的声音回荡在花岗岩壁：“沿河往上就像回到世界之初……干涸的水流、无边的沉默、无法穿越的森林……”

他们找到两个鞋印，一个步幅很大，不可能是身高一百七十三厘米的蓝迪留下的，另一个帮助也不大。两人一趟“黑暗山沟”披荆斩棘下来，就只有这么一点发现。蓝迪消失了，被高山吞没了。

该做的都做了。所有搜救区域都由空中小组和地面人狗搜救队搜查过至少一次，蓝迪比较可能出现的区域更搜查了两到三次。一组搜救犬和训犬师在竞技场湖的南边搜索，离德奇和格拉邦不远，那里的地形近乎垂直，只要失足一定摔死，让人心惊胆战。这么做的理由是搜救犬在海拔三千七百米的棱线走动时，如果蓝迪摔落在山脊两侧，搜救犬就能靠上升气流闻到。这是大范围区域用搜救犬追踪的标准做法。然而，高山非常不合作，一点风也没有，搜救犬一路都在担心脚下，搜救人员只好在几个可能失足的地点冒险下切，但想要进一步搜寻，总是被悬崖阻断。“搜救要更彻底，”搜救队员在简报中写道，“就要靠绳攀。”

巨杉和国王峡谷公园的巡山员麦伦戈（手上打了石膏，又回来继续搜救）、罗伯·皮尔斯基（Rob Pilewski）和桑格这两天与四组搜救犬合作，搜查了几百千米，依然毫无线索。

“我不想故弄玄虚，”桑格说，“但我真的觉得好像在找鬼魂。蓝迪很会藏匿，扎营不会留下任何印记，而所有从班奇湖出发的可能路线都找过了，什么也没发现，感觉很受挫，我有预感他在山上受伤了，需要我们救援。就算搜救过了八天，我依然甩不开这样的感觉。蓝迪孤立无援，可能已经死了，我要自己接受现实，心里希望他没有受苦，起码千万不要还在受苦。我向老天祈祷，无论发生什么事，都不要让他慢慢受折磨。”

那天下午，莱尼斯开始打包，准备撤离夏洛特湖哨所。她之前就计划提前下山，因为她在园区的山下单位找到职位。原本安排接替夏洛特湖哨所的人是蓝迪，他已经先放了一些装备和食物，让她看了很难过。现在蓝迪失踪了，没有人知道该由谁来接替她。

消息已经传开，如果这一天还是没有明确的线索，搜救行动就会结束。“搜救没有明显进展，”莱尼斯在日志里写道，“下午接到指示，明天飞离这里。我的胃一阵紧绞，担心简报会比目前为止的状况还糟。我可不想在同事面前痛哭失声。”

搜查完毕，德奇和格拉邦飞回雪松林救难指挥站，两人无精打采地缓缓走进规划室找统筹小组。规划室里，两张野餐桌并在一起，寇夫曼坐在一头，面前有一堆文件，虽然神情冷静沉着，但是闷闷不乐，与往常不同。角落白板上写了一排注记，边缘画了一个很夸张的悬崖，还有两个人往下爬，名字是“德奇和格拉邦”，比较高的那个人大喊：“好恐怖！好恐怖！”

“画得真好。”德奇在寇夫曼对面坐下，心里这么想。

两人之间的座位都被统筹小组成员坐满了，与会者除了阿什和瓦内克，还有伯德。

会议开始，寇夫曼首先感谢所有人员的辛劳，接着便切入正题，开始说明截至目前发现的线索。

他们在一处弃置营地找到一包综合干果，可是和蓝迪在哨所里存放的食物不同。班奇湖附近发现一个滤水器，一名搜救志愿者说他闻到“尸体的味道”，而蓝迪的滤水器还在哨所，搜救犬在志愿者所说的地点也没有反应。有人回报说在一处高坡雪穴看到蹲着的人，结果只是阴影。还有人回报一处山顶碎岩坡有类似镜子的反光，结果是弃置的水罐。他们发现不少脚印，气味追踪犬却认定不是蓝迪。总之，他们发现了二十多个线索，没有一个与蓝迪有关。

寇夫曼很清楚搜救区域的险恶，陡坡、悬崖、急流和“鼻涕一样滑溜”的岩床，他自己也走过其中几处。德奇看着墙上写的字：“寇夫曼分析状况给我们听，透露他的思考过程，让我们理解他为什么要结束搜救行动。”

开会之前，寇夫曼已经私下找了蓝迪的知交同事们谈过，询问还有什么可以做、应该做但还没做的事。“我非常感谢寇夫曼这么做，”德奇说，“高层问我的意见，让我感觉受到尊重，这应该是他们做过最让我感怀在心的事了。”

寇夫曼也问了与会成员，要他们再想想。不用说，大家都身心俱疲。“开会的气氛非常低迷，”德奇说，“没人提出什么新的想法，于是寇夫曼开口说他找了灵媒，对方指了几个比较可能找到蓝迪的地点。”

寇夫曼开始朗读灵媒的信，德奇笑得近乎歇斯底里。“真是太妙了，”德奇说，“蓝迪一定会爱死这一段。”他发现没人搭腔，便马上闭起嘴巴。“哇哦，”他心想，“他们是认真的，寇夫曼是认真的。”

寇夫曼叹了一口气，审视每个人。“我必须替他说句话，”德奇说，“寇夫曼说我们别无选择的时候，其实有点难堪。”寇夫曼转头看着德奇，直接问他最后一次，应不应该停止搜救。所有人的目光都集中在他身上，德奇身体往前，沉沉压着双肘，双手握拳，下巴枕在拳上。他沉默了很久，眼眶开始泛泪，点点头，然后开始哭泣。

“真是一段漫长、奇特的经历，”德奇回想当时说，“感觉糟糕透了，但又没有选择。”

之前两天，寇夫曼征询行动组长瓦内克的意见，他一直避而不答。日后，他讲出所有人心里的想法：“说不定我们才刚结束行动就找到蓝迪的字条，记录他死前的煎熬，发现他是在搜救告停之后才伤重死亡。就是这个‘说不定’让我们难以决定，内心冲击很大。我很不想这么说，如果下落不明的不是蓝迪，而是游客，我们才不会这么犹豫。”

伯德也有相同的感受：“老实说，如果是游客失踪，我们可能一两天前就缩编了。”

然而，会议结束之前，“大家都同意，继续搜救不大可能会有什么结果，”她说，“我没有提早叫停，其实是不希望手下的人认为我们没有尽力。”寇夫曼和伯德根据在座巡山员的意见做出决定，搜救蓝迪行动隔天中止。

八月二日，蓝迪失联第十三天，无线电在内华达山脉的各个角落响起。薇丝曼正在熊掌草原哨所门廊上喝热茶，莱尼斯在夏洛特湖，桑格在班奇湖等待下一个任务，格拉邦和德奇在雪松林，他们前一晚睡在员工宿舍。无线电传来当时巨杉和国王峡谷国家公园园长迈克·托勒夫森（Mike Tollefson）严肃的讲话声：“搜救蓝迪已经让我们废寝忘食很多天了。

“七月二十日星期六，蓝迪最后一次使用无线电通讯，我们知道他在马瑟隘口和两名登山客交谈过，晚上回到班奇湖哨所，在日志里做了记录。之后四十八小时，蓝迪失去联系，我们派了一位巡山员过去检查。

“蓝迪于二十一日在哨所留下字条，表示将外出巡逻三天。二十四日，园方做了初步搜查，出动数名人员和一架直升机，接着在隔天早上正式展开搜救行动。

“除了园方人员，其他国家公园和单位也派人支持，所有人都非常努力，搜索了二百一十平方千米的险峻区域，出动将近一百名人力、五架直升机和八组搜救犬。然而，我们并未发现任何线索。

“大规模搜救毫无所获，因此必须缩编，恢复为一般搜救。支持人力将返回原单位，园区人员于周五和周六继续搜救，若是依然没有结果，规模将再缩小。

“园方将派一名巡山员驻扎到夏天结束，询问往来游客，继续搜救。步道口工作人员也将告知访客，请他们访园期间留意可能的线索。

“蓝迪失踪令人遗憾，但搜救不可能无限制继续下去。周末园方将开设紧急事件压力处理课程，有意参加的搜救人员请联系伯德或寇夫曼。另外，园方也提供员工协助计划。

“园方对所有参与搜救的人员致上最深的感谢与关怀之意。

“我们会继续寻找答案，就像我们会继续怀念蓝迪一样。

“感谢各位如此付出。”

说完，无线电就没声音了，十天来第一次完全沉寂。搜救行动正式结束。

巡山员接受团队和个别辅导之后，各自返回深山里的哨所。根据紧急事件压力处理人员的说法，这群巡山员经历的是所谓“功亏一篑综合征”。

找不到失踪同事蓝迪，对他们而言是最难以排解的痛苦，通常会导致创伤后压力。

理想状况下，“功亏一篑综合征”患者接受初次辅导之后会有追踪咨询，但巡山员可没有这样的待遇。

桑格搭机返回雷依湖哨所，直升机起飞后，他躺在地上聆听螺旋桨声远去，心里希望很久都不要再听到同样的声音。他离开哨所已经十一天了。他还记得七月二十三日傍晚出发去找蓝迪时那一段路和一点也不紧张的心情，乐观地认为蓝迪会带着故障的无线电出现，两人一起泡茶聊天。

此时此刻，桑格不晓得自己是累了、沮丧，还是惊吓。为了不让自己看来什么都不想做，他开始整理哨所，将小桌上的灰尘和老鼠屎扫掉，把已经开口的鞋底粘好，再用太阳能板帮无线电电池充电。虽然搜救行动让他筋疲力尽，他却很想出去走走，只是不晓得该走去哪里。

桑格一开始走，心里便浮现一座无名湖，同事口中的“巡山员天堂”。那里或许是个排遣心情的好地方，去走走应该不错。他在湖岸边待到傍晚，等着欣赏花岗岩壁的高山余晖来抚慰心情，期待霞光发挥魔力，治疗他的创伤。可是没用。

他摸黑回家。

当晚，桑格抱着手提电脑（山里可能只有他这台计算机）敲打键盘，着魔似的将之前写在纸上的潦草摘记输入计算机。最后，他总算打到打字的这一天：“晃到巡山员天堂，真他妈像神殿一样，光影扫过湖面，湖的边缘浮在鳍圆丘(Fin Dome)前方，树木的位置和形状美得令人难以置信。

“最难受的是，我已经尽力了，可是还不够。我应该走更久吗？去到更远的地方？我想象回程会很恐怖。我做噩梦，梦见找到蓝迪，梦见他摇摇晃晃走到营地，倒在我的帐篷上。”

计算机屏幕的微光和挂在天花板上“嘶嘶”作响的营灯相互争辉，混合成诡异的光芒。“凝视地上的飞蛾尸体和老鼠粪便，”桑格敲打着键盘，想起紧急事件压力处理疗程，“发现自己很难正眼看人。‘当心酗酒。’其中一位辅导员这样警告巡山员。

“我碰到每一罐酒一定会很小心。”

桑格关上电脑，将头灯挂在充当睡床的泡绵垫旁边，切掉营灯，钻进睡袋蜷起身子。他回想搜救期间走过的每一条路，不停自责，怪自己怎么不马上站起来去找蓝迪。

翌日，参与搜救的巡山员补休一天。“睡到很晚，阅读爱德华·艾比的《愚人的进步》，做煎饼，试着让自己沉浸在过去一周的事件里，”桑格写道，“坐在哨所外，阳光闪耀，泉水边洋葱花开遍地。

“研究小红蛱蝶和内华达山脊，这地方真是美得无以复加。爱德华·艾比在园区找到他一心向往的世界，我深深理解他所形容的一切，不禁微笑了。

“我何其有幸，能够置身于此？

“身体和心灵将我带往更高的视野、更深的崇敬，而我为什么就是无法沉浸其中！”

这时候，莱尼斯经过夏洛特湖的葛伦隘口（Glen Pass），她的心情也是同样抑郁。

一九九六年八月三日星期六，“真是痛苦的一天，”莱尼斯写道，“紧急事件压力处理课还可以，我只是一直有被大卡车辗过的感觉……蓝迪一定不敢相信这件事影响了多少人，有多少人关心他、想要帮忙，有多少人忧伤或正在难过。

“飞回家……他们叫我好好休息，隔天休假。我真的休了假。读书、写东西、哭泣。坐在湖边看山，很想看透‘什么’，但就是看不透。”

隔天，莱尼斯很晚才睡。她带了美国传记作家卢修（W. L. Rusho）写的《埃弗里特·鲁斯：漂泊不定追寻美》（*Everett Ruess: A Vagabond for Beauty*）上山，并在日志里描述这本书，说艺术家埃弗里特·鲁斯[42]“在美国西南部失踪，年纪比蓝迪小很多，始终没有被发现”。

她曾和蓝迪聊过鲁斯，可是已经不记得自己那一年为什么要读那本书了。她说，蓝迪失踪前也在读这本书，只是“无意义的巧合”。

那一季接下来的时间，她尽量让自己沉浸在深山里。“遍地紫白色的花，”她写道，“我从来没在一个地方看过这么多龙胆……真神奇。”八月六日，有五名登山客分别问起蓝迪。“真不晓得要到什么时候，我听别人问起才不会感觉被人在腹部捅了一刀。”她写道。

八月十二日，莱尼斯长途巡逻到上克恩峡谷，经过林务隘口的时候，她走离步道，将背包藏好，开始吃力攀爬加州理工峰（Cal Tech Peak）。傍晚，她在通往南美湖（Lake South America）的一个小池畔扎营，这里是巡山员巡逻时非常喜欢的隐秘地点。蓝迪最后一次和他父亲爬山，很可能也是在这里过夜。夜里，莱尼斯做了一个“关于蓝迪的噩梦”后惊醒过来，无法成眠。“结果是好事，”她写道，“我看到一大堆流星，正好遇到英仙座流星雨。”

莱尼斯在山上的最后一天，天气“晴朗凉爽，非常有秋天的味道，真舍不得离开，但……必须下山加入文明世界的竞争”。这是她在日志里留下的最后一句话，莱尼斯从此脱下巡山员的制服，再也没有回到深山去。

德奇回到勒空特峡谷，这段时间他的妻子迈耶独力支撑，不但要当无线电的通讯桥梁，还得像母鸡一样照顾往来的游客。

两周过去了，德奇依然身在五里雾中。“理智上，”他说，“我知道蓝迪死了，情感上却还没开始接受。我经常半夜三点醒来，心想：‘嗯，那里好像还没找过。’”

德奇发现，他不是唯一难以接受事实的人。戈登做过一个“飞行的梦”，梦见自己在寻找蓝迪。德奇说：“戈登飞过湖面的时候，树上的一滴水落在他额头上，把他弄醒了。戈登认为这是预兆，对他说蓝迪在哪里。”戈登梦到的湖在窗峰湖北边，巡山员皮尔斯基和赖瑞·斯托威尔（Larry Stowell）得知此事之后，又到湖附近找了一次，还是没有结果。所有参与搜救的巡山员就这样不断在山里寻寻觅觅，追查蓝迪的踪影。

◀ 巡山员德奇和他的妻子迈耶在野苹果草原哨所。www.peterstekel.com 提供

搜救结束之后大约三个星期，有一天，德奇陪迈耶在哨所前面的空地清洗碗盘，他抬头往北瞭望峡谷，觉得好像有人影从森林中走过来。他和迈耶正在聊天，手里还拿着要洗的碗盘，一切突然变得“非常诡异”。

“我很难分辨从森林走过来的影子是不是真的，”德奇说，“后来人影走出森林，我看见他们穿越空地，经过户外厕所，我转头问迈耶：‘我是不是疯了？’”

迈耶看了丈夫一眼，立刻知道出事了，可能是他站的姿势有点摇摆，也可能是他眼睛一直绕着身旁打转，用力瞪着明显不存在的东西。

“我发现自己开始幻听，于是立刻拿起无线电。”德奇说。伯德很快通知德奇：“没事的，我们已经派直升机过去了。”

天黑前，德奇离开山区抵达毕夏普机场，“很丢脸地”被匆匆送往医院，医疗人员在他身上东戳西弄了两个小时。急救医师仔细倾听德奇说他做什么工作，最近有朋友失踪了，听他清楚描述自己的幻觉。检查结束，德奇也把心里郁积的情绪压力全都发泄完毕，他不只讲到最近，还包括多年担任巡山员的苦水。医生听完之后只问了一句：“你是不是不小心吃到野生蘑菇？”

下一位医生懂一点心理学，也没那么无情，他认为德奇的反应是很典型的“创伤后应激障碍”。

在山上值勤多年，德奇看过许多尸体，甚至曾和家属一起坐在尸体旁边守夜，蓝迪的失踪只是让他长久累积的焦虑爆发出来。德奇走过的每一片碎岩坡都可能藏着他朋友的尸体，就像医生说的：“朋友的死，是压垮骆驼的最后一根稻草。”

德奇很担心自己还会产生幻觉，第二位医生也表示“很有可能”。

德奇趁着下山期间造访了茱蒂一趟，对她说他在勒空特森林附近遇到的“事情”，也提到蓝迪经常说：“那里都是游魂。”

茱蒂对德奇的遭遇有她自己的解释。“德奇，”她淡淡地说，“你是因为惊慌才会这样，我这几天也是。”

德奇明白自己没有发疯，心里大大松了一口气。他返回哨所，心中带着强烈的信念。

“事情还没完呢。”

德奇出事后不久，茱蒂在塞多纳收到亚利桑那州法院寄来的公函，邮戳是蓝迪离开哨所巡逻之后两天。

茱蒂只看了头几行，就发现一个熟悉的名字。蓝迪要求法院调解离婚诉讼，茱蒂认得他的签名。

茱蒂头晕目眩，不得不坐下。

接着她振作精神，凭记忆拨了专线电话给特勤组的德拉克鲁兹。德拉克鲁兹的调查工作在搜救结束后才正式开始，他不但必须读完所有的搜救记录、摘出重点放进自己的调查报告，还得从“失踪”或“被害”两个角度继续追查。

茱蒂的问题很简单：“怎么会？”如果蓝迪死在山上，怎么会联络法院、要求调解？

德拉克鲁兹一时无法回答，但他向茱蒂保证绝对会发现答案，只不过需要一点时间，因为他组里一向人手不足，办案经费也很有限，可是他决心查个水落石出。

德拉克鲁兹和手下调查之后，将汤姆和曼托从“凶嫌”名单上移除。七月二十一日，汤姆人在新墨西哥，曼托则在攀登雷恩斯坦山（Mount Reinstein）。虽然曼托也在园区，但离班奇湖很远，而且有三位伙伴和他同行，他雇用的挑夫也证实了他的行踪。

曼托最初得知自己被列入嫌疑人名单时，感到“十分震惊”和“目瞪口呆”。是，他很恨蓝迪因为同伴的错误就给自己开了罚单。是，他的确在《山岳回声》的文章里表达了自己的怒气。但他没有杀人，也不会杀人。后来，调查他行踪的调查员跟他解释清楚了，国家公园署“什么都要查”，曼托的反应是“很公平”。

后来，曼托第五次成功攀登了登顶名册上的二百四十七座高峰，并成为第一个独自完成这项壮举的人。他在《山岳回声》上发表了一篇关于此成就的文章，行文很幽默，字里行间都在开自己的玩笑。他曾这样描写自己攀登国王山（Mount King）的情景：“我现在能想到的就是我那手忙脚乱的样子——双臂紧紧抱着一块突出的岩石，双脚乱蹬乱踢，不在正确的路线上。我当时最担心的，就是被谁看到这副糗样。”

不过，接下来的一段，曼托写到了在高山地区攀爬需要面临的挑战：“连大山本身都厌倦了为我设置障碍。那些障碍包括寒冷的冬天、巡山员蓝迪（我真的没杀他），还有巡山员凯门切克（Kamenchek）（要是有机会，我还真想动手杀了这个人）……”

德奇和其他巡山员都觉得这些话“格调很低，很不得体”。他给《山岳回声》的编辑写了封信，表达不满。结果，他收到一封曼托写的回信，他读都没读就放进了他自己的“蓝迪档案”里，他才不管这封信到底是“道歉还是解释”。（事实上，那封信是专门道歉的，曼托的本意是想显得幽默诙谐一点。）

熬了几天之后，茱蒂接到德拉克鲁兹的电话，他说蓝迪寄给法院的信函邮戳是二十二日，也就是他离开班奇湖哨所巡逻的隔天。蓝迪在山上怎么能寄信？奇怪的还不止这一件事。园区一名机警的行政官员发现，蓝迪于七月二十一日签了一份公文，申请季前训练的车马费补助，也就是在他外出巡逻的当天。雪松林距离班奇湖有两三天的路程，蓝迪怎么可能一天之内走到那里签名？

两份文件似乎显示蓝迪很可能下山了，于是众人开始猜测他的去向。有人说东印度、日本和墨西哥，也有人说阿根廷、犹他州的摩亚布（Moab）和艾斯卡兰特（Escalante），还有人说喜马拉雅山、科罗拉多河、蓝色公路、外层空间……

八月二十二日，德拉克鲁兹拿到加州司法部的心理描绘结果，专家分析蓝迪的日记，表示他的"自杀倾向提升"。但专家强调此结果完全根据日记判断，缺乏其他资料佐证。

整个八月和九月，其他资料陆续到来了。凯莱赫之前给蓝迪失踪时领过入山证的登山客们寄了信，现在有回音了。

超过十五个人联系了园区，声称遇到了"奇怪的事情"，包括七月二十一日左右班奇湖附近发生过一次大规模的滑坡。负责在班奇湖执勤到夏季结束的巡山员凯・伊登斯（Kay Edens）被派到滑坡地区，但他没找到任何蓝迪被石块埋没的蛛丝马迹。搜寻中也出动寻尸犬扫描了这片区域，排除了发现蓝迪的可能。另一位登山客说，在缪尔步道和派尤特隘口的交界处曾与一个"奇怪的人"说过话。他说自己在营地附近听到尖叫和咆哮，"过了一会儿，一个男人来到他的营地，抱歉说自己弄出那么大动静。"这位登山客"认为这个男人是独自出来的，而他的咆哮是因为对自己失望和沮丧而发出的"。他感觉这个男人情绪很不稳定，所以有点担心。他还发现很奇怪的一点，"这个男人提起'巡山员失踪'的话题，聊了很多，说他觉得'那个巡山员应该是在某处遇到事故，估计现在就躺在那儿呢。'"据登山客描述，这个男人个头比较矮，大概只有一百六十厘米左右，深色头发，留着那种很奇怪的齐耳短发，皮肤晒得黝黑，听口音像是美国土著。虽然有这么一条线索，但实际上根本没法追踪，只能告诉爆料的登山客，要是还记起其他相关的事，一定要和园区联络。

不过，德拉克鲁兹侦讯过最后看到蓝迪的人之后，自己拼凑出了法院信函的真相。

步道工程小队长丘琪于二十世纪八十年代中期加入加州自然保护团（California Conservation Corps），虽然身材娇小，却能和年轻男队员一样，用长柄大锤将花岗岩敲成碎片。她在巨杉和国王峡谷工作了超过十年，很适合做劳动工作。

丘琪认识许多巡山员，也非常尊敬他们，把他们当成家人，总是欢迎他们到营地来。她向办案的警员表示，蓝迪失踪前的那几个星期，她曾经和蓝迪见过几次。

一九九六年七月十一日，蓝迪出现在丘琪和她手下工作的白支流营地，丘琪觉得他"看来心情不错"。不过事后回想起来，她觉得蓝迪当晚聊天的时候，有几句话似乎透露了端倪。"我问他担任巡山员多久，他好像说了'我现在开始怀疑是不是值得'之类的话。"这是蓝迪第一次向丘琪表达他对这份工作的不满。"除此之外，他花了整整两小时和我大谈连锁咖啡店，感觉状况还蛮好的，顶多就是比平常寂寞一点。"

隔天，蓝迪返回哨所之前，邀请丘琪和她的队员下周去班奇湖，丘琪答应了。他们正在修复冬天风灾受损的步道，去班奇湖可以增加一点维修范围。"蓝迪通常不会主动邀人去，"丘琪说，"但我真的觉得他很希望我们去找他。"

七月十七日，丘琪带了五名手下到班奇湖。没想到蓝迪竟然当起主人，分食物给他们吃，让丘琪感到很奇怪，因为带上山的食物都是仔细算过的。"我们通常都在附近扎营，他也不会真的拉我们一起吃饭。"丘琪向警员表示。那天晚上，丘琪对蓝迪说，她六月刚结婚，和丈夫分隔两地这么久，感觉很不好受。她发现在山上工作生活很难维系感情，蓝迪回答她：“我晓得你在说什么。”

后来，蓝迪把自己刚看完的一本书《蓝色公路》拿给丘琪，心想丘琪可能会感兴趣。丘琪在侦讯时简单描述这本书：“一个男人遇到婚姻问题，是真人真事，记录他如何面对这些问题，基本上就是到处搭便车，旅行了一万七千千米。”这本书让德拉克鲁兹更加相信，蓝迪可能真的下山了。

他还注意到一点，即蓝迪向丘琪和她手下提到另一本书，显然是他当时正在读的。“关于一个叫鲁斯的人，”丘琪说，“那个男的热爱荒野，后来失踪了，再也没有出现。”德拉克鲁兹认为有必要多知道一点关于鲁斯的事。

侦讯结束之前，丘琪提到自己最后一次见到蓝迪的情形。七月十八日，蓝迪失踪前三天，步道工程队整理装备，准备到塔布斯隘口附近维修一段步道。“蓝迪看起来比往常寂寞了一点，”丘琪说，“我突然有点同情他。蓝迪一向是个独行侠，但我不晓得为什么，那天早上就是想多陪陪他。我和手下出发去做维修，回来之后，队员收拾好就走了，我一个人逗留了一会儿。我对蓝迪说我很希望再待久一点，可是我们必须回去，因为……我们必须撤掉营地，前往园区下一个工地。”

丘琪离开之前，蓝迪交给她一封信，请她在下周一下山时帮他寄出，还对她说：“你要折要叠、要戳要撕都无所谓。”他笑着接下去说：“嗯，还是不要撕好了。”丘琪看到收件地址是法院，心想可能和蓝迪对她提过与曼托的争执有关，便将信塞进背包。

“茱蒂就是这样才会收到法院的信，”德拉克鲁兹说，“丘琪把信收在背包里，过了几天下山之后，于七月二十二日将信投进邮筒，也就是邮戳的日期。”

解开一个谜团了，但蓝迪签名申请车马费补助的事呢？原来是园方会计部门一名行政人员伪造文书。这名员工为了让巡山员尽快领到补助、汇进银行，通常会拿着款单贴在背光的窗上，用现有文件临摹他们的签名。

不过这名员工这么做，事前曾得到蓝迪的同意。

无论是先前那个自言自语大喊的怪人，还是当时在附近活动的登山客，都没有让德拉克鲁兹查出蓝迪身在何处的线索。然而巡山员之间倒是有一则传言，后来也传到他耳中。

搜救行动刚开始的时候，有一组搜救人员在屏秀隘口遇到一对男女，他们在山里沿着缪尔步道旅行快一周了。登山客们在隘口相逢，通常会停下来喘口气、聊聊天，搜救队员和这对男女也不例外。那位女士注意到园区直升机往来频繁，便问出了什么事，其中一名巡山员将贴在各步道口的寻人启事拿给她看。女士突然脸色一沉，看来应该是她丈夫的男士说："你就跟他们说吧。"女士便开始解释，说她只要到山里或荒野停留一段时间，就会开始做梦。男士纠正她说："是看见异象。她只要一个人，周围又很安静，就会有通灵能力，在家不会。"

不管是梦还是异象，总之她看见一个男的非常痛苦，好像被什么缠住，拼命想要挣脱，但她看不出来是什么，或许是巨砾、树木，还是水？她就这样吓醒过来。现在她听到有人失踪，突然开始担心起来。她答应搜救队要是又梦见什么，会立刻联络巡山员。

这位女士和其他灵媒不一样，那些灵媒是媒体报道蓝迪失踪之后才开始运用灵力，这位女士（如果没有说谎）却是在得知消息之前就梦见了。

德拉克鲁兹也花了一点时间了解那本关于鲁斯的书。书里讲的是鲁斯的真实故事，热爱自然的他年方二十，一九三四年十一月消失在犹他州埃斯卡兰特的荒野中，从此不见踪影。蓝迪和鲁斯年纪相差甚远，又是不同时代的人，但两人却心灵相通：他们都是艺术家，皆以山为灵感来源。鲁斯是画家、做木雕，大量描写个人经验；蓝迪是摄影师、作家，以内华达山脉为背景创作短篇和专栏，还有几千页的照片与日记。

鲁斯始终默默无闻，因为他似乎宁愿待在荒野，也不想浪费时间推销作品。他只在乎赚到足够的钱，让他回到大自然的怀抱。鲁斯失踪之后成为荒野的传奇人物，他的艺术作品和写作也广受好评。

那本书以鲁斯的信件为主，信中隐含不少阴郁的预言。一九三一年，鲁斯写道："我想尝试一切，拓展自己的经验，将生命推到极致，在肢体崩解之前到荒野做最后一次旅行，到我熟悉热爱的地方，再也不回来。"来年，他似乎再次重申预言："当死亡降临，我要选择一个最蛮荒、最孤寂、最偏僻的地方结束生命。"如此孤独的念头，鲁斯不只是想想而已，两年后他对朋友说："我想你应该不会再见到我了，因为我打算消失。"

说巧不巧，蓝迪读的最后一本书就是《埃弗里特·鲁斯：漂泊不定追寻美》，而且他在集训期间遇到其他巡山员，开口闭口都是谈鲁斯或这本书。

面对难关，蓝迪打算一走了之吗？他迷失了？是不是有将死的预感？还是计划自杀？如果一个人读的书会反映或影响他的想法，那就不能排除蓝迪想要自我了结的可能性。

德拉克鲁兹很困惑，但他有自己的预感，虽然老套，却很有根据。他深信"时间会解答一切"。

搜救蓝迪行动结束三周之后，一辆一九五三年蓝色五门复刻版长底盘通用卡车离开加州的孤松镇（Lone Pine），沿三九五号公路往北前进。退休巡山员纳什的身体往前贴着方向盘，朝西眺望内华达山脉东侧的崎岖山脊。

"如果他还在山上，我不晓得他们能不能找到他，那些山很会保守秘密，"他淡淡说道，"有不少架大型飞机在那里坠落，过了几十年才找到，有的到现在还不见踪影。"

纳什于一九七五到一九九三年在巨杉和国王峡谷担任巡山分队长，管理十二到十八名巡山员，人数多少看预算而定。他到山里督导手下，也顺便寻找失踪飞机，算是公务之外的兴趣。他的责任区涵盖克恩河与圣华金河，南北长一百九十千米，东西宽八十千米。纳什逢人就说巡山分队长是"全世界最棒的工作"，因为他手下都是"全世界最好的巡山员"。

纳什总会在车上摆几罐开特力运动饮料，以便重装长征之后补充水分。他喝了一大口温温的饮料，内华达山脉虽然不再是他的工作场所，却依然是他生命的一部分。“巡山员会离开这里，但很快就会回来。”有人记得纳什曾经这么说。他让车子保持九十千米限速，摇摇头说：“为什么呢？”

纳什最喜欢这么问，而且常会刻意停顿制造效果，再继续往下说：“为什么有人愿意背着二十多公斤的背包，想办法爬上山？”说完还不忘凝视高耸的山壁。

他刚从山上下来，花了一周时间寻找蓝迪。这是他的个人行动，和园方无关。对纳什的两位伙伴来说，这趟旅行多了一点神秘感，不过仍如往常一样吃重，只有两天沿着步道走，而且都只是经过，其他五天都在荒野跋涉，蓝迪的荒野。

走在山上，纳什会不时放下背包，靠在树上前后摇晃，像熊一样搔背，这样可以舒缓困扰他多年的神经问题。他通常都是在这时候对朋友说：“闻到尸体的味道就跟我说。”

这句话听起来很粗鲁，尤其他讲的又是自己的老朋友。但纳什入山服务这么多年，接触过无数尸体，早就锻炼得无动于衷。再说，他虽然努力说服自己，但依旧不大相信蓝迪还在山里。

回到卡车上，纳什继续对同伴说：“他们的对手不只是二百平方千米的荒野，还有蓝迪。如果他不想被找到，就不可能找到他。蓝迪很熟悉搜救程序，知道怎么隐藏形迹，而且他说不定……”

他没有把“自杀”两个字说出口，但同伴都明白他的意思：“我最后一次看到蓝迪的时候，他和往常很不一样，他要是在山上出了什么差错或谁晓得遇到什么，我一点也不意外。如果他真的出事了，很可能在不好走的地方。

“但我认识蓝迪，之前那个蓝迪，起码我觉得我认识。对那个蓝迪来说，这些想法都说不通。这是个谜，这是我们现在唯一能确定的。”

卡车往北开去，经过第二次世界大战期间的曼札纳（Manzanar）日军集中营，砂石路格状交叉，营房早已毁损，只剩下水泥地基，风滚草恣意翻飞，让人想起二十世纪四十年代发生在欧文斯山谷的哀伤过往。

“这可不是什么值得骄傲的事，”车子经过鬼城般的营区遗迹，纳什尊敬地将车速放慢到六十五千米，“根据官方说法，当时没有人逃离曼札纳，不过还是有传言说，偶尔会有年轻人趁夜脱逃、跑到山里，隔天又乖乖溜回营区，因为山上太冷、太孤单了。营区西边是荒凉高山，”纳什眨眨眼说，“东边是死谷，根本不需要围墙。”

“很多人看到那一座山脉，心中都有同样的想法，认为那里就像围墙，巨大吓人的围墙。但蓝迪不一样，对他来说，那里代表自由。”

纳什将车子随意开到路肩，闪开越过双黄线的休旅车，免得两辆车迎面对撞。

“不用再忍受这些白痴的自由放肆。”他说。

高山上秋意渐浓，一九九六的夏季巡山接近尾声。没有更多的线索浮出水面，高山没有显露蛛丝马迹。特勤组长德拉克鲁兹广撒网的侦查工作也再无进展。蓝迪的丰田卡车最终作为证据被公布。德奇和老婆迈耶主动请缨，将车子开回塞多纳。车后面放着蓝迪的个人物品。

但开车之前，德奇还要先写一份季末报告。他习惯在季末报告的开头引用别人的话，这次他引用了一位朋友的话。

> “我们很好。我们他妈的好得很。”
>
> ——桑迪·格拉邦，蓝迪·摩根森搜救队成员

> 我们所有年末报告中的建议可能让你目不暇接，也有可能啰嗦重复。我建议你从所有的报告中抽取三个重点议题，然后集中精力搞定它们。过去十五年来，曾对我们的任何具体建议采取过

行动吗？反正我是想不起来了。说到这儿我真是有点愤世嫉俗了……（如果你要继续读下去，给我发一封电子邮件，写明暗号ZULU。）

德奇的第一条建议如下：

禁止在麦克勒草原放牧，以此纪念蓝迪。这一点我很认真。寇夫曼和海登已经说过此事了，但上面好像没当回事。伯德甚至都不屑于讨论一下。我非常坚定地相信，这是我们能做的唯一一件纪念蓝迪的事。他在这里工作了三十年，园方却没有任何的肯定和鼓励。蓝迪在麦克勒草原工作了八个季节，在每一份季末报告中，他都建议禁止在那里放牧。

那年冬天，十二月初雪过后，分队长珀塞尔搭乘直升机，在园区上空侦察了两小时十五分钟，寻找蓝迪的尸体。建议这么做的人是德奇，他发现在冬天顺着动物的足迹去找，经常能发现动物或人的尸体。他有几次雪勘的时候，看到土狼聚集在葬身雪崩的野鹿尸体前，正巧那几次都和蓝迪同行。

珀塞尔在班奇湖附近发现一条明显的动物足迹，但“雪地没有异状”。

就算高山知道蓝迪的下落，它们也不肯说。

第十三章　山中圣训

谁来替树木发言?

——大法官威廉·道格拉斯，一九七二年

就算我人在山里，只要心情不好或心有旁骛，就听不见山的声音，感觉不到山的存在和力量。

——蓝迪，尼泊尔，一九六九年

一九九七年六月，雪松林游客中心，巨杉和国王峡谷国家公园，内华达山脊巡山分队长珀塞尔在一群同事面前主持蓝迪的悼念仪式。这是她的“荣幸”，一年前在班奇湖最后一次看到蓝迪的珀塞尔说。

蓝迪最亲密的巡山员好友几乎都来了，但有些人（包括茱蒂）没看到尸体，在蓝迪还没正式宣告死亡之前，实在无法参加仪式。不过，珀塞尔还是讲起蓝迪失踪前两人相处的那“特别”的四天。

“蓝迪就和我们一样复杂，”珀塞尔说道，“他的梦想冲突不断，心里的恶兽巨大骇人，但他的精神充满爱和喜悦，足以征服怀疑和心魔，继续前进。”一九九六年夏天，“蓝迪经历了许多自我探索，也和我分享了其中一些。

“这个人拥有坚强的意志，他对我说，他的力量都来自内华达山脉，他全心全意爱着这里。一九九五年冬天，他开玩笑说来年或许不会回来了，却还是抵挡不了山的召唤。

“此刻我们齐聚一堂，纪念去年夏天令我们愕然不解的事件。

“去年七月的那一天，蓝迪是为了什么离开哨所？

“他在‘值勤’，巡逻时间到了。也许是三千六百米的高山在呼唤他，也许是他很喜欢但很久没有造访的地方……我们永远会问：‘蓝迪，你在哪里？’”

除了追悼仪式，珀塞尔更想方设法找出奖项，希望让国家公园署表扬蓝迪。她发现园方有一项詹姆士纪念奖（Truman James Memorial Award）。詹姆士是巨杉和国王峡谷的约聘人员，因为修剪林木意外丧生。该奖项的目的在表扬“拥有环境意识，对于维护生态、保育和教学启发不遗余力，或特别关心游客安危的杰出约聘员工”。蓝迪满足上述的所有要求。

珀塞尔极力赞扬蓝迪。“他对自然充满热情，可以立刻认出植物或野花的名称和种属。”她在奖项的推荐信中写道，“蓝迪拥有独特的环保意识……对他钟爱的柔弱草原尤其如此。蓝迪发现脆弱的物种受到难以弥补的侵害，便大力倡导关闭草原，多年来始终不停歇……他孜孜不倦教育前来山野的游客，希望他们尽量减少对自然的冲击，鼓励游客肩负起维护园区的责任……他是个出色的人，拥有强烈的情感，我们都觉得与他共事非常幸运。”

蓝迪追悼会之后不久，奖项颁下来了，刻有蓝迪姓名的奖牌从此陈列在阿什山总部。

为了筹备追悼会，珀塞尔几个月来细细爬梳蓝迪的日志，挑出几百个段落，再编辑成三十五则，让参加追悼会的人大声朗读。

有些段落引来不少笑声，例如蓝迪提到：“在阳光下和一只花栗鼠悠闲地共进午餐，我和它都很友善，也都很满足。它有点胆小，我的身材比它大很多，它会怕是当然的，不过只要我是一个人，它就和我很好，我们的友谊维持了一天。”

还有一回，他那台坏了不知几百次的无线电又坏了，园区直升机来到哨所。蓝迪写道：“换一台新的给我？错了，他们搬了很重的麻布袋下来，我把那台二瓦的无线电还回去。唉，结果麻袋里只有一瓶酒和一堆牛肩肉、肋排，我连吃一星期也吃不完。我只好把这半只牛用睡袋包起来，但又无法呼叫同事过来帮我吃。”

朗读的最后一段是蓝迪第一年在雷依湖值勤留下的，已经三十多年了。他当时还是个年轻小伙子，却已经抓到高山入秋的细微变化，让人感伤的变化。“万里无云的一天，”蓝迪写道，“秋天真的到山上来了。空气越来越干净、凉爽，入夜气温接近零度，下午的天空变得更蓝，往东越深越浓，往西渐渐变淡，轻柔的夏风变成午后强风，四周变得更安静，动物的声音变得更大、更清楚，风声也更响。一年的这时候真美，却不免有点哀伤，因为这一季又要结束了。”

“读完之后，”薇丝曼回忆道，“现场静得连一根针掉在地上都听得见。”

追悼会后，薇丝曼步行到熊掌草原哨所，头一件事就是将她朗读的段落贴在哨所最重要的“设备”处，即卷筒卫生纸上方：

“我坐在南支流中段的岩石上，等着进行午间无线电回报。我感觉无忧无虑，心中充满天人合一的伟大感受。此时此刻就是一切，就是永恒。回忆永远比不上经验，我们能做的只有想象未来，尽可能吸收眼前如此伟大的高山所给予我们的一切。”

“蓝迪，”薇丝曼说，“一定会欣赏我的幽默。”

接着，薇丝曼拿出折叠收好的失踪巡山员启事。去年搜救结束之后，她将启事贴在哨所窗上，提醒登山客和游客“留意有人用过的营地，和任何可能是衣服、背包、背包里的东西或尸体的碎片。砾石区、悬崖底部、深谷和湖畔值得特别留意”。今年是她第二季在熊掌草原担任巡山员，她又把启事贴回窗上。她决定接下来无论派驻到哪里值勤，都会贴上启事，直到谜题解开为止。她虽然没有参与搜救，但希望所有到巨杉和国王峡谷的登山客都知道蓝迪失踪了。这是她想出来的办法，要让蓝迪成为山里的传奇人物，“让他在山上的生活方式成为传奇，”她说，“不像有些人到山里一天就失踪，结果就出名了。”蓝迪的失踪应该让人想到他在山野中的无私和传奇表现，薇丝曼希望所有看到启事、问起那位“失踪的巡山员”的人，都能知道蓝迪的事迹。

其实，所有巡山员和一部分山下人员都试着用自己的方法，让蓝迪精神长存。执法训练的时候，巡山员悄悄讨论上山后要到哪里找人，晚上则一起喝酒，聊的尽是“蓝迪”。

到了哨所，巡山员会翻开尘封的档案和日志，在老鼠啃过的褪色记录里寻找蓝迪的魂魄。他们将蓝迪留下的话语称为“福音”。

搜救行动一结束，巡山总队长伯德便建议茱蒂申请公共安全公务人员的抚恤金。

先前茱蒂在水深火热里熬了三年，此时园方要她申请遗孀抚恤金，但她正在和蓝迪办理离婚。她认为这么做并不妥当，感觉好像她不想和这个男人在一起，却想拿他的抚恤金。茱蒂犹豫不决，直到她和德奇谈过之后才做了决定。“我想让茱蒂知道，”德奇说，“蓝迪不想离婚，他写给法院的信就是证明。”他对茱蒂说，不管她愿不愿意，她仍是蓝迪的妻子。德奇还说，蓝迪觉得园方不是很重视他在山上服务了二十八年，这项抚恤金算是迟来的肯定。“茱蒂，蓝迪一定会希望你申请，”德奇对她说，“他知道自己让你吃了很多苦。”

茱蒂同意了，没想到却惹来一身麻烦。蓝迪的同事朋友很努力让他长存人间，反而让茱蒂很难说服他们接受事实。茱蒂很清楚蓝迪死了，就像知道他有外遇一样确定。“女人就是有办法知道这些事。”她说。

无法否认，她每回在街上只要看到蓄有深色胡髭的男人朝她走来，心就会跳一下。她有很多次想象蓝迪敲门回家，她吻他、抱他……然后像好莱坞电影一样，给他一巴掌，捶他胸膛，接着又抱住他。只要家里电话一响，她就会猜想或许是蓝迪，说他要回家了。她就这样不由自主陷入残酷的未知漩涡里，不停在原地转圈，就算想过自己的生活也没办法。一段感情还没结束，怎么可能再开始另一段关系？不过，她已经准备好要争取抚恤金了，因为她相信事情确实结束，蓝迪绝对已经死了。那段日子真是令人发狂。有好几回，茱蒂觉得就快撑不下去了，幸亏德奇总是适时伸出援手。

“幸好有德奇和迈耶，谢天谢地。”茱蒂说。

德奇将这件事当成他最重要的任务，希望争取到美国司法部十万美元的公共安全公务人员抚恤金，不只为了茱蒂，也为了蓝迪。在这一点上，总队长伯德就成了德奇和茱蒂接触园方高层的管道。只要园方帮得上忙，她一定想办法做到。

申请抚恤金有两项基本要件：一、尸体；二、证明该人员是因公殉职，而没有第一项，就不用考虑第二项。不过，伯德查阅资料之后发现"死亡证明"可以代替尸体，因此只要园长或内政部长签字宣告蓝迪死亡，便能拿到证明。

茱蒂在德奇和伯德的协助下，正式提出死亡证明申请，接下来就是等待了。

搜救行动结束之后一年多，死亡证明依然毫无下文，但茱蒂还是去了山上一趟。伯德邀她到班奇湖最后一次纪念蓝迪，同时和几位参与过搜救的巡山员见面。园方决定做一次后续搜救，在湖区一带进行地毯式搜查，寻找蓝迪的遗体。

一九九七年九月二十二日，茱蒂搭上园区直升机，感觉很紧张，却又异常轻松，觉得自己好像回家一样。他们飞过勒空特峡谷，接近湖区盆地，直升机开始下降。茱蒂俯瞰哑铃湖碧蓝的湖面，忍不住倒抽一口气，身体袭上一阵寒意。

蓝迪失踪后，茱蒂做过一个"很鲜明的梦"，梦见蓝迪背着背包沉在湖底。"自从做了那个梦，"她说，"我一直认定他溺水了，那幅景象始终无法散去。"他们一到班奇湖，茱蒂立刻向搜救指挥官莫瑞提这件事，莫瑞便派一组人再次彻底搜查湖面。"结果什么也没找到，"茱蒂说，"他们也从优胜美地找了专业攀登员，搜查园方去年没有找过的悬崖，还是一无所获，没有半点线索。但蓝迪在山上，我可以感觉得到。"

在这次搜救行动开始之前，珀塞尔请所有巡山员提供意见，其中一位写道："我一直在想这次搜救……我猜应该是'失足坠落'才对。"他接着建议去除已经仔细搜过的区域：“例如探险家隘口，那一道山坳很窄，如果蓝迪在那里坠落，我们应该找得到他。”有的巡山员依然认为蓝迪自杀了：“仔细搜查他可能跳崖的地点，尤其是箭峰和马瑞安峰的北侧……最可能的情况是他受伤无法动弹……或是像跳水一样一跃而下。骨头可能只剩碎片，最可能找到的应该是背包和露营装备。”

二十位地面搜救人员密集搜索了五天，毫无所获。

茱蒂飞回塞多纳，埋首于艺术创作之中。她决定将车库改装成工作室，那就得卖掉蓝迪于高中时买下的那辆一九三二年福特两人座古董轿车。蓝迪上山之前曾经对她说：“如果有人愿意出好价钱，就把它卖了吧。”茱蒂觉得或许是时候了……

蓝迪失踪之后，茱蒂发现自己变成摩根森家族遗产的保管人。赖瑞会打电话“关心”她，不过最后总是问到父母亲分给他弟弟的某样东西。茱蒂觉得有些东西让出也无所谓，但她自觉有必要捍卫家族回忆，维持戴纳和埃斯特的颜面，因为蓝迪一定会这么做。几年后，茱蒂很确定赖瑞关心遗产比关心自己的弟弟和弟媳还多，便要他别再打电话来。

除了公公婆婆的书和纪念品，家里还有一些蓝迪的东西，茱蒂知道他不会希望收进箱子不用，尤其是他的摄影器材。她晓得蓝迪一定会很乐意让斯科菲尔德保管他的摄影珍藏。

斯科菲尔德造访塞多纳之前，不晓得自己看到蓝迪的遗物会有什么反应。他抱了抱茱蒂，茱蒂立刻泪水盈眶，她说只要遇到认识蓝迪的人就会这样。两人聊过一阵子之后，斯科菲尔德独自留在大门进来的第一间卧室，也就是蓝迪的书房。书籍占了一整面墙，幻灯片、照片和摄影器材堆得到处都是。茱蒂还指了一个梳妆台给他看，里面都是零散的摄影装备。

斯科菲尔德说，他打开梳妆台抽屉之前，心里没有什么想法。但当他拿出一只登山鞋盒大小的纸盒，看见里面摆满了闪光灯、电池匣、相机电池和拭镜纸，全都整整齐齐，准备给任何一位摄影师使用，他的感觉立刻改变了。器材上头、盒子正中央放了一本小册子，“就像主日学会拿到的小册子，”斯科菲尔德说，“封面是圣经中的‘山中圣训’[43]，我马上回到从前，想起蓝迪在矿王山谷（Mineral King）的讲话。”

那是二十世纪八十年代的事了，斯科菲尔德和蓝迪举办了一个“荒野美景”工作坊，以阿什山入口的波维沙露营区（Potwisha）为根据地。有一天，他们要学员早起，趁光线还适合摄影之前赶到矿王山谷。

前一天晚上，天空上演了一场“精彩的雷雨秀”，因此早晨空气依然非常潮湿。蓝迪为了替学员打气，便对他们讲起沃尔特·迪士尼[44]当年差点将山谷改建成大型度假区的往事。蓝迪和斯科菲尔德在工作坊经常这么做，活动方式不是只有摄影而已，根据斯科菲尔德的说法，这么做“是为了让学员找出自己在摄影世界的定位，以及想成为地景摄影师该如何理解自然，和野生世界互动”。

于是，在这多雾的早晨，蓝迪和斯科菲尔德带着十二名学员聚集在步道口，专注欣赏矿王山谷的惊人美景。蓝迪偷偷爬上岩石小丘，开始朗读自己特地为山谷准备的一段文字，斯科菲尔德形容那“简直震慑人心”。保护这座山谷是环境保护运动最重要的一役：一九七二年高等法院的“山岳俱乐部诉莫顿案”（Sierra Club v. Morton），也就是一般人常说的“矿王诉迪士尼案”。

蓝迪站在花岗岩讲台上朗诵，雾气簇拥着他，有时甚至将他团团围住，在学员面前消失了踪影，不过他朗诵大法官道格拉斯（William O. Douglas）判决的声音强而有力：

> 因此是山谷、高山草原、河流、湖泊、河口、海滩、山棱、树林、沼泽甚至空气感受到现代科技的破坏力。河流其实就代表它所维系滋养的一切生命，从鱼、水生昆虫、河乌、水獭、渔貂、鹿、大角鹿、熊到其他生物，包括人类。人仰赖河流，欣赏河流的景致、声响和生命。河流是原告，代表它所涵养的生态系

统，而与河流有关的人，无论是渔夫、动物学家、独木舟手或伐木工人，都应该让他们替河流所代表的价值发言，为受到科技威胁的价值发声。

“但谁来，”蓝迪在朗读道格拉斯的名言之前，刻意停顿一下，“替树木发言？”

“蓝迪说完之后，学员高声欢呼，”斯科菲尔德说，“周围的景色犹如史诗。在山谷远方，崎岖参差的内华达山脉在云雾中若隐若现，非常动人。”这时再加上一段简短的历史：大部分学员都不晓得，矿王山谷曾经引起无生命事物权利的争议。斯科菲尔德在工作坊教课超过二十年，从来没看过任何人能像蓝迪那样打动学生。“他就像山上的耶稣，”斯科菲尔德解释说，“强有力的天气、令人赞叹的美景、云雾、山脊，全都聚集在一起。”

此时此刻，当他拿着蓝迪的遗物，一切感觉又回来了，栩栩如生。自从矿王山谷那一天起，斯科菲尔德就称呼蓝迪的演说是“山中圣训”。他突然有种强烈的感觉，这只盒子不是给其他摄影师的，而是留给他的。“我心里没有半点疑问，”斯科菲尔德说，“这是蓝迪给我的讯息。”

之后，茱蒂拿了一些档案给斯科菲尔德。蓝迪将自己从小到大的一切几乎都留了下来：初中、高中、大学、和平队时期的文件，与斯泰格纳和安塞尔·亚当斯的通信，巡山员集训，写给父母的家书，还有大量关于摄影的记录，包括他教过的工作坊的资料。

斯科菲尔德看到档案，心里更加笃定盒子是蓝迪留给他的。“蓝迪应该是想将‘山中圣训’作为自己生命的一部分，才会这么做，”斯科菲尔德说，“把小册子放在盒里。你只要想，如果他希望我拿到小册子，就一定知道茱蒂会让我看他的摄影器材，但不一定会看其他档案。果然，茱蒂就是这么做的。蓝迪事先就猜到了，他装盒的时候一定想着消失或结束生命。他要我保有一些东西，一部分的他。

“他这么做很有效，小册子就像一吨重的砖块打在我身上。”

斯科菲尔德告诉茱蒂“山中圣训”的由来，可是没有明讲这本小册子另有深意。茱蒂很难过，他不想再增加她的负担，当然不可能对她说蓝迪可能早就有消失或寻死的念头。

不过，斯科菲尔德有自己一套猜想，虽然“有点扯”。他认为蓝迪会放这个盒子，有可能只是他“感觉自己会出事”。要是斯科菲尔德对茱蒂说出心里的想法，茱蒂可能就会对他说蓝迪给她的“讯息”，就在他上山前送给她那本小说的字句里。

茱蒂直到搜救开始之后三四天，才想起书架上那本《我听见猫头鹰呼唤我的名字》。她那时刚刚摆脱愤怒，开始接受事实，或者应该说“知道”可能出事了。她提到小说内容之前，先表示蓝迪读书总是很慢。“因为他热爱语言，喜欢细细品尝，”茱蒂说，“他做什么事都习惯慢慢来，因为他觉得太快会错过一些东西。我们看待事情的态度很开放，不是因为塞多纳流行的什么新时代运动，而是因为待在山上长时间独处……你从蓝迪写的东西便看得出来，他和自然真的合而为一。你越是进入自然，就越能察觉它的韵律，尤其是当你心情宁静的时候。这很有禅意。一切都慢下来，你开始听到东西，听到自己。”

茱蒂说：“这本小说叙述英属哥伦比亚主教指派一名神职人员去和一群印第安原住民同住，这个部落的传统正在消逝，人也越来越少。这位年轻的神职人员试着协助他们，结果学到许多有关死亡与生命的道理，比如如何接受死亡。小说最后，年轻人听见猫头鹰呼喊他的名字，根据部落传说，这表示他即将死去。年轻人不晓得自己得了晚期癌症。”

“蓝迪他，”茱蒂说，“也许潜意识里感觉到了。当一个人经历像他一样的情感痛苦，就会抓到大自然的韵律，明白周遭的事物，你就会知道，甚至会察觉到征兆。我读完这本小说不久，便梦见他在湖里，在水底下。所以，人真的会有感觉。

“我想蓝迪或许也感觉到了，说不定真的感觉到了。也许山呼喊了他的名字？”

或许有些读者会认为这只是无稽之谈。就连茱蒂本人过了一段时间之后，也开始怀疑蓝迪其实没有感觉到什么。她想起蓝迪知道她喜欢猫头鹰，说不定看到这本书的时候想到她，就这样而已。

如果茱蒂知道蓝迪失踪前一年巡逻时发生的事，或许会改变想法。一九九五年九月十七日，蓝迪从勒空特峡谷沿着白支流走到伍兹溪口，在天堂山谷扎营。当时，园区正好发生森林大火，雨水带着灰烬和酸味，阳光几乎被浓烟遮蔽，到了傍晚，蓝迪的头灯看起来就像暴风雪里的车灯。因为灰烬太多，蓝迪破例睡在帐篷里。

隔天早上，蓝迪被猫头鹰的叫声唤醒。这一天感觉很不真实，地上覆着厚厚的银白色灰烬，就像下雪一样。蓝迪在日志里写道：“破晓前，一只大角鸮很早便开始叫。灰烬满天，四周暗得诡异，猫头鹰鸣叫。天堂。”

这是巧合吗？蓝迪或许会说：“只有猫头鹰晓得。”

我们知道大角鸮在巨杉和国王峡谷很常见，因此照理说，蓝迪这些年来在日志里应该提过几十次大角鸮才对，但从他进园区服务到失踪为止，从来不曾提过听见大角鸮鸣叫，连其他猫头鹰也没有。他记录过其他鸟类几千次，详细描述它们的曲调、声音和旋律，但就是没有猫头鹰，也没提过它们的叫声。

这样看来，蓝迪九个月后送了《我听见猫头鹰呼唤我的名字》给妻子当永别礼物，他这么做依然只是巧合吗？蓝迪的书架上有几百本书，他常去的书店有几千本书，结果竟然挑到一本主题是人只要聆听就能预知自己死亡的书，这不是很奇怪吗？

蓝迪听见猫头鹰叫，说自己置身“天堂”。他还听到什么？是不是听见什么讯息？在深山荒野中，没有人听得比蓝迪更专心。

一九九八年一月十四日，国家公园署人事政策主任和法务官通知茱蒂，他们已经完成审核，发现“根据蓝迪失踪的相关情况分析，他应该已经丧生”。

茱蒂递出申请一年半后，终于得到蓝迪的死亡证明。德奇准备了一份他自认为“万无一失”的资料“证明”蓝迪确实死于巡逻途中，包括德拉克鲁兹三厘米厚的调查报告、死亡宣告和迟来的死亡证明。三月初，园长托勒夫森替茱蒂将申请函递交美国司法部司法计划办公室的司法补助局。

七个月后，司法部来函回绝了茱蒂的申请，信里表示：“您所提交的证据不足以证明您丈夫因公殉职……本局建议您提供更多数据……证明您丈夫死于值勤期间。您失去丈夫蓝迪，本局深感遗憾。如有疑问，请电洽……”

茱蒂又补寄了其他文件，五个月后，她收到正式的回绝函：“公共安全公务人员抚恤法案无法批准您的申请，但这无损于国家公园巡山员蓝迪杰出的公职表现。”附件列出了回绝理由，整整两页，包括“蓝迪的钱包和值勤配枪还在哨所”。

此外，回绝函也表示，茱蒂提供的证据“不足以证明蓝迪死时正在执行经过授权或指派的巡山任务”。“蓝迪的尸体迄未寻获，导致死亡证明延迟开出……考虑目前状况，该证明其实效力薄弱，本局难以同意您的抚恤申请。”

信里接着提到一九八五年的一个案例——“塔夫亚诉美国”（Tafoya v.United States），表示该案的判决“禁止使用猜测和臆想的证据作为死因证明”。

回绝函最后表示：“因此，蓝迪的遗孀资格不符，无法依据法案领取抚恤。”

德奇读完这封信，气得火冒三丈。他可以想象一群家伙坐在华盛顿的办公室里，连内华达山脉长成什么样子都不知道。“蓝迪失踪对他们一点意义都没有，他们可能单凭这一点就回绝申请了，”德奇对茱蒂说，“除非我们找到蓝迪的尸体，而且还要穿着制服、手拿无线电，他们才会给钱。”

司法补助局的决定让茱蒂别无选择，只能提起诉讼，这意味着她将面对长期抗战、无止境的公文往来和高额的诉讼费用。就算真的拿到抚恤金，也可能被律师取走大半。像蓝迪这样一位巡山员，独自在美国最珍贵也最险峻的荒野巡逻，他如此献身荒野，结果竟然无法得到他以为该有的抚恤？

当然，蓝迪的失踪有可能是自导自演。要是茱蒂打了这一仗，结果蓝迪却在墨西哥出现，头戴墨西哥帽对她说“抱歉”，那又该怎么办？

“不可能。”如果有人在法庭上问起，茱蒂一定会这么回答。

“为什么不可能，摩根森夫人？”对方可能会这么反问。

“因为我就是知道。”但这样的回答很难被法庭接受，尤其事关十万美元的时候。

有人遮遮掩掩地暗示说，因为蓝迪没有带全执勤武器，所以他并不是在执勤。

没有规定说山野巡山员必须在越野路上随身携带武器。反正茱蒂听说的是这样。但一个狡猾的律师搬出了“国家公园署九号法案”，这本法案整整五厘米厚，全称是《执法政策和指南手册》。按照规定，蓝迪和所有执法相关的巡山员都必须把这本手册倒背如流。早在一九八九年，“九号法案”的第二部分第三章第二页就指出：“巡山员在山上巡逻时，应该随身携带护身器具以便随时使用，出于个人意愿，也可直接将护身器具放在制服皮带上。”法案中提到的“至少”应该携带的护身器具包括“手铐、带皮套的四英寸左轮手枪，以及额外携带的弹药”。

第二页上还写道：“没有执法任务的执勤巡山员应该遵守所在园区的政策。”

可想而知，德奇预测，法庭到时肯定变成法条诠释大会，让双方撕破脸。他和代表茱蒂的两家由警察互助会推荐的律师事务所密切合作，然而第一家事务所很快就因为费用问题退出战局，因为司法部态度很明确，禁止原告付费雇请律师。二〇〇〇年末，亚利桑那州凤凰城叶四克律师事务所的肯顿 · 克玛迪纳（Kenton Komadina）律师了解案情之后，同意免费担任茱蒂的诉讼律师。

德奇很快准备了一份完整数据供克玛迪纳过目，首先是公务员尸体未寻获时的抚恤发放，法案并没有明文规定。法条显然只考虑到城市，起码没想到蛮荒地区的情况。警务人员在城市值勤时殉职，尸体不会被泥石流或雪崩掩埋且不晓得掩埋多久，也不可能在极广大的区域内失踪，可以直接认定为死亡。

总队长伯德仔细研读法条，认为“国会当初的立意，应该是希望茱蒂这样的情况可以领到抚恤金”。但现实是“与抚恤条件有关的法条真是该死地模糊”。

除了抚恤金，茱蒂还想争取一件事，就是希望园方表彰蓝迪多年来的服务。巡山员这份工作虽然为他们的婚姻带来压力，但茱蒂始终敬佩蓝迪对山野的牺牲与奉献。蓝迪因公殉职，却不被官方承认，让她非常气愤。再说，如果她打赢官司，未来有类似情况的巡山员也可以援引她的判例。

二〇〇〇年三月，茱蒂提出上诉。传票预计二〇〇一年一月初寄出，听证会则定在一月二十五日举行。克玛迪纳的证人可说是梦幻阵容，包括寇夫曼、珀塞尔、伯德和德奇。问题是听证会在凤凰城，而国家公园不会支付巡山员车马费，加起来几千美元，超过茱蒂所能负担。德奇愿意自费，可是光有他的证词实在不够。

律师提出临时动议，将听证会延后，让他们有时间商讨对策。虽然前路漫长，但克玛迪纳很乐观，他认为从政治下手应该最能影响司法部，让他们改变主意。

第十四章　追根究底

在这里，死亡在每棵树后面等待，他与孤独、死亡和匮乏成了朋友，但他的背紧靠在信仰之墙上。

——玛格丽特·克雷文

《我听见猫头鹰呼唤我的名字》

要离开这么美的地方，我开始有点感伤。天色越来越晴朗、深浓，也越来越近秋天。然而前方还有美好的事物，再说世上没有永恒，即使永恒的山峦亦然。

——蓝迪，野苹果草原，一九七四年

二〇〇一年七月十四日早上，巡山员薇丝曼整理背包，准备离开熊掌草原哨所。她前一晚接到家人过世的消息，因此急着上路回家。她将装备放在哨所前的野餐桌上，瞄了一眼被阳光晒得褪色、几乎看不清楚字迹的失踪巡山员启事。她当时下定决心，要将启事贴到蓝迪失踪之谜解开为止，转眼已经五年了。

薇丝曼起身准备离开，突然有股强烈的感觉："蓝迪不可能出现了。"这个想法让她卸下背包，打开哨所的门，进去将贴在窗上的启事撕下来，接着踏上内华达山脉步道，赶着回去参加葬礼。

同一天早上，家住洛杉矶的三十二岁加州自然保护团团长皮特·马丁尼兹（Peter Martinez）带着三名年轻团员，准备到人迹罕至的窗峰湖爬山度周末。三名年轻人是加州内华达市的埃文·拉姆西（Evan Ramsey）、威斯康星密多顿市的迈克 · 诺特纳（Mike Noltner）和华盛顿奥林匹亚市的格雷琴·汉尼（Gretchen Haney）。他们前一晚露宿湖边，今天继续沿湖走到进水口。马丁尼兹选择从东侧溪流上方岩石松软的小圆丘走，其他三名年轻团员穿越树丛，爬上巡山员克南十多年前遭遇两只山狮的山沟。

拉姆西、诺特纳和汉尼是国王峡谷伍兹溪口步道修筑队的特别队员，年纪在十八到二十三岁之间，身体强壮，充满热诚。他们完成团员教育集训和其他专业训练之后，背包徒步到国王峡谷工作。三人之前都没有经历过这么大的冒险。

加州自然保护团的缩写是CCC，民众自然保护团（Civilian Conservation Corps）的缩写也是CCC。前者对后者有所借鉴参考，但不能搞混了。民众自然保护团是一九三三年由总统罗斯福发起成立的。而加州自然保护团则是一九七六年由加州州长杰里·布朗（Jerry Brown）创立的。他把这个团体定性为“耶稣会神学院、以色列集体农场和海军新兵训练营的结合”。一九七九年，加州自然保护团的团长格林·柯林斯（Green Beret B. T. Collins）撰写了团训，沿用至今：“艰苦工作，微薄收入，悲惨生活。”不过，虽然工作严苛，很多团员的休息时间依旧是在高山间探索，并没去找其他乐子。

国家公园步道工程大队长卡梅伦·艾佛森（Cameron Aveson）警告团员，山上可不是闹着玩的。“有人失踪，”他说，“甚至丧命。一九九六年就有一名巡山员在这一带出事了，到现在还找不到人。”营地主厨克丽丝·松丝贝瑞（Kris Thornsbury）自一九九七年开始替步道工程队服务，她老是把蓝迪失踪之谜挂在嘴边，在胆大冲动的年轻团员出发探险之前提醒他们，玩乐之余别忘了小心安全。

就在薇丝曼离开哨所的同时，拉姆西正在“山狮山沟”以之字形溯溪而上，绕过池塘和瀑布不断往上攀爬。通过柳树丛之后是一片草原和野花，放眼望去犹如花岗岩壁的绿色动脉。拉姆西发现湖水上方几百米处的溪水左侧有一个残破的背包，离溪边只有六十厘米，颜色都被太阳晒褪了。几步之外又有一只咖啡杯和一条绿色短裤。马丁尼兹之前交代过团员，见到垃圾都要处理，于是拉姆西将杯子、短裤连同汉尼在山沟下端发现的水罐收进背包，将破背包藏好，继续前进。

他们越过金字塔峰之后，在山沟上方一处平坦台地扎营，接着派人将破背包拾回来。隔天早上，四人悠闲出发，马丁尼兹继续走在溪水东侧的圆丘上，三名团员继续走比较难行的山沟。十一点左右，诺特纳在溪边水里发现一只登山鞋，他走近一看，立刻放声大叫。

只见登山鞋里插了一根腿骨，鞋子里是完整的脚骨。

马丁尼兹手忙脚乱下到山沟，将鞋子和骸骨装进塑料袋。他们原本打算把破背包当做垃圾扔了，这会儿立刻拿出来检查，发现里面有一个燃料罐，上头有“S.D.”两个英文字母。

他们堆了一个石冢标示发现登山鞋的地点，然后沿山沟缓缓下切仔细搜查，心里虽然害怕，却又想知道是否能有更多发现。四人走到湖边的时候，总共找到一支温度计、一张麦片零食包装纸、一片应该是头骨的骨骼、一根长腿骨、一块骨盆和一罐防晒油。他们将所有发现全部收进塑料袋。

这项发现实在吓人，加上他们急着报案，因此四人立刻赶回营地。下午两点十五分，马丁尼兹将背包和其他发现拿给松丝贝瑞看，她觉得绿色短裤很像内政部发的制服，两人推论他们发现的应该是巡山员的装备。松丝贝瑞试着联络最近的巡山员——在雷依湖的伊登斯，但联络不上，于是转而联络国王峡谷的调派员。

雪松林游客中心柜台的无线电响起时，当时的巡山分队长瓦内克正好在旁边，他走近柜台漫不经心地听着，结果听见一句：“我想我们找到蓝迪了。”

解说员拿起无线电，递给瓦内克说：“我想您可能需要亲自接听。”瓦内克接过无线电，马上要松丝贝瑞别再重复刚才的话，直接说他会搭园区直升机过去。

接着，瓦内克联络总队长伯德。一小时后，他和内华达山脊分队长黛比 · 布伦奇利（Debbie Brenchley）搭机飞抵步道工程队的营地，检视找到的物品和骸骨，并询问保护团的成员。布伦奇利和瓦内克都很熟悉蓝迪失踪案，瓦内克曾参与初步搜救，布伦奇利读过十厘米厚的搜救行动记录。他们检视证物，脑中立刻迸出几个“相关线索”。首先，破背包与蓝迪的 Dana Design 蓝背包相符，迈乐登山鞋也是。另外，S.D. 是内华达山脊小队的英文缩写，正是蓝迪隶属的单位。

不过，最诡异的线索是背包腰带。“我们看到背包时，腰带是扣上的，”布伦奇利表示，“发现背包的保护团成员很有把握地说，他发现背包的时候，腰带就是扣好的，这表示死者死时应该还背着背包。”

伯德联络特勤组的德拉克鲁兹，对他说有人在山里发现疑似蓝迪的遗骸。

过去五年，伯德和德拉克鲁兹定期会和茱蒂联系，知道她承受着极大的情绪压力。“有时候悬而未决比得知真相更不好受，因为心灵创伤一直无法愈合，会延续很多年。”德拉克鲁兹说道。他在蓝迪失踪后处理过两宗无名氏案，一具是尸体，一个是失忆症患者，但都不是蓝迪。因此，除非这回百分之百确定骸骨就是蓝迪，他不想再贸然联络茱蒂。

隔天一早，德拉克鲁兹率领一小队巡山员飞抵窗峰湖畔。德拉克鲁兹过去曾做过尸骸挖掘工作，他仔细设计了搜查程序，并申请山下的执法人员支持，负责拍摄现场、测量记录遗骸、搜集骸骨。他原本以为巡山员应该受不了心理打击，因为很多人之前参与过搜救，又是蓝迪的朋友。但在伯德的建议下，他还是开口问了，结果没有一位巡山员拒绝帮忙。伯德认为，让巡山员参与才能让他们了结一桩心事。不过对巡山员来说，了结心事只是一部分，他们更想知道到底发生了什么事。

所有成员搭配两组搜救犬，开始在通往湖水的山沟里进行让人脊背发毛的挖掘工作。

到了中午，山沟已经随处可见黄色的证物标示条，有的是装备，有的是骸骨。德拉克鲁兹特别留意山沟顶端的一处砾石平地，平地往下不远处是一连串瀑布，溪水东侧一块草丛旁边有一片潮湿的沙地，园区配发的摩托罗拉 MT1000 型无线电浅浅地插在地上，显然是最重要的证物。无线电是开着的，“蓝迪当时不是在监听通讯，就是想要发讯，”克南说，“这点马上就可以肯定。”

克南一飞到现场，立刻认出这片山沟，不只因为他在这里遇过山狮，也由于他曾与三组地面人员和两组搜救犬两次搜查这里，也就是区域M。另外，他对无线电的发现地点也很熟悉，因为他和其他巡山员每回从班奇湖经过探险家山坳到缪尔步道，一定都在这里涉溪而过。搜救期间，克南就是沿着这里，从山沟顶端一路下切到湖边，看来蓝迪当时也走了同一条路。

山沟走到这里，突然由刚变柔，两侧化为和缓的碎花岗岩和砾石坡，中央一条开阔小溪，两旁碎石淤泥地上零星散布着绿草和野花。小溪不是水浅，就是有好走的岩石，横越起来易如反掌。克南表示，根据溪畔岩石的水痕判断，溪水“从来没有深过六十厘米”。这里对一位疲惫的巡山员来说，正是背靠着背包欣赏野花的绝佳地点，可以一边享用午餐，一边聆听十五米外瀑布奔腾。

照现场看来，蓝迪应该是在无线电掉落的位置丧命的，但克南无法想象。如果他没记错，他之前和搜救小组曾经彻底搜查这一带。“而且，”他心想，“还有狗。”克南确实没记错，一九九六年七月三十一日，他所属的搜救小队在简报里说：“彻底搜查过此区，不建议再次搜索。”如果蓝迪死在克南每回横越溪水的地方，他怎么可能“什么”都没看到？

在初步搜救期间，另一位巡山员戈登也和丘琪搜查过这个区域。戈登对德奇说他之前搜过这一带，虽然记忆已经和克南一样模糊，但他很确定绝对沿着溪水找过，因为在山野里，水源是最容易发现失踪或受伤者的地方。戈登推断，他之所以没有搜查这段山沟，应该是因为积雪或结冰。

德奇负责拍下发现证物的地点，记录GPS坐标，无线电的位置是“东三七〇九四二，北四〇八四四二”。他一边拍照记录坐标，一边在心里揣摩事发时的状况。溪水两侧垂直高度超过三百米的陡坡是个线索，他认为可能是雪崩导致山谷大量积雪，甚至到了七八月还没融化，逼得蓝迪只好从上游一处较小的瀑布涉水过溪。德奇和几位巡山员推测，蓝迪可能通过雪桥时不慎坠落，被冲到瀑布里，不然就是重伤倒在无线电所在的位置或稍微上游的地方，后来骸骨才被冲到下游。德奇晓得，无线电和背包腰带是目前发现最重要的两条线索。

当年搜救行动结束后，巡山员伊登斯接替蓝迪驻守班奇湖。此刻，她详细绘制了山沟和蓝迪遗骸与装备的发现地点，充分展现了她的艺术天分。伊登斯先从瀑布画起，根据德拉克鲁兹和其他巡山员测量，瀑布位于无线电发现地点上游四十五米，无线电下游十五米是另外一座瀑布。以内华达山脉的标准来看，瀑布并不大，落差只有二点五到三米，但就算在低水期也是轰如雷鸣。溪水流到瀑布之前由宽变窄，水势湍急强劲，人无法站立其中。之后水流倾泻而下，切割出楔形的开口。水流在这里最为强劲，结合了下坠的威力和狭窄的水道，形成短而湍急的激流，在犹如铁壁的花岗巨岩上切出一个大凹口，继续往下奔流。这些年来，蓝迪的尸体最有可能卡在那里。

一名挖掘人员沿着急流寻找，目光突然被亮蓝色的睡袋抓住，只见撕烂的纤维内里在水中翻腾。睡袋已经展开了，钩住了一些装备。挖掘人员将物品从溪里取出，依序记录，除了巡山员背包里会有的东西，还夹杂着人的骸骨。证物清单读来令人毛骨悚然："棒球帽、下颚骨、登山锅、露宿袋、肩胛骨、梳子、上颚骨、制服外套……"

这时水里突然亮光一闪，纤维之间有一块古铜色的东西。挖掘人员将手伸到瀑布下，小心翼翼拉出一件制服衬衫，上头还挂着金色生锈的巡山员徽章，撞得坑坑洼洼。

德拉克鲁兹发现衬衫里还有东西，忍不住发出一句："哦，天哪。"挖掘人员用力将紧紧卡在石缝间的衬衫拉出来，蓝迪的名牌赫然出现在众人眼前。德奇站在旁边，特地要德拉克鲁兹看清楚衬衫里还勾着一根锁骨。"这是关键，"他说，"证明蓝迪当时身穿制服，在为内政部值勤。"

"衬衫让所有人停下了手边的工作，"瓦内克说，"这是最关键的证据。虽然我们早就知道发现的东西是什么、又在寻找什么，可是看到蓝迪的名字，让我们几分钟前找到的一切仿佛有了生命，所有人突然觉得碰触什么都非常不敬。"

四周只有溪水和瀑布声，没有巡山员开口说话。几分钟后，瓦内克打破沉默，发无线电给总队长伯德，她正在等候确认，以便联络茱蒂。

“是蓝迪，”瓦内克说，“不会错。”

这回没有人像之前搜救行动那样开玩笑了，但各种揣测开始出现。背包连同一些装备在更下游找到，有人根据这点认为蓝迪的尸体在瀑布“撕裂”，以致背包脱离身体，被溪水带到下游。之后背包和部分尸体再被熊或草原狼翻动过，因为蓝迪携带的生锈鲔鱼罐头上有动物的齿痕。

也许在蓝迪失踪前一年那个超现实的灰蒙蒙的早晨，猫头鹰真的叫了他的名字。如果蓝迪当时明白了什么，他所领悟的应该是自然有其循环，而他也是循环的一部分。此刻，他的尸体四分五裂，骨骸被野兽啃咬，印证了他的领悟。八十年代，蓝迪曾经驻守在牛蛙湖畔，一天傍晚，他看见一群草原狼吃完野鹿大餐后抬头嚎叫，便在日志里写道：“的确值得高歌。”如今，在这偏远的深谷，蓝迪的尸骸只剩十六根残骨，完全实现了他曾说过的一句话：“山里不缺我一具尸体。”

人们将蓝迪的尸骨和遗物收进长方形的塑料置物箱里，有人将蓝迪衬衫胸前口袋的扣子解开，发现里面有一支放大镜。一九八〇年，父亲戴纳过世之后，蓝迪就一直将放大镜放在胸前，贴近自己的心房。放大镜是戴纳留下的，蓝迪八岁时第一次登上戴纳峰，父亲或许就是用这支放大镜，让他一窥高山金菊和花葱的显微世界。戴纳过世前上山到亭达尔溪造访蓝迪，就随身带着它。

当天晚上，巡山员在蓝迪丧生现场附近四散扎营，山沟依然可见黄色的证物标示带。这片长一百五十米、高十五米的原始美景，虽然因为蓝迪最后栖身于此而带着悲伤，但他不可能找到比这里更慑人的地方结束性命了。

“那天傍晚和隔天破晓，内华达山脉美丽到了极点，”德奇说，“我在山里从来没有看过这么动人的深谷和冰斗。那天晚上很难熬，蓝迪失踪之前那几年，我和他的关系不是很好，然而那天晚上和隔天清晨，我觉得自己看到的是蓝迪眼中的世界。”

“纯净，没有人迹，没有护栏，也没有垃圾……几乎看不到半个鞋印。”蓝迪写道，那时他第一年担任巡山员，偏离步道来到一处地方，很像此刻的窗峰湖盆地，“在高山，超过林木线（不是伐木线，这样对树木不敬）之上，绿草和野花丛丛簇簇，生在巨砾之间，小溪在青青河岸和巨砾底下潺潺涓涓，冰潭默默，岩石矗立，在阳光下闪闪发亮，真是太丰富的自然天地！”

“我很想念我的朋友，”德奇说，“为了表示尊敬，我希望我们越早离开越好，将标示带和人都带走，清掉所有的鞋印。”

隔天早上，巡山员和警员开始讨论蓝迪可能的死因。多数人都同意德奇说的：“就算蓝迪真的想试，也不可能自杀死在这里。”当年搜救期间，德奇也担心蓝迪可能找地方自杀了，但他私底下却不这么认为。“因为证据恰好相反。”德奇说。当然，蓝迪是不是自杀，他说了不算，而且他也不是完全客观。过去五年德奇花了很多时间，试图说服司法部发放抚恤金给茱蒂。他写信，与茱蒂联系，希望找出类似的前例（可惜没有）。发现蓝迪尸体时，德奇正在制作影像报告，以便证明蓝迪巡逻的区域“不是公园步道”，不但危险偏僻，而且可能永远找不到他的尸体。因为规定表示：“公共安全公务人员故意行为失当或蓄意危害自身性命……将无法获得抚恤。”

挖掘任务隔天，特勤组长德拉克鲁兹沿着小溪，从无线电发现地点往上游和下游仔细步行搜查了一百米。他之所以如此谨慎，是因为他的报告一定会用来决定蓝迪是因公殉职还是自杀。由于遗骸太少，验尸官必须仰赖德拉克鲁兹对尸体发现地点的描述和他调查现场的结论。

任务期间，德奇不断向德拉克鲁兹提供意见。“我们找到遗骸，”德奇说，“因此司法部不可能反驳两件事，一是蓝迪死了，二是他死于巡逻途中。”不过他对司法部那些“坐办公室的”没有多大信心，他认为他们“连地形图都看不懂，就算要靠地图活命也一样”。

德拉克鲁兹对巨杉和国王峡谷巡山员的看法，早在蓝迪失踪那年就已经改变了。他们集训期间的古怪表现，依旧与他在其他地方遇到的巡山员不同，但事实证明他们是非常有天分、经验能力又充足的一群人。他们前一天执行挖掘工作、按部就班搜查山沟，那种任劳任怨、彻底认真的态度更是让德拉克鲁兹印象深刻。“我不可能找到比他们更有能力的人来担当这次困难的任务。”他说。调查结束，德拉克鲁兹表示：“非常明显，蓝迪是在巡逻期间意外丧生的。”

早上九点三十分，紧急意外事件压力纾解课程在窗峰湖畔举行，伯德特地飞来参加，巡山员聊了一些关于蓝迪的事，就像当年搜救行动结束后一样。有人将蓝迪的衬衫挂在树枝上，让它在峡谷里迎风飞扬。

格拉邦开口说：“是蓝迪教会我要欣赏山里的一切。”

“为什么花草树木、万事万物要存在？”一九六六年在夏洛特湖值勤的蓝迪写道，“因为少了这一切，宇宙就不再完整。”

这句话已经道尽一切。

茱蒂这十年来经历的失亲之痛远超过她的想象。一九九二年，她的大哥过世；九三年，婆婆埃斯特离开人间；九四年，得知蓝迪有外遇，而她母亲几乎在同一时间被诊断出晚期癌症；九五年，茱蒂的母亲去世；九六年，蓝迪失踪；九七年，虽然尸体没有寻获，但蓝迪已被宣告死亡；九八年，蓝迪哥哥赖瑞死于酒精中毒，死前仍不晓得弟弟的下落。二〇〇一年七月十八日，茱蒂在旧金山湾区参加高中好友的葬礼，住在瑞琪家。

总队长伯德联络茱蒂的哥哥鲍勃，鲍勃给她瑞琪的电话号码。伯德急着想在媒体得知风声前通知茱蒂，便在挖掘工作隔天一早打电话给她。

茱蒂一放下电话就开始哭，这些年来，她不知道多少次压下哽咽的感觉，这时总算不由自主落下泪来。“非常震撼，”她说，“亲人失踪的麻烦就是你永远提心吊胆，永远不知道怎么回事。就算你晓得，你还是不知道。我之前哭了好多回，但那一天心最痛，不是终于结束的感觉，就是单纯的心痛。幸好接到电话的时候，瑞琪就在我身边，不可能有比她更适合在我身边的人。”促使茱蒂和蓝迪认识的是瑞琪，发现蓝迪外遇的是她，陪茱蒂接这最后一通电话的也是她。茱蒂和蓝迪的关系“从瑞琪开始，到瑞琪结束”。茱蒂说：“四十五年来，她一直是我最好的朋友。”

伯德没有细谈，只说“他们找到部分遗骸”，应该是蓝迪，还有他的无线电和衬衫，衬衫上头有他的名牌和徽章。“是蓝迪，”伯德对茱蒂说，“如果不确定，我不会打给你。”

但问题还没结束：“怎么死的？”

特勤组长德拉克鲁兹回到阿什山狭小的办公室，开始回想之前搜救行动的记录，同时编纂遗骸挖掘报告。隔天，他将蓝迪的尸骨交给佛瑞斯诺郡副验尸官劳拉里·塞万提斯（Loralee Cervantes），塞万提斯随后也询问他和德奇有关蓝迪、搜救和挖掘的细节。

发现尸骨解决了失踪案，却几乎没有解释蓝迪的死。德奇回到夏洛特湖后写信给纳什：

> 所以，我周一醒来的时候，只觉得又是阳光明亮、绿意浓密的一天，完全没想到下午竟会拿着蓝迪的下颚骨。总之……真是诡异的几天。我相信你已经听说了，虽然没有人搞得清楚是怎么回事，能想明白才怪，但这绝对是意外。我起初认为是雪桥坍塌，不过我刚才和一位步道工程队员聊过，他当时走过那里，他说没有雪。因此，蓝迪很可能是横越小山沟或小溪时滑倒了，撞到头部或哪里。水位看起来不高，但绝对够把他藏起来，让几十名搜救人员花了五年都找不到他。我本来以为他应该会在比较陡的地方。

两星期后，克南重回挖掘现场，只有他一个人。他想搞清楚自己在一九九六年到底错过了什么，还有蓝迪是怎么死的，希望打破蓝迪是自杀的传言。当年搜救期间，他一直存有蓝迪自杀的想法，甚至怀疑（现在想来有点差劲）蓝迪在失踪前一季特地到辛普森草原来向他道歉，是因为良心不安。“就我个人来说，我是回到挖掘现场之后，当年搜救行动的经过才重新浮现在我心里，”克南在二〇〇一年季末报告中写道，“我在路上想起当时是搜救第六天……我那一组人包括桑格、谢兹、彼得朋和艾德里奇，我们从北往南通过探险家隘口，在蓝迪出事地点北边四百米的小湖边扎营。隔天早上，我们A小队一路地毯式搜索到窗峰湖，也彻底检查过山沟。我们离蓝迪就只有几步远，之所以没看到他，唯一的理由就是：他被积雪完全遮蔽了。小溪水位再高，也不可能让我们看不到他。”

克南认为一早出发搜救是很重要的因素，他后来不断强调那天他的小组“休息得很充分，非常有精神，全神贯注”。

“我们按部就班搜查了山沟，不可能错过蓝迪。”

“当时一定有积雪，而且很多。”

克南那一组的简报里有一则注记，证实了他的判断：从小溪西侧下切到窗峰湖。许多年来，克南每回下切到湖边，都会从小溪西侧横跨到东侧，但那次小组搜救只走西侧，这只有一个可能，就是溯溪太危险。然而这一段溪水不急，唯一会有危险就是大量积雪的时候。

克南回到现场第二天，早上醒来突然豁然明了。他不仅“百分之百确定”山沟当时积雪，也有百分之九十八的把握确定蓝迪可以在一天之内就从班奇湖走到这里，表示意外应该发生在一九九六年七月二十一日下午或近傍晚的时候，而无线电的位置差不多就是蓝迪丧生的地点。“意外一定发生在蓝迪横越雪地的时候，他不慎失足坠落，”克南说，“他应该是折断腿骨之类的，无法从雪里脱身。”换句话说，他不是当场毙命，而是慢慢痛苦死去。“蓝迪就在那里，困在水中，”克南说，“最后因为伤重或失温而死。”

问题是，他们怎么会没看到呢？克南怎么也想不通这点，便回头翻阅园方记录，确定他的小组（他很有把握）在蓝迪出事后十天真的仔细搜查过这个区域。根据他的推断，中间相隔十天，“雪桥可能因为日照而开了一个洞，把有人失足的痕迹全部抹掉”。

克南读完自己以前的报告，想起他在搜救期间有两次想穿越窗峰盆地，却在探险家山坳上被“恐怖的暴风雪”硬生生挡住。他觉得照自己过去横越小溪的路线，他“不可能”没有看到无线电。这让他得出另一个想法：“也许蓝迪不想立刻被发现，高山尊重他的心愿，所以将他的尸体藏了五年。”

克南继续往下追查，后来有人对他提到，当时园方找了配有红外线前视系统的直升机，于夜间搜查全部的搜救区域，但没有去最南边包括窗峰湖一带，因为部分山脊云层太厚。飞行路线图里的窗峰盆地划了一个大叉，难道是天意阻挠搜救？

蓝迪坠落雪桥没有直接丧生，这样的论点让人想追究一个矛盾之处，一位巡山员称之为“追根究底”，即为什么无线电开着，背包的腰带却没有解开？所有巡山员面对这两个疑点，怎么看都觉得这两件事很关键，却又让人困惑。

假设蓝迪受了重伤身陷水中，但意识仍然清楚，他只要还能动，绝对会先解开腰带，设法自救。如此一来，就算他之后因为休克或曝晒而死，腰带也一定是解开的，除非他在冰里陷得太深，手够不到腰带。因此照理说，“腰带扣上”这一点表示蓝迪在从雪地坠落溪里之后，应该是立刻昏迷或当场丧命才对。

蓝迪通常会将无线电收进背包的上袋或拿在手上，因此机器开着且与背包分开，表示他应该受了重伤，但意识清楚，无法向任何人求援，不过也有可能事发当时他正在收听无线电或对外呼叫。所以，他只是想和园区总部联络？还是身陷险境试图求救？

巨杉和国王峡谷国家公园公关主任克里斯·费斯特（Kris Fister）搜

集了所有的新闻稿和报纸报道，从搜救开始到发现蓝迪之后。里面有一则汤姆·裘尔（Tom Tschohl）的文章，应该是新闻稿；伯德当时在和家人爬山，裘尔代理总队长职务。文件时间是一九九六年七月二十六日：“七月二十日上午十一点三十分，调度人员和蓝迪通话，无线电讯号清楚。隔日晨间呼叫，通讯混乱模糊、无法辨读，分析应该是蓝迪。二十二和二十三日，调度员无法联络上蓝迪。二十四日，分队长寇夫曼依照程序展开搜救行动。”不过，二十一日的模糊通讯实在难以解读，无法得出任何结果，在记录上列为其他讯号，而不是蓝迪。

其他档案显示，蓝迪最后一次通联是七月二十日，在马瑟隘口顶端。当时的报纸没有提到那则“模糊通讯”，表示媒体不知道这则消息。

园区部分员工（尤其是没有到过出事现场的人）表示，窗峰山沟绝对不是无线电通讯的“死角”或“屏蔽区”。窗峰山沟就在古德山中继站的视线范围内，蓝迪无线电的发现地点也是，表示问题不是出在位置，而是机器本身。这一点没有人可以否认，只要看园区过去无线电通讯的事故历史就可以明白了。

那一年，几乎所有巡山员的无线电机器都发生过问题，无论值勤地点在哪里都一样。摩托罗拉 MT1000 是新机器，使用可充电电池，一次可使用大约两到三天。蓝迪之前惯用机型的电池使用时长大约为六天。因此克南推断，蓝迪可能不熟悉新机器的电池寿命，没有充电就离开了班奇湖哨所。

二〇〇一年，蓝迪的尸体被人发现，桑格那一年刚巧没有上山，在平地协助一间公司研发与机器人有关的计算机程序。

桑格得知找到蓝迪之后，缜密的脑子开始探询回忆：他和其他巡山员一样，都很想搞清楚事发经过，找出“自己到底忽略了什么”。他同意克南的看法，蓝迪很可能带着电力不足的无线电离开哨所，但他也不记得山沟当时有没有积雪。接下来几周，桑格重新翻阅他的笔记、日志和照片，结果找到几张他在蓝迪失踪前两周拍的照片，其中一张“让人感觉毛毛的”。照片拍摄地点在伍兹溪，是丘琪和步道工程队员的合照。桑格在那里将无线电拿给蓝迪，也是最后一次见到他。那张照片是很普通的团体照，步道工程队员一字排开，手里拿着吃饭的家伙，也就是铲子。然而，桑格仔细检视照片才发现他之前漏看了，蓝迪也在照片里。背景有几棵树，蓝迪就在树林里，一个人，像个影子，让人忍不住想起搜救行动时的沉重心情。

桑格还找到一张一九九六年七月在克雷伦斯国王山（Mount Clarence King）拍的照片，主角是他自己。窗峰山沟就在他背后，他凑巧用彩色照片捕捉到当时盆地还留着去年的积雪。照片里有一道长长的白色非常明显，桑格认出来是小溪和山沟。

所以山沟的确有积雪，加上大家都怀疑无线电可能出了问题，因此桑格最后也接受了雪桥假说。他自己就有一次在小雪桥坠落的经验，感觉“很突然、很可怕”。就算不用大脑，也不难“想象自己卡在一个前后没有出路的地方，还断了一条腿，感觉有多恐怖”。桑格说道：“我自己就经历过，我看过雪桥崩塌，塌得既突然又猛烈，坠落在小溪岩石上的撞击力道绝对会让你动弹不得、血流不止……就算没有休克，也会失温，只是不会马上。除了这些，再加上无线电故障，我无法想象还有比这更糟的情况。”

“我到现在还会想，要是无线电没有坏，蓝迪说不定就能活下来。”莱尼斯说。她的值勤生涯就和蓝迪一样，日志里随处可见无线电出状况的描述，连搜救蓝迪期间也不例外。“通讯真是太糟了，”她写道，“从雪松林到班奇湖，简直是开玩笑。通讯站根本没有努力改善，一点用都没有。”

蓝迪失踪之后，园方针对巡山员的安全做了一些改进措施，包括调整“晨间报告”系统，以便更清楚地确定巡山员的位置，还有找出园区的无线电“死角”，研究采购和使用个人定位系统，以及强制巡山员预先通报巡逻路线。

然而直到二〇〇一年，园区无线电“死角区”还没标定完成，个人定位系统也没使用。园方高层虽然测试过卫星电话，但巡山员还在使用蓝迪

▲ 一九九六年，一群步道工作队员（中间拿铲子的是丘琪）在白支流营地一起合影，蓝迪在后方的树林里。这是蓝迪失踪前留下的最后一张照片。桑格提供

认为不可靠的同一套无线电。

莱尼斯是从内华达山脉旅游回来时得知寻获蓝迪尸体的消息。“我哭了起码十分钟停不下来，”她说，“之后又难过了两个月。”接下来几个月，她和其他巡山员听到许多理论，揣测当时在窗峰山沟到底出了什么事，以及蓝迪为什么会死，不过她几乎充耳不闻，而且坚决反对蓝迪自杀的说法。当年搜救的时候，她就已经考虑过许多可能性，排除了她觉得不合实情的猜测。对她来说，自杀“不合实情”。

“蓝迪不可能这样对我们，”她说，“就是不可能。他非常清楚会发生什么事，他可以想到搜救行动的每一个步骤，知道朋友们会多痛心，他的私人手稿会被公开，他不会愿意这样。蓝迪偶尔的确会沉浸在自己的世界，但他并不残酷。没有留下只言片语就自杀，这是刻意伤害我们这些朋友和同事。再则你告诉我，他要怎么自杀？他身上又没带枪，也没从山下带很多药来，我无法想象他会割腕，怎么想都说不过去。”

所有说法里只有格拉邦的理论让莱尼斯认同，就是蓝迪的身体突然出了状况。“这是我听过唯一合理的解释。”她说。

蓝迪曾经抱怨胸痛，并在失踪前一年冬天看过医生，医生认为只是压力太大，与身体病症无关。检查结果证明蓝迪非常健康，体能也很出色。不过，要是蓝迪的身体突然出状况，例如心脏病发，就可以解释他横越雪桥时为何那么不小心。

还有腰带的问题。如果蓝迪的身体突然出状况，他会继续背着背包还是卸掉？照理他应该会卸掉，然后用无线电呼救。但要说蓝迪心脏病发或中风太过猛烈，而且正好发生在横越雪桥的时候，使得他坠落埋进雪里，以致于搜救人员看不到，这又太过巧合，所以不大可能。

曾经有人猜想蓝迪或许遭受山狮攻击。“不可能，”克南说，他回想自己多年前和山狮遭遇的经历，“就算蓝迪真的那么难得遇见山狮，他也会坐下来陪它一起吃午餐。”

二〇〇一年七月三十一日，副验尸官塞万提斯通知特勤组长德拉克鲁兹，表示检查过牙齿诊疗记录之后，确定遗骸是蓝迪没错。塞万提斯后来收到法医的诊断："蓝迪先生的遗骸有啃痕，可能是熊，因为根据齿印和遗骸受损程度来看，应该是该体型的动物所为。死者生前没有受伤，不过寻获的遗骸很少，可能被动物从尸体发现地点衔走。"塞万提斯于九月将"蓝迪尸体调查报告"寄给德拉克鲁兹，德拉克鲁兹很快浏览一遍，找到最重要的部分：

> 蓝迪死亡当时的详细情况无法得知，遗骸证据也不足以确定死因……根据调查记录、死者死前的行动记录及搜救行动档案分析，最有可能的情形是蓝迪在担任国家公园巡山员执行巡逻任务时，因为不明状况导致意外死亡，地点为国王峡谷窗峰湖区一条小溪附近，时间约在一九九六年七月二十二日或二十三日，确切时间不明。

塞万提斯的报告让司法部重新审查茱蒂的申请。两个月后，茱蒂收到一封薄薄的信，里面是十万美元的支票，外加利息。经过五年的官司梦魇，茱蒂有十几次很想打退堂鼓，此刻收到支票，她只感到苦乐参半。不过，事实就是事实，蓝迪终于得到官方承认，他是在巡逻时因公殉职。

验尸官和德拉克鲁兹在报告中都提到搜救行动有一个恼人的小细节，倘若处置得宜，或许能让茱蒂少受这么多年的痛苦。搜救期间曾有搜救犬"在后来寻获蓝迪遗体的位置做出警觉反应"，塞万提斯如此写道。而德拉克鲁兹也在报告中补充："当时那只狗受了伤，于是撤离该区域。"不用说，那只狗就是搜搜——罗芮养的大型雪纳瑞。它掉进冰里差点溺死，就在蓝迪遗体发现地点的上游。但不晓得为什么，园方却没有正式调查当时为何会忽略搜搜的反应，导致没能在五年前就找到蓝迪。蓝迪丧生有很多悬而未决的疑点，这也是其中之一。

蓝迪好友斯科菲尔德拿到调查报告，报告里详细描述了蓝迪最后踏上的山沟，还有他遇到雪桥崩塌或涉溪失足丧生的说法，但斯科菲尔德完全不赞同。他很想相信他的朋友是意外身亡，可是“仔细爬梳”报告之后，他依然认为自杀是最可能的死因。蓝迪曾经将心里最深处、最晦暗、从来不曾和其他人分享的想法告诉斯科菲尔德，更何况他的死实在有些地方无法自圆其说。

斯科菲尔德不是唯一认为蓝迪是自杀的人，不过只有他愿意公开自己的看法。大家都避谈蓝迪自杀的可能，他却认为必须讨论。“蓝迪总是有话直说，”斯科菲尔德表示，“如果是他叫我闭嘴，我一定乖乖听话。但要是我说错了，蓝迪真是意外死的，我也希望不要有人借此批评我。”

“首先，”他说，“我无法忽略他留给我的东西，就是山中圣训那些，这表示蓝迪知道他那一季不会回来了，无论他心里想的是自杀或消失，他把这些东西留给我，绝对是这个意思。

“谁都可能发生意外，但我无法相信蓝迪会出这样的意外。我自己也在爬山，而且，总之……我想用纽约的脚踏车骑士来比喻，他们这样骑车很危险，这是当然，然而有些意外他们肯定不会遇到，很多事情已经变成本能了。

“在山上旅行这么多年，我敢对天发誓，用直觉就能判断雪桥到底稳不稳，那与身体状况或积雪多少、有没有结冰、雪是滑是黏没有半点关系。你就是知道。也因此我不相信蓝迪会出那样的意外。

“至于被落石压住或其他更恐怖的意外，例如顺溪而下被松树打到或雪崩，这是无法预期的事故，不是犯错。蓝迪不会犯这样的错误，这是我的感觉。”

的确，蓝迪对于夏季残雪的地形很有经验，他知道该怎么走。他的日志里有很多段落提到自己斟酌雪桥的状况，有时绕道而行，有时甚至往上游走好几千米找安全的横越点。他也出过几次意外，例如在松动的碎石陡坡跌跤、摔断手掌。此外，他也不止一次踩着树干渡河，结果滑倒。蓝迪不是超人，但斯科菲尔德认为他对自然这么熟悉，不会犯下如此致命的错误。发现蓝迪尸体的地点那么美，加上地势其实并不险峻，让斯科菲尔德不得不认为蓝迪是自杀，虽然他不愿意多揣测蓝迪是怎么自杀的。

假设蓝迪真的觉得只有自杀一途，他应该不会想让朋友知道，宁可让他们相信高山用无可预测的神秘方式夺走了他的生命。

另外一个猜想是：蓝迪可能不小心或下意识让自己接受命运的挑战。德奇虽是“意外说”的坚决支持者，却也承认蓝迪比他认识的人更喜欢冒险。“他有时候不系安全带，”德奇说，“有一回还对我说‘会死就是会死’。”

对喜欢试探大自然的人来说，有什么比走过不晓得能否支撑身体重量的结冰湖面更好的试验？不过，蓝迪的大多数朋友都表示：“这说不通。”唯一说得通的是蓝迪可能为了茱蒂才这么做，起码他有三位朋友是这么认为的。其中一位朋友非常熟悉内华达山脉，他推论：“投身结冰的河里或湖里可能是最好的死法。他不用找悬崖跳，因为这样茱蒂就领不到抚恤金。蓝迪可能这么想，他如果巡逻失踪，大家会判断是因公殉职。”反对这个说法的人则表示，蓝迪可能根本不知道有抚恤金。还有朋友怀疑蓝迪是为了赎罪，他知道会有人照顾茱蒂。有两件事支持自杀说：第一，蓝迪很小心没有在离婚证书上签字并且在他失踪前几天从山上寄出，如果他签了名，同意离婚，茱蒂就不可能申请抚恤金；第二，蓝迪没有留下只言片语。然而就像其他理论一样，自杀说也有破绽。

美国有个网站专门纪念因公殉职的执法人员，叫做“阵亡人员纪念网”，网站这么描述蓝迪的死因：“巡山员蓝迪在加州巨杉和国王峡谷国家公园单独巡逻期间，遭瀑布冲走而溺毙。”读到这个说法的人很容易会以为瀑布非常大，湍急的水流让蓝迪站立不稳、坠落悬崖，而不会想到小溪其实很少深过三十厘米，瀑布也不到三米高。

网站不是刻意这么夸张，但正好显示了蓝迪的死就和他失踪一样，将会永远成谜。

二〇〇一年十月十三日，差不多二百人聚集在国王峡谷国家公园外面的蒙特席托巨杉小屋（Montecito Sequoia Lodge），与巡山员蓝迪道别，向他致敬。茱蒂挑了蓝迪拍摄的二十四张照片裱框，主要是高山风暴、沙漠景致和陡峭峰峦，把它们挂在小屋墙上，并搭配一些蓝迪年轻时拍摄的野生动物照片，比如一只从窝里掉出来毛茸茸的小猫头鹰栖身于优胜美地森林的蕨类和树丛间。

茱蒂坐在小屋大厅的前排，哥哥鲍勃和挚友瑞琪坐在两旁，这一段痛苦的岁月幸好有他们陪伴一起度过。旁边是蓝迪的叔伯、阿姨和表兄妹。不用说，德奇和其他巡山员都坐在很后面的位置，中间是国家公园的职员和蓝迪的朋友，有的穿着制服，有的没有。

接下来几个小时，出席的人轮流回忆蓝迪。坐在后面的巡山员好友沃尔特·霍夫曼朗诵了几段蓝迪日志里的话，蓝迪的童年好友泰勒从西雅图飞来，蓝迪当年担任高山雪地巡山员时的伙伴伊文思也从科罗拉多赶来。两人都提到蓝迪帮他们搞清楚生命里重要的事物，也提醒他们多注意自己的周遭，生活不要匆忙，要温柔对待土地。

坐在后面的薇丝曼提起自己撕下寻人启事那一天，他们就找到了蓝迪的尸体。她无法否认高山拥有一种难以理解的力量，而蓝迪曾经告诉她，只要她“静静不动，山就会分享它们的秘密”。

的确如此，起码是一部分的秘密。

一般说来，巡山员都很能克制情感，但“那天有不少人落泪”，据德拉克鲁兹回忆。德奇从站在窗峰湖瀑布的那一刻起，便在心中构思献给蓝迪的祭文，之后修改了十几次，此刻在追悼会上却怎么也开不了口，折好的稿子就这么一直收在口袋里。

追悼会最后，总队长伯德站起身来，将她和巡山员一起制作的铭碑献给茱蒂。铭碑上刻了内华达山脉侧影及“巨杉和国王峡谷国家公园”字样，下面镶着蓝迪的名牌和凹损发亮的徽章，最底下是两行字。“巡山员蓝迪，一九六五年到一九九六年。”以及莎翁《亨利五世》中的名言：“我们只有

▲ 风吹草动。蓝迪摄

▲ 暴风雨来临前的湖泊。蓝迪摄

▶ 落地的猫头鹰。蓝迪摄

◀ 树林与草地。蓝迪摄

▶ 狐尾木。蓝迪摄

寥寥几人，幸运的寥寥几人，我们是一群弟兄。”

这一群巡山员兄弟决定，将国王峡谷公园内的一座“无名山”定名为“摩根森山”，就是惠特尼峰北边、罗素山西侧的第一座山。这座山是海拔四千二百六十七米的花岗岩峰，独立挺拔，多年来却没有人注意。从那一天起，认识蓝迪或知道蓝迪故事的巡山员开始称呼这座山为摩根森山，虽然美国地质调查所及巨杉和国王峡谷国家公园并未认可，但这个名字迟早会被接受的。“你在Google上找不到，”一位巡山员说，“但你可以来爬它。”

说真的，这才是最重要的。

第十五章　错失的线索

冰就像世上一切事物一样，只是表面坚硬不移而已。

——蓝迪，优胜美地，一九七八年

风火死生，正行不灭。

——佛陀

纳什没有参加追悼会，因为他正好重感冒，在床上躺了一天。他和莱尼斯一样，宁愿选择到山上向蓝迪致意。

过去五年，纳什一直在进行他的个人搜救任务。寻获蓝迪尸体之后，他只要遇到前手下，例如麦伦戈、德奇或克南（他们都退休了），就会拉着他们拼命追问："再说一次雪桥理论。"或"山沟是什么样子？溪水多深？"有一回纳什还是不停发问，结果德奇的妻子迈耶忍不住开口说："你们就让蓝迪安息吧。"

可是，纳什做不到。他花了很多时间聆听别人的说法，在心里想象巡山员称为"现场"的地方。他虽然不曾造访窗峰湖上游的山沟，却很确定罪魁祸首是蓝迪自己的心神状态。他认为蓝迪出了差错，付出了惨重的代价。然而，尽管他相信德奇和克南的雪桥理论是对的，却也无法排除蓝迪自杀的可能。他必须亲自走一趟，看看自己对那个地方有什么感觉。

茱蒂站在亚利桑那州塞多纳镇的自家后门廊上，手里拿着酒杯，瞭望脚下的河谷。河谷蓊郁翠绿，与大片的沙漠和红岩山相映成趣。

蓝迪和她头一回看到这栋房子时，蓝迪径直从前门穿过走廊、两间卧室、浴室、厨房和客厅走到后门廊，双手放在扶手上，扫视远方，还没有检查水龙头或屋顶的状况就说："这里可以。"

这里的景色无与伦比，一向都是。

二〇〇二年夏天，搬到塞多纳第十年，茱蒂邀请朋友来家里吃晚饭。一如往常，她和朋友喝酒，吃奶酪和薄脆饼干，与很久以前在优胜美地摩根森家时差不多。真是沧海桑田。当年在优胜美地，她和蓝迪在艺廊初次约会，茱蒂说她希望自己的作品有一天能在这样的地方展览。如今，她的陶瓷作品在塞多纳最出色的艺廊陈列。对每一件作品，她说："都有一点蓝迪在里面，有内华达山脉和自然。我跟你说，橘郡不是什么灵感的泉源，起码对我来说不是，是蓝迪带我脱离那个地方。"

茱蒂带客人简单地参观房子，向他们提到装有蓝迪遗物的箱子还没打开。她走过阁楼、客房和地下室，许多由德奇和迈耶搬来的箱子都还堆在原处。茱蒂只想守着房子的其他部分，感到自己还被死去丈夫的回忆压着。她说："也不是说想把这些东西留给孩子。"她只是无法独自面对。对茱蒂来说，没有孩子是她一生的遗憾。她记得婚前曾经和蓝迪聊过，两人都同意不要小孩。蓝迪的理由是人口过剩。"他其实只是不想受到约束，"茱蒂说，"他不希望任何人或任何事让他夏天无法工作，让他被迫改变生活方式。"

蓝迪始终无法在山上和山下的生活之间取得平衡，这又是另外一个例子。两人婚姻的前半阶段，茱蒂也喜欢无拘无束的感觉，"不过后来我真心觉得很遗憾，"她说，"我曾对蓝迪说，如果嫁的人不是他，对方想要小孩，我应该会生。"

大伙儿欣赏着夕阳，喝完一瓶酒，吃过晚餐后，茱蒂终于谈起死去的丈夫。如果怀念算是一种饶恕，看来茱蒂已经原谅蓝迪所犯的过错。她似乎希望只将蓝迪想成山野的守护者，希望能尽快忘掉"其他事情"。

茱蒂曾不止一次被蓝迪深深伤害，但她知道蓝迪最强烈的爱恋不是"其他女人"，也不是她，而是内华达山脉。因此当她终于决定和蓝迪分开，离婚协议书其实是特赦令，她决定让蓝迪自由。

蓝迪失踪之后很久，茱蒂还是不敢读他的日记，因为感觉太痛苦了。

不过，德拉克鲁兹将蓝迪最后一本日记交还给她，她倒是读了。司法部的心理分析师用这本日记作为根据，判断蓝迪“自杀倾向升高”。日记里还包括蓝迪在开发创意潜能工作坊学到的意识流写作。

茱蒂不愿向任何人透露日记内容。“那是蓝迪唯一属于我的部分，没有任何人能分享，”她说，“我只会留给我自己。”

纳什花了两天走到班奇湖哨所，八月的塔布斯隘口步道“有时候很可恶”。二〇〇三年，蓝迪尸体发现后两年，纳什觉得自己听够了各种揣测，决定亲自出马，追寻蓝迪最后一次巡逻的路线。

那一年夏天没有设立班奇湖哨所，因为预算不足。纳什到的时候，哨所也没有志愿者，放眼只见砾石地、黑松林间的一张野餐桌、几个防动物的置物盒和搭帐篷用的木头平台。纳什坐在桌边等了一会儿登山伙伴，接着便朝步道走去。他看见一个地松鼠窝，很像松软的土墩，顶上有一块形状完美的箭头形黑曜石。纳什拾起石头说：“这是蓝迪在测验我们。”说完便用鞋跟将石块深深踩进土里，让它能够在山上多待几年，不被游客取走。

他左转走上塔布斯隘口步道，横越小溪后，再往北走上缪尔步道和班奇湖步道。他在一处空营地前停留致意，空地长着常绿树，周围是典型的内华达高山巨砾。一九九一年，一名十七岁少女意外丧生，他和寇夫曼就是从这里将她带下山。

再往下走，只见一块有几十年历史、风吹雨打已经褪色的板子钉在树干上，让纳什忍不住再度停下脚步。“我敢说如果蓝迪在这里，”他说，“他一定会告诉我们这块板子为什么出现在这里。”

一九九六年七月十三日，蓝迪在锯木隘口（Sawmill Pass）和伍兹溪之间确实遇到过这样一块板子，那时离他失踪还有一个星期。他在日志里写道：“我发现一处营地，有块板子钉在树干上，是园方于二十世纪六十年代钉的‘山野须知’广告牌。现在看到这个板子的人，不晓得有谁知道它是什么。”

纳什往前走了几米，弯身拾起一张零食包装纸塞进口袋。“另一个测验。”他眨眨眼睛说。

根据有限的日志记录和搜救报告档案，蓝迪在山上服务二十多年，收集了六百只麻布袋的“登山客残渣”，主要是碎玻璃和瓶罐，每只袋子重十六公斤。换句话说，蓝迪总共在山上清除了九千六百公斤的垃圾。

走到班奇湖步道尽头，纳什踏上安静的松针小径，进入真正的荒野。他知道蓝迪一定是走这条路，因为如果蓝迪往右转而不是往左，他就会越过卡特里吉隘口抵达湖区盆地。纳什站在这个命运的 Y 字形路口，不禁想起德奇描述他们一帮巡山员在搜救期间是如何“大大咧咧地错过了”这一带。

当年搜救行动会如此挫败，最主要的原因或许是蓝迪没有留下任何记录说明自己的巡逻路线。他觉得在山野的一个很大特色就是随性，他也确实经常提起这样的好处。一九七一年，巨杉和国王峡谷国家公园考虑成立入山证制度，蓝迪写信给内华达分队：“山里有许多好处，其中之一……就是没有计划、没有规则、相对随性的态度……一旦实行申请预约制，这样的好处就会消失了。”

因此，我们不难想象蓝迪为什么没有在班奇湖哨所留下巡逻路线，因为连他自己可能都不清楚会去哪里。他走到塔布斯隘口、缪尔步道和班奇湖步道三岔口的时候，可能才开始做决定，最后选了班奇湖步道。这条步道是条死路，对蓝迪来说却是入口。他身上带了四天份食物，很明显打算离开步道横越山野。能够拥有这样的自由和未知的行程，蓝迪应该很开心，起码在那一段思绪混乱的日子里，他会这么做很自然。

“终其一生都有人为你指点方向，要你往这里或那里前进，决定哪一条路对你最好，”一九七三年，蓝迪在麦克勒草原哨所日志里写道，“现在是你寻找自己道路的机会。不要问我怎么去麦基峡谷（McGee Canyon）或双十一零湖（Lake Double-Eleven-Zero），你自己去走，要有冒险精神，不要尽找简单的路线，走你自己选择的路。别求助路标或坚固的桥，别

▲ 二〇〇三年八月，纳什俯瞰窗峰湖山沟尾段，山沟和下游远处的窗峰湖仍然残留着去年的积雪。本书作者提供

要我跟你说山在哪里。你自己去找，靠自己……身为动物，这是你与生俱来的权利，你却常常否定自己。放自己自由，不要再冀望从周遭寻找善与好，给自己一次机会，什么都不要做，别在一定时间抵达某个地方，别朝着某一个特定的方向。在这里，你可以随心所欲。

“这是你的机会，可以迷路、掉进溪里或发现一个美丽的地方。”

纳什花了将近一天，爬到一处高而孤寂、美丽得难以言喻的营地，因为他觉得蓝迪应该会在这里扎营。他在两座巨岩之间挑了一块平坦的砾石地，小心摊开睡袋、铺好防水布，避开“奋力求生”的野草丛。傍晚，纳什向西望去，只见远处森林起火，壮观的夕阳穿透烟雾，万物沐浴在遍地橙光中，蝙蝠将昆虫扫离潺潺小溪，纳什大声说：“你会怎么形容这里呢？”

隔天下午，纳什沿着“恶毒危险”的小径越过箭峰山脊，他只稍微补充养分，就开始拿着德奇给他的照片比对脚下的岩石。照片里是发现蓝迪无线电的地点，而他就站在山沟上端——窗峰湖山沟的“现场”。

这是八月的第一周，阴凉的山沟东侧依然有一米深的积雪。纳什沿着溪水上下走动，检视石块的水痕，推断溪水大约十五厘米深，之后站在瀑布上游的岩石上摇头。“可恶，真是诡异，”他说，“蓝迪应该是从无线电掉落的地方涉溪的，但从那里到瀑布之间根本没有东西会挡住身体。我得比对积雪记录才行。”

过了一小时，纳什第五次回到无线电的发现地点说：“我不晓得他是怎么办到的，不过我想蓝迪是在这里自杀的。”

他话才说完，雷声就响了。纳什抬头望向金字塔峰，只见雷雨云正悄悄扑向盆地，他立刻提议找地方扎营。隔天早上，他推断：“克南和德奇说得没错，当时一定积雪很深。”没有积雪，蓝迪不可能在“那么和善的小溪”结束生命。

“不可能。”

纳什继续走完从班奇湖出发的越野行程，绕一圈走到缪尔步道，翻越屏秀隘口，再回到班奇湖哨所附近扎营。他穿着南美洲的针织背心，一边整理思绪，一边等待午后雷阵雨。最后，他终于在心里完整重建了“现

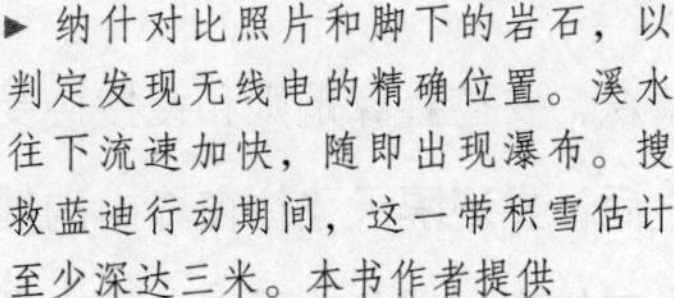

► 纳什对比照片和脚下的岩石，以判定发现无线电的精确位置。溪水往下流速加快，随即出现瀑布。搜救蓝迪行动期间，这一带积雪估计至少深达三米。本书作者提供

场”，但还是有地方没有厘清。他边想边表示，雪桥坠落理论应该没错，然而他就是觉得少了什么。他遗漏了一些东西。

两周后，纳什在毕夏普镇的家里接到电话，一位对“蓝迪传奇”很感兴趣的朋友说他看过搜救记录，发现曾经有搜救犬对无线电发现地点上游有反应。那只狗后来掉进结冰的湖里受伤了，无法继续搜索。

纳什的脑袋又开始运转。

“告诉我你还知道什么，”他说，“说说那只搜救犬的事。”

一九九六年七月三十日，搜救蓝迪行动第七天，罗芮和她受伤的搜救犬搜搜从窗峰湖飞回雪松林，直升机经过高山上空，罗芮越来越确定搜搜发现了什么。这只狗非常有天分，之前的搜救记录也很杰出，从来不曾让她“做白工”，也就是“盲目乱走”的意思。

回到雪松林，罗芮于傍晚九点做简报，其中特别提到：“狗在北四〇八四点五、东三七〇点四处有反应，试图追踪，但双脚受伤，而且该处之前才有人经过（指戈登和丘琪，罗芮听说他们五天前便已搜查过那一带）。时间不够，无法搜查得更彻底，因为必须将狗后撤。”罗芮在“搜救困难”一栏里表示积雪很深，虽然当时已经七月底了：“积雪一直延伸到湖畔（狗就是在那附近落水），碎岩和石头松动。”她在“建议”栏中写道：“再派搜救犬到搜搜有反应的地点，从窗峰湖一路搜索回太平洋山脊步道。”

罗芮的建议非常直接，她认为搜救统筹小组读到之后，应该会派另一组搜救犬到搜搜坠落地点附近，也就是她用 GPS 记下的位置。如果两只狗都有警觉反应，那就表示搜搜真的察觉到什么，她认为下一只搜救犬一定能厘清答案。

隔天傍晚，罗芮在统筹指挥站看到安德森，安德森算是她和搜搜接受加州搜救犬认证的导师。她和安德森聊过之后，发现隔天飞往窗峰山沟继续搜查的就是安德森，可是安德森说没有人向她提到罗芮的建议，她也没有拿到罗芮记录的 GPS 坐标。

是谁犯了错吗？统筹小组是不是因为搜救压力沉重，疏忽了罗芮的建议？还是他们考虑过罗芮的建议，依然认为那一带就和窗峰湖区一样，发现率很低？或许就是这样，下一只搜救犬才会直接搭乘直升机飞到窗峰湖畔，从那里开始搜索，而不是从罗芮建议的地点，也就是到上游四百米的地方开始搜查。

蓝迪的尸体就是在上游这一段发现的。没有人确切记得当时为什么忽略了罗芮的建议。搜救行动指挥官瓦内克也参与了遗体挖掘工作，并出席了两次追悼会，他在搜救期间每天都召开规划会议，他记得所有人都很仔细，但也表示："搜救行动无法百分之百精确，面对复杂的人类行为、地形和气候，我们必须取舍和判断。组织资源和记录搜救过程可以很科学，但最后还是得由人根据自己的判断，依靠有限的信息来做关键的决定。"总之，统筹小组当时衡量手边信息，最后并没有将安德森和她的搜救犬派往罗芮建议的地点。

所以，罗芮的建议是不是有可能被忽略了？是不是有人犯了错？

"如果她的建议混在数据当中没被发现，那我会说是错误，"瓦内克说，"然而要是我们经过权衡评估，最后认为按照建议去做的发现率很低，那我绝不会说是错误。"瓦内克的感觉是，他们确实衡量过罗芮的建议，但因为觉得概率很低，所以没有采纳。

伯德认为搜救蓝迪是她遇过最困难的搜救任务，她说："我心里始终不曾怀疑，我们所有地方都搜查过了，有些地方甚至搜查了很多次，所有能做和该做的，我们都做了。"不过她也承认："有件事我可能会改变做法，就是在搜救行动进行到一半时另外找一组人，由我们园方之外的人成立统筹小组，注入新的想法和力量。可是当我想到该这么做的时候，园方已经开始打算缩小搜救规模了。"

一九九七年六月，伯德曾经成立调查小组，请来自其他国家公园（如冰河国家公园、哥伦比亚河流域天然纪念物群和优胜美地国家公园）的搜救专家检视前一年的搜救蓝迪行动。小组最后的结论是，搜救行动"完全按照程序，也使用了当时最好的设备和技术”。“虽然统筹小组成员并没有受过正式搜救指挥训练，但他们的经验和知识已经足以调度搜救行动，确保搜救人员发挥出最好的水平”。

不过，搜救行动还是有几个问题，包括园区无线电系统“过时”，以及“回报系统出错，导致搜救行动太晚开始。定时回报的方式不够严谨，可能导致搜救行动延迟二十四小时”。然而，大部分问题在正式报告中都被视为无关紧要，甚至还强调“所有通讯问题都不足以影响搜救结果，而且部分问题随后已经解决”。

伯德表示，她成立调查小组是为了检视手下的表现，或许能“从错误中学习”。二〇〇一年蓝迪尸体寻获，代表“搜救确实有了成果”。然而，调查小组从头到尾都没有质疑罗芮的建议为何不被采纳，这可能是很严重的错误。

蓝迪的尸体出现在罗芮建议进一步搜查的位置下游大约四十五米处。当然，罗芮和搜搜抵达山沟的时候，蓝迪已经死了。说到底，他们离蓝迪这么近，却还是没有发现他，虽然令人沮丧，也只能说是运气不好。不然，茱蒂和蓝迪的同事朋友就可以少痛苦五年，而蓝迪的尸体也可能透露更多关于死因的线索。

纳什得知搜救犬的讯息之后，立刻开始考虑冰雪的状况。他推测蓝迪不管出了什么事，都应该发生在更上游的地方，也就是搜搜差点溺水的位置。

挖掘遗体期间，搜救犬和搜救人员在无线电的上游处都没有找到任何遗骸或装备，因此他们认为蓝迪应该死在无线电发现位置或附近，也就是溪床一带。

另外，纳什还得知罗芮不久前浏览山沟的照片，看到“小溪所在的山沟这么深，吓了一跳”。她记得当时山沟到处都是雪，几乎看不出来有山沟。如果罗芮说得没错，纳什推断当时溪边积雪可能有三到四米半深，显然是前一年雪崩遗留下来的。这也解释了克南那一组人为什么没有涉溪，因为太危险了。然而在十天之前，也就是蓝迪经过的时候，暴风雨还没肆虐这一带，这里看起来应该平稳好走一点。

纳什询问了那一年在山里旅行的雪地向导，也调阅了夏洛特湖和班奇湖的降雪记录，这是他能取得距离窗峰湖山沟最近的资料。接着，德奇将罗芮记录的 GPS 坐标标示在地图上，和无线电发现位置做比对。起初他们遇到一个小问题，根据罗芮的坐标，她和搜搜应该在山沟西坡的悬崖上，离小溪或其他水源很远。狗不可能在没水的地方掉进冰雪里，因此德奇推论简报上的数字“四”是错的，应该是“九”才对，可能是罗芮回到雪松林誊写的时候看错了。德奇将修正过的数值输入计算机定位软件，罗芮和搜搜果然在一个有时很深的小水塘边。根据计算机定位结果，搜搜落水的地方就在无线电上游三十米。纳什锁定新坐标，将卫星地图放大，接着再按照自己对“现场”的记忆，得出一个完全不同的推论：

蓝迪不是在无线电发现地点坠落雪桥的，他在更上游的地方试图从西往东横渡小溪，结果和搜搜一样跌进冰里。差别在于十天前蓝迪经过的时候，这一带看来是平稳的雪地，蓝迪应该认为底下是小溪，而不是很深的水塘。“要是蓝迪跌进冰里，”纳什说，“痕迹应该一两天内就会消失，因为冰很快就融化了，被雪盖住。这些冰雪白天变软、晚上结冰，不出几天看起来就会像一般的冬雪或湖冰。遇到这种情况，除非眼睛特别敏锐才能看出是怎么回事，而如果考虑到当时的积雪状况，你可能根本看不出来。”

“不过，”纳什说，“狗就可以。”

根据纳什的推论：“过程很快，正好可以解释背包腰带之谜。腰带没有解开表示事情发生得很突然、很严重，不管是受伤或什么。”罗芮记得搜搜掉进湖冰里的时候“逆流划动”，用脚掌将洞挖大，显示结冰很薄。十天前的积雪可能多一点，冰也厚一些，如果蓝迪真的掉进湖里，应该会跌得很深，因为背包很重，水流会立刻将他拖离洞口。他惊惶地试过几次想要浮出水面之后，双手就会被冰水冻僵，几乎无法解开腰带。于是，他就这样被背包拖住浸在冰下，三十秒左右便因为惊慌、失温和缺氧而死。

▲ 从无线电发现地点仰望探险家山坳。巡山分队长瓦内克正在往溪沟走，搜搜之前就是在更上游的地方失足坠冰。罗芮与搜搜执行搜救任务时，这一带因为积雪的缘故，看起来一片平坦。本书作者提供

“这里海拔很高，蓝迪应该在湖里冻了一阵，”纳什说，“可能一直到夏末，甚至一路到冬天。”他指出蓝迪失踪之后，连续两年积雪都高过往年平均值，雪崩可能将小水塘埋得更深。“所以小溪两旁才会这么恐怖、这么陡，冬天和春天不断有雪滑动。”

不过，蓝迪的尸体是怎么从坠落处跑到四十五米外的下游区域，而且中间没留下任何遗骸或装备呢？纳什用二次大战期间的战机当例子回答这个问题，这架战机在巨杉和国王峡谷北端的门德尔冰河训练飞行时坠毁，直到二十世纪六十年代因为冰河消退，残骸和尸体浮出才被人发现。“这里的山什么时候把你吞进去、什么时候吐出来，都随它们高兴，”纳什说，“我曾经不止一次看过大雪崩猛然盖过湖面，将一部分甚至全部湖水推出去，完全占据出水口，所有东西包括鱼、水、枝干和石头，都被推到比湖低的地方，七零八落散成一片。至于这个小水塘，雪崩应该会把所有东西扫进无线电发现位置附近的水道里。就我记忆所及，这水道本来就是自然

侵蚀、雪崩和泥石流的结果，从上游一路凿到这里，碎石残骸遍布。小水塘其实是水道的一部分，因此春天水位上涨，尸骨和装备就被冲到发现蓝迪的地方。”

纳什的说法可以解释克南、桑格、戈登和其他搜救人员为什么没有在无线电发现地点附近看到蓝迪，因为搜救时他人还埋在雪里，在更上游的地方。

至于无线电为什么开着的问题，“巡山员值勤时通常会把无线电打开，再收进背包上袋，只留天线在外面，以便监听或等候晨间回报，”纳什说，“根据这一点，加上湖面结冰，无线电可能收在背包里很久了。”纳什接着解释，蓝迪的尸体应该跟着背包沿溪水往下“滚”，而天线可能慢慢将袋口撑开，或是有“动物”想拿蓝迪可能收在上袋无线电旁边的午餐。后来无线电从背包滑出来，落在被人发现的地点，因为“机器很重，所以没移动，而蓝迪尸体和背包继续往下游滚了十五米，可能一路都有动物啃咬，直到顺着瀑布冲下去为止”。

纳什的说法听上去面面俱到，不管是腰带、尸体出现在下游处还是无线电开着的问题，他都有办法解释。但蓝迪为什么会在那里出事？以他在山上待的时间，他一定晓得从这一带横越有危险，不管是溪上的雪桥或冰雪覆盖的池面都不能大意。

“首先，你不能忽略蓝迪当时的心神状态，”纳什说，“光是这一点就让他吃了大亏，我有把握蓝迪的死和他的心情脱不了关系。我们在园区工作，经常被要求辨识某一块区域哪里比较危险，然而如果整块区域都危险得要命，你叫单独巡逻的巡山员怎么注意哪里危险？巡山员的值勤路线都很危险，两个危险中间还可能出现其他危险，例如雪桥。你必须横越小溪，雪桥可能够稳，你之前走过很多次，有时候绕路，但通常只是尽量放轻脚步，然后走过去。可是身上背着二十多公斤重的背包，脚步很难轻得起来。这就像玩俄罗斯轮盘，就是这样。我猜一个人幸运了二十八年，终究难免剪错炸药的引信。”

纳什认为蓝迪和搜搜都在同一个结冰水塘坠落，而蓝迪冻死在池水里。笃信超自然事物的人应该觉得他的说法很合胃口。首先，茱蒂梦到有人背着背包沉在湖底。接着，又有“通灵”的女登山客对巡山员说，她看见一个男人困在某样东西底下。最后，蓝迪之前狂热阅读《铁人约翰》，说这本书“讲到他心坎里”，书中的大胡子“野人”就是因为有狗掉进水里，才被发现沉在池底或湖底。

蓝迪在山上的最后一天或许过得非常美好，积雪的溪岸花开处处，新草也冒出头来。鸟儿鸣唱，地松鼠出来觅食，土拨鼠懒洋洋地做着日光浴，鼠兔细声尖叫。如果真是这样，他应该会沉浸于眼前的一切。蓝迪在山里漫游二十八年，跨过山沟、沿湖行走、穿越雪地，走了不下千回，沿途总是细心观察，就像他一九七三年记下的：“看着一小群白翅岭雀用低沉的嗓音悄悄闲聊，不停在砾石和草地上跑跑跳跳，穿梭在莎草和野草之间，从莎草顶端摘取种子。我看着它们不去打扰，因为这些山上的家伙还没准备好接待访客。天地为善的感觉弥漫在我心里，如果白翅岭雀都能如此开怀，我又会有什么不幸？”

蓝迪在园区服务三十年，每回上山都觉得有人对他讲话。一九七三年夏天，蓝迪在麦克勒草原深受启迪，曾写道：“我突然感觉到有非常伟大的事物接近我，将我吸进去，包围着我，我只能微微辨识它是什么，然而完全无法理解。

“也许我在这里更久一点，全神贯注，仔细观察，我就会懂。”

那天在窗峰湖山沟到底发生了什么事，我们或许永远无法得知。让人信服的说法不少，但有可能平息一切揣测吗？不过，蓝迪这么喜欢山上的神秘，或许他的死永远没有明确答案才是最恰当的。

蓝迪在自己的档案夹里记录了爱因斯坦的一段话，是他父亲钟爱的箴言。戴纳于一九八〇年过世之后，埃斯特为《优胜美地守望报》撰写追悼文，节录了这段话：

人所能经历最美的事物，就是神秘，神秘是一切艺术与科学的源头。无识于神秘，无法感受奇妙且充满敬畏的人，只是行尸走肉，眼睛未曾张开。洞察生命的神秘并心生敬畏，正是宗教的起源。世上有我们无法理解的事物，以最高的智慧和最耀眼的美呈现在我们眼前，人的感官理智只能掌握皮毛。知道这一点，拥有这样的感觉，正是信仰的核心。

用蓝迪自己的话来说，就是他一九七八年九月十二日在日志写下的一段话："我怎么能自认为比高山野花还重要，比这里所生长的一切，甚至比终将成为沃土孕育万物的岩石还重要？是因为人有灵魂吗？然而谁能告诉我，灵魂不会寄居在植物和动物体内，甚至溪水和山峰里？因为人的灵魂层次更高，所以才更重要？万物皆有定位，彼此互相扶持，也都对自身的发展很重要，对于受它支持的事物也很重要。

"有人说，拥有人形的神创造一切，是为了荣耀自己（感觉有点自以为是），也（或者）是为了荣耀他最伟大的创造，即我们人类，任我们取乐、利用、滥用。但我住在小五湖群附近观看世界，与万物近距离相处，我的感觉却不是这样的。

"我只希望自己活着能全力感受生命，深刻感受每一天，感受生命的好和世界的美，我比较喜欢这样。

"我是人，体验着人类的情感：喜悦、沮丧、孤独、爱。最崇高的就是爱，爱这个世界，爱万事万物，爱生命。在山上，爱比较容易，我爱过一千个高山草原和山峦。

"要彻底觉察活着的每一天，深刻感受自己所在的这个世界以及身处其中的自己。不要在大地上盲目行走，追求成就，却不晓得要迈向何处，何处可以轻轻走过。

"我不愿留下所谓伟大的声名，我宁愿隐匿自己的足迹，只有接近的人才听得到我的声音，也从不随声附和。"

尾 声

但愿你的步道崎岖蜿蜒、孤寂危险，通往最令人赞叹的景致……暴风雨来来去去，闪电雷鸣在悬崖峭壁之上，超乎你梦想的陌生事物神奇而绝美……正在下一个峡谷山壁的转角处等待。

——爱德华·艾比，《祝祷》(“Benediction”)

下辈子要当高山小鸟还是土拨鼠？我无法决定。我们要很小心，别太快下结论认为这两种动物都很低等。

——蓝迪，雷依湖，一九六五年

二〇〇三年五月，德奇身穿国家公园制服，陪茱蒂前往华盛顿，因为蓝迪的名字将镌刻在司法广场的国家执法人员纪念碑上。茱蒂行礼如仪，将玫瑰放在纪念该年殉职公务人员的花圈上。

仪式之后，内政部举办了接待会，德奇拿出他早已写好的祭文，朗读悼念他的好友。一年半前，他在追悼会上始终未能开口：

今天我们齐聚一堂，分享好友蓝迪的故事，让他深植在我们的回忆和生命里。在这个时常太过纷乱的宇宙，唯有共同的回忆能带来一点秩序，用一个共同的“故事”描绘一个逝去的生命。我和在座各位一样，我想尤其是茱蒂和巡山员同事，过去五年想了一个又一个故事，可是没有一个说得通，没有一个能够抚平心情。虽然找到蓝迪让过去痛苦的伤口再度掀开，但也让我们可以疗伤，回答故事中最痛苦的问题，就是我们其实无能为力。

所以，我现在想为故事起个头，其他人在接下来的日子可以补上他们的故事，我们共同的回忆将会编织出一幅复杂的生命图景，让蓝迪永远伴随我们。

无论蓝迪此刻在哪里，我都不认为他的灵魂会在天界低头对我们幸福微笑，他也不会变成温暖的毛茸茸的鼠兔在高山巨岩之

▲ 二〇〇三年五月，德奇、国家公园署长弗兰·梅妮拉（Fran Mainella）和茉蒂在华盛顿。德奇提供

间对我们吱吱尖叫。蓝迪身上有股强烈原始的能量，让他愤世嫉俗、远离其他人。许多年前，几位巡山员互相用动物当图腾来形容对方（因为山上没有装设有线电视），大家都觉得蓝迪是狼獾——内华达山脉最原始世界的象征。对我来说，尤其这五年来，蓝迪是大乌鸦，停在我的左肩骚动不安，棕色眼眸凝视世界，眨也不眨，嘴里喃喃述说自己的想法和意见，偶尔啄我耳朵，要我注意周遭，有时甚至让我流血。在我们这群巡山员里，蓝迪的双眼最锐利，对山野的信念最纯粹，他以前就是山野的良心，对我来说现在也是。

蓝迪留下一扇小窗，让我们看见他眼里的世界。照片是他留给我们永恒的遗产，是他分享眼中世界最恒久的方法。他在哨所日志留下的优美篇章也提醒我们时时留心。我从他的生活与死亡里学到不少事情，有些并不好受。首先也是最明显的，就是在山上务必小心，如果我们之中最厉害的高手都会在看似无害的地形出事，那就表示我们有必要花时间找更简单的横渡地点，在移动之前更仔细地研究地形，而且还要多睡一点。

另一件不断萦绕在我脑中的事情就有点不好受了。蓝迪生命的最后几年一直在和自己缠斗，我们俩当时处得不是很好，他的痛苦不免波及所有朋友。没有指导手册告诉我们，遇到这种情形该怎么办。身为朋友，我们也不知道该如何提供他可以接受的协助。

蓝迪最后的旅程结束在一道狭窄的山沟，在一处偏远的高山盆地。久远的小溪流经山沟，虽然总是仰望天际，却始终深藏在严寒的晨光中。峭壁上传来岩鹨质问似的叫声，远方则是隐士夜鸫缥缈的呼喊，一面注视着缓缓穿越峡谷的暗影。天黑了，潺潺的溪水流经岩石，水花飞溅直奔遥远的星辰，再落入静谧的高山湖泊，不停往下流、往下流，和国王河的轰隆声响合而为一，接着迅速汇入汹涌的急流，经过一千七百米高的悬崖和依傍在陡坡的沉睡树木，梦想温暖春日里有熊搔抓树干的时光。

最后，他悄悄流进中央山谷大平原，群星和深邃的夜空将他接去。从第一滴融雪直到无边的寂静，欢愉的内华达高山之歌不曾停歇。蓝迪的声音也在歌里，只要我们安静倾听，永远都能听见。

后记与致谢

在我为这本书搜集资料期间，许多人（尤其是巡山员）问我是怎么知道蓝迪的，以及我有没有见过他。

很可惜我不认识蓝迪，虽然我很想认识他。我十四岁时第一次到内华达山脉登山，十年后，也就是一九九二年，我听从丹·达斯汀（Dan Dustin）的建议，一个人沿着缪尔步道横越巨杉和国王峡谷国家公园。达斯汀是圣地亚哥州立大学户外休闲教授，他给我很多启发。为了准备这次旅行，好友喀普夫妇（Kathy and Craig Cupp）介绍我认识纳什，他当时是内华达山脊巡山分队长，已经快要退休了。纳什邀请我到他位于毕夏普镇的家，在晚餐桌上摊开地图，给了我许多关于缪尔步道的珍贵建议，他还特别提到："你到麦克勒草原哨所的时候，记得和蓝迪打招呼。"纳什表示，和蓝迪一起走一段路，就像和缪尔本人散步一样。

我到麦克勒草原的时候，发现哨所门口贴了字条："巡山员外出值勤，傍晚回来。"我在山上喜欢按计划行事，因此便直接离开，错过了认识蓝迪的机会。我当时要是别那么匆忙，现在就能和各位回忆当年的相遇了。

来年，我与纳什和喀普一起到内华达山脉，从此我们每年八九月都会旧地重游。我根据登山时的所见所闻写了一篇文章投稿到《国家地理杂志》，题目是《缪尔步道的巡山员》。我当时还是新闻系的学生，只发表过一篇文章。不用说，我当然吃了闭门羹。

一九九六年，我们又一起爬山。翻越毕夏普隘口之后，纳什说蓝迪失踪了，我们要开始寻找他的尸体。"蓝迪可能在这么恶劣的地形下遇到麻烦了。"他对我们这样说。蓝迪走的路线非常陡峭，我们翻山越岭走了七天，最后在塔布斯隘口离开山区。这时候，搜救蓝迪的行动已经结束了几个星期，所有步道口都张贴了寻人启事。

之后每年夏天，我和喀普都会陪纳什继续搜寻蓝迪的尸体。纳什开始提起“蓝迪传奇”的点点滴滴，我把故事记下来，隐约想着或许可以写一篇杂志报道，甚至一本书。我们花了三年踩遍“蓝迪之路”依旧毫无所获，虽然找到不少骨骸，却都是动物的。一九九九年，纳什让我影印蓝迪一九六五年在雷依湖的日志，他戏称日志是“古迹”，受古迹法保护，意思是用完之后一定要还给他。

日志里最让我动容的一段，后来在两次追悼会都有人朗读，各位在本书的第十三章可以读到。蓝迪第一年担任巡山员时，他心里的感受和对景物的描绘既纯粹又真实。我忍不住想，他这些年来随着年纪和经验增长，不晓得写了多少篇章，让他和山野的联系更深厚。

我的作家灵魂让我急着想要阅读蓝迪二十八年来留下的日志。纳什说，日志不是四散在“园区各处”的哨所里，就是埋在档案柜、办公桌抽屉和柜子里，注定成为垃圾，不然就是收藏在巨杉和国王峡谷国家公园博物馆的档案室里。剩下的应该在蓝迪位于亚利桑那州塞多纳镇家中的阁楼里，由“他的遗孀守护着”。

在这之前，我因为纳什的介绍已经认识不少巡山员，他们都鼓励我追查“蓝迪之谜”，并且告诉我更多故事，让压箱底的蓝迪传奇蠢蠢欲动。有人提到蓝迪外遇和当时准备离婚的事，还有茱蒂正在和司法部打官司争取抚恤金。他们也私下向我透露有关蓝迪失踪的各种揣测，包括自杀，到墨西哥展开新生活，甚至是气愤的登山客杀了蓝迪，将他的尸体肢解带下山。还有人很认真地对我说，蓝迪有可能遭到外星人绑架。

这些说法虽然引人入胜，却不是与蓝迪的家人挚友讨论的好话题，尤其是茱蒂。而没有她，我就不可能正确描绘蓝迪的一生。那时茱蒂没有任何依靠，无法放心让事情画下句点，我想她绝对不愿意和一个完全不认识的陌生人谈论她应该已经死去的失踪丈夫。

二〇〇一年七月十五日，我收到一封纳什的电子邮件，只是寥寥数语："他们找到他了。"我立刻明白"他"指的是谁。

我等了四个月，到第二次追悼会之后，才用电子邮件和茱蒂联络，表明我想写书的计划。茱蒂谢谢我对蓝迪感兴趣，却婉拒了我的提议。之后五个月，我没有任何动作。"这件事没有茱蒂的祝福，"我对自己说，"我就绝对不会动笔。"

蓝迪的尸体寻获之后将近一年，茱蒂打电话给我，问我对内华达山脉了解多少。我语无伦次讲了快一个小时，她说："你已经完成一半了。"我问她是什么意思，她说了解内华达山脉就等于了解了蓝迪的一半。至于剩下的那一半，她邀请我和妻子洛瑞恩到她家去一趟。我们到了塞多纳，茱蒂对我说，蓝迪的手稿、唱片、照片和其他东西都放在阁楼和地下室里，已经"挤压她太久了"。接下来的三天，她让我随意检视书架和装有蓝迪物品的箱子，并带我回到她记忆的最深处。而洛瑞恩整天站在复印机前面，简直要在那里露营了。离开前，我答应茱蒂会忠实描述蓝迪的一生，她则希望我能写出内华达山脉的神秘与魔力，就是这一点让蓝迪二十八年来从不间断地一再上山。她很清楚我必须毫无保留地说出全部，才能尽述蓝迪的故事。

三年前，我又陪纳什上山，重走他认为蓝迪从班奇湖走到窗峰湖山沟"现场"的路线。追逐蓝迪身影的八年多来，我头一回明白蓝迪的故事该从纳什开始，到纳什结束。我无法说我晓得与蓝迪或缪尔同行是什么感觉，但我心想，或许就和我陪纳什走过的几百千米一样。纳什坐在寻获蓝迪尸体的瀑布上方，摇摇头说："多美的葬身之所。"

下山后不久，德奇打电话来，说蓝迪的名字也会刻在图列尔郡（Tulare County）的殉职警察纪念碑上，因为巨杉和国王峡谷国家公园就在图列尔郡。德奇沮丧地说，蓝迪死后得到的官方奖励比生前还多。他更向我表示，国家公园署到现在依然没有全国统一的制度，用以奖励包括巡山员在内的约聘人员，表彰他们服务多年的贡献。

我把蓝迪的故事寄给国家公园署高层，希望他们建立奖励制度，别再让蓝迪这样牺牲奉献的人跌入深渊。

感谢茱蒂、纳什和德奇，没有他们无私、坦诚和勇敢的付出，这本书不可能完成。对他们，千言万语也难以表达我内心的感激。

其他讲述蓝迪故事的勇敢人们还包括阿什、伯德、蒂纳·波曼（Tina Bowman）、德拉克鲁兹、格拉邦、莱尼斯、曼托、珀塞尔、斯科菲尔德、秀尔、泰勒、弗农和瓦内克。薇丝曼、克南和桑格在山上招待过我不少日子。蓝迪失踪两年后，桑格在窗峰湖山沟附近救起一名差点溺水的人，获得公共安全人员的最高荣誉“勇气勋章”，由克林顿总统亲自颁发。另外，克南最近也完成了一部关于缪尔步道的纪录片，各位可以在他的网站 www.messagefromthemountains.net 上获取更多内容。特别值得一提的是巨杉和国王峡谷博物馆档案室的沃德·艾德里吉（Ward Eldredge）和国家公园警察鲍勃·威尔森（Bob Wilson），他们尽力协助我，让我整天在他们的办公室里走动，忍受我不停地调阅文件、照片和档案记录。感谢加州大学柏克莱分校班克洛夫特图书馆的戴维·凯斯勒（David Kessler）协助，让我繁重的资料搜集工作轻松许多。

殷格拉罕满怀深情地回忆好友丧生的经过，让我为之感动。霍夫曼的死让他从此告别高山，转而专心用大画幅相机拍摄内华达山脉。他在优胜美地、巨杉和国王峡谷拍摄的照片可以带领各位一窥本书中提及的山野景致（www.robiningraham.com）。

数十位现役和退休的国家公园员工奉献时间与回忆，指导我在茫茫档案和数据大海中寻找方向。书里提到其中几位，但很多人没有出现。我在此非常感谢各位。皮特·艾伦（Peter Allen）、卡梅伦·艾佛森、盖尔·贝内特（Gail Bennet）、保罗·伯科威茨（Paul Berkowitz）、黛比·布伦奇利、约翰·迪尔（John Dill）、凯·伊登斯、乔·伊文思、布奇·法拉比（Butch Farabee）、格雷格·福特（Greg Fauth）、克里斯·费斯特（Kris

Fister)、戴维·葛瑞伯、特里·古斯塔夫森、西尔维娅·霍尔特因(Sylvia Haultain)、沃尔特·霍夫曼、内德·凯莱赫、史蒂夫·科伦普(Steve Klump)、约翰·克劳沙尔(John Kraushaar)、拉尔夫·库马诺、马克·麦格纳逊(Mark Magnuson)、瑞秋·马祖尔(Rachel Mazur)、杰夫·麦克法兰(Jeff McFarland)、鲍勃·梅多斯、佩奇·迈耶、鲍勃·米翰(Bob Mihan)、埃里克·莫瑞、杰夫·欧福思(Jeff Ohlfs)、克里斯·皮尔森、佩奇·瑞特布什、蒂姆·西蒙兹(Tim Simonds)、里克·史密斯、皮特·斯蒂芬斯(Peter Stephens)、杰瑞·托雷斯、比尔·特威德(Bill Tweed)和斯科特·威廉姆斯。

内华达国民兵达伦·克里斯曼、艾普利·康威(April Conway)和埃里克·司徒登尼卡协助我掌握搜救行动的重点。罗芮详尽解释搜救犬扮演的角色。此外,也要感谢马利波沙郡立高中档案组,谢谢他们替我上了一堂历史课。

我杰出的经纪人克里斯蒂·佛莱契(Christy Fletcher)从这本书开始构思便一直从旁协助,将企划案拿给几位信任我的编辑研究。哈伯·柯林斯出版社和编辑马克·布莱恩(Mark Bryant)是完美搭档,布莱恩对于引领作者寻找创作方向非常有一套,我很遗憾他后来离开哈伯·柯林斯,但他将工作交棒给经验丰富的编辑亨利·费利斯(Henry Ferris),继续激发我的写作信心,虽然中间不乏波折,他还是从头到尾看着我将书完成。他总是很有格调、优雅而愉悦地回复我的电话和电邮轰炸。

非常感谢亨利·阿内博尔德(Henry Arnebold)、丽莎·波利特兹尔(Liza Bolitzer)、劳瑞尔·波伊尔斯(Laurel Boyers)、蒂姆·布雷兹尔(Tim Brazier)、梅丽莎·钦奇诺(Melissa Chinchillo)、克里斯·科斯格里夫(Chris Cosgriff)、鲍勃·道格拉斯(Bob Douglas)、琳达·伊德(Linda Eade)、马克·弗雷西曼(Mark Fleishman)、艾米丽·麦克唐纳德(Emily McDonald)、玛丽莲·麦尔(Marilyn Meyer)、简·摩根森(Jane Morgenson)、吉姆·摩根森(Jim Morgenson)、马尔科·明奇(Marc

Muench）、苏·穆森（Sue Munson）、布鲁斯·尼克尔斯（Bruce Nichols）、戴尔·奥夫特达尔（Dale Oftedal）、霍利·拉塞尔（Holly Russel）、蓝迪·拉斯特、凯特·沙勒尔（Kate Scherler）、诺玛·斯内林（Norma Snelling）、皮特·斯特克尔（Peter Stekel）、贝斯·沙利文（Beth Sullivan）、帕特·怀特（Pat Wight）和南希·威廉姆斯-斯文森（Nancy Williams- Swenson）。普罗科皮奥、柯里、哈格里维斯和萨维奇公司（Procopio, Cory, Hargreaves & Savitch）的弗雷德里克·路德维格（Frederick Ludwig）指导我解决了错综复杂的知识产权问题。非常感谢裴吉·斯泰格纳（Page Stegner）女士慷慨允许我在本书中大量引用她父亲的信件，以及埃斯特·沙弗兰（Esther Shafran）和安塞尔·亚当斯版权信托基金会准许我引用部分书信。

感谢诸多同事和友人对我的大力支持，让我能够见树又见林，有时见林亦见树。感谢你们：马特·巴格里奥（Matt Baglio）、埃里森·伯克利（Alison Berkley）、凯文·布雷克波罗（Kevin Blakeborough）、安迪·布鲁姆伯格（Andy Blumberg）、李·克雷恩（Lee Crane）、阿伦·费德曼（Aaron Feldman）、汤姆·岗泽雷兹（Tom Gonzalez）、斯古特尔·里奥纳德（Scooter Leonard）、理查德·勒维西（Richard Leversee）、德里克·马蒂斯（Derek Mathis）、马尔希勒·麦克阿菲（Marcelle McAfee）、皮特·麦克阿菲（Pete McAfee）、丽莎·密斯克恩（Lisa Miscione）、约翰·纳什（Joan Nash）、史蒂芬妮·皮尔森（Stephanie Pearson）、诺曼·佩克（Norman Peck）、托雷·皮诺（Torey Piro）和迪恩·扎克（Dean Zack）。

我敬仰的很多作家都从百忙之中抽出时间，先行阅读了我的手稿。感谢格雷格·柴尔德（Greg Child）、丹尼尔·杜安（Daniel Duane）、布奇·法拉比、诺拉·加拉格尔（Nora Gallagher）、詹妮弗·乔丹（Jennifer Jordan）、艾米·艾尔维恩·麦克哈格（Amy Irvine McHarg）、比尔·麦克吉宾（Bill McKibben）、阿伦·拉尔斯顿（Aron Ralston）、吉恩·罗斯、和乔丹·费舍尔·史密斯（Jordan Fisher Smith）。摄影师比尔·哈彻（Bill Hatcher）也主动抽出时间提前阅读了本书。

在此还要特别感谢：

时刻陪伴着我的编辑与缪斯伦道夫·莱特（Randolph Wright）、不知疲倦的文字编辑丽塔·萨摩斯（Rita Samols），他们都花费大量时间认真阅读我的原稿，让我获得了极大的提升。

我的父亲克莱顿·布雷姆（Clayton Blehm）总是对我的努力抱以热情，毫无偏见，并且是我的头号支持者。我的母亲杰奎琳·布雷姆（Jacqueline Blehm），她在我十七岁时离开人间，但她的忠告一直引领着我："如果你有想做的事，现在就做，因为谁也不知道明天会怎么样。"

我的家人，他们充满智慧，对我无条件地支持，接受我用"写书"作为借口，宽容我过去几年的所有缺点，谅解我取消和他们的约会。另外，也要感谢我弟弟史蒂夫·布雷姆（Steve Blehm）费心帮我整理日志，以及我的侄儿侄女帮我影印堆积如山的研究资料。

我的开心果梅里克（Merrick），生下来就被我用"蓝迪传奇"喂养，说不定他会因此爱上自然，就像蓝迪一样。还有衷心支持我的妻子洛瑞恩·华纳（Lorien Warner），她永远是我的响板、最亲密的知己、最严格的编辑，感谢她费心费力地阅读我写下的一字一句。

最后，我一定要感谢这本书的主角内华达山脉，谢谢你召唤我写这本书。

埃里克·布雷姆

二〇〇五年九月

附 录

◆ 关于作者

埃里克·布雷姆是作家、记者。他在圣地亚哥东北瓦利森特一个郊野社区的牧场上长大。他的启蒙教育就是那些关于冒险的经典著作，《野性的呼唤》（*Call of the Wild*）、《金银岛》（*Treasure Island*）、《鲁宾逊漂流记》（*Robinson Crusoe*），等等。《海角一乐园》（*The Swiss Family Robinson*）是第一本让他萌生“作家梦”的书。他大学期间之所以选择新闻专业，就是想好好地体验那些他在书中读到的世界。

1994 年，布雷姆作为圣地亚哥州立大学的荣誉毕业生，从该校传媒学院毕业，拿到新闻学士学位和辅修的户外运动学位。他曾获“威廉·鲁道夫·赫斯特奖”（William Randolph Hearst Award）优秀特稿奖和“麦格劳·希尔奖”（McGraw Hill Award）特稿写作奖；亦被吸收进美国新闻学荣誉学会（Kappa Tau Alpha）——美国历史最悠久的新闻荣誉学会。但他始终认为，自己最得意的成就之一是拿到加拿大雪崩协会（Canadian Avalanche Association）的一级雪崩安全证书。

布雷姆的写作生涯从大学就开始了。由于热爱当时算是“离经叛道”的滑雪板运动，他成为全世界发行量最大的滑雪板杂志《超级滑雪板》（*Transworld Snowboarding*）的编辑。五年后，布雷姆休假一年，环游世界，之后便开始了成功的自由职业写作生涯，为《户外》（*Outside*）、《GQ》、《男人志》（*Men's Journal*）、《背包客》（*Backpacker*）、《登山》（*Climbing*）、《峡谷》（*Couloir*）、《半球》（*Hemispheres*）和《洛杉矶时报》

（*Los Angeles Times*）等报刊撰稿。

他写过一些关于自己的故事，比如在伊朗德黑兰市郊的高山上玩滑雪板；隆冬时节踩着开裂的滑雪板穿越高山；在新西兰体验各种极限运动，如跳伞、蹦极、特技飞行和洞穴探险等。1999 年，他成为第一个跟随美国陆军突击特种部队进行演习任务的普通记者。他在特稿《迷彩魔鬼》（"Painted Demons"）中记录了这段经历，文章刊登在《观点》（*P.O.V*）杂志上。

布雷姆的其他作品有《传奇》（*Legend*）、《无所畏惧》（*Fearless*）、《为你而死》（*The Only Thing Worth Dying For*）等。

在写作和研究之余，布雷姆在南加州与妻子、儿子共享天伦。

◆ 作者访谈

问：有人认为，蓝迪失踪那天如果无线电运作正常，他也许就不会丧生。蓝迪失踪后，国家公园的无线电通讯系统做了什么改变？目前的系统和技术有办法防止巡山员失联吗？

答：蓝迪搜救行动之后，巨杉和国王峡谷国家公园成立了调查小组，发现无线电通讯系统确实有问题。

然而，大部分系统到现在依然没有改变，蓝迪当时认为不可靠的无线电机器和中继站，在他失踪十年之后还在使用。很遗憾，二〇〇五年又有一位巡山员杰夫·克里斯腾森（Jeff Christensen）在科罗拉多州落基山脉国家公园失踪，园方展开大规模搜救，花了数十万美元，出动几百名人员冒险进入山区搜救。不少巡山员对我说，感觉就好像蓝迪搜救行动重来了一次。最后，搜救队在一处瀑布发现克里斯腾森，证实他不是当场死亡，因为他在受伤的头部扎了T恤，身上也带着无线电，可是园方没有透露他为什么没有尝试呼救。有些巡山员认为，要是蓝迪失踪之后，当局将修正建议颁行全国，克里斯腾森可能就会携带个人定位系统，一旦逾期没有回报便能马上知道他的位置。有了这样的装备，其实就不需要搜救了。我不是说个人定位系统能挽救克里斯腾森的性命，但起码可以大大简化搜救行动，降低搜救人员面临的危险。巨杉和国王峡谷的通讯“死角”后来总算全部标示出来了，园方也考虑改用卫星电话，不过主要问题还是经费。他们试过改善现有的系统，只是国家公园署的动作真的很慢。

问：对巡山员来说，搜救蓝迪特别困难，因为蓝迪是他们的一分子。你觉得这一点对搜救的影响有多大？他们和蓝迪亲密、熟稔，是否会干扰他们的判断？事后看来，他们当初是否有办法早点发现蓝迪？

答：首先，我必须强调巨杉和国王峡谷国家公园全体上下都全心投入搜救，所有人都尽了全力。不过你说得没错，他们确实犯了错，而且我想有一部分归因于他们情绪紧绷。搜救行动结束后过了将近一年，总队长伯德成立调查小组，她说自己很遗憾搜救进行到一半的时候，没有找新鲜血液加入统筹小组；她太晚察觉巡山员已经疲劳过度、身心交瘁。搜救行动永远是困难的，但搜救人员对蓝迪有感情，这让搜救更加困难。行动期间发现的线索不是遭到忽略，就是不获采信。如果抓住这些线索，应该可以早点解开蓝迪失踪之谜。

不过，就像我在书里描述的，搜救行动本来就不是严谨的科学行为，内华达山脉又是出了名的会保守秘密。比方说，最近才有人在国王峡谷的门德尔冰河发现一九四二年训练飞行坠毁丧生的飞行员，他被冻在冰河里。飞行员家人等了六十多年才等到水落石出。

问：关于蓝迪的死因，你在书里始终没有透露自己的看法。你研究了八年多，和许多蓝迪最亲密的人来往，你自己的结论是什么？

答：我非常努力不在书里放入个人观点，尽量让认识蓝迪的人说话，谈他们的看法。有些杂志报道我的观点，结果不是有错，就是断章取义。关于蓝迪的死因，有几个说法都很有说服力，也有事实佐证，提出说法的人都是有识之士，比谁都熟悉高山和蓝迪。我是用自己的方法认识蓝迪的，通过他的文字，阅读他读过的书，还有最重要的一点，就是花很多时间和他的山相处。这本书其实是一个爱情故事，描述蓝迪和他挚爱的山，也讲到责任。蓝迪当时非常焦虑，也对不少人说他很沮丧，但我个人不认为他会自杀。我和纳什站在蓝迪丧生的地点，心里浮现出不祥的感觉，觉得这里发生了很不好的事，而且不是出于蓝迪自愿。我想蓝迪当时的心情间接导致他出了差错，如果他心情没那么不稳定，或许就不会冒险。

问：蓝迪的故事给我们什么启示？你从中得到什么经验？

答：我想启示很多，首先就是安慰远比金钱回报值得，即使只是在背后轻轻一拍。蓝迪对园区牺牲奉献，却不受肯定，国家公园署其实很容易就能弥补这样的轻忽。而这也是蓝迪自己的选择，他随时可以申请成为永久职巡山员，享受福利和退休金，但他不想在山下工作。不过，有些永久职巡山员和园区高层或许比蓝迪更无私、对山野的奉献更大，因为他们虽然更想到山上去，却愿意牺牲自己，坐在办公桌前，试着改变国家公园的管理政策。蓝迪不想坐在巡逻车里工作，有些人可能怪他太固执，也有人欣赏他不顾社会期盼、坚持忠于自己的做法。

另外一个启示比较广，可能也更重要。蓝迪身为一个人和一名巡山员，教我们要放慢脚步，停下来闻闻玫瑰香。蓝迪鼓励很多人“慢慢前进，记得偶尔环顾四周”，这让他们非常感动。这个启示我一直铭记在心。

最后一个启示是，无论你多有经验，大自然永远是赢家。蓝迪在山里很清楚谁才是主宰，绝对不是他自己。我想，关于你的问题，蓝迪应该最满意这个答案：大自然永远是赢家。

◆ 写作故事

和“米切纳综合征”作斗争

——在“书山”之中上下求索

写作这本书时，最令人望而生畏的就是在山海一般的资料中“跋涉”。这些资料都是蓝迪·摩根森和他的家人以毕生之力收集起来的，一共装满了两个文件柜、八个抽屉，外加三个存储箱。这些还只是“九牛一毛”，五倍数量的资料还储藏在茱蒂·摩根森的阁楼和地下室里。而另外三箱满满的文件则散放在巨杉和国王峡谷国家公园不那么集中的档案资料中。确切地说，我阅读资料的时间比真正下笔写作的时间还多。尽管如此，我还是写出了第一稿。在删减三万字左右后，成就了第二稿。

读到第二稿，也就是差不多的定稿时，我的编辑告诉我，虽然有些人可能觉得我废话太多，写了太多细枝末节，但肯定还是有些读者想知道更多书里没写到的细节。当然这句话没让我心里的担子减轻分毫，而这正是编辑的目的：“你觉得怎么最好，就怎么做。”

蓝迪本人就曾被一个上司警告过，要避免“米切纳综合征”。但他直截了当地回绝了，并在他的巡山员日志中写道，高山之中有太多东西他想要记录。最后，我选择了比较重要的细节，适量加入了蓝迪本人的言说。我想如果不这么做的话，既是对蓝迪的不敬，也是对他曾经生活和工作的这片土地的轻视，毕竟他如此重视这里。

有个地方我只是蜻蜓点水地提过，那就是蓝迪和洛·莱尼斯的婚外情。这是他的人生经历中躲不过的一件事，但我相信，读者应该足够聪明，不用我再多说什么，也能窥一斑而见全豹。这样的写法其实是蓝迪本人帮我决定的。他在二十世纪六十年代后期的日本之行中，匆匆写下了一段文字。

> 日本作家谷崎润一郎[45]，他质疑太过生动形象的用词、太过清楚明白的观点，以及人物或观点之间太显而易见的转变。他喜欢字里行间那些比字面更为丰富的意义，反对太清楚太准确的写作方法。“别说得太清楚，在表辞达意中有点留白。我们日本人看不起直截了当的事实。”谷崎写道。曾经，有人批评他没有深入到某个人物的内心体验中，谷崎反驳道：“但我为什么要去讨论他的心理状态呢？读者难道不能从我已经提供的信息里猜测吗？”

我挺满意最后的成书，但不太确定自己是否完全表现出了蓝迪的幽默感。我写了几件逸闻趣事，但还有许多事例未能公之于众。比如有一次，一个登山客朝离步道大约三十米远的小屋里的蓝迪喊道：“嘿，你们这儿有报纸吗？我想知道上周的道琼斯指数。”蓝迪立刻回答道：“我本来订了的，但送报纸的小伙子总是找不着我的门，所以我炒了他鱿鱼。”那个登山客显然信以为真，挥了挥手继续前行。小屋离最近的公路大约五十千米。“这些人以为他们在哪儿啊？”蓝迪在日志中评论。

自从精装版的《山中最后一季》出版以来，我又听说了很多其他的故事。有的是来参加签名售书的人讲述的，他们要么见过蓝迪，要么知道蓝迪和他的家人曾经待在优胜美地。有人讲过一个难忘的故事。安塞尔·亚当斯的夫人曾邀请蓝迪到他们优胜美地的家中做客，那时候蓝迪马上就要再次进山了。她告诉蓝迪：“塞德里克该回家了。”说着，从壁炉架上拿下一个骨灰罐，里面装着“高山神话”塞德里克·莱特[46]（Cedric Wright）的骨灰。她请蓝迪爬上塞德里克·莱特山，让骨灰随风飘散。那次巡山，蓝迪照做了。但这件事他在日志中只字未提。

在一次签名售书会上，一位知道蓝迪的巡山员羞怯地向我承认，蓝迪失踪两年后，他在窗峰一带巡山时，看到一条溪流的石头中间有一件青色的毛绒夹克。他想当然地认为那是从某位登山客的背包里掉落出来的，于是把它当成垃圾扔了。三年后，蓝迪的遗物在同一条溪流中被找到，这位巡山员也没有多想。后来，他看了相关的事故报告才意识到，蓝迪当时带了一件青色毛绒夹克。

还有很多很多的故事，但我写的已经够多了。

◆ 蓝迪文章

有读者提出想多看一些蓝迪写的文章。于是，我节选了他日志中的一篇文章。一九七八年七月的一天，蓝迪穿越双岔隘口（Pants Pass），进入九湖盆地（Nine Lakes Basin）。结果，傍晚时分来了一场暴风雨，他不得不躲到一块花岗岩断崖下。花岗岩上还在滴雨时，他就往林木线[47]走去，在那里“也许能找个安稳过夜的地方”。

万物虽死 生生不息

天上的风云开始变幻。隐约迫近的傍晚给不断移动的云朵染了颜色。一只白头翁出现垂柳梢头，高声唱着歌。阳光在渐渐隐去，变得水汪汪的，余光笼罩在连绵的高峰与山脊上。

这就是暴风雨后的神迹。此时不外出，更待何时？也总是在这样的时候，我会感觉到自己心胸宽广、包容万千，能抓住我们所居住的这个温柔星球的一些实质。我也许能悟出世间万物为何生长、净化、死去的自然之道，也许能微微窥探到这个世界的真谛。那些石缝之间的莎草到底代表了什么？那些在矮草之间开放的龙胆到底为何来到这个世界？那些云朵玫瑰色的金边究竟有何深意呢？风暴过后，正是良辰，详细观察与思考这些天地之谜，希望能有所顿悟，明白其中奥妙一二。

我脚步仓促地走过一个较大的湖边，卵石成堆，莎草疯长。我注视自己的双脚和那鲜红色的石楠花。突然，一只幼鸟被我惊起，扑腾了一下小小的翅膀，飞出他在石头间的藏身之处——大概有我膝盖那么高——直愣愣地飞向水面。我这笨手笨脚的人惊扰了他，他逃走了。

我眼神不够快，没看清他究竟是什么鸟，只知道是黑色的，身形很小。至于他为何是只幼鸟，因为他的羽毛显然非常柔软，尾羽也没有长全。他的样子不像成年鸟儿那么“花枝招展”，飞起来的姿势也不甚熟练。他迅速拍打着翅膀，虽然产生的动力足够飞行了，但显然还是个生手。

虽然飞得很吃力，但他很准确地朝着对岸笔直飞去。他努力挥动翅膀，和水面保持着将近一米的距离。不过，仔细看看，虽然他还没显出力不可支的样子，我也知道他的力气正在耗尽。他挥动翅膀时用力过猛，长途飞行难以为继。世上大多数人都自然而然地对和我们共享一个星球的生物抱有怜悯与同情，所以看着这只小鸟，我越来越担忧和焦虑。你这小东西能飞到对岸吗？祝你好运啊，小兄弟。很抱歉，真希望我能帮到你。

忽然，鸟儿在湖面上空来了一个“旋风转”，往他刚刚离开的湖岸飞来。你为什么要回来啊？你也发现自己体力不支了吗？你竟然能这么准确地估计自己的能力和运气吗？嗯，话说回来，怎么就不能呢？鸟儿当然也能在自己生活的这个世界里做一些判断和决定。谁也说不清，他怎么就发现了自己到达对岸的概率太低，或者明白自己体力不支。某种并非我们人类的判断力的东西，让他转了身，飞回之前的那片湖岸。不过，根据我的判断，他飞得太远，已经回不来了。

你为什么要转身？继续往前飞啊！

但此时转身也无济于事了。离湖岸还远，他就明显飞低了，已经沾到水。羽翼不断在空中扑腾，已经露出疲态。于是他只好轻轻地停在水面上。他没有浮起来，造物主没有赋予他这种本领。他小小的身子朝湖下沉去，我亲眼看着他把头尽量抬高，稚嫩的羽翼还在用最后的力气挥舞。但一切努力都是白费，无论怎样他也无法摆脱湖水了。他扑闪着翅膀，不过荡开小小的涟漪，让他的身体在冰冷的湖水中慢慢转动起来罢了。一分多钟的时间，他已经僵住了，沉入我看不到的地方。

他荡起的涟漪慢慢往外扩散，像无声的韵律，越来越宽，直到消隐在深色的湖水中。湖面再次归于平静。时值傍晚，我站在万籁俱寂之中，看着这水平如镜、看似安详的一汪湖水。离湖岸十几米的地方突然蹿出一条鳟鱼，嗅了嗅空气中的味道。涟漪再起，从中心向外扩散，接着又被湖水吞没。

世间万物，求生的意志都无限强烈。生命原本顽强，这顽强的生命与其他任何东西一样，饱含着世间的希望。每一个个体，有生必有死，听天由命。然而，生命永生，绵延不绝。这也恰恰是个体所体现的精神。

蓝迪·摩根森
一九七八年

◆ 纪念文章

献给登山家帕蒂·蓝伯特

二〇〇六年一月五日，《山中最后一季》的网站刚上线几周，还有四个月书才正式上市，我收到发信人为"帕蒂 · 蓝伯特（Patty Rambert）"的一封电邮。她是误打误撞进入网站的。她写道："我对您的书非常感兴趣，烦请告知来南加州宣传售书的日期。我是山岳俱乐部洛杉矶分部荒野旅行课的讲师和指导……想（在课上）提到您的书。"

我给帕蒂发去《山中最后一季》的读者先行本，她利用雪地行走的时间读完了。旅行回来，她立刻致电我，说蓝迪的故事让她深受触动。除了对高山怀有同样深厚的感情，她还说，这本书会永远提醒她：放慢脚步，不时环视四周。她告诉我，她到了山上会想着蓝迪，并且"停下来闻闻花蕊的芬芳"。接着她向我要一些书籍宣传单，好发出去。我问她要多少，她回答："哦，我不确定……先给我五百份吧。"

我很惊讶，一个素不相识的陌生人竟然愿意如此花力气宣传这本书。但用她自己的话说，这种行为是"传递蓝迪福音"。除了我的家人和亲密朋友之外，帕蒂·蓝伯特成为《山中最后一季》的第一位粉丝。接下来的几个月里，她把那五百张明信片都发出去了，又找我要了二百五十张。二〇〇六年四月，我和妻子以及两岁的儿子一起进行巡回售书宣传，她又给我发邮件。明信片已经发完了，她问我还能不能多给她几百张。我在心里默默记下，要亲自去送，因为她家离我家也就几小时车程。最重要的是，我要见见这位善良、亲切、鼓舞人心的女士。我已经把她当做朋友了。

帕蒂五十七岁，有两个孩子。她四十过半才开始攀岩，但那以后她

▲ 帕蒂·蓝伯特。蓝伯特家族提供

爬过的山，比大多数二十几岁的人要多得多。很多人连想都不敢想，别说去做了。山岳俱乐部的沙漠高峰登顶名册里有九十九座高峰，帕蒂征服过其中的九十七座，其中的十二座还登顶过两次。百峰登顶名册里有二百七十三座高峰，帕蒂攀登过其中的一百七十三座，其中十四座攀爬过两次。山岳俱乐部登顶名册里有二百四十七座高峰，帕蒂攀登过其中的二百〇八座，其中四座攀爬过两次。

二〇〇六年五月三十一日，帕蒂接近了门德尔山（Mendel Mount）最高峰。这座山峰没有入选山岳俱乐部的二百四十七座高峰，但也尾随三十九座高峰排在其后。她和她的同伴认为雪况不安全，回头下山。在沿着山脊往下走时，她滑了一跤，沿着陡峭的雪坡坠落，没能自救，最终掉在一个悬崖上。

二〇〇六年六月五日，在收到帕蒂第一封电邮后的五个月，我正在纽约一家酒店里，突然接到帕蒂的朋友詹妮·托马斯（Jennie Thomas）发来的一封邮件，不由万分震惊。

埃里克：

我不认识你，但我们有一位共同的朋友。我想确保你得知这个消息。最近，门德尔山上发生了一场意外，帕蒂·蓝伯特和一位同伴在爬山，结果坠落悬崖，不幸逝世。我正在和她的许多好友联系。我翻阅《登山客》（*Backpacker*）杂志，看到你的书的一章节选，就想起了你。她非常喜欢你的书，一直不停地和我们谈论。我想告诉你这个不幸事件，因为你和她也算是因书结缘，常来常往了。

接下来的一个小时，我都坐在电脑前，喉头哽咽，读着那些描述帕蒂一生和讲述意外经过的在线报道。那些认识帕蒂的人，发表了很多评论，表达自己的哀思。

那时候我就决定，要在平装版的《山中最后一季》里纪念她。因为帕蒂告诉我，平装版比较好装进背包带在路上看。

帕蒂完全懂得《山中最后一季》字里行间没有言明的深意，以及蓝迪生与死之外的哲理。她完全理解蓝迪和高山之间的爱，因为她也对高山怀有同样的深情。巡山员桑迪·格拉邦告诉我，蓝迪的死是人们眼中的悲剧，却是山野的喜事。帕蒂也是如此。

我向帕蒂的丈夫卡尔（**Carl**）、她的孩子莱恩（**Ryan**）和西瑟尔（**Heather**）、她的孙子杰德（**Jade**），以及她众多的友人与登山伙伴表示深深的哀思。这一版《山中最后一季》是对帕蒂·蓝伯特的纪念。她让这个世界变得更美好。

注 释

1. 公共资源保护队(Civilian Conservation Corps),美国总统罗斯福(Franklin Roosevelt)“新政”初期的措施之一,主要是为解决大萧条时期的失业问题而设立,招募失业家庭的年轻男子从事劳力工作。

2. 约翰·缪尔(John Muir, 一八三八至一九一四),美国环保运动领袖、作家,被誉为“美国国家公园之父”,代表作有《夏日走过山间》(*My First Summer in the Sierra*)、《优胜美地》(*The Yosemite*)等。

3. 西奥多·索罗门斯(Theodore Solomons,一八七〇至一九四七),探险家、山岳俱乐部早期成员。

4. 威廉·李斯特·西特-穆恩(William Least Heat-Moon,一九三九至),美国旅行作家、历史学家,代表作有小说《蓝色公路》(*Blue Highways*)、《河马》(*River-Horse*)等。

5. 詹姆斯·德怀特·戴纳(James Dwight Dana,一八一三至一八九五),美国地理学家、动物学家。

6. 赖瑞(Larry)的全名为劳伦斯·戴纳·摩根森(Lawrence Dana Morgenson)。

7. 欧瓦尼旅馆(Ahwahnee Hotel),于一九二七年开张,是优胜美地国家公园负有盛名的高级旅馆。

8. 玛丽·柯里·特里西德(Mary Curry Tresidder,一八九三至一九七〇),美国自然学家,在优胜美地山谷长大,代表作有《优胜美地的树》(*The Trees of Yosemite*)等。

9. 卡尔·沙史密斯博士(Dr. Carl Sharsmith,一九〇三至一九九四),美国自然学家，以丰富的自然知识见长。

10. 亨利·戴维·梭罗（Henry David Thoreau，一八一七至一八六二），美国著名作家、哲学家，其代表作长篇散文《瓦尔登湖》（*Walden*）被公认为美国自然文学经典之作。

11. 沃尔特·惠特曼（Walt Whitman，一八一九至一八九二），美国著名诗人、散文家、人文主义者，代表作为《草叶集》（*Leaves of Grass*）。

12. 奥格登·纳什（Ogden Nash，一九〇二至一九七一），美国诗人，其诗歌以韵律怪异、结构奇特、富有讽刺意味著称。

13. 安塞尔·亚当斯（Ansel Adams，一九〇二至一九八四），美国著名摄影师、生态环境保护者，三度获得古根海姆奖，其摄影作品已发行上百万册。

14. 阿图尔·鲁宾斯坦（Artur Rubinstein，一八八七至一九八二），波兰裔美国钢琴演奏家。

15. 赫布·凯恩（Herb Caen，一九一六至一九九七），《旧金山纪事报》专栏作家、普利策奖得主。

16.《荒野法案》（Wilderness Act）于一九六四年九月三日由美国总统林登·约翰逊签署成为法律。它提出保护联邦土地的荒野价值，在既有的土地保护框架之上创设国家荒野保护系统，令环保主义者称道。

17. 谢尔曼将军树（General Sherman Tree）是一株位于巨杉国家公园内的巨杉，树龄悠久、体积巨大，以南北战争时的联邦军队将军威廉·特库姆塞·谢尔曼（William Tecumseh Sherman）的名字命名。

18. 拉尔夫·沃尔多·爱默生（Ralph Waldo Emerson，一八〇三至一八八二），美国著名思想家、散文作家、诗人，超验主义哲学的代表者，被林肯总统誉为"美国文明之父"。

19. 阿尔多·李奥帕德（Aldo Leopold，一八八七至一九四八），美国著名生态学家、环保主义先驱，终生从事野生动物保护、林业资源管理等工作，其代表作为《沙郡年记》（*A Sand County Almanac*）。

20. 霍华德 · 查尼泽（Howard Zahniser，一九〇六至一九六四），美国著名环保主义者。

21. 和平队（Peace Corps），成立于一九六一年三月，为美国派往发展中国家协助开展各类项目的志愿服务组织。

22. 保罗·柯艾略（Paulo Coelho，一九四七至），巴西著名作家，代表作有《牧羊少年奇幻之旅》（*The Alchemist*）、《朝圣》（*The Pilgrimage*）等。

23. 阿尔弗雷德·柯齐布斯基（Alfred Korzybski，一八七九至一九五〇），波兰裔美国哲学家。

24. 玛格丽特·克雷文（Margaret Craven，一九〇一至一九八〇），美国作家，代表作为《我听见猫头鹰呼唤我的名字》（*I Heard the Owl Call My Name*）。

25. 华莱士·斯泰格纳（Wallace Stegner，一九〇九至一九九三），美国历史学家、小说家、环保主义者，曾以小说《安息角》（*Angle of Repose*）获得普利策奖，以小说《旁观鸟》（*The Spectator Bird*）获得美国国家图书奖。

26. 温德尔·贝里（Wendell Berry，一九三四至），美国生态文学作家，代表作有《美国的不安》（*The Unsettling of America*）等。

27. 肯·克西（Ken Kesey，一九三五至二〇〇一），美国作家，代表作为《飞越布谷鸟巢》（*One Flew Over the Cuckoo's Nest*），据此改编的电影《飞越疯人院》获得了艺术与商业的双重成功。

28. 欧内斯特·J. 盖恩斯（Ernest J.Gaines，一九三三至），美国作家，曾获得诺贝尔文学奖提名，代表作有《刑前一课》（*A Lesson Before Dying*）、《老人的聚会》（*A Gathering of Old Men*）等。

29. 雷蒙德·卡佛（Raymond Carver，一九三八至一九八八），美国短篇小说家、诗人，代表作有《当我们谈论爱情时我们在谈论什么》（*What We Talk About When We Talk About Love*）、《大教堂》（*Cathedral*）等。

30. 爱德华·艾比（Edward Abbey，一九二七至一九八九），美国作家、环保主义者，代表作有《沙漠隐士》（*Desert Solitaire*）、《猴子歪帮》（*The Monkey Wrench Gang*）、《愚人的进步》（*The Fool's Progress*）等。

31. 葛伦峡谷原本是由科罗拉多河冲刷而成的美丽峡谷，但因建成葛伦峡谷水坝，上游变成人工湖，原本的景致消失殆尽。

32. 安妮·迪拉德（Annie Dillard，一九四五至），美国作家、诗人，曾以生态散文作品《听客溪的朝圣》（*Pilgrim at Tinker Creek*）获得普利策奖。

33. 赫尔曼·梅尔维尔（Herman Melville，一八一九至一八九一），美国小说家、散文家和诗人，代表作有《白鲸》（*Moby Dick*）、《水手比利·巴德》（*Billy Budd*）等。

34. 约瑟夫·康拉德（Joseph Conrad，一八五七至一九二四），波兰裔英国作家，代表作有《黑暗之心》（*Heart of Darkness*）、《"水仙号"上的黑家伙》（*The Nigger of the "Narcissus"*）等。

35. 山岳俱乐部（Sierra Club），又被译为"塞拉俱乐部"或"山岳协会"，一八九二年由约翰·缪尔等人创办，是美国最有影响力的民间环保组织之一。

36. 戴维·布劳尔（David Brower，一九一二至二〇〇〇），曾担任山岳俱乐部执行董事，于一九六九年创办国际环保组织"地球之友"。

37. 诺曼·克莱德（Norman Clyde，一八八五至一九七二），登山家、自由撰稿人、户外摄影者。

38. 詹姆斯·米切纳（James A.Michener，一九〇七至一九九七），美国历史小说作家、普利策奖得主，其代表作有《夏威夷史诗》（*Hawaii*）、《南太平洋的故事》（*Tales of the South Pacific*）等。

39. 朱莉娅·卡梅伦（Julia Cameron，一九四八至），美国艺术家，涉猎小说、戏剧、影视等创作领域，被誉为美国"创作教母"，其代表作为《创意，是一笔灵魂交易》（*The Artist's Way*）。

40. 罗伯特·布莱（Robert Bly，一九二六至），美国诗人、作家，曾以诗集《身体周围的光》（*The Light Around the Body*）获得美国国家图书奖，其论述男性成长与文化的作品《铁人约翰》（*Iron John*）被誉为"男性启蒙之书"。

41. 莱西·彼得森（Laci Peterson）于二〇〇二年圣诞夜在美国加州离奇失踪。后来，她的丈夫斯科特・彼得森（Scott Peterson）被裁定犯有谋杀罪。此案在美国轰动一时，被拍摄成了电影《完美丈夫》（*The Perfect Husband*）。

42. 埃弗里特・鲁斯（Everett Ruess，一九一四至一九三四），美国艺术家、流浪者。
43. 耶稣在山中的讲道，指出通往真正幸福的八条路，见“马太福音”第五章。
44. 沃尔特・迪士尼（Walter Disney，一九〇一至一九六六），美国著名动画大师、迪士尼公司创始人。
45. 谷崎润一郎（Junichiro Tanizaki，一八八六至一九六五），日本著名小说家，代表作有长篇小说《春琴抄》《细雪》等。
46. 塞德里克·莱特(Cedric Wright，一八八九至一九五九），美国摄影师、小提琴家，也是安塞尔·亚当斯的好友。
47. 高山上树木生长的上限。

图书在版编目(CIP)数据

山中最后一季 /(美)布雷姆著;赖盈满,何雨珈译. -- 上海:上海社会科学院出版社,2016
书名原文:The Last Season
ISBN 978-7-5520-1393-1

Ⅰ.①山… Ⅱ.①布… ②赖… ③何… Ⅲ.①纪实文学—美国—现代 Ⅳ.① I712.55

中国版本图书馆 CIP 数据核字(2016)第 098920 号

上海市版权局著作权合同登记号:图字 09-2016-362

山中最后一季

作　　者:[美]埃里克·布雷姆 著
译　　者:赖盈满　何雨珈 译
责任编辑:李　慧
策划编辑:信宁宁
出版发行:上海社会科学院出版社
上海市顺昌路 622 号　邮编 200025
电话总机 021-63315947　销售热线 021-53063735
http://www.sassp.cn　E-mail: sassp@sassp.cn
印　　刷:天津旭丰源印刷有限公司
开　　本:710×1000 毫米　1/16 开
印　　张:23.25
字　　数:290 千字
版　　次:2016 年 8 月第 1 版　2024 年 1 月第 4 次印刷

ISBN 978-7-5520-1393-1/I·189　定价:59.80 元

在这个浮夸的年代，环游世界追寻伟大事物容易，留心身旁发生的微小奇迹很难。晨曦、花朵和许多不为人知的琐细事物，构成了世界的美丽所在。

——安塞尔·亚当斯